Die Heilerin von Bruck

Amelia Lichtensprung

Amelia Lichtensprung

Die Heilerin von Bruck

Das Amulett der Löwin

Roman

Shaker Media

Bibliografische Information der Deutschen Nationalbibliothek
Die Deutsche Nationalbibliothek verzeichnet diese Publikation in der Deutschen Nationalbibliografie; detaillierte bibliografische Daten sind im Internet über http://dnb.d-nb.de abrufbar.

Coverbild: Tanja Schramek

Printed in Germany.

ISBN 978-3-95631-182-6

Shaker Media GmbH • Postfach 101818 • 52018 Aachen
Telefon: 02407 / 95964 - 0 • Telefax: 02407 / 95964 - 9
Internet: www.shaker-media.de • E-Mail: info@shaker-media.de

Personen

Historische Personen sind mit einem * gekennzeichnet

Burg Nikolausberg, Bruck zu Fürstenfeld	
Theodowic von Leiten	Landgraf
Eleonora von Leiten	Seine Gemahlin
Leondora	Tochter
Rosalinde	Tochter
Maria	Leondoras Magd
Gunnar	Ritter
Rufus	Knappe
Geburtstagsgäste auf Burg Nikolausberg	
Hagen von Schönfels	Freiherr, Burg Trumlitz
Elisabeth von Schönfels	Hagen's Tochter
Quirin von Eschersbach	Landvogt
Winhard von Rohrbach*	Ministerialer, Schloss Hofhegnenberg
Rufus von Bloringen	Burgvogt
Rosalie von Bloringen	Rufus' Tochter
Burg Löwenhaag (genannt Löwenburg)	
Gerowin von Löwenhaag	Herzog
Freya von Löwenhaag	Herzogin
Gero	Sohn
Enoch	Sohn

Sonja	Tochter
Magdalena	Leondoras Magd

Freunde von Gero

Orno von Unterhain	
Gervin von Braunfels	
Falk von Eppendorf	Burg Wittenstein

München

Ludwig IV, der Bayer*	Deutscher König und römisch-deutscher Kaiser
Margarete I. von Holland*	Seine Gemahlin
Meinulf von Glauchgau	Ministerialer

Personen aus der Neuzeit

Leopold (Leo) von Braunfels	Institut für Altertumsforschung
Isabella Schönberg	Heilpraktiker-Anwärterin
Rochelle	Isabellas Freundin

Entführer, Trutzburg Feistritz

Nestor von Schwarzenfels
Roderick von Hohenleite
Menowin von Sottenstein

Augsburg

Arco von Werdenfels	Der Schwarze Ritter
Farina	Bettler-Anführerin
Taro	Bettler

Burg Schadeck

Theoderich von Hankor	Landgraf
Irmingard von Hankor	Theoderichs Frau
Aegilus	Sohn

Richard von Minderstein	Medicus
Raff (Raphael)	Hofnarr
Darno de Vilain	Gast aus Frankreich
Malvina	Magd
Mejana	Heilerin aus Bannacker

Weitere

Ehrenfried	Bauer in Bruck
Amira	Seine Frau
Elisa	Gerberin, Ehrenfrieds Schwester
Gundalbert	Ihr Mann
Pater Anselm	Zisterziensermönch aus dem Kloster Fürstenfeld
Theodolinde	Äbtissin des Stifts St. Primus, Arcos Schwester
Lahia	Hellseherin
Fagana	Gauklerin
Donatus	Abt

Es gäbe kein Heute ohne ein Gestern …

Des Landgrafs Geburtstag

Bruck, Anfang Mai Anno Domini 1345

Die Vorbereitungen für das große Fest auf Burg Nikolausberg waren in vollem Gange. Geschäftig liefen die Mägde umher, schmückten den Palas und polierten die Lüster, die Kandelaber sowie die zahlreichen Teller und Trinkbecher auf Hochglanz. Wochenlang war das Gesinde mit den Vorbereitungen für die Feier des Tages der Geburt von Landgraf Theodowic von Leiten beschäftigt gewesen.

Zufrieden stand der Landgraf an der Brüstung der Hauptburg und ließ den Blick über den Hof schweifen. Dieses Jahr jährte sich sein Ehrentag zum sechzigsten Mal, was nach seinem Gutdünken nun wahrlich eine aufwendige Feier wert war, zumal er sich immer noch gesund und voller Kraft fühlte. Dieses Fest war ungewöhnlich, wohl wahr, nur wenige höhergestellte Adelige begingen jenen Tag festlich, die meisten feierten, wenn überhaupt, ihren Namenstag. Dennoch kamen sie alle gerne, wie sie ihm ausnahmslos versichert hatten. Nur einer hatte seiner Einladung nicht folgen können, weil ihn dringende Geschäfte in München festhielten: sein Kaiser und König: Ludwig der Vierte. Ludwig hatte ihm -mit persönlicher Widmung- eine kostbare Fibel geschickt. Stolz berührte Theodowic das erlesene Stück, das auf seinem dunklen Umhang hervorragend zur Geltung kam. Wäre der Regent gekommen, wenn er Zeit gefunden hätte? Er wusste es nicht. Doch auch ohne ihn und sein Gefolge würden zahlreiche Gäste den Feierlichkeiten beiwohnen, die für die kommenden Tage geplant waren. Welch ein Trubel würde hier herrschen! In Vorfreude auf das heute stattfinde Festmahl schlenderte er in Richtung Küche. Für morgen war eine Falkenjagd geplant und am darauf folgenden Tage sollte der festliche Abend mit Musik und Tanz die Feierlichkeiten krönen. Er war DAS Ereignis.

Bedächtig schritt er vorbei an der Küche über den Vorplatz der Hauptburg Richtung innerer Zugbrücke. Bald würden die ersten Gäste eintreffen, die er in der Vorburg willkommen heißen wollte. Die Zugbrücke an der nordöstlichen Zufahrt war bereits heruntergelassen.

In der Küche schmurgelte Braten, dessen würziger Duft nach Knoblauch und Kümmel den Küchengehilfen in der beengten, schwülen Küche bereits zu dieser frühen Stunde das Wasser im Munde zusammenlaufen ließ. Die Braten-Duftschwaden vereinten sich mit dem aromatischen Geruch nach Zwiebeln und Lauch, den die langstieligen Pfannen und Feuertöpfe über der Herdstelle verbreiteten. Das Aroma von Gewürzen wie Pfeffer, Zimt, Muskat und Gewürznelken lag ebenso in der Luft, wie der beißende Rauch des Herdfeuers. Dazu verströmte der Spieß über dem offenen Feuer einen betörenden Wohlgeruch nach gebratenem Fleisch, besonders dann, wenn wieder ein dicker Tropfen Fett zischend ins Feuer fiel. Neben dem saftigen Bratenstück war eine ganze Reihe kleiner Vögelchen aufgespießt, die ein wunderbar zartes Fleisch geben würden. Der schmalbrüstige Küchenjunge, der den Spieß drehte, leckte sich immer wieder die Lippen, während ihm von der Hitze der Schweiß unter dem einfachen groben Hemd die Brust hinunter lief.

Sehnsüchtig blickte er Richtung Türe, vorbei an den zwei hölzernen Truhen, die als Behälter und Ablage für Geschirr und Geräte dienten, während alles andere offen an der Wand hing oder auf Bordbrettern aufgestellt war. Die vielen zusätzlich benötigen Schüsseln, Servierplatten, Teller, Silberbecher,

Löffel, Messer und Salzgefäße standen in einem Nebenraum für das große Fest bereit.

In der Küchenmitte knetete auf dem ausladenden massiven Holztisch eine junge Küchenmagd so emsig den Teig, dass das Mehl staubte. An ihrer Haube und ihrer Schürze hatte sich bereits ein feiner Mehlschleier abgesetzt, der alles mit einem zarten Weiß bedeckte.

Neben ihr stand ihre alte Lehrmeisterin, die jede ihrer Bewegungen mit Argusaugen beobachtete und kommentierte, im linken Arm eine große Schüssel, in der sie mit einem hölzernen Kochlöffel kräftig Teig schlug, bis er Blasen warf. Die keifende Stimme der Alten ging im allgemeinen Trubel der Küche unter, so dass sich niemand groß um ihre Schimpftiraden scherte, wenn der jungen Magd wieder etwas Mehl auf den Boden gerieselt war. Die Alte stellte die Schüssel unwirsch auf einer der hölzernen Truhen ab, sah sich suchend in der stickigen, heißen Küche um und rief nach dem Gesellen. Schon steckte ein sommersprossiger Junge mit wirren roten Locken den Kopf zur Türe herein.

»Sebald, lauf hinüber zum Lager! Wir brauchen noch einen Sack Mehl.«

Der Junge nickte und eilte über den Hof, in stiller Freude, dass er der dampfigen Hitze der Küche und der ständigen Überwachung für einen geschenkten Moment entfliehen konnte. Er hoffte, einen Blick auf die Gäste werfen zu können und schlenderte langsamer über den Hof, als es sein Auftrag eigentlich erlaubte. Doch die Gefahr war gering, dass ihn die Alte hier bummeln sah. So blieb er im Hof stehen und beobachtete die Stallknechte, die bereitstanden, um die Pferde der Gäste zu versorgen. Die ersten Reiter saßen bereits im Hof der Vorburg ab, gefolgt von einem Kobelwagen, der geräuschvoll über die Zugbrücke polterte. Versonnen betrachtete der Junge die Besucher.

Ob sie wohl auch so begeistert von dieser großzügigen Anlage mit Wehrturm und Wohnhaus in der Hauptburg waren, die, auf drei Seiten durch Steilhänge geschützt, auf dem Nikolausberg thronte? Sein Blick schweifte hinüber zum Tor mit der Zugbrücke, die über den tiefen Halsgraben führte, bis zur geräumigen Vorburg, die einen Stadel, den Brunnen, die Nikolauskapelle und die Obst- und Gemüsegärten in sich barg. Hier, auf der Anhöhe über Bruck zu Fürstenfeld, würden die Gäste sicher auch die gute Sicht auf die Amperauen, den Markt Bruck und die sanften, grünbewaldeten Hügel der Umgebung genießen. In Gedanken sah er sie vorbeireiten an den Feldern am Fuße des Hügels, die voll guten, jungen Korns standen in Richtung Amper, die ein Stück entfernt durch das fruchtbare Land floss. Weithin der einzige Übergang über die Amper war die hölzerne Brücke, die dem Markt Bruck zu seinem Namen verholfen hatte. Der Landgraf hatte einmal erzählt, der Salzhandelsweg, der von München über Bruck nach Augsburg führte, mache sie besonders ertragreich und die vorteilhafte Lage der Burg erleichtere die Kontrolle der Amperbrücke und die Einforderung des Brückenzolls.

Es war noch früh am Morgen, als sich Leondora, durch den Lärm der eintreffenden Gäste geweckt, in ihrem Bett aufsetzte und sich gähnend den Schlaf aus den Augen rieb. Leondora war siebzehn und ihre langen rötlich-braunen Locken fielen über ihr knöchellanges Nachtgewand. Sofort kam eine Magd in die Kammer, zündete die Kerzen des Tischleuchters und der Wandleuchter an und half ihr beim Ankleiden. Leondora war schlank und im Vergleich zu jungen Damen ihres Alters recht groß, so dass sie die Magd um gut einen halben Kopf überragte. Sie hatte vor lauter Aufregung vergangene Nacht nicht gut geschlafen, so dass ihr schönes, ebenmäßiges Gesicht müde und blass wirkte. Leondora setzte sich steif auf den gedrechselten Stuhl vor ihrem Bett, denn ihr Rücken schmerzte. Das lag sicher an ihrer Anspannung, die die anstehenden Feierlichkeiten mit sich brachten. Sie hätte sich gerne etwas bewegt, doch eine zweite Magd kam heran, kämmte ihr mit dem geschnitzten beinernen Kamm das Haar, flocht es und steckte es zusammen.

Die Magd brachte zwei Kleider herein, damit Isabella eines aussuchen konnte. Sie wählte ein entzückendes hellblaues, mit Stickereien verziertes und an Ausschnitt und Ärmelsaum mit Borten besetztes Kleid aus, das ihre schlanke Gestalt würdevoll zur Geltung brachte.

Leise öffnete sich die Türe und eine anmutige Frau um schaute herein. Ihre kunstvoll geflochten strohgelben Haare bedeckte ein Schleier, der sie vor den Blicken Fremder verbarg. Ihr Kopfschmuck, welcher durch die ausgesuchten Tuche und Garne ihre Schönheit noch hervorhob, war farblich gekonnt auf ihre Gewandung abgestimmt. Ihre elegante Robe zeugte von erlesenem Geschmack und einer gut gefüllten Geldschatulle.

»Leondora, Liebes, bist du fertig? Wir wollen doch unsere Gäste begrüßen.« Es war Landgräfin Eleonora von Leiten.

»Ja, Mutter ich komme schon.« Leondora folgte ihrer Mutter auf den Hof.

Ihre jüngere Schwester Rosalinde stand schon prächtig herausgeputzt neben dem Vater, der die neu eingetroffenen Gäste persönlich in Empfang nahm. Er begrüßte gerade den Freiherrn Hagen von Schönfels, der mit Frau und Kindern von Burg Trumlitz angereist war. Der Freiherr und sein Gastgeber kannten sich schon lange, und so war die Begrüßung freundschaftlich und herzlich. Sodann dankte der Freiherr der Gastgeberin für die Einladung stellte ihr Frau und Tochter vor. Schließlich wandte er sich Rosalinde und Leondora zu, begrüßte beide freundlich und machte Leondora ein Kompliment, so dass sie errötete, den Blick senkte und zaghaft knickste.

Den ganzen Tag über kamen Gäste an, die für die nächsten Tage Quartier auf Burg Nikolausberg beziehen würden.

Leondora freute sich über den Trubel und genoss die Abwechslung, denn jeder Gast brachte Nachrichten oder interessante Geschichten mit, so dass die kommenden Tage versprachen, aufregend zu werden. Wie sehr hatte sie auf diese Festlichkeiten hingefiebert! Und endlich hatten sie wieder einmal junge Damen ihres Alters zu Besuch. So flanierten

Leondora und Rosalinde mit Elisabeth von Schönfels, Hagen's Tochter und der Tochter eines befreundeten Burgvogtes, Rosalie von Bloringen durch den Garten und tauschten aufgeregt Neuigkeiten aus. Leondora zog sich am frühen Nachmittag in die Kemenate zurück, um sich auszuruhen, denn am Abend würde das große Geburtstagsessen stattfinden.

Als sie wieder Hufgeklapper vernahm, spähte sie neugierig auf den Burghof, um die neu ankommenden Gäste in Augenschein zu nehmen. Es waren drei stattliche junge Ritter, die lachend und schwatzend auf den Hof trabten. Sie gaben ein schönes Bild ab, wie sie so einträchtig nebeneinander her ritten: Ein kräftig gebauter junger Mann mit aschblonden Locken auf einem Schimmel. In der Mitte, auf einem stolzen, großen Fuchs, ein hoch aufgeschossener, drahtiger Jüngling mit schulterlangen, dunkelblonden Haaren und Bart. Der Dritte, auf einem nervös tänzelnden Rappen, wirkte mit seinen modisch geschnittenen dunkelbraunen Haaren und seiner schlaksigen, schmalen Figur jünger als seine Begleiter. Sie schienen ihren Spaß zu haben, lachten und sprangen im Hof leichtfüßig von ihren Rössern.

Leondora sah ihnen immer noch zu, als Rosalinde herein stürmte, dass die Flammen der Kerzen im Wandleuchter flackerten: »Hast du die drei edlen Recken gesehen? Die müssen wir kennenlernen! Vielleicht ist eine gute Partie für mich dabei! Und für dich auch, Schwesterlein!« Rosalindes Stimme zitterte vor Aufregung. Sie drehte sich auf dem Absatz um und rief im Gehen: »Ich laufe gleich hinunter und erkundige mich, wer die Drei sind.«

Leondora war so konsterniert über die Dreistigkeit, dass sie mit offenem Mund dastand und ihrer Schwester nachschaute. Sie hatte nicht schnell genug reagieren können, um Rosalinde zu Recht zu weisen, dass sich ein derartiges Verhalten für eine junge Dame ihres Standes nicht geziemte. Sie drehte sich wieder dem Fenster zu, doch von den drei jungen Männern war nichts mehr zu sehen. Leondora merkte nicht, dass sich ihre Wangen vor Aufregung leicht gerötet hatten.

Noch bevor die Dämmerung einsetzte, rief der Gong die Gäste zum Geburtstagsmahl. Sie folgten ihren Gastgebern in den großen Saal, der durch mehrere Kandelaber und zahlreiche Fackeln erhellt wurde. Von der Decke hing ein eiserner Kronleuchter herab, in dessen großem Reif Kerzen brannten. Die kahlen Wände zierten kostbare Bildwirkereien, Wandbehänge, die Jagdszenen zeigten, Felle und Jagdtrophäen.

Fanfarenklänge und Trommeln kündigten den Beginn des Festmahles an. Vier große Tafeln wurden hereingetragen. Sie waren reich gedeckt mit zahlreichen Schauplatten und vergoldeten Schüsseln, die vielerlei Köstlichkeiten präsentierten. Salzgefäße aus Bergkristall und Achat standen dazwischen. Der Landgraf hatte an nichts gespart. Nicht nur für ihn war ein eigener Silberteller hergerichtet. Auch für jeden seiner Gäste standen ein verzierter Teller und ein passender silberner Trinkbecher bereit. Dazu ein geschmiedeter Löffel. Mehrere Messer lagen auf den Tafeln bereit. Reihum gegeben würden sie beim Zerkleinern der Speisen helfen.

Vor den bereitgestellten Stühlen und Bänken standen die Gäste und setzten sich auf einen Wink des Landgrafs. Nach einer ausführlichen Begrüßungsansprache Theodowics hoben alle ihre Humpen, um auf den Gastgeber anzustoßen. Als Auftakt zum Festmahl traten zwei Bedienstete heran und flambierten einen mächtigen Wildschweinkopf, indem sie einen glühend heißen Stein, den sie ihm ins Maul gelegt hatten, im Augenblick des Servierens mit Branntwein begossen, so dass eine ansehnliche Flamme hervorschoss. Die Gäste klatschen begeistert. Alle bedienten sich reichlich an Braten, Pastete und den gebratenen Vögeln. Ragout wurde in großen Schüsseln aufgetragen, aus denen alle reihum mit den Händen handliche Brocken herausfischten, in den Mund steckten oder auf einen Brotfladen auf ihrem Teller legten. In mehreren Schalen stand zu Mus verkochtes Gemüse bereit, das ebenso gut mit Brot gegessen werden konnte. Es wurde selten gereicht, doch heute sollte es nicht nur Kraut und Rüben geben. Die Gäste genossen das reichliche Festmahl mit kandierten Früchten, frittiertem Fettgebäck, Waffeln, Eiercreme und Gebäck, das mit einer Mischung aus Mandelmilch und Eiern gefüllt und mit Früchten garniert worden war. Schmatzen, Lachen, Stimmengewirr und Musik erfüllten den Raum. Leondora saß neben Rosalinde, die sich den Teller unziemlich vollgeladen hatte und soeben in Begriff war, sich noch ein gebratenes Vögelchen zu nehmen. Während sie einen Bissen zum Mund führte, meine Rosalinde: »Ich hatte mir zwar zur Feier des Tages Rebhuhn oder Fasan gewünscht, doch die kleine Lerche wird mir sicher auch munden. Ist es nicht ein prächtiges Fest?«

»Ja, das ist es in der Tat. Nur gibt es heute außergewöhnlich viel Fleisch. Das sind wir gar nicht gewöhnt. Reichst du mir bitte das Salzfässchen.« Leondora wischte ihr Messer am Brot ab, ehe sie damit Salz aus dem Salzgefäß nahm.

»Dann halte dich doch an den Fisch. Hast du ihn schon gekostet? Er schmeckt ausgezeichnet. Kein billiger aufgeweichter Trockenfisch. Und ich werde mir hernach die süßen Speisen munden lassen!« Sie machte eine kurze Pause, ehe sie nachsetzte: »Ich freue mich auf den Tanz. Ich werde mein neues, hellgrünes Kleid mit der Stickerei und der Borte am Ärmelsaum tragen. Mal sehen, wie Rosalie von Bloringen gekleidet sein wird.« Und schon hatte sie sich ihrer Tischnachbarin zur Linken zugewandt, um sie nach ihrer Robe für den anstehenden Ball zu fragen. Rosalinde amüsierte sich offensichtlich bestens und brach des Öfteren in Gelächter mit der jungen Dame zu ihrer Linken aus.

Leondora genoss ebenfalls die Abwechslung eines so großen Festes, doch sie beobachtete lieber, als sich in den Vordergrund zu drängen. Sie unterhielt sich eine Weile mit ihrer Tischnachbarin zur Rechten, doch als die jungen Damen um sie herum auf die Stoffe und die Schnitte ihrer Kleider zu sprechen kamen, zog sie sich vom Tischgespräch zurück und tunkte schweigsam ihre Soße mit einem Stück Brot auf. Solch profane Gespräche langweilten sie.

Sie ließ ihren Blick über die schlemmenden und scherzenden Gäste an den üppig gedeckten Tafeln und über die Musikanten schweifen, die das Festessen mit leisen Klängen begleiteten: Einer zupfte das Psalterium, andere spielten Laute, Flöte, Glockenspiel und mehrere Streichinstrumente.

Eine Gruppe junger Männer saß an der benachbarten Tafel. Sie speisten und tranken recht ausgelassen und trieben ihre Späße mit den Bediensteten und miteinander. Ungestüm prosteten sie einander zu, dass der rubinrote Wein aus ihren Humpen schwappte.

Einer der jungen Männer wischte sich mit dem Ärmel den Mund ab, schlug mit der flachen Hand auf den Tisch und forderte lautstark seinen Tischnachbarn auf: »Jetzt sei nicht so maulfaul! Erzähl‘ schon, wir warten!«

Als sich der Angesprochene hastig von seinem Platz erhob, stieß er dem jungen Diener hinter sich den Krug Wein fast aus der Hand, so dass er überschwappte, der edle Inhalt sich über das reich verzierte Tischtuch ergoss und die prunkvollen Kleider der Herren besudelte. Behände sprangen die Betroffenen auf, doch es war bereits zu spät. Einige fingen an, lautstark zu schimpfen. Auch der Ungestüme selbst hatte einen großen, sattroten Fleck auf seinem Wams. Er verneigte sich, murmelte eine Floskel der Entschuldigung und eilte hinaus, um das verunzierte Kleidungsstück auswaschen zu lassen. Der kleine Zwischenfall tat der heiteren Stimmung keinen Abbruch, auch wenn ein paar der jungen Ritter ebenfalls den Saal verlassen mussten, um ihre Kleider reinigen zu lassen.

Erheitert verfolgte Leondora die übermütigen jungen Männer mit den Augen.

Rosalinde beugte sich zu ihr hinüber: »Sieh nur, wie viel Spaß unsere Gäste dort drüben haben. Hoffentlich kommen sie zurück, wenn ihre Flecken ausgewaschen sind. Der Eine oder Andere könnte mir schon gefallen.« Sie deutete mit einer Kopfbewegung zu einem schmächtigen jungen Mann an der Tafel am Ende des Raumes und flüsterte: »Jener junge Recke sollte besser nicht zu unseren Freiern zählen. Ich habe gehört, dass er nicht mal über einen Kronleuchter mit Wachskerzen verfügt, sondern dass er sich mit einem Hirschgeweih zufriedengeben muss, in dem Talglichter brennen. Ich meine, mein neuer Haushalt sollte schon standesgemäß sein, nicht wahr? Vielleicht verheiratet Vater mich mit einem wohlhabenden Herzogssohn oder gar einem Prinzen? Ansehnlich muss er sein und klug.« Sie lächelte verschmitzt. »Aber ich fürchte, ich muss warten, bis ich an der Reihe bin. Denn meine große Schwester ist auch noch nicht unter der Haube. Vielleicht findet sich ja für dich bald ein Edelmann, der Vater genehm ist.« Sie musterte Leondora listig, doch die ließ sich nicht beirren, nippte an ihrem verzierten Becher und lächelte milde.

Es wurde ein ausgelassener und fröhlicher Abend. Die Geburtstagsgesellschaft beging den Ehrentag festlich. Nachdem die Gäste Hunger und Durst gestillt hatten, überreichten sie ihre Geschenke und trugen dem Geburtstagskind ihre guten Wünsche vor. Sie feierten gemeinsam bis in die späten Abendstunden. Nach und nach zogen sich einer nach dem anderen zurück, um sich auf die Jagd am nächsten Tag vorzubereiten.

Während sich drinnen die Feierlichkeiten dem Ende zuneigten, waren für die Bediensteten im hinteren Teil des Hofes Tische aufgebaut. Auch das Gesinde sollte heute üppig speisen dürfen. Einfache Teller und Trinkbecher standen aufgereiht am Rand. Jeweils zwei Personen teilten sich einen Teller und einen Becher. Zwei Laibe frischen Brots lagen bereit, daneben ein großes Messer, um sie anzuschneiden. Alle langten kräftig zu und stellten immer wieder gut gefüllte Schüsseln mit köstlich duftenden Speisen auf den Tisch. Die Stimmung war trotz der vielen Arbeit ausgelassen.

Eine dralle Magd stieg auf einen der Tische, schob mit dem Fuß ein paar Teller beiseite und begann Tavernenlieder zu singen. Sie war nicht hübsch, doch sie bewegte die Hüften zu ihrem Gesang, so dass besonders die Männer mit den Augen an ihr hingen. Die Zuhörer spornten sie an, oder klopften vergnügt den Takt mit ihren Holzschuhen. Doch nur so lange, bis die Altmagd dem Treiben ein jähes Ende setzte und die junge Frau zurück in die Küche scheuchte.

»Faules Luder! Hast du keine Arbeit? Hier hast du nichts zu schaffen! Schau, dass du hinein kommst, ehe ich dir mit dem Kochlöffel nachhelfe!«, keifte die Alte spitz, worauf die Umstehenden in Gelächter ausbrachen. Drohend hob die Alte den Kochlöffel, schrie: „Wehe, wenn ihr morgen besoffen seid, Gelump!" und verschwand schimpfend in Richtung Küche.

Das geschäftige Treiben begann am nächsten Morgen schon weit vor Sonnenaufgang, denn es war einiger Aufwand nötig, um eine so große Gesellschaft zu verköstigen.

Die Sonne schenkte dem Land ihre mäßig wärmenden Strahlen, die Luft war klar und kühl und roch nach frischem Brot. Der beginnende Frühling hatte die Natur wieder saftvoll grün werden lassen, und die ersten Blumen zauberten Farbkleckse in die Wiesen.

Nach dem Frühmahl gingen Leondora und Rosalinde in der Gartenanlage der Burg spazieren.

Rosalinde konnte es kaum mehr erwarten, von ihren Neuigkeiten zu erzählen.

Sie sprudelten förmlich aus ihr heraus: »Ich weiß alles Wichtige über die drei gutaussehenden Ritter! Der blond Gelockte ist Orno von Unterhain. Er war derjenige, dem gestern das Malheur mit dem Wein passiert ist. Der mit den schönen dunklen Haaren ist Gervin von Braunfels. Der würde mir gefallen! Hoffentlich kann ich ihn kennenlernen.« Gedankenverloren fügte sie hinzu: »Ich weiß noch nicht, wie ich es anstellen soll... .«

Leondora hob abwehrend die Hände und wollte sie bremsen, aber Rosalinde war so in ihrem Redefluss, dass sie Leondoras Einwände überhaupt nicht wahrnahm.

Sie erzählte weiter: »Beide sind Freunde des großen Blonden mit dem Bart. Gero von Löwenhaag heißt er. Ein Herzogssohn. Der würde doch gut zu dir passen! Jemand sollte ihn Dir vorstellen... .«

Leondora winkte ab. »Erstens habe ich nicht vor, mich demnächst einem Ehemann und damit einem neuen Haushalt unterzuordnen, und zweitens können wir nicht einfach Gäste unseres Vaters ansprechen. Wie stellst du dir das denn vor?« Leondora warf ihrer Schwester einen tadelnden Blick zu. Dann sah sie gedankenverloren in die Ferne: »Nein, ich bin ganz zufrieden mit meinem Leben hier. Außerdem weißt du genau, dass die Regeln für uns Frauen sehr streng sind und wir nicht heiraten können, wen wir uns gerade auserwählt haben. Und so einfach, wie du dir das vorstellst, ist das mit dem Kennenlernen beileibe nicht. Sicher wird Vater Ehemänner für uns auswählen, und dabei werden eine gute Partie oder ein wichtiges Bündnis zu Grunde liegen. Ich fürchte wir müssen uns fügen und können nicht irgendjemanden ehelichen, der uns gerade gefällt.«

Zum ersten Mal wusste Rosalinde nichts zu erwidern. Eine Weile gingen sie schweigend nebeneinander her, jede mit ihren eigenen Gedanken beschäftigt. Sie setzten sich auf eine kleine hölzerne Bank an der Burgmauer, von der aus man einen sagenhaften Blick auf die Amperauen hatte. Die Amper und Bruck lagen noch im Morgennebel, doch die Mäander des Flusses glitzerten immer wieder im Sonnenlicht, das sich langsam seinen Weg durch den Nebel bahnte. Nach einer kurzen Weile erhob sich Rosalinde und erklärte, sie müsse sich noch für die Falkenjagd herrichten lassen. Schließlich könne sie ja einem interessanten Mann über den Weg laufen, vielleicht sogar ihrem künftigen Ehemann.... Mit einem selbstgefälligen Lächeln ging sie zurück in Richtung Hauptburg.

Leondora hing ihren Gedanken nach. Rosalinde war schon immer die mutigere und frechere gewesen. Schon als kleines Mädchen hatte sie ein für eine Landgrafentochter loses Mundwerk gehabt und war häufig zurechtgewiesen worden. Wie oft hatte Mutter ihr gepredigt, wie sich eine junge Frau ihres Standes zu verhalten habe. Offensichtlich hatte es nicht allzu viel genutzt. Die zwei Jahre Altersunterschied waren noch nie ins Gewicht gefallen. Auch wenn Leondora ihre Schwester um gut einen halben Kopf überragte, so fühlte sie sich ihr doch des Öfteren in Streitereien unterlegen.

Gedankenversunken ruhte ihr Blick in der Ferne auf drei Reitern, die am Fuße des Nikolausberges mit wehenden Umhängen über einen Feldweg galoppierten. Leondora schenkte ihnen keine Beachtung, denn ihre Gedanken waren bereits weiter gewandert.

Sie selbst war selten gescholten oder getadelt wurden. Auch hatten ihr die Eltern noch niemals eine Strafe auferlegt. Das war nicht weiter verwunderlich, denn sie war stets bemüht, allen an sie gestellten Anforderungen gerecht zu werden. Sie war sehr behütet aufgewachsen, beschützt, in Sicherheit. Aber das bedeutete auch, dass sie nichts von der Welt außen mitbekam. Sie war glücklich hier. Zu keiner Zeit hatte sie sich eingesperrt gefühlt oder etwas vermisst. Außer im letzten Sommer, als sie Vater gefragt hatte, ob sie ihn nach Augsburg begleiten dürfe. Er hatte es nicht erlaubt. Weil sie eine Frau war. Ihre beiden älteren Brüder hatten immer mit dem Vater reiten dürfen. Schon lange bevor sie als Pagen an befreundete Höfe gegangen waren. Sie selbst war noch nie weiter als ein paar Stunden Reitentfernung von der Burg fort gewesen. Was nutzte es ihr, dass sie die schwierigsten Stiche beim Sticken beherrschte. Sie konnte feiner sticken als Rosalinde und selbst als ihre Mutter, aber es war doch immer die gleiche Arbeit. Sie hätte gar nicht sagen können, was genau sie wollte. Es war nur ein dumpfes Gefühl, das in ihrem Herzen verankert war und sich langsam ausbreitete.

Leondora verfolgte die Reiter mit den Augen, ohne dass es ihr bewusst wurde. Als ihr ein Waldstück die Sicht auf die Drei nahm, erhob sie sich und schlenderte zurück. Die Reiter waren mittlerweile auf dem Weg herauf zur Burg. Immer wieder gaben die Bäume am Wegesrand die Sicht auf sie kurz frei, ehe sie wieder hinter der nächsten Kurve verschwanden. Erst als man mehr als nur die Konturen dreier Reiter erkennen konnte, wurde Leondora bewusst, dass es die jungen Ritter von gestern waren, die zur Burg zurückkamen.

Von Leondoras Standpunkt oben auf dem Hügel aus waren die Reiter ein gutes Stück entfernt, aber soweit sie erkennen konnte, sahen sie wirklich alle drei gut aus, wie sie so entspannt und locker im Sattel saßen.

Sie spazierte gemächlich zurück und als sie den Burghof betrat, tätschelte gerade der große, bärtige Blonde seinem Pferd den Hals, ehe der Stallknecht es weg führte. Die beiden anderen waren sicher schon in den Palas vorausgegangen.

Leondora verlangsamte ihre Schritte. Nicht absichtlich; es war reflexartig geschehen, da sie dem gut aussehenden Ritter nicht so unvorbereitet über den Weg laufen wollte. Eine leichte Wärme stieg in ihre Wangen auf. Unschlüssig blieb sie einen Moment stehen. Doch der Ritter hatte sie nicht gesehen, sondern war bereits im Palas verschwunden.

Langsam bummelte sie über den Burghof. Nein, sie schlich eher. Wie ein Dieb, der nicht entdeckt werden will und sich verstohlen umsieht, um sofort in Deckung zu gehen, falls er gesehen werden könnte. Dabei ärgerte sich Leondora über sich selbst. Niemand sollte solch eine Unsicherheit in ihr auslösen dürfen. Dies war ihr Zuhause. Nicht nur ein Wohnsitz, sondern ihre Heimat.

Warum war sie nur so wenig selbstsicher? So wie letzten Sommer, als die beiden Söhne von Vaters Freund Theophrastus Bemerkungen über den roten Schimmer ihrer lockigen Haare gemacht hatten: »Die können sich nicht zwischen Rot und Braun entscheiden«, hatte der eine gerufen, und beide waren in lautes Gelächter ausgebrochen. Alle Augen hatten sich damals auf sie gerichtet, so dass sie vor Scham am liebsten im Erdreich versunken wäre. Bilder tauchten in ihrem Gedächtnis auf, wie sie mit hochrotem Kopf in ihre Kemenate gelaufen war und lange Zeit ihr glühendes Gesicht kühlen musste, ehe sie sich wieder zeigen konnte.

Leondora versuchte die Bilder zu vertreiben, ging in ihr Gemach, kleidete sich für die Falkenjagd um und ließ sich eine kleine Mahlzeit und einen beruhigenden Tee bringen, denn ihr

Magen rumorte. Hoffentlich hatte sie ihn sich nicht verdorben. Die Feierlichkeiten wollte sie auf keinen Fall verpassen.

Businenbläser und Pauken kündigten den Beginn der Jagd an. Die Gesellschaft versammelte sich auf dem Hof und machte sich zu Fuß auf den Weg zu einer Anhöhe der Emmeringer Leite, um dort die Falken fliegen zu lassen. Fünf junge Männer trugen die schönen und edlen Greifvögel, die ihre Krallen in die dicken Lederhandschuhe bohrten.

»Meinen ersten Karnickel habe ich im Emmeringer Hölzl gefangen«, prahlte einer der Falkner und zeigte mit dem Federspiel in seiner Hand in Richtung Nordosten. »Aber selbst wenn es nur Fehlflüge sind, sie sind einfach wunderschön zu beobachten. Und außerdem vergrault mein Maclan ...« - Er streichelte dem stattlichen Falken auf seinem Handschuh über das Gefieder- » ... die Elstern. Die werden immer mehr, und wo Elstern sind, gibt es bald keine Singvögel mehr.«

Hinter den Falknern schritten der Landgraf und seine Gemahlin der Geburtstagsgesellschaft voran, ins Gespräch mit Winhard von Rohrbach vertieft. Rohrbach erzählte soeben gestenreich von seiner Italienreise, die er unlängst unternommen hatte. Leondora und Rosalinde hatten sich weiter hinten mit ein paar weiteren jungen Damen zu einer Gruppe zusammengefunden, die sich mit viel Getuschel und Gelächter auf den Weg machte. Die Mädchen waren aufgeregt und warfen immer wieder verstohlene Blicke zu einer Gruppe junger Männer hinüber, die nicht weit entfernt lautstark mit ihren kürzlich erlebten Abenteuern prahlten, um die jungen Damen zu beeindrucken. Aber an direkte Gespräche oder gar gemeinsame Wegstrecken war natürlich nicht zu denken, so senkten die Mädchen jedes Mal züchtig den Blick, wenn der Landgraf oder seine Gemahlin prüfend zu ihnen hinter schauten.

Auch die Jünglinge schielten immer wieder unauffällig hinüber oder warfen den Jungfern begehrliche Blicke zu, sobald sie sich unbeobachtet glaubten. Nur drei junge Ritter blieben unter sich, steckten die Köpfe zusammen und unterhielten sich: die Freunde Orno, Gervin und Gero. Dessen wache blaue Augen schienen zu strahlen, als er gestenreich den Freunden seine Kenntnisse der Falknerei zuteilwerden ließ.

Nach einem Stück des Weges durch den Wald und entlang eines abseits gelegenen Obstgartens setzte sich Leondora von ihrer Gruppe ab und schlenderte gemächlich am Wegesrand entlang. Niemandem fiel es auf, als sie zwischen zwei Bäumen stehen blieb, um eine Blume an der Umzäunung des Gartens zu betrachten. Sie sah die Blume eine Weile gedankenverloren an, pflückte sie schließlich und betrachtete sie aus der Nähe, während sie sie langsam zwischen ihren Fingern drehte.

Die anderen wanderten langsam weiter. Alle bis auf Einen: Gero von Löwenhaag. Er war ebenfalls stehengeblieben. Ihre Entrücktheit schien ihn zu erheitern, denn er stand einfach nur da und beobachtete sie schmunzelnd.

Leondora schaute auf, ihre Blicke trafen sich und sie zuckte zusammen, weil ihr bewusst wurde, dass sie hier zurückgeblieben war. Alleine mit i h m.

Sofort trat Gero einen Schritt zurück, weil er befürchtete, Leondora erschreckt zu haben. Ihre Augen weiteten sich, doch sie lächelte ihn schüchtern an: »Seid Ihr auch von rechten Pfad abgekommen, weil Ihr Euch von einer kleinen Schönheit habt ablenken lassen?« Dabei hob sie die Blume in ihrer Hand.

Gero grinste schelmisch und erwiderte: »Nein, Prinzessin, ich habe mich von einer großen Schönheit gefangen nehmen lassen. Und den rechten Pfad habe ich n o c h nicht verlassen.«

Ein unbehagliches Gefühl beschlich Leondora und sie schlug beschämt die Augen nieder. Sie war sich wohl bewusst, wie zweideutig diese Unterhaltung war. Solch eine Art von Gespräch war sie nicht gewohnt und es verunsicherte sie. Sie war bisher äußerst tugendhaft aufgewachsen, auch wenn ihre Magd Maria ihr schon allerlei über das erzählt hatte, was es zwischen Mann und Frau so gab.

Der junge Ritter spürte die Spannung und wechselte schnell das Thema: »Verzeiht, ich habe mich noch gar nicht vorgestellt.

Ich bin Gero von Löwenhaag, der Sohn von Herzog Gerowin und Herzogin Freya von Löwenhaag. Soll ich Euch zur Jagdgesellschaft geleiten?«

Leondora schüttelte den Kopf: »Habt Dank, aber ich verabscheue die Jagd und versuche mich davor zu drücken, wann immer ich kann. Ich möchte lieber noch etwas hier bleiben.« Unschlüssig stand sie einen Moment still und überlegte, was sie am besten tun sollte, dann ging sie langsam durch eine Öffnung der Umzäunung in den kleinen Obstgarten mit der saftig grünen Wiese. Sie hatte keinen Blick für die wunderbare Aussicht auf die untere Amper und das Emmeringer Hölzl. Leondora ging ein paar Schritte und blieb kurz hinter der niedrigen Hecke stehen, die den Garten vor rauen Winden schützte.

Gero folgte ihr. »Wollt Ihr Euch ein wenig ausruhen?«, fragte er ohne Hoffnung, dass diese hübsche junge Frau sich alleine mit ihm länger an diesem Ort aufhalten würde. Das war undenkbar. Wenn sie jemand hier alleine erwischte, wäre der Teufel los.

Doch zu seinem großen Erstaunen lächelte Leondora und erwiderte: »Ich würde mich gerne ein bisschen ausruhen.« Sie war erstaunt über sich selbst, denn dieses Verhalten ziemte sich wirklich nicht für eine Landgrafentochter. Ihre Eltern würden einen Tobsuchtsanfall bekommen, wenn sie wüssten, dass sie hier allein mit einem jungen Ritter weilte.

Gero nahm seinen Umhang ab, legte ihn auf die Wiese und machte eine einladende Handbewegung. Die Hecke war nur etwa zwei Ellen hoch, aber von dem Weg aus konnte man zwei sitzende Personen so gut wie nicht mehr erkennen.

Sie setzten sich. Leondora hielt die Luft an. Was hatte sie sich nur dabei gedacht, die Gruppe so einfach zu verlassen? Sie würde sicher bald vermisst werden. Und nun saß sie hier alleine mit einem Fremden. Mit einem gut aussehenden, jungen Fremden. Was war nur in sie gefahren? So kannte sie sich gar nicht. Was sollte sie nun tun?

Ritter Gero begann ein harmloses Gespräch über das Festmahl gestern und die schönen Amperauen, die er auf einem

Ausritt erkundet hatte. Es war erstaunlich, wie einfach und ungezwungen ein Gespräch mit einem Fremden sein konnte! Eine Weile saßen sie so und unterhielten sich zwanglos und angeregt.

Leondora wunderte sich zunehmend über sich selbst. Als die beiden Reiter heranpreschen hörten, duckten sie sich kurzerhand noch tiefer hinter der Hecke, um nicht gesehen zu werden. Unter diesen Umständen hätte es keinen guten Eindruck gemacht, entdeckt zu werden. Sobald die Reiter vorbei waren, atmeten sie erleichtert auf und warfen einander vielsagende Blicke zu.

Eine Weile saßen sie nebeneinander und sprachen über Gott und die Welt. Selbst als ihre Unterhaltung langsam in eine Tändelei abdriftete, konnte Leondora nicht an sich halten. Was war nur mit ihr los? Sie zog ihren Rock glatt und streifte dabei Geros Hand, als sie ein warmes Gefühl durchfuhr, das ihr bisher völlig unbekannt gewesen war. Sie schaute auf und sah in Geros Augen. Eine Haarsträhne hatte sich aus ihrem geflochtenen Haar gelöst. Gero strich sie ihr ganz sanft aus dem Gesicht und verharrte dann noch einen Moment mit seiner Hand an ihrem Haar. Das brachte ihr Blut vollends in Wallung. Ihr Puls fing an zu rasen und ihr Atem wurde schneller. Sie ließ ihn gewähren. Was sie tat entbehrte jeder Sitte und Moral, aber es war ihr in diesem Moment gleichgültig. Die Zeit schien stehenzubleiben. Sie sah nur noch ihn. So saßen sie da, bis er zu seiner Hand an ihrem Haar noch die andere an ihr Gesicht legte und langsam näher kam. Leondora glaubte, augenblicklich die Besinnung zu verlieren. Als er langsam seine Lippen auf die ihren legte, hätte sie ihn bremsen, ihn wegdrücken oder schlagen müssen, aber sie tat nichts dergleichen. Nach einer Sekunde des Staunens küsste sie ihn zurück. Erst verhalten und leicht, dann fester und leidenschaftlich. Sie konnte es selbst nicht glauben. Noch nie hatte sie einen Mann geküsst. Und über diesen fremden Ritter wusste sie so gut wie nichts, aber seine Nähe fühlte sich so gut an. Er hatte ihr Herz erobert. Das konnte doch nicht falsch sein.

Langsam lösten sich die beiden voneinander. Er schaute sie an und fragte: »Seid Ihr immer so ungestüm?«

»Das wollte ich Euch auch gerade fragen«, erwiderte sie erhitzt. »Ihr scheint ja viel Erfahrung in solchen Dingen zu haben!«

Er wechselte flugs das Thema: »Wir sollten zurückgehen. Ihr werdet sicher schon gesucht.«

Schnell sprang Gero auf und half Leondora beim Aufstehen. Nachdem er seinen Umhang von Grashalmen befreit und umgelegt hatte, machten sie sich auf den Weg zurück zur Burg, als Leondora plötzlich auf einer unebenen Stelle umknickte und ihr ein furchtbarer, stechender Schmerz in ihren rechten Knöchel fuhr. Sie stürzte und ihr kamen die Tränen. Sie versuchte aufzustehen, doch sie konnte den Fuß nicht mehr bewegen, geschweige denn damit auftreten. Zaghaft lüftete Leondora ihren Rock ein wenig, um den Fuß sehen zu können. Sie hob unsicher den Blick, denn es gehörte sich nicht, einem fremden Mann den nackten Fuß zu zeigen. Auch für Gero war es nicht üblich, die nackten Beine einer Frau anzusehen, geschweige denn zu berühren, doch ohne weiter darüber nachzudenken beugte er sich hinunter und betrachtete das schmerzende Fußgelenk, das bereits anzuschwellen begann.

Unter beruhigenden Worten hob er Leondora hoch und trug sie aus dem Garten zurück auf den Weg. Selbst die Erschütterung seiner Schritte schmerzte sie, aber sie biss tapfer die Zähne zusammen. Die Tränen konnte sie trotz aller Anstrengung nicht ganz zurückhalten. So trug Gero sie einen Teil des Weges zurück in Richtung Burg. Gero versuchte, sich nichts anmerken zu lassen, doch es war äußerst anstrengend, die junge Frau zu tragen. Dennoch musste er sie nach einer Weile wieder absetzen. Leondora setzte sich auf einen Baumstumpf und kämpfte weiter tapfer mit den Tränen.

Schon nach wenigen Minuten kamen Wachen ihres Vaters herangaloppiert, die ausgeschwärmt waren, um Leondora zu suchen. Sie schickten einen Reiter zurück zur Burg, um Pferde für Gero und Leondora zu holen.

***

Erst als sie nach der nicht enden wollenden Befragung durch ihren Vater und der Behandlung durch den eilends herbeigeholten Medicus in ihrem Gemach im Bett lag, ließ Leondora ihren Tränen freien Lauf. Es waren nicht nur die Schmerzen - auch die nun von ihr abfallende Anspannung trug dazu bei. Ihr geschwollener Fuß ruhte in Wickel gehüllt und erhöht.

Mittlerweile war es Abend geworden. An den Ball morgen und an Tanz war nun nicht mehr zu denken. Leondora ärgerte sich, dass ihre Ungeschicklichkeit ihr nun ihre schönen Pläne verdorben hatte. Sie hätte so gerne mit Ritter Gero getanzt. Nun wusste sie nicht einmal, ob sie ihn noch einmal sehen würde. Denn vorerst konnte sie das Bett nicht verlassen. Rosalinde war hereingestürzt und hatte ihr ohne Umschweife und mit einem vielsagenden Blick erzählt, dass die Ritter Gero, Orno und Gervin übermorgen abreisen müssten, weil Herzog Gerowin von Löwenhaag seinen Sohn in einer dringenden Angelegenheit zurück zitiert hätte. So lag sie mit ihrem schmerzenden Fuß in ihrer Kemenate und machte in dieser Nacht lange kein Auge zu.

***

Den gesamten nächsten Tag verbrachte Leondora liegend mit kühlenden und abschwellenden Umschlägen auf ihrem Fußgelenk. Ihre Magd Maria reichte ihr das Essen ans Bett.

Doch abends hielt sie es nicht mehr aus. Trotzig kleidete sich Leondora an und humpelte, auf Rosalinde gestützt, Richtung Saal, um wenigstens noch einen Blick auf die Feier - und auf Gero - werfen zu können. Unsicher überlegte sie, was er wohl von ihr denken mochte. Sie hatte sich ja wahrlich äußerst unziemlich verhalten - und dermaßen ungeschickt dazu. Er hatte sicher ein schlechtes Bild von ihr. Ob er gar über sie lachte? Und seine Freunde ebenso? Sie versuchte, die trüben Gedanken zu verscheuchen und lenkte ihre Aufmerksamkeit auf ihre ungelenken Schritte. Niemand durfte von diesem Kuss erfahren. Sie konnte keinem Menschen ihr Geheimnis anvertrauen, nicht einmal ihrer Schwester. Vielleicht sollte sie ihm lieber nicht mehr unter die Augen treten.

Sie setzte sich auf eine Bank in einem kleinen Erker um auszuruhen, als Gero den Gang herauf kam. Er war soeben im Begriff, Rosalinde etwas zu fragen, als er Leondora entdeckte. Sein Blick hellte sich schlagartig auf und er wollte zu einer Floskel über Leondoras Genesung ansetzen, als Rosalinde meinte: »Ritter Gero, wie gut, dass Ihr gerade vorbeikommt. Ihr habt ja gestern schon bewiesen, dass Ihr meine Schwester besser stützen könnt als ich, und ich müsste noch hinüber zu meinem Vater in den Saal.« Mit einem angedeuteten Knicks und einem vielsagenden Lächeln drehte sie sich um und verschwand Richtung Saal.

Gero war einen Moment lang sprachlos, ebenso wie Leondora.

Sie fasste sich als erste und meinte: »Was für eine kluge und einfühlsame Schwester ich doch habe.«

Gero sah sich nach allen Seiten um, ob sie auch nicht beobachtet wurden und nahm dann Leondoras Hand. »Ich wollte gerade ausfindig machen, wo euer Gemach ist.«

Eine Sekunde herrschte eine betretene Pause.

»Ich meine, ich wollte mich von Euch verabschieden. Ein Bote hat mir die Nachricht gebracht, dass wir umgehend zurück auf die Löwenburg müssen, und ich wollte Euch unbedingt noch einmal sehen!«

Leondoras Wangen röteten sich. »Ich bin auch gekommen, um Euch noch einmal zu sehen. Ihr müsst wissen, dass ich normalerweise nicht ... « Betreten blickte sie zu Boden. Wie sollte sie ihm sagen, dass sie gewöhnlich keine fremden Männer küsste? Sie war unsicher, was Gero nun von ihr hielt, da sie sich so leicht hatte verführen lassen. Doch sie fing sich schnell und meinte scheinbar leichthin: »Leider war uns das Vergnügen ja nur sehr kurz gegönnt.«

Gero hielt einen Wimpernschlag lang die Luft an, dann flüsterte er: »Ich muss Euch wiedersehen! Ich komme zurück, sobald ich kann.« Er hielt einen Moment inne, dann schien er sich ein Herz zu fassen und fragte: »Seid Ihr schon jemandem versprochen? Ich meine – wenn ich um Eure Hand anhielte?«

Leondoras Mund wurde ganz trocken. »Ich – ich – nein, ich bin niemandem versprochen.« Mehr brachte sie nicht heraus.

Er beugte ein Knie vor ihr nieder: »Wenn ich Euch fragte, ob Ihr mich wollt, meine Frau werden möchtet, würdet Ihr einwilligen?«

Leondora schaute sich um. Jederzeit konnte jemand vorbeikommen und sie hier so vertraut miteinander sehen. Gero hielt noch immer ihre Hand.

Sie stotterte: »Ich – ja, ich würde einwilligen.«

Gero strahlte: »Dann ist es also beschlossen! Ich werde morgen, ehe wir aufbrechen, Euren Vater um Eure Hand bitten.«

Leondora wusste gar nicht, wie ihr geschah. Ihr wurde heiß und ihr Herz pochte zum Zerspringen. Sie wollte ihn nicht gehen lassen. Nicht jetzt. Sie hatte plötzlich das Bedürfnis, Gero zu umarmen und in seinen Armen zu liegen.

So erhob sie sich. »Könntet Ihr mich ein Stück führen, ich kann nicht alleine auftreten.«

Er stütze sie, und so humpelte sie den Gang entlang.

»Wohin gehen wir denn?«, fragte er.

»Irgendwohin, wo uns niemand sieht. Wo uns niemand überraschen kann. Am besten in euer Gemach«, antwortete sie leise.

Auf seinen fragenden Blick antwortete sie flüsternd: »Ich möchte meinen zukünftigen Gemahl noch etwas besser kennenlernen.«

Die Feierlichkeiten zogen sich bis in die späte Nacht hin und so vermisste niemand Gero und Leondora, die mit verletztem Fuß in ihrer Kemenate vermutet wurde.

Stattdessen zogen die beiden die Türe von Geros Kammer hinter sich zu und als sie verriegelt war, zündete Gero eine Kerze in dem Kandelaber auf dem Tisch an, dann wandte er sich Leondora zu. Sie lehnte an der Wand, den verletzten Fuß nur locker auf den Boden gestellt. Leondora war sich selbst nicht sicher, was genau sie hier wollte oder was sie erwartet hatte. Diese Entscheidung war so spontan gewesen, dass sie sich der Tragweite nicht bewusst gewesen war. Sie hatte ihn einfach nicht gehen lassen wollen. Nicht jetzt. Hatte ihm nah sein wollen. Hoffentlich verlangte er nun nicht zuviel... Was wenn er nur mit ihr spielte? Die Situation ängstigte sie plötzlich. Hoffentlich hielt er sie nicht für schamlos, weil sie sich mit ihm einließ. Die Gedanken überschlugen sich. Was, wenn er ihr heute ihre Jungfräulichkeit nehmen würde? Doch so weit hatte sie nicht vorgehabt zu gehen. Sie sollte das Gemach verlassen, solange es nicht zu spät war. Jetzt gleich. Aber sie stand regungslos an die Wand gelehnt und betrachtete ihn. Sie konnte weder die Kammer verlassen, noch ihn. Sie wollte diesen Mann. Wollte ihm gehören.

Gero kam näher heran und legte die Hände links und rechts von ihr leicht an die Wand, um sich abzustützen. Sie berührte sein volles Haar, das mit einem Lederband zusammengebunden war, strich über seinen Bart und versuchte, sich jedes kleine Detail seines Gesichtes einzuprägen.

Behutsam streichelte er ihr Gesicht und machte sich dann daran, ihre Haare zu entflechten. Ihre Locken flossen hinunter bis zur Taille. Er vergrub beide Hände in Ihrem Haar und küsste Leondora zärtlich, dann fordernder.

Sie erwiderte die Küsse, legte ihre Arme um seinen Nacken, genoss die Nähe. Gero drückte sich fest an sie, als er anfing, sie zu liebkosen und zu streicheln. Ihr Verlangen steigerte sich mit jeder Berührung und sein schneller Atem verriet auch seine Erregung.

Gero hob Leondora hoch, trug sie zum Bett und fing an, ihr Kleid aufzuschnüren. Bereitwillig zog sie das Gewand aus. Lediglich das Unterkleid trennte sie nun von vollständiger Nacktheit. Sie glaubte zu verbrennen, als er ihren Körper mit Küssen übersäte. Leondora zitterte vor Erregung und Erwartung.

Nun machte Gero sich daran, seine Kleidung abzulegen. Sobald er sein Hemd ausgezogen hatte, streichelte und liebkoste Leondora seinen Körper. Sie war fasziniert vom Spiel der Muskeln seines nackten Oberkörpers im Schein der Kerze. Sie musste nicht überlegen, was zu tun sei; es passierte alles ganz von selbst. Eng umschlungen sanken sie auf das Bett, in Liebkosungen vertieft.

Als sie ganz nah aneinander geschmiegt lagen, fühlte Leondora durch den Stoff des Unterkleides seine Männlichkeit steif und fest an ihrem Schenkel.

Plötzlich wurde sie unsicher. Wollte sie das überhaupt? Sie hatte schon so einiges von Ihrer Magd gelernt, was die körperliche Liebe betraf, aber dieser letzte Schritt machte ihr plötzlich Angst. Was, wenn es wirklich so wehtat, wie manche erzählten? Wie sollte dieses Ding in sie hineinpassen?! Wie sollte das nur gelingen? Aber es müsste wohl gehen, denn die anderen taten es ja auch. Nur war diese Handlung erst in der Hochzeitsnacht erlaubt! Sollte sie aufspringen und gehen? Oder sich Gero hingeben? Aber wenn sie dann in der Hochzeitsnacht nicht mehr blutete? Plötzlich überschlugen sich die Gedanken.

Gero musste ihre aufkommende Unsicherheit gespürt haben, denn er zog sie noch näher an sich heran und flüsterte: »Wir werden nichts tun, was Ihr nicht wollt. Ich möchte Euch glücklich machen. Ich will Euch, Leondora. Schon vom ersten Moment, an dem ich Euch sah, wusste ich, dass Ihr diejenige seid, die ich heimführen will.«

Sie lächelte zaghaft. »Ich weiß nicht, was ich tun muss. Ich habe noch nie bei einem Mann gelegen.«

»Es wird sich alles ergeben. Entspannt Euch. Lasst Euch von Eurem Gefühl leiten. Ich verspreche Euch, ich werde nichts von Euch verlangen.«

»Hattet Ihr denn schon viele Frauen?«

Sein Blick war aufrichtig und entschlossen: »Nein, es waren nicht viele. Und die Vergangenheit ist unwichtig, denn heute fängt unsere Zukunft an.«

Er nahm sie in den Arm und küsste sie lange und innig, überzog ihren Körper mit Küssen. Leondora bebte vor Verlangen. Sie streifte sich die restliche Kleidung vom Körper und Gero tat das gleiche. Hingebungsvoll betrachteten sie einander, dann begann Gero sie an Stellen zu streicheln, an denen sie noch nie jemand berührt hatte. Sie schmolz unter seinen Berührungen dahin. Leondora fing an zu seufzen und leise zu stöhnen. Hitze breitete sich zwischen ihren Beinen aus, während sie seine Hand auf ihrer Haut spürte. Sie konnte ihm nicht länger wiederstehen. Sie würde sich ihm hingeben. Heute. Jetzt. Ganz gleich, welches Nachspiel es haben würde. Irgendwann öffnete sie langsam ihre Schenkel und erwartete seinen Vorstoß. Vorsichtig und langsam drang er in sie ein. Die erste Woge der Lust kam gleichzeitig mit einem schneidenden, stechenden Schmerz. Er zog sich ein wenig zurück, nur um dann tiefer in sie einzudringen. Eine neue Welle des Glücksgefühles durchströmte sie. Ihre Bewegungen verschmolzen zu einem gemeinsamen Aufstieg in ungeahnte Höhen. Geros Atem ging mittlerweile schnell und stoßartig. Leondora stöhnte vor Erregung, bis sie eine Woge der Wärme durchflutete, die sie noch nie gespürt hatte. Am liebsten hätte sie vor Lust geschrien, doch sie biss sich auf die Lippe, als die Welle der Gefühle ihren gesamten Körper überflutete. Auch Gero stöhnte laut auf, und Leondora spürte in sich ein Pulsieren, das neu für sie war.

Völlig erschöpft und überglücklich lagen die beiden lange eng umschlungen auf Geros Lager und liebkosten einander. Schließlich schliefen sie beide erschöpft ein.

Leondora erwachte erst bei Anbruch der Dämmerung früh am nächsten Morgen. Sie öffnete langsam die Augen und sah sich um. Gero lag nah neben ihr und atmete gleichmäßig und leise. Er sah so wunderschön aus, wie er so friedlich schlief. Vorsichtig drehte sich Leondora zur Seite, um aus dem Bett zu steigen, ohne ihn zu wecken. Sie würde sich schnell ankleiden. Was sollte sie sagen, wenn er erwachte? Sie schämte sich ihrer Freizügigkeit von gestern.

Sobald sie sich aufsetzte, öffnete Gero die Augen.

»Ich …« war alles, was Leondora herausbrachte. Es war ihr unangenehm.

»Guten Morgen meine Schöne«, begrüßte Gero Leondora gut gelaunt. »Habt ihr gut geruht?«

»Danke, ja, aber nun muss ich schnell zurück, ehe jemand etwas bemerkt.«

»Ja, da habt Ihr recht, wir müssen uns beeilen.« Er setzte sich auf. »Aber einen Kuss darf ich mir noch stehlen, ehe Ihr geht?!« Er zog sie sanft am Arm zu sich herüber und küsste sie zärtlich. Dann kleideten sie sich an, Gero stets darauf bedacht, nicht zu Leondora zu sehen, damit sie sich nicht beobachtet fühlte. Als er ihr half, das Kleid zu schnüren, war die Unbefangenheit von gestern allerdings verflogen. Schweigend brachte Gero Leondora zu ihrem Gemach, immer darauf bedacht, nicht gesehen zu werden. Glücklicherweise kam ihnen niemand entgegen und Leondoras Abwesenheit war offenbar nicht bemerkt worden. Außer von Rosalinde.

Isabellas Zeitreise

Fürstenfeldbruck 2014 n.Chr.

Isabella nahm den Schlüssel und steckte ihr Handy in die Tasche. Ihr Blick fiel auf das Paket auf dem Sekretär. Ärgerlich packte sie es und verließ ihre Wohnung. Das Wetter war sonnig und angenehm warm, so legte sie das Paket in den Fahrradkorb auf dem Gepäckträger und strampelte los. Sie fuhr gerne Rad, aber diese Extratour nervte sie. Wie konnte sie sich nur von ihrem Nachbarn, diesem verschrobenen Professor, den Gefallen aufschwatzen lassen, dieses blöde Paket zum Institut für Altertumsforschung zu bringen? Gerade jetzt hatte sie auf solche "Freundschaftsdienste" überhaupt keine Lust. Gut, er lag im Krankenhaus und konnte es nicht selbst abgeben, aber sie hatte doch nun wirklich andere Dinge im Kopf. Diesen ungerechten Amtsarzt zum Beispiel. Dr. Roland Minderstein. Das einzig schöne an dem Typen war sein Name. Dieser Fiesling hatte sie letzten Monat durch die Heilpraktiker-Prüfung rasseln lassen. Dieser Gnom! Vollidiot! Sie konnte sich immer noch nicht vorstellen, alles noch mal machen zu müssen. ALLES! Während Isabella die Verärgerung über diese Ungerechtigkeit wieder auf den Magen schlug und ihre Gedanken fesselte, war sie bereits am Institut angekommen.

Unter "Institut" hatte sich Isabella ein altes Gebäude vorgestellt, wie sie es von der Universität in München gewohnt war. Sie mochte den Charme monumentaler Bauwerke mit ihren hohen Zimmern und Fenstern. Sie liebte das Knarren alter, ausgetretener Holztreppen. Doch das Institut, das sie soeben betreten hatte, verströmte so gar kein Flair von Historie oder akademischer Tätigkeit. Es wirkte mit seiner großen Glasfront und dem breiten Eingangsbereich modern, wie eine IT-Firma.

Ein Security-Mitarbeiter führte Isabella durch mehrere Sicherheitsschleusen in einen Raum, der wie ein Labor aussah, bat sie, einen Moment zu warten, verließ den Raum und schloss die Türe.

Isabella legte das Paket auf eine der Arbeitsflächen und wartete eine Weile. Sie war allein und weil sie sich allmählich langweilte, sah sie sich um. Die Laboratmosphäre wirkte sehr steril, aber rechts an der Wand stand ein Apparat, der Isabellas Interesse erregte. Er sah aus wie ein geschlossenes Kühlfach im Supermarkt mit Glastüre, aus dem man die gefrorenen Waren nehmen kann. Eine Weile stand sie vor dem Glasschrank und betrachtete ihn interessiert, denn in seinem Inneren stand eine Ritterrüstung. Nein, sie stand eigentlich nicht. Jedes Einzelteil: Helm, Brustpanzer, Armpanzer, Handschuhe, Beinpanzer und Fußschutz waren einzeln aufgehängt, so dass es wie eine komplette Originalrüstung aussah, die in dem merkwürdigen Glasschrank "schwebte".

Niemand kam. Ob sie wohl vergessen worden war? Bitte nicht! Sie wollte nicht noch länger warten müssen. So eine vergeudete Zeit. Aber ... so eine originalgetreue Rüstung wollte sie ja schon lange mal näher betrachten. Ob die echt war? Sie kannte zwar die Rüstungen auf Ritterturnieren und Mittelaltermärkten, oder auch die auf den Burgen, die sie schon besichtigt hatte. Und das waren wegen ihrem Faible für das Mittelalter einige gewesen. Aber so von der Nähe... Isabella sah sich verstohlen um, ob jemand zu sehen war. Vorsichtig öffnete sie die Glastüre und berührte die Rüstung. Sie fühlte sich wie erwartet hart und kühl an. Von Neugierde getrieben, steckte sie eine Hand in den eisernen Handschuh.

Plötzlich umgab sie ein gleißender Schein, der aus dem Schrank kam. Dann verschwamm alles, flirrte, wie in der Hitze des Sommers. Auf einmal bewegte sich der Raum ganz schnell, drehte sich irgendwie. Es war wie ein Sog, der sie mit sich riss. So musste sich ein Tierchen fühlen, das in den Strudel des Abflusses in der Badewanne geraten ist. Sie schloss die Augen. Was war nur los? Sie hatte noch nie Drogen genommen, aber so ähnlich musste sich ein übler Trip anfühlen. Und dazu gleich der Nachhall. Wie eine durchzechte Nacht, gespickt mit Schwindelattacken und dazu gehörig den Kopf gestoßen. Was war nur passiert? Hatte ihr jemand ohne ihr Wissen irgendwelche halluzinogenen Substanzen verabreicht? Was war denn nur los mit ihr?

***

Isabella merkte, dass sie am Boden lag. Aber er fühlte sich nicht an, wie der abgenutzte PVC im Institut. Und er roch auch nicht so. Er fühlte sich weicher an und roch frisch, erdig, nach Wald. Wald?! Schnell öffnete sie die Augen. Sie träumte. Sicher. Sie musste träumen. Sie lag in einem Wald, im Moos. Isabella sah an sich herunter. Es war alles noch wie heute Morgen, als sie aus dem Haus gegangen war, um das Paket abzugeben: das T-Shirt und die dünne Jacke darüber, die Jeans, der Ledergürtel mit der großen Schnalle und die Turnschuhe. Alles noch da. Auch die Tasche lag neben ihr. Und der Handschuh. Der Handschuh! Er hatte alles ausgelöst. Sie fühlte sich matt, schwindelig und ihr war leicht übel. Irgendetwas war mit ihr ganz und gar nicht in Ordnung. Sie untersuchte ihren Körper. Nacheinander bewegte sie alle Gliedmaßen. Keine Schmerzen. Schien alles intakt zu sein. Langsam rappelte sie sich auf und sah sich um. Der Wald war düster, dunkelgrün, feucht und kühl. Sie befand sich auf einer Lichtung, ganz nah bei einer kleinen strohgedeckten und halb verfallenen Hütte aus grob bearbeiteten Steinen. Die Hütte sah alt und verlassen aus. Als Türe diente eine Sammlung schmutziger Bretter, die mit Lederbändern zusammengehalten waren.

Es musste ein böser Traum sein. Anders war dies alles nicht zu erklären.

Isabella machte einen Schritt in Richtung Hütte und fiel plötzlich der Länge nach hin. Über die einzige herausstehende Wurzel war sie gestolpert. Na typisch. Ihr Knie schmerzte, aber eines war nun klar: es war kein Traum. Ein Albtraum, ja, aber sie war wach. Hellwach. Und ihr Herz fing an zu rasen.

In Panik leerte sie ihre Tasche aus und schüttelte sie, bis auch der letzte Krümel ins Moos gefallen war. Es war alles noch da: das Handy, ein aufklappbarer Taschenspiegel, Lippenpflegestift, Handcreme, Papiertaschentücher, Schlüssel, die kleine Taschenlampe, der Kuli, ihr MP3Player, die Brille und das Antibiotikum, das ihr der Arzt wegen einer Mittelohrentzündung mitgegeben hatte. Auch das noch ladenneue, in Plastikfolie eingeschweißte, Buch „Wunderwerk Körper" fiel heraus. Die detaillierten Bilder hatten sie so fasziniert, dass sie es heute Morgen spontan gekauft hatte. Es steckte sogar noch in der Plastiktüte des Bücherladens. Darunter schaute ein etwas zerquetschter Müsliriegel raus, dem sein Platz unter dem Buch wohl nicht so gut bekommen war.

Isabella kramte nach ihrem Handy. Ein Handy ist immer gut. Hilfe holen, sich orten lassen... Mit zitternden Fingern schaltete sie es ein. Kein Netz. Das konnte doch nicht wahr sein! Was war das nur für ein Albtraum! Resigniert steckte sie es zurück in die Tasche. Sie würde es gleich nochmal versuchen. Langsam räumte sie alles wieder ein und setzte sich ins Moos. Ihre funkgesteuerte Armbanduhr spielte verrückt. Die Zeiger drehten sich wie wild im Kreis. Erst mal nachdenken. War das versteckte Kamera? Eher nicht, denn mit Spaß hatte das hier rein gar nichts zu tun. Wenn es kein Traum war, was dann? Das konnte sie sich doch wohl nicht alles einbilden, oder?! Halluzinationen waren es nicht, denn sie konnte den Wald riechen und den kühlen, feuchten Boden fühlen. Also blieb nur noch eine Möglichkeit. Und die war so unglaublich, dass es nicht wahr sein konnte. Unmöglich! Oder? Sie musste durch irgendeine neue Technik an einen anderen Ort transferiert worden sein. Das war ungeheuerlich! War es gar ein geheimes, gefährliches Experiment und sie das namenlose Versuchskaninchen? Unwahrscheinlich. Oder war sie in eine andere Zeit gereist? Andere Zeit?? Was, wenn gleich wilde Tiere angriffen oder irgendwelche kriegerischen Kämpfer? Die Bilder zahlloser Actionfilme liefen an ihrem inneren Auge vorbei.

Stop! Isabella reiß dich zusammen! Denk nach! Was ist besser: verstecken und abwarten? Oder lieber losgehen und versuchen herauszufinden, wo ich bin – und in welcher Zeit? Es ist richtig unheimlich. Und wie soll ich jemals wieder zurückkommen? Wird überhaupt jemand im Institut merken, dass ich dort verschwunden bin? Warum nur hatte es der Professor so eilig, dass ich das blöde Paket noch zustellen sollte? Wenn der wüsste… Jetzt sitze ich hier fest, in einer völlig fremden Welt. Das ist doch nicht möglich!

Vor Aufregung konnte sie keinen klaren Gedanken mehr fassen. Sie sah sich nach allen Seiten um. Niemand zu sehen. Alles war ruhig. Durch das dichte Blätterdach kamen nur wenige Sonnenstrahlen hier unten an, so dass der Wald im Dämmerlicht dunkel und bedrohlich wirkte. Isabella schlich um die Hütte. Sie maß etwa zwei auf drei Meter und schien ein in Vergessenheit geratener Schuppen zu sein. Vielleicht ein Unterstand für Jäger. Isabella versuchte, durch das einzige Fensterloch an der Seitenwand zu spähen, aber in der Hütte war es zu dunkel, um etwas erkennen zu können. Also öffnete sie langsam und vorsichtig die Türe, immer auf der Hut, um zur Seite zu springen, falls irgendwer sie angreifen sollte. Aber die Hütte war, bis auf einen Haufen Unrat in der Ecke und eine Bank aus Holz, leer. Ihr entströmte ein muffiger Geruch nach feuchtem Holz.

Resigniert setzte sich Isabella neben die Hütte, lehnte sich an die Wand und ließ den Kopf hängen. Noch niemals hatte sie sich so einsam und verlassen gefühlt. Lange Zeit saß sie so, in sich zusammengesunken, mit dem Kopf in die Hände gelegt. Es war bestimmt gefährlich hier! Sie wollte zurück. Auf der

Stelle! Nur wie? Es war so unwirklich. Wie in einer Fantasy-Geschichte. Nur dass dies hier real war.

Isabella fasste einen Entschluss. Sie würde Hilfe holen. Irgendwie...

Das Handy hatte immer noch keinen Empfang. Vielleicht sollte sie sich erst mal vorsichtig umsehen. Sie nahm ihren Mut zusammen, hob den Handschuh an seiner äußersten Stelle vorsichtig auf und trug ihn wie ein rohes Ei in das Dämmerlicht der Hütte. Dort verstaute sie ihn in der hintersten Ecke, hängte sich die Tasche quer über den Oberkörper und wanderte auf einem schmalen Pfad durchs Unterholz bis zu einer Stelle, die wie ein Wildwechsel aussah. Ein Weg würde sie irgendwann zum nächstgelegenen Dorf oder einer Stadt führen. Auf jeden Fall heraus aus dieser Wildnis, hin zur Zivilisation. Was sie dort erwarten würde, stand allerdings in den Sternen.

Der Wald wurde lichter, heller. Isabella fand einen breiteren Weg und schlich ein paar Meter davon entfernt von Baum zu Baum. Angespannt und immer gewärtig sich zu verstecken, falls jemand kommen sollte. Ein kleiner Bach kreuzte leise plätschernd ihren Weg. Erst jetzt bemerkte sie, dass sie großen Durst hatte. Und Hunger.

Sie holte den Müsliriegel aus der Tasche und aß ihn langsam. Warum hatte sie nur heute die Wasserflasche nicht mitgenommen! Sonst hatte sie immer eine in der Tasche. Aber sie wollte ja nur schnell das Paket abgeben...

Das glasklare Wasser des Baches gluckerte friedlich, so dass sie sich bald fragte, ob man irgendwo einfach aus einem unbekannten Bach trinken könnte, wenn man nicht mal wusste, wo man war. Vielleicht war der Bach ja mit irgendetwas verseucht. Aus einem unbekannten Bach zu trinken hätte sie sich nicht mal daheim getraut. Ehrlich gesagt, nicht einmal aus einem bekannten... Und dann erst an einem Ort, von dem sie nicht einmal wusste, wann und wo er war. Woher sollte sie wissen, was sich in diesem Gewässer alles tummelte ... Keime, Gifte, gefährliche Tiere und wer weiß was noch alles. Aber das Wasser hier sah so sauber aus. So schön klar und kühl. Ihr Mund fühlte sich schon ganz trocken an. Vielleicht mal einen klitzekleinen Schluck probieren? So hatte es der Typ vom survival camp im Fernsehen doch auch gemacht: einen Schluck probiert und dann eine Zeit lang gewartet. Sie tauchte eine Hand ins Wasser und ließ sie von dem kühlen Nass umfließen. Als nichts besorgniserregendes passierte, wusch sie sich Gesicht und Hände und erfrischte sich ein wenig. Schließlich nahm sie ihren Mut zusammen, schöpfte mit der Hand ein wenig Wasser an den Mund und probierte einen winzigen Schluck. Mmh, schmeckte ausgezeichnet. Na, vielleicht ein kleines Bisschen mehr...

Sie beugte sich gerade übers Wasser, als sie Hufgeklapper und leise Stimmen hörte. Geistesgegenwärtig duckte sie sich in den Bachlauf, um nicht gesehen zu werden. Drei Reiter kamen den Weg entlang und unterhielten sich in einer Sprache, die sich merkwürdig altertümlich anhörte. Sie erinnerte Isabella an die Schausteller auf den Mittelalterfesten.

Als die Reiter vorbei waren, lugte sie über den Rand des Bachlaufes. Das konnte ja wohl nicht wahr sein! Die sahen auch noch aus, wie einem historischen Roman entsprungen. Unmöglich! Sie war bestimmt in Filmaufnahmen zu einem Ritterfilm geraten. Langsam schlich sie vorsichtig etwas weiter weg vom Weg auf eine Anhöhe hinauf. Die drei Reiter bogen plötzlich von Weg ab und saßen zwischen den Bäumen ab. Einer führte die Pferde weg und band sie ein Stück entfernt an. Dann sah Isabella von ihrem Versteck aus, wie die Drei sich ebenfalls versteckten. Mit Blick auf den Weg, der an dieser Stelle sehr breit war und gleich darauf auf eine Engstelle zuführte. So harrten die Männer knapp neben dem Weg aus und schienen auf etwas zu warten.

Isabella wagte kaum zu atmen. Das konnte doch alles nicht wahr sein! Ein komischer Film, bei dem keine Kameras und kein Regisseur zu sehen waren. Und ein Ritterspektakel war es auch nicht. Kein Publikum. Isabella hockte in ihrem Versteck und traute sich nicht zu bewegen. Die Männer warteten weiter unten. Nur worauf?

Eine Ewigkeit schien vergangen zu sein, als sie wieder Hufgeklapper hörte und fröhliches Gelächter. Das Lachen zweier Frauen. Schon kamen sie langsam um die Kurve geritten. Gemächlich, im leichten Trab. Sie unterhielten sich und hatten ganz offensichtlich Spaß. Die Frauen saßen in prunkvollen Sätteln auf prächtig herausgeputzten Pferden. In ihren wunderschönen langen Kleidern sahen sie aus wie die Damen auf dem Spektakel der Landshuter Hochzeit. Das mussten original historische Kleider sein! Ihre Haare trugen sie kunstvoll geflochten. Kurz bevor sie die Engstelle passieren wollten, geschah es: Die wartenden Männer sprangen mit gezogenen Schwertern aus ihrem Versteck und hielten die beiden Reiterinnen an. Einer griff den beiden Pferden ins Zaumzeug, die beiden anderen packten die Frauen und zogen sie von ihren Rössern. Es ging alles so schnell. Die Frauen hatten keine Möglichkeit zu fliehen.

Isabella verfolgte wie erstarrt mit weit aufgerissenen Augen das Geschehen. Die Angreifer führten ihre Gefangenen ins Dickicht des Waldes. Waren es Wegelagerer? Kaum, denn sie interessierten sich weder für den Schmuck der beiden Damen, noch für den Lederbeutel der Einen. Eine Entführung vielleicht? Isabella hielt den Atem an vor Anspannung. Sie sah die beiden Frauen mit ihren schönen Schuhen vor den drei Angreifern durch den Wald stolpern. Es wurde kaum gesprochen, nur einer der Männer schubste die Frauen immer wieder unsanft vorwärts. Ein anderer führte deren Pferde hinter ihnen her. Eine der Frauen sprach immer wieder auf die Männer ein, aber einer der Entführer, offenbar der Anführer, herrschte sie nur unfreundlich an. Isabella konnte nicht verstehen was sie sagten, aber allein die Körpersprache und die Art, wie er sprach, sagten viel. Nichts Gutes, leider.

Ein Stück weiter, zwischen den Bäumen, standen die Pferde der Angreifer. Dort angekommen, banden die Männer ihre Tiere los, um aufzusteigen. Auch die Frauen saßen wieder auf. Plötzlich gab es einen Tumult, aus dem die eine Dame mit ihrem Ross ausbrach und davon preschte. Die Pferde der

Männer hatten sich losgerissen und kamen genau auf Isabella zu. Und einer der Männer hinterher! Oh Nein!

Isabella verbarg sich angsterfüllt hinter einem Baum, doch als der Mann direkt neben ihr vorbeilaufen wollte, sah er sie hinter dem Stamm hervorlugen. Verdutzt glotzte er Isabella einen Wimpernschlag lang an. Sein ungläubiger Blick verriet, dass er nicht verstand, woher die merkwürdige Frau plötzlich kam. Er wandte sich um und blickte zurück zu seinen Leuten. Vielleicht wollte er rufen oder die Kumpane warnen. Isabella wusste es nicht, doch eines war sicher, sie musste diesen Mann abwehren. Sie sprang hervor und versetze ihm einen festen Fauststoß auf den Hinterkopf, aber der Mann konnte offensichtlich einiges einstecken. Er hatte den Kopf gedreht und sein Blick suchte sie. Seine Faust kam so schnell auf Isabella zu, dass sie einfach nur reagierte: in einer flüssigen Bewegung blockte sie mit der Linken und schlug ihm gleichzeitig die rechte Handkante in den Halsansatz über dem Schlüsselbein. Ihr Arm, der den Mann abgeblockt hatte, schmerzte höllisch, doch Isabella nutzte den Schwung, um auf dem "Rückweg" ihren rechten Ellenbogen in seinen Solar Plexus zu rammen, die empfindliche Stelle zwischen Bauch und Brustbein. Es schnürte ihm für einen Moment die Luft ab. Er rang nach Atem und sank ein Stückchen mit dem Oberkörper vor. Den Bruchteil eines Augenblicks sah sie seine vor Erstaunen aufgerissenen Augen. Es ging alles so schnell, dass sie gerade noch nachsetzen konnte. In Panik kickte sie ihm mit dem Fuß in den Bauch, so dass er sich zusammenkrümmte. Jetzt durfte sie nicht aufgeben. Mit dem linken Handballen schlug sie sein Kinn nach oben, so dass er regungslos umfiel. Sie sah es wie in Zeitlupe. Der Mann bewegte sich nicht mehr. Isabellas Herz raste. Die Pferde waren mittlerweile auf und davon.

Ein Blick auf die anderen Beteiligten versetzte Isabella einen neuen Schock: der Anführer hielt die zweite Dame fest, die er offensichtlich von Pferd geholt hatte. Er brüllte sie an, bedrohte sie und schlug sie hart ins Gesicht. Reglos, wie gelähmt musste

Isabella alles mit ansehen. Was sollte sie tun? Wie konnten sie hier überleben? Hilfe von außen war nicht zu erwarten. War sie schon zu weit gegangen? Niemand hatte sie bisher bemerkt. Hatte sie überhaupt eine Chance gegen zwei gut geschulte Kämpfer? Ihr einziger kleiner Vorteil wäre, die Peiniger mit ihrem Angriff zu überraschen. Doch sie hatte keine Zeit mehr, sich anzuschleichen. Einem Reflex folgend überlegte sie nicht lange und rannte los. Niemand schien von ihr Notiz zu nehmen. Der Anführer holte gerade erneut aus, um zuzuschlagen, als Isabella direkt hinter ihm zu stehen kam. Mit dem Mut der Verzweiflung hielt sie seine Hand fest und vereitelte so den Schlag. Beide Männer hatten offensichtlich keine Gegenwehr erwartet. Sie starrten Isabella für den Bruchteil einer Sekunde mit großen Augen an, dann begann ein erbitterter Kampf auf Leben und Tod. Isabella wusste, wenn sie sich hier nicht zur Wehr setzen konnte, dann würde sie von einem der Schwerter aufgeschlitzt und getötet werden.

Isabella kämpfte ganz anders als die Männer. Alles, was sie in den Jahren Ihres Teakwondo-Trainings gelernt hatte, sprudelte aus ihr heraus. Sie wendete einfach an, was ihr gerade in den Sinn kam. Keiner von ihren Gegnern benutzte Fuß-Kicks, Drehungen oder Schläge mit der Handkante oder dem Ellenbogen. Sie kämpften mit ihren Schwertern, allerdings nicht wie auf den Schaukämpfen, die Isabella kannte, sondern sie versuchten mit jedem Mittel, Isabella zu treffen. Es war schwierig und schmerzhaft, sich gegen zwei gute, kraftvolle Kämpfer zur Wehr zu setzen, zumal beide versuchten, sie mit der höllisch scharfen Schwertklinge aufzuschlitzen, zu erstechen oder sie mit dem Schwertknauf zu treffen. Aber wie im Film griffen die beiden sie immer abwechselnd an, nie gleichzeitig. Das Ausweichen und Wegducken, das sie oft hatte üben müssen, kam ihr jetzt zugute, auch wenn es nie unter realen Bedingungen gewesen war. Ihr Auge war durch die vielen Kampftrainings geschult; dennoch musste sie höllisch aufpassen, nicht in ein Schwert zu laufen oder sich von einem Fußtritt oder einem Schlag niederstrecken zu lassen. Ihr rasender Puls hallte im Kopf und ihr ging zusehends die Kraft aus. Ihr Herz pochte zum Zerspringen, sie bekam fast keine Luft mehr. Wenn dieser Kampf auf Leben und Tod noch länger anhielte, würde sie ohnmächtig werden. Dann wäre es so oder so um sie geschehen!

Gerade als Isabella dachte, ihr Glück verließe sie, machte der eine Angreifer einen Fehler. Es war nur ein Sekundenbruchteil, doch diesen Moment nutzte Isabella und versetzte ihm mit einem schwungvollen Drehkick einen kräftigen Fuß-Schlag an den Kopf. Die hohen Kicks waren schon immer ihre Spezialität gewesen. Er taumelte nach hinten und strauchelte. Isabella setze ein weiteres Mal nach und sprang mit einem kraftvollen Sidekick in seine Magengegend. Er krümmte sich, schwankte und verlor sein Schwert. Isabella jagte hinterher und versetze ihm aus dem Sprung heraus einen weiteren Kick gegen den Kopf. Er fiel rückwärts wie ein nasser Sack auf den Teppich aus Blättern und Moos, fing an zu zucken und sich zu verkrampfen. Schnell sah sich Isabella nach dem anderen Mann um. Aber von ihm war nichts mehr zu sehen. Vermutlich war er geflüchtet. Sie konnte sich kaum mehr auf den Beinen halten. Heftig atmend stützte sie sich mit den Armen auf ihren Oberschenkeln ab, um besser Luft zu bekommen. Ihr Herz raste, doch sie hatte das beängstigende Gefühl, nicht genug Luft zu bekommen. Würde sie gleich umkippen? Bitte nicht! Nicht hier! Nicht jetzt! »Ich kann nicht mehr!«, schrie alles in ihr. Sie atmete tief ein und durch die halb geschlossenen Lippen wieder aus, um wieder ausreichend Sauerstoff in ihren Körper zu bringen.

Verängstigt sah sie sich um, der letzte Gegner war nicht mehr zu sehen. Offenbar hatte sie es tatsächlich geschafft. Die Angreifer waren in die Flucht geschlagen oder bewusstlos. Hoffentlich hatte sie keinen der Männer getötet. Aber anders hätte sie sich nicht zur Wehr setzten können. Es war wahrlich knapp gewesen...

Die Dame, die den Kampf bisher mit offenem Mund und riesengroß geweiteten Augen verfolgt hatte, hob zaghaft das Schwert auf.

Angriff auf Leondora

Leondora war vor Aufregung ganz warm. Als sie sich gewaschen hatte und gerade in ein frisches Kleid schlüpfen wollte, kam Rosalinde in Ihr Schlafgemach, um zu erfahren, was denn mit Ritter Gero gewesen sei. Sie sagte frei heraus, ihr sei aufgefallen, dass Leondora bis spät nachts nicht in ihr Gemach zurückgekehrt war und nun wolle sie wissen, wo Leondora die Zeit bis dahin verbracht hatte. Sie ahnte die Wahrheit sicherlich bereits, denn sie saß gespannt auf der Bettkante und sah Leondora erwartungsvoll an.

Die wusste nicht, was sie sagen sollte. Niemand durfte von der vergangenen Nacht wissen, nicht einmal ihre geliebte Schwester. Und außerdem würde Rosalinde sie für unzurechnungsfähig erklären. Es war wirklich verrückt. Wie konnte sie sich nur so gehen lassen?! Mit einem völlig unbekannten Mann! Was sollte er nur von ihr denken? Kein Zweifel, er hielt sie sicher für schamlos. Wenn das jemals jemand erführe, wäre sie für ihr restliches Leben gebrandmarkt. Niemals käme sie mehr unter die Haube. Was, wenn er ihr nur Liebesschwüre vorgegaukelt hatte und heute in aller Ruhe abreiste, ohne noch einen Gedanken an sie zu verschwenden? Oh, wie konnte sie nur!

Aber es war so schön gewesen. Noch nie hatte sie so intensive Gefühle erlebt. Nein, das wollte sie nicht bereuen. Diese Intensität, dieses Begehren. Es war die Erfüllung gewesen. Sie spürte das wieder aufkeimende Verlangen, Gero zu sehen. Und zu berühren.

Sie setzte sich auf ihr Bett und haderte mit sich, als Rosalinde ihre Gedanken jäh unterbrach: »Na was ist denn nun?«

Fieberhaft überlegte Leondora, was sie ihrer vorlauten Schwester sagen sollte, als sich die Türe öffnete und ihre Magd Maria aufgeregt herein stürmte: »Eure Hoheit, seine Durchlaucht wünscht Euch umgehend zu sprechen. Es scheint etwas vorgefallen zu sein, denn einer der Ritter bat um eine dringende Unterredung, bevor sie abreisten und seitdem wandert der Landgraf umher, wie ein wildes Tier im Käfig.«

Leondora blieb fast das Herz stehen. War diese Nachricht ein gutes oder ein schlechtes Zeichen? Sie sprang vom Bett auf und wechselte einen Blick mit Rosalinde. Die fühlte sich in ihrer Vermutung bestätigt und schlug vor Aufregung beide Hände vor den Mund, während sie herauspresste: »Oh, Schwesterlein was hast du nur getan...?!«

Maria half Leondora beim Ankleiden und dann humpelte sie, so schnell es ging, in den Thronsaal.

Landgraf Theodowic erwartete sie offensichtlich schon, denn als sie eintrat, unterbrach er seine Wanderung, kratzte seinen Bart und sah Leondora lange an, ohne ein Wort zu sagen.

Die Landgräfin betrat den Saal und schickte alle weiteren Anwesenden hinaus.

»Setz dich, Kind.« Mit einer Geste wies Theodowic Leondora einen Platz zu und setzte sich mit seiner Frau ihr gegenüber.

»Gero von Löwenhaag hat heute Morgen um deine Hand angehalten«, eröffnete er das Gespräch und schaute Leondora eingehend an. »Hast du ihn denn kennen gelernt, Kind?«

»Ja, Vater, als er mich nach meinem Sturz gerettet hat, haben wir ein paar Worte gewechselt.«

»Und da will dich ein fremder Mann gleich heiraten? Nach ein paar belanglosen Sätzen?«

Leondora schaute beschämt zu Boden. Sicher würde ihrem Vater die aufsteigende Röte in ihrem Gesicht nicht verborgen bleiben.

Der Landgraf sah sie eindringlich an und fragte: »Ist er Dir unschicklich zu nahe gekommen, so dass er dich heiraten muss?«

Leondora sah bestürzt auf: »Nein, er hat mir nichts Unrechtes angetan und er muss mich auch nicht heiraten, Vater. Er hat mir gestern kurz vor dem Ball von seinem Wunsch berichtet, Euch um meine Hand zu bitten.« Leondora wusste, dass ihr Vater sie gestern Abend auf ihrem Zimmer vermutet hatte und sie nun Gefahr lief, dass er sie befragen würde, wie sie gestern Abend alleine Worte mit Ritter Gero hatte wechseln können.

Aber zu ihrer Erleichterung richtete nun ihre Mutter das Wort an sie: »Leondora, wärst du denn mit einer Verbindung mit Gero von Löwenhaag einverstanden?«

Leondora konnte ihr Glück kaum fassen »Ja, Mutter das wäre ich«, hauchte sie.

»Nun gut.« Der Landgraf erhob sich. »Dann werde ich einen Boten nach Burg Löwenhaag schicken. Wir müssen die Mitgift aushandeln. Die Hochzeit wird Sonntag nach Christi Himmelfahrt stattfinden.«

Leondora hielt nichts mehr auf ihrem Stuhl. Sie küsste ihrem Vater und ihrer Mutter dankbar die Hand und humpelte hinaus, um Rosalinde und Maria die Neuigkeit zu erzählen.

Zwei Wochen später war Leondoras schmerzhafte Verstauchung geheilt, so dass sie mit Rosalinde ausreiten konnte. Der Himmel zeigte sich in seinem schönsten Blau und die Frühlingssonne hatte bereits enorme Kraft. Der Wald unterhalb des Burgberges bot bei der langsam einsetzenden Hitze angenehme Abkühlung. Nichtsahnend ritten sie auf die Engstelle des Waldweges zu, die sie nebeneinander nur im Schritt passieren konnten. Die beiden malten sich das Leben auf Burg Löwenhaag in den buntesten Farben aus und hatten viel Spaß.

Sie waren so mit ihrer Phantasie beschäftigt, dass sie nicht weiter auf die Umgebung achteten, bis drei Fremde wie aus dem Nichts auftauchten. Sie mussten aus dem Unterholz gesprungen sein, und während einer der Angreifer den beiden Pferden ins

Zaumzeug griff, um die Frauen am Weiterreiten zu hindern, zwangen die beiden anderen mit gezogenen Schwertern Rosalinde und Leondora zum Absitzen. Dem Aussehen nach waren sie, trotz ihrer verschlissen und abgetragenen Kleidung, keine Bettler oder Landstreicher. Eher Waffenknechte. Leondora kannte die Männer nicht, die sie grob vom Pferd gezerrt hatten. Die jungen Frauen waren wie benommen. Sie stolperten durch das Unterholz, angetrieben von einem der Schwertträger, der sie immer wieder unsanft weiter schubste. Er bleckte seine verfaulten Zähne und fuhr die beiden an: »Wenn Ihr Täubchen nicht schneller geht, werde ich euch Beine machen! Und glaubt mir: wenn ich mit euch fertig bin und dann die anderen beiden dran waren... .« Er lachte ein kehliges, grausames Lachen.

Der zweite Mann stapfte höhnisch lachend hinter ihnen her, während der Dritte die Pferde führte. Leondoras Mund war wie ausgetrocknet. Sie zitterte am ganzen Körper und ihr Herz klopfte zum Zerspringen. Dennoch versuchte sie zu erfahren, was die Männer mit ihnen vorhatten. Sie bot ihnen ihren Schmuck und das wenige Geld in ihrem Ledersäckchen am Gürtel, aber es schien die Angreifer nicht zu interessieren. Was wollten diese Männer von ihnen? Würden sie ihnen etwas antun? Einfache Wegelagerer hätten ihnen schon längst ihren Schmuck abgenommen, wären sofort über sie hergefallen oder hätten sie gar auf der Stelle getötet. Sollten sie entführt werden? Irritiert fragte sie, was die Männer mit ihnen vorhätten, doch die Angreifer schwiegen beharrlich.

Bei den Pferden der Entführer angekommen brummte der augenscheinliche Anführer in barschem Ton: »Aufsitzen jetzt, und wehe ihr gehorcht nicht!«

Leondora und Rosalinde schauten einander mit bleichen Gesichtern an und taten wie ihnen geheißen. In dem Moment, als der Anführer seine Pferde losband, schlug Leondora dem Pferd ihrer Schwester mit einem lauten Schrei so fest auf den hinteren Lauf, dass es erschreckt einen Satz machte, der die überraschte Rosalinde fast aus dem Sattel geworfen hätte. Sie klammerte sich verzweifelt fest und nach einer Schrecksekunde preschte sie im gesteckten Galopp Richtung Burg Nikolausberg davon.

Leondora ritt einen Schritt vor, auf die Pferde der Angreifer zu, die scheuten, sich losrissen und auseinanderstoben. Leondoras Pferd drehte sich zweimal im Kreis und stieg dann. Die Männer hatten nur den Bruchteil einer Sekunde überrascht dem Treiben zugesehen, dann war einer von ihnen losgelaufen, um die Pferde einzufangen, der zweite griff geistesgegenwärtig nach den Zügeln von Leondoras Pferd, aber es stieg so wild, dass er zurückwich. Leondora hielt sich tapfer, aber beim erneuten Steigen ihres Pferdes wurde sie abgeworfen und landete unsanft auf dem Boden. Der Anführer zog sie auf und schlug ihr mit der flachen Hand ins Gesicht. »Das machst du mir nicht noch mal, du Drecksstück! Jetzt werde ich andere Seiten mit dir aufziehen.«

Sie war verloren!

Er holte aus, um sie noch mal zu schlagen, als urplötzlich eine Frau hinter ihm stand. Sie musste eine Erscheinung sein, vielleicht ein Geist? Die Frau hielt seinen erhobenen Arm fest. Sie war ungewöhnlich groß und äußerst merkwürdig gekleidet. Es ging alles so schnell; war wie Hexerei. Die beiden Männer schienen starrten die Fremde verdutzt an, ehe sie sich erbittert zur Wehr setzten. Frauen konnten nicht kämpfen, diese schon. Dabei hatte sie nicht einmal eine Waffe! Sie wendete eine außergewöhnliche Art von Kampfkunst an, die Leondora selbst bei den Rittern noch nie erlebt hatte. Fließende, runde Bewegungen. Sie drehte sich, sprang umher und schlug mit Hand, Fuß und Ellenbogen, duckte sich geschickt unter dem Schwert weg. Die Fremde setzte sich tatsächlich gegen beide bewaffnete Entführer zur Wehr!

Der Anführer hechtete auf die fremde Frau zu, doch mit einer geschickten Bewegung wich sie aus und sprang gänzlich unerwartet mit einer Drehung hoch und schlug ihn mit dem Fuß, dass er rückwärts taumelte. Die Frau setze nach und schlug noch zweimal zu, bis er sein Schwert verlor, zuckend zu Boden stürzte und sich bald darauf nicht mehr bewegte. Als der andere Angreifer mit angesehen hatte, wie die Fremde seinen Anführer in erbittertem Kampf niedergestreckt hatte, nahm er Reißaus. Dass der dritte Mann, der die Pferde geführt hatte, nicht mehr aufgetaucht war, entging Leondora in der Aufregung. Sie war vom Schock wie erstarrt. Unfähig, sich zu bewegen, verharrte sie neben dem niedergestreckten Angreifer und traute ihren Augen nicht. Es war wie im Traum.

Die ungewöhnliche Fremde stand schwer atmend vor ihr und schien sich kaum mehr auf den Beinen halten zu können. Sie rang nach Luft und sah sich suchend um. Sie schien den dritten Angreifer zu suchen, doch der war längst verschwunden.

Ein Schwert war zu Boden gefallen und lag direkt zu Leondoras Füßen. Geistesabwesend hob sie es auf und hielt es zitternd mit beiden Händen. Es war schwer. Sie hatte noch nie ein Schwert in ihren Händen gehalten. Ihre Beine versagten ihren Dienst, so dass sie sich auf den Boden setzen musste.

Die Unbekannte kam zu ihr und fragte sie mit einer gar merkwürdigen Aussprache: »Ist alles in Ordnung? Sind Sie verletzt?«

Leondora zitterte am ganzen Leib und meinte: »Es geht schon. Ihr habt mich gerettet. Ich danke Euch vielmals. Ich stehe tief in Eurer Schuld. Ihr scheint fremd hier zu sein. Darf ich Euch auf Burg Nikolausberg einladen?«

Fasziniert versuchte Leondora, die ungewöhnliche Kleidung der Fremden zu berühren. Solche Stoffe, solche Farben und vor allem solche Kleider hatte sie noch nie gesehen. Es war eindeutig eine Frau, auch wenn sie lange, weite Beinkleider trug. Und diese Schuhe. So merkwürdige Gewandung war Leondora gänzlich unbekannt. Die Frau musste von weither gekommen sein. Aus welchem Land mochte sie wohl stammen? Ob in diesem Land Frauen Krieger waren?

»Ich bin Leondora von Leiten. Dürfte ich Euch fragen, wer Ihr seid und woher Ihr kommt?«

Die Fremde zögerte. Dann stammelte sie: »Ich heiße Isabella und komme von weither. Und ich muss schnell wieder zurück. Wo bin ich hier?«

Welch merkwürdige Frage, wunderte sich Leondora. Sie wollte gerade etwas erwidern, da hörte sie von weitem das Herannahmen vieler Pferde, und bald konnte sie Reiter zwischen den Bäumen erkennen, die das Wappen Ihrer Familie trugen.. Sie erhob sich und lief los, den Reitern entgegen, während sie über die Schulter Isabella zurief: »Das sind die Ritter meines Vaters! Wir sind gerettet. Kommt!«

Aber während Leondora den Reitern entgegen lief und mit lauten Rufen auf sich aufmerksam machte, schlich Isabella ins Unterholz und versteckte sich. Diese junge Dame war sehr sympathisch, aber sie konnte ihr ja wohl kaum ihre unglaubliche Geschichte erzählen! Selbstverständlich nicht! Denn andernfalls würde sie sie sicher verraten, als Lügnerin bestrafen oder als Hexe verbrennen lassen. In ihrem Kopf drehten sich die Gedanken. Sie konnte doch wohl schlecht einer Dame im Mittelalter oder wo immer sie hier war, erzählen, wo sie herkam. Und wenn sie fragte, welches Jahr - oder Jahrhundert - gerade war, würde man sie sicher ins Irrenhaus stecken.

Isabella saß regungslos im Gestrüpp und sah zu, wie die Ritter die junge Adelige mitnahmen. Zwei der Männer scherten aus und ritten zu der Stelle, an der der Kampf stattgefunden hatte. Sie luden den reglosen Angreifer auf eines der Pferde, den anderen weiter hinten hatten sie offensichtlich nicht entdeckt. Sie wollten gerade zurückkehren, da wendete einer der Männer noch mal sein Pferd, deutete auf den Boden und sagte etwas Unverständliches zu dem Anderen. Oh nein! Da lag die Plastiktüte mit dem neuen Buch! Die musste aus der Tasche gefallen sein! Der Reiter nahm sie an sich und preschte davon.

Isabellas Herz schlug wie wild und langsam merkte sie, dass der Kampf seine Spuren an ihr hinterlassen hatte. Im Eifer des Gefechtes hatte sie kaum etwas gespürt, aber nun schmerzte sie jede Faser ihres Körpers. Sie besah sich ihre Arme und Beine und suchte den Körper nach Verletzungen ab. Glücklicherweise hatte sie nur einige blaue Flecke und ein paar kleinere Blessuren davongetragen. Sie war immer noch so angespannt und aufgewühlt, so dass sie am ganzen Körper zitterte. Zugleich aber fühlte sie sich plötzlich so ausgelaugt und müde, dass sie sich am liebsten auf der Stelle hingelegt hätte. Eine Weile blieb sie regungslos sitzen, ehe sie zu der kleinen Hütte zurück schlich, um in ihrem Schutz erst einmal wieder einen klaren Gedanken fassen zu können.

***

Auf Burg Nikolausberg herrschte große Aufregung und das Gesinde lief zusammen, als die Reiter auf den Hof preschten. Während alle absaßen, kam der Ritter, der die Plastiktüte mitgenommen hatte, auf Leondora zu und hielt sie ihr mit zwei Fingern hin, wie ein schmutziges Tuch, das man loswerden möchte: »Herrin, das haben wir an dem Platz gefunden, an dem Ihr den Schurken entkommen seid.«

Leondora sah verwundert auf den komischen, glatten, glänzenden Sack, nahm in an sich und verbarg ihn sogleich unter ihrem Umhang, damit er nicht noch weiteres Aufsehen auf sich ziehen konnte. Sie würde ihn später genauer betrachten. Bestimmt hatte die fremde Frau ihn verloren.

Leondora wurde gleich in den großen Saal geführt, wo ihre Schwester und ihre Eltern bereits unruhig warteten. Rosalinde und ihre Mutter kamen auf sie zugelaufen und umarmten sie heftig. Auch der Landgraf ging vor Aufregung rastlos auf und ab und lies sich genau schildern, wie Leondora hatte entkommen können. Als sie berichtete, dass eine Frau die Männer besiegt hatte, die fremd aussah und kämpfen konnte, wurden die Augen des Landgrafs immer größer. Er wies seine Wachen an, die Frau im Wald zu suchen, um sich erkenntlich zeigen zu können. Diese Erscheinung wollte er näher betrachten. Von einer kämpfenden Frau hatte er noch nie gehört!

Bevor Leondora sich auf den Weg zu Ihrem Gemach machte, ging sie noch schnell in den Hof, um Rufus zu suchen, einen befreundeten Knappen, dem sie vertraute. Er besserte gerade vor den Ställen einen Schild aus und Leondora stellte sich dazu.

»Rufus, ich bräuchte Eure Hilfe, aber Ihr müsstet verschwiegen sein.«

»Wie kann ich mit meinen bescheidenen Fähigkeiten Euch von Nutzen sein, Prinzessin?«

»Ihr habt sicher von der fremden Frau gehört, die mich heute gerettet hat. Vater hat Wachen losgeschickt, sie zu suchen. Ich bitte Euch, findet sie vor den Männern meines Vaters und bringt sie in meine Gemächer, ohne dass Euch jemand sieht. Es ist sehr wichtig!«

Rufus stand auf und legte den Schild zur Seite.

»Ich werde zwei Freunde mitnehmen, denen ich vertraue und die sich sehr gut in unseren Wäldern auskennen. Wir finden sie bestimmt, Prinzessin!« Er verbeugte sich kurz und stürmte sofort los Richtung Stall.

Leondora schlenderte gedankenversunken in ihre Gemächer.

Dort schickte sie alle Bediensteten hinaus und zog den merkwürdig glänzenden Sack unter ihrem Umhang hervor. Vorsichtig befühlte sie das Material. Es war wirklich einzigartig. So etwas hatte sie noch niemals gesehen. So bunt und so glatt, man konnte das Gewebe gar nicht erkennen. Der Sack war nicht zugeschnürt, sondern hatte zwei Henkel, die aus demselben Gewebe gefertigt waren. Eine interessante Machart! Sie öffnete den Sack und nahm den Inhalt heraus. Er sah ähnlich aus wie ein Buch, doch er war in einer Art Haut eingewickelt, die klar wie Wasser und ebenso glatt war. Sie zog ein wenig an dieser Haut, plötzlich riss sie ein. Erschrocken wich sie zurück, aber dann siegte ihre Neugier. Da diese Hülle sowieso schon kaputt war, konnte man sie doch auch ein wenig entfernen, um das Innere zu betrachten. Es war tatsächlich ein Buch, wenn auch ein höchst außergewöhnliches. Leondora betrachtete es von allen Seiten.

Die Einbände der Bücher, die sie bisher gesehen hatte, waren aus Leder, aber dieser hier war hell, bunt und glatt wie die Wasserfläche eines Sees am Morgen. Und diese Schrift war völlig neu für sie. Sie strich über den Einband. Die Schriftzeichen waren nicht zu erfühlen.

Vorsichtig öffnete sie das Buch und schnappte nach Luft. Sie konnte nicht glauben, was sie da sah: Menschliche Abbilder, aber nicht gemalt, sondern so, als ob die Menschen gleich aus dem Buch heraustreten wollten. Irritiert schlug sie das Buch zu. Doch nach einer Weile schaute sie wieder hinein. Da waren Bilder von Körpern, die zerschnitten waren und in die man hineinsehen konnte! Es sah so echt aus! Dabei war es doch streng verboten, Leichen zu öffnen! Was hatte diese Fremde für Teufelszeug! Schnell schlug Leondora das Buch zu, steckte es zurück in den ungewöhnlichen Sack, wickelte alles mit spitzen Fingern in ein Tuch und legte es in ihre Truhe, ganz unten hinein.

Aufgeregt goss sie sich einen Becher gewürzten Wein ein, stellte die Karaffe zurück auf ihren Tisch, setzte sich auf den hölzernen Stuhl und ließ wieder und wieder die Ereignisse des Tages Revue passieren.

Etwas später klopfte es leise an ihrer Türe. Leondora öffnete und stand Rufus und der Unbekannten gegenüber. Ihre Hände waren gefesselt und sie sah verängstigt aus.

»Habt keine Angst«, flüsterte sie der Frau zu und nahm ihre Hand.

Zu Rufus gewandt, meinte sie: »Habt Dank, Rufus. Warum ist sie gefesselt?«

»Sie hat sich gewehrt. Es ging nicht anders.«

»Ihr könnt sie mir hier lassen. Sie wird eine Weile bleiben. Und bitte nehmt ihr die Fesseln ab. Die werden nicht nötig sein. Nicht wahr?«, fragte sie mit Blick auf die Fremde. Die schluckte und nickte zaghaft.

Leondora nahm eine Münze aus dem Säckchen an ihrem Gürtel und reichte sie Rufus. Er verneigte sich und ging, während Leondora schnell die Frau ins Zimmer zog und die

Türe verriegelte. Leondora spürte ihre Verunsicherung und sagte schnell: »Ich bin so froh, dass Ihr hier seid! Ihr habt mir das Leben gerettet und ich konnte mich noch gar nicht erkenntlich zeigen. Und ich habe so viele Fragen an Euch. Bitte setzt Euch doch.«

Sie wies auf einen Stuhl neben ihrem Tisch und schenkte der Fremden ebenfalls Wein ein.

»Eure Kleidung und Euer Beutel sind hier unbekannt, Ihr tragt Beinkleider wie ein Mann und Schuhe, die ich in meinen kühnsten Träumen nicht erdenken könnte. Und Ihr sprecht so ungewohnt. Woher kommt Ihr?«

Isabella fühlte sich sichtlich unwohl. Nervös rutschte sie auf dem Stuhl hin und her. Aufgeregt drückte sie ihre Hände ineinander, als ob sie einander festhalten sollten. Sie wusste nicht, wieviel von der Wahrheit sie preisgeben dürfte. Doch dann entschied sie sich für einen ersten Vorstoß: »Da müsste ich Ihnen erst eine Gegenfrage stellen: Welches Jahr haben wir und wo bin ich hier?«

Leondora sah sie erstaunt und amüsiert an: »Wir sind im Jahr des Herrn Dreizehnhundertfünfundvierzig und Ihr seid auf Burg Nikolausberg in Bruck zu Fürstenfeld.«

Isabella hatte das Gefühl, ihr würde der Boden unter den Füßen weggezogen. Sie musste erst einmal tief durchatmen, ehe sie stammelte: »Ich - äh - Sie würden es mir nicht glauben, wenn ich Ihnen die Geschichte erzählte.«

Leondora saß ihr gegenüber, erwartungsvoll, mit großen Augen. »Ich liebe Geschichten. Trinkt und erzählt mir das Gewesene. Ich nehme mir gerne die Zeit. Ihr seid ein Mysterium für mich. Jemanden wie Euch habe ich noch nie getroffen. Ihr habt mich gerettet, so stehe ich tief in Eurer Schuld. Da ist es nur Recht, dass ich etwas über Eure Lebensgeschichte und Vergangenheit erfahre. Ich möchte mich erkenntlich zeigen. Wir werden Euch wahrhaft fürstlich entlohnen.«

Isabella rutschte nervös auf ihrem Stuhl herum, doch sie ahnte schon, dass sie da nicht mehr herauskommen konnte.

Sie öffnete den Mund – und schloss ihn wieder. Was sollte sie sagen? Was sollte sie nur tun?

Leondora ging Richtung Truhe. »Dass Ihr außergewöhnlich seid, habe ich sofort bemerkt. Wie Ihr mit den Entführern gekämpft hat. Derlei gibt es bei uns nicht. Seid Ihr eine Hexe?«

In Isabella stieg Panik auf. Frauen, die der Hexerei bezichtigt wurden, lebten im Mittelalter ja bekanntlich sehr gefährlich. Sie sprang auf und hob abwehrend die Arme: »Nein, ich bin eine angehende Heilpraktikerin.« Da Leondora sie verständnislos ansah, berichtigte sie schnell: »Das ist so etwas wie eine Heilerin.«

Leondora schaute Isabella eindringlich an, öffnete die Truhe und nahm das eingewickelte Buch heraus. Sie wickelte es aus und legte es auf den Tisch. »Und was ist das? Ihr wisst sicher, dass Leichenfledderei hart bestraft wird. Und wie kommen diese Körper in ein Buch?«

Isabella starrte auf das Buch. Na prima. Klar, dass eine mittelalterliche Adelige geschockt von einem Buch mit dem Titel „Wunderwerk Körper" sein musste, in dem jedes Detail des menschlichen Körpers anschaulich auf Hochglanzbildern dargestellt war. Computeranimierte Bilder. Um ein Vielfaches genauer und hochauflösender, als diese Frau es je gesehen haben konnte.

Sie setzte an: »Ich bin ebenfalls aus Bruck. Nur – es ist anders. Ich weiß nicht, wie ich es erklären soll. Es ist kompliziert.« Sie stockte, sah in Richtung des Fensterloches, als ob die rettende Antwort gleich hereinflattern wollte. Isabella holte tief Luft, ehe sie weitersprach: »Eine fast unglaubliche Geschichte. Ich lebe in Fürstenfeldbruck, das ist euer Bruck zu Fürstenfeld, allerdings im Jahr 2014 nach Christus. Ich bin durch einen dummen Zufall hierher verschlagen worden.«

Jetzt war es also raus. Nun lag es an ihrem Gegenüber, wie es weiterging. Isabella hielt beunruhigt die Luft an. Die Hände ergeben im Schoß gefaltet wartete sie angespannt auf Leondoras Reaktion.

Die stand vor ihr und starrte sie ungläubig an. Einen schrecklich langen Moment herrschte Stille. Leondora schnappte nach Luft und trat einen Schritt zurück. Einen Augenblick lang schien es ihr die Sprache verschlagen zu haben, dann rief sie: »Was erzählt Ihr da? Ihr seid aus der Zukunft zu uns gekommen? Das kann ich nicht glauben. Das ist unmöglich!« Sie begann unruhig im Zimmer auf und ab zu gehen. Eine Weile hörte man nichts als ihre Schritte auf dem Holzboden.

Nach einem weiteren Moment der angespannten Stille flüsterte Leondora fast: »Ist das wahr? Wie kann das sein? Das ist ja unglaublich! Wie ist das möglich?«

»Ihr glaubt mir also?«

»Gottes Wege sind unergründlich - warum Ihr hier seid weiß nur der Herr. Er wird schon einen Grund haben, dass er Euch zu uns gesandt hat.«

Und nach einer weiteren kurzen Pause setzte sie sich zu Isabella und meinte: »Wie ist es dort? Ich will alles über die Zukunft wissen! Aber lügt mich nicht an!«

Sie goss Wein nach und Isabella fasste wieder Mut. Sie erzählte ein wenig von sich und ihrem Leben. Erst zaghaft, aber als sie merkte, dass ihr Gegenüber ehrliches, vorbehaltloses Interesse hatte, kam ein regelrechter Redeschwall aus ihrem Mund. Während sie sprach überlegte sie fieberhaft, was sie der Dame alle erzählen sollte und wie man ihr die Dinge der Moderne verständlich machen könnte. Leondora hörte gespannt zu und staunte mit großen Augen. Sie konnte sich viel von dem, was es in der Zukunft einmal geben sollte, gar nicht vorstellen.

Bevor der Gong zum Abendmahl rief, erklärte Leondora, dass sie Isabella ihrer Familie vorstellen wolle, dass sie aber dafür unbedingt schnell in angemessene Kleider schlüpfen müsse. Glücklicherweise hatten Isabella und Leondora in etwa die gleiche Kleidergröße, so dass Leondora ihr eines ihrer Kleider lieh. Es war etwas kurz, denn sie überragte Leondora um einige Zentimeter, doch hoffentlich würde niemand Notiz davon nehmen. Zum Glück hatte sie lange Haare. So würde sie nicht gleich durch ihr äußeres Erscheinungsbild auffallen wie ein bunter Hund. In Ermangelung eines Spiegels begnügte sie sich mit ihrem Spiegelbild in einem polierten Metall, was ihrer freudigen Stimmung keinen Abbruch tat. Auch wenn sie es bedauerte, sich nicht so recht in ihrer Pracht betrachten zu können, stolzierte sie im Raum auf und ab, um sich an die neue Kleidung zu gewöhnen. Sie schwebte förmlich.

Leondora zog einen ihrer Schuhe aus und stellte ihn Isabella hin, damit sie hineinschlüpfen konnte. Doch die musterte den Schuh skeptisch und meinte: »Der ist aber klein. Ich habe Schuhgröße 40. Welche hast Du denn?« »Schuhgröße?«, antwortete Leondora verständnislos. »Meine Schuhe sind so groß wie meine Füße. Sonst würde ich ja herausfallen oder erst gar nicht hineinpassen.« Sie betrachtete die nackten, großen Füße und musste lachen. »Für Eure Füße müssen wir Schuhe anfertigen lassen. Bis sie fertig sind soll meine Magd Maria herumfragen, wer Holzschuhe in eurer Größe hat, die Ihr so lange tragen könnt. Barfuß geht hier nur wer sich keine Schuhe leisten kann.«

Eine der Mägde wurde gerufen, um Isabellas Haar aufzustecken. Was für ein erhebendes Gefühl! Die Verwandlung berauschte Isabella. Einziger Wehrmutstropfen war die Tatsache, dass sie auf dem Steinboden noch barfuß laufen musste. Er fühlte sich eiskalt an, obwohl er mit Binsen ausgelegt war. Wie lange würde sie es mit nackten Füßen aushalten – zumal sie überhaupt nicht abgehärtet war? Hoffentlich erkältete sie sich nicht. Bitte nicht jetzt und nicht hier!

Zu ihrem großen Glück kam schon nach kurzer Zeit die Magd herein und hatte zwei Paar Holzschuhe in der Hand. Mit unverhohlener Neugierde begutachtete sie die Unbekannte und ihre großen, nackten Füße. Das eine Paar passte leidlich, sofern Holzschuhe passen konnten. Isabella rutschte nicht sofort heraus, wenn sie ging, mehr konnte sie auf die Schnelle sicher nicht erwarten. Maria verfolgte die Anprobe mit einer Mischung aus Verwunderung und Argwohn. Sie musste unten sogleich den anderen Mägden erzählen, wie merkwürdig die Fremde aussah in dem schönen Kleid, mit den groben Schuhen des Pferdeknechtes Veith an den Füßen. Er hatte von den Knechten, die sie nach Schuhen gefragt hatte, noch die zierlichsten Füße gehabt. Alle hatten die Köpfe geschüttelt ob der Ankündigung, dass sie die Schuhe für einen Gast benötigte. Dass es ein weiblicher Gast war, hatte sie in weiser Voraussicht verschwiegen. Es wurde sowieso immer so schnell gemunkelt hier auf der Burg. Woher die Frau wohl gekommen war? Niemand schien sie zu kennen oder hatte sie kommen gesehen und dennoch war sie unverhofft hier auf der Burg aufgetaucht und zudem so seltsam vertraut mit der jungen Herrin. Ob sich die beiden schon länger kannten? Es sah zumindest danach aus. Und wie es schien teilten sie sogar die Gewandung.... Sehr befremdlich. Maria zog leicht die Mundwinkel nach unten, doch niemand bemerkte die Unmutsbekundung. Die Fremde würde sicher noch eine Weile auf der Burg weilen, so hätte sie noch ausreichend Zeit, sich über sie kundig zu machen. Maria knickste ergeben und verließ den Raum.

So schön auch alles aussah, Isabella machte sich Sorgen, dass sie sofort unangenehm auffallen würde, da sie weder die Gepflogenheiten im Mittelalter, noch korrekte Ausdrucks- und Verhaltensweisen in Gesellschaften kannte. Viel zu schnell rief der Gong zum Essen. Leondora konnte in der Kürze der Zeit nicht viel erläutern, so beschränkte sie sich auf einige wenige wichtige Dinge und schon gingen die beiden los Richtung Saal.

Isabella blieb immer einen kleinen Schritt hinter Leondora, um zu sehen, was diese tat. Als sie eintraten, flüsterte Leondora Isabella ins Ohr: »Erzählt niemandem die wahre Geschichte! Ihr kommt aus einem Dorf bei Augsburg und seid hier, um Eurer Schwester zu helfen, die guter Hoffnung ist.«

Der sogenannte „Saal" hatte wenig mit den prunkvollen Hallen in Filmen gemein. Er war gut zehn Meter lang und vielleicht fünf Meter breit. Ein düsterer Raum mit kahlen Steinwänden, auch wenn sie mit Teppichen, Fellen, Hirschgeweihen und einigen Waffen behangen waren. Isabella fröstelte. In seiner schlichten Ausstattung vermittelte ihr der Raum einen Eindruck der herben Einfachheit und des harten Lebens, in dem sie nun gefangen war. In einem so kalten, feuchten und zugigen Gemäuer würde sie sicher immerzu frieren. Zahlreiche Kandelaber und Kerzen erleuchteten den Raum, den ein massiver Holztisch als lange Tafel dominierte. Isabella fühlte sich beengt und unbehaglich als sie merkte, dass alle Augen auf sie gerichtet waren. Der Landgraf empfing Isabella mit offenen Armen, als er hörte, dass sie die Frau war, die seine Tochter gerettet hatte. Allerdings konnte er es wohl nicht so recht glauben, dass es eine Frau mit drei Männern aufgenommen haben sollte. Sie nahmen an der großen Tafel Platz. Isabella wurde der Stuhl neben Leondora zugewiesen.

Es gab weder Messer noch Gabeln, und der Löffel war kleiner und ganz rund, statt oval, wie Isabella es gewohnt war. Nur feine Leute konnten sich so ein geschmiedetes und mit feinen Verzierungen versehenes Besteck leisten. Nach der edel gedeckten Tafel, den schmucken Wandbehängen und der Kleidung zu urteilen, mussten ihre Gastgeber wirklich wohlhabend sein.

Isabella beobachtete jeden Handgriff von Leondora, um keinen Fehler zu machen, denn ohne das gewohnte Besteck stellte das Essen eine Herausforderung dar. Allerdings war fast alles klein geschnitten oder breiig und daher mit den Händen und dem Löffel gut zu essen. Das Mahl duftete verführerisch und schmeckte ungewohnt, aber gut. Das Fleisch schwamm in mundgerechten Stücken in einer Art Eintopf, dessen Soße mit Brot aufgetunkt wurde und das Gemüse schien etwas zerkocht für Isabellas Geschmack.

Leondora hatte der Gesellschaft erklärt, dass ihr Gast die Landessprache nicht gut spräche und daher nicht ohne weiteres selbst erzählen könne, so wurde Isabella nicht genötigt, die Ereignisse aus ihrer Sicht darzustellen. Sie war so auf ihr Essen konzentriert, dass sie sich so gut wie nicht an den Gesprächen beteiligte. Aber offensichtlich machte sie ihre Sache gut, denn niemand schien sich an ihren Tischmanieren zu stören.

Nachdem sie die Tafel verlassen hatten, ließ Leondora neben ihrer Kemenate ein Gemach für Isabella herrichten. Auch der Landgraf hatte nichts dagegen einzuwenden, dass Isabella als Gast seiner Tochter auf Burg Nikolausberg Quartier bezog. Leondora zeigte Isabella die Räumlichkeiten, führte sie dann an die Fensteröffnung zu ihrer Linken und zeigte hinaus: »Von hier oben kann man die Burg Ruckenstain sehen.«

Isabella folgte ihrem Blick hinüber. Ruckenstain sagte ihr nichts. Die Frau musste Roggenstein meinen. Sie kannte das Gut Roggenstein nur dem Namen nach. Den Burgstall bei Roggenstein hatte sie noch nie besucht. Das würde sie nachholen, sobald sie wieder zuhause in ihrer Zeit sein würde.

Leondora sah bereits zur nächsten Fensteröffnung Richtung Osten hinaus: »Dort, auf dem Engelsberg, seht Ihr die Eberhardsburg, und dort drüben könnt Ihr Puch erkennen. Sie sind alle in Sichtweite errichtet worden. So können wir einander durch Rauch- oder Feuerzeichen vor Gefahr durch die Annäherung von Feinden warnen, damit genug Zeit bleibt, um Menschen und Tiere rechtzeitig in Sicherheit zu bringen und die Tore zu schließen. Einer größeren Belagerung könnten wir sicher nicht standhalten, doch unsere Lage bietet uns gerade in unruhigen Zeiten Schutz vor durchziehenden Plünderern und marodierenden Horden. Gott sei's gedankt, wir sind bisher verschont geblieben. Ich werde morgen in der Kapelle eine Kerze zum Dank anzünden.«

Isabella trat an heran und spähte hinaus. Mittlerweile war sie sich bewusst, wo sie sich befinden musste. Auf dem Nikolausberg bei Fürstenfeldbruck. Sie hatte den Burgstall schon mehrmals besucht und die Burg war tatsächlich so erbaut, wie die Historiker herausgefunden hatten. Doch die Umgebung sah völlig anders aus, als sie es gewohnt war. Viel mehr Wald, keine Straßen oder markanten Punkte, die sie kannte. Von hier oben konnte sie die Schneise erkennen, in der der Weg nach Hoflach verlief. Auf dem Hügel Richtung Kloster Fürstenfeld konnte sie die Eberhardsburg erahnen. Sie durchschritt den

Raum und sah zur Fensteröffnung Richtung Bruck hinunter. Eine kleine Marktsiedlung an der einzigen großen Brücke über die Amper hier in der Gegend. Winzig im Vergleich zur großen Kreisstadt Fürstenfeldbruck, in der sie selbst eigentlich lebte. Davor die Mäander der Amper, dahinter golden schimmerndes Getreide, brachliegende Felder, viel Grün und Wald. Alles sah fremd aus, so dass sie sich nicht so ohne weiteres zurechtfinden konnte. Wie sollte sie hier nur bestehen?

An diesem Abend gingen die beiden jungen Frauen lange nicht zu Bett. Die Aufregung des vergangenen Tages ließ sie nicht zur Ruhe kommen, und so erzählten sie einander von ihrem Leben. Beide hatten zahlreiche Fragen zu den Gepflogenheiten der jeweils anderen Epoche.

Leondora war sehr interessiert an Isabellas Schilderungen und hörte aufmerksam zu. Immer wieder stellte sie Zwischenfragen oder ließ sich etwas näher erklären, das sie sich nicht vorstellen konnte.

Isabella war sehr froh darüber, dass Leondora ihr glaubte und sie nicht für eine Lügnerin oder Hochstaplerin hielt. Doch es war schwierig. Wie erklärt man jemandem Dinge, die für einen selbst alltäglich sind, wie Fotografien, Elektrizität, Telefon, Fernsehen, Computer, Auto, Flugzeug,... Isabella versuchte es, aber viele Dinge, die für sie alltäglich waren, konnte sie Leondora nicht wirklich verständlich machen.

Die halbe Nacht verbrachten die beiden mit ihren Gesprächen, ehe ihnen dann doch die Augen zufielen und sie sich schlafen legten.

Trotz der vielen Erlebnisse und des ungewohnten Nachtlagers war Isabella so müde, dass sie bald in einen tiefen, traumlosen Schlaf fiel. Er blieb allerdings nicht lange so traumlos und friedlich, denn die Ereignisse forderten ihren Tribut, sie wollten verarbeitet werden. Irgendwann schreckte sie plötzlich hoch und wusste im ersten Moment gar nicht, wo sie war. Sie hatte schaurige Geschichten von Männern geträumt, die sie mit Schwertern verfolgten und auf sie einschlagen wollten.

Sie war geflohen, weil sie sich nicht getraut hatte, gegen diese übergroßen, finster dreinblickenden Kämpfer aufzubegehren. Und dann war sie rückwärts über eine Wurzel gestolpert und gestürzt. Der Verfolger hatte ihr mit erhobenem Schwert nachgesetzt. Das Schwert war immer näher gekommen... Da war sie aufgewacht.

Schweißgebadet und zitternd saß sie im Bett und versuchte sich zu beruhigen. Zum Glück war es nur ein Traum gewesen! Sie starrte durch die Fensteröffnung in das spärliche Licht des Mondes, das die Dunkelheit der Kammer kaum erreichte. Gestern, als sich die Ereignisse überschlagen hatten, hatte sie gar nicht richtig begriffen, was vor sich ging. Nun realisierte sie langsam das ganze Ausmaß des Geschehens Jetzt, da sie sich ihrer Situation bewusst wurde, kam sie ins Grübeln. Wie würde es weitergehen? Konnte sie hier überhaupt bestehen? Sie war hier in einer Zeit gefangen, die sie nur aus der Theorie kannte. Konnte das gut gehen? Lange Zeit saß sie im Bett, horchte auf ihre Umgebung und war viel zu aufgewühlt, um zu schlafen, weil sich das Gedankenkarusell munter drehte. Irgendwann - es dämmerte bereits - fasste sie einen Entschluss: die Gefahren hier waren sicher beträchtlich und sehr schwer einzuschätzen. Doch dieses Abenteuer war ein einmaliges Geschenk. Die Chance, das wirkliche mittelalterliche Leben kennenzulernen, würde sie nie wieder erhalten. Diese einmalige Gelegenheit würde sie sich nicht entgehen lassen. Denn so sehr die ungewohnte Umgebung sie auch ängstigte, es fühlte sich irgendwie gut an. Sie wollte bleiben und dieses Gefühl auskosten - und sei es auch bis zu einem bitteren Ende. Nach und nach wich Isabellas Anspannung ein wenig und ließ Raum für die Faszination, was ihr ihre unglaubliche Zeitreise gebracht hatte. Die phantastische Möglichkeit, das Mittelalter hautnah erleben zu dürfen.

Isabella musste eingeschlafen sein, denn als sie erwachte, schmerzte ihr Rücken. Irgendwie tat ihr alles weh. Das lag sicher daran, dass sie eine so harte Bettstatt nicht gewohnt war. Aber das wollte sie gerne in Kauf nehmen. Sie würde sich schon noch daran gewöhnen. Die Sonne schickte ihre ersten warmen Strahlen übers Land. Die schönen Tage lockten zu Spaziergängen, auf denen sich die beiden jungen Frauen intensiv miteinander unterhalten konnten, ohne sich um unerwünschte Zuhörer sorgen zu müssen. Da weite Wegstrecken in Holzschuhen äußerst unbequem waren, fing Isabella an, barfuß zu gehen, auch wenn sie befremdliche Blicke zugeworfen bekam. Glücklicherweise wärmte die Sonne den Boden schon ein wenig, so dass ihr hoffentlich eine Erkältung erspart bliebe. Sie würde sicher bald die neuen Schuhe erhalten, damit sie nicht krank würde und nicht weiter als die sonderbare Fremde auffiel. Das beständige Gefühl, dass hinter ihrem Rücken alle über sie tuschelten, belastete sie anfangs sehr, denn es verstärkte ihre Unsicherheit. Doch die Zeit, die sie gemeinsam mit Leondora verbrachte, genoss sie in höchstem Maße. Isabella erzählte vom Taekwondo-Training und ihrer Ausbildung zur Heilpraktikerin. Und von den Ritterturnieren, die sie so gern besuchte.

Leondora freute sich sehr, dass hunderte Jahre später jemand ihre Zeit und ihre Bräuche wieder aufleben ließ. Es amüsierte sie, dass Generationen, die schon ein ganzes Stück weiterentwickelt waren, ihre Mode nachahmten, in unbequeme Rüstungen schlüpften, ihre Sprache imitierten und Ritterspiele und Märkte abhielten. Sie wollte genau wissen, welche Burgen es noch gäbe und was aus ihrer Zeit alles überliefert sein würde.

»Könnt Ihr hin und her reisen, wie es Euch beliebt? Zurück in Eure Zeit springen und uns dann besuchten, wann immer Ihr Euch danach sehnt?«

»Ich fürchte, das funktioniert nicht. Ich weiß ja nicht einmal genau, wie ich hierher gekommen bin. Und ich habe keine Ahnung, ob ich jemals wieder zurückkomme. Ob es klappt, dass ich wieder in der Zeit ankomme, von der ich losgezogen bin. Aber ich fürchte, ich könnte nicht wieder hierher kommen, wenn ich erst einmal zu Hause bin.«

Würde sie es überhaupt schaffen, ins ihr altes Leben zurück zu kommen? Isabella machte sich Sorgen, denn wenn nicht, dann musste sie hier bleiben. Für den Rest ihres Lebens! Und überhaupt: würde sie die Zeit hier schadlos überstehen, um zurückkehren zu können? Und was passierte währenddessen daheim, wenn sie so lange verschollen war? Wie sollte sie das alles nach ihrer Rückkehr nur erklären? Fragen über Fragen. Isabella überlegte, ob sie einfach in den Handschuh greifen und probieren sollte, ob er sie zurück brachte. Aber irgendwie konnte - und wollte - sie das Leben hier nicht verlassen. Mit der Rückreise hatte sie es nicht mehr so eilig...

So oft hatte sie sich gewünscht, einmal diese Zeit intensiver erleben zu können. Es hatte ihr nie gereicht, auf den Ritterspielen mit ihrem schönen mittelalterlichen Kleid mit den Trompetenärmeln, dem fast bodenlangen Umhang mit der spitz zulaufenden Kapuze und dem selbst genähten Kopfschmuck umherzulaufen. Zwischen Zuschauern in Outdoor-Jacken, die, mit Rucksäcken und Regenschirmen bewaffnet, mit dem Handy fotografierten. Und nach ein paar Stunden war das Spektakel sowieso immer zu Ende und sie musste heim. Häufig flüchtete sie sich in historische Romane, um diese Zeit, dieses Gefühl wieder aufleben lassen zu können – wenn auch nur als „Kino im Kopf".

***

Langsam gewöhnte sich Isabella an das Leben und die Abläufe auf der Burg.

Einzig die Dunkelheit in der Nacht machte ihr zu schaffen, sobald die Flamme der Kerze auf ihrem Nachttisch erloschen war. Die Schwärze ihrer Kemenate ängstigte sie. Und selbst wenn sie mit einem Kerzenleuchter an eine Fensteröffnung trat und nach Bruck hinunter sah, dann war da keine beleuchtete Stadt, so wie sie es gewohnt war. Keine Straßenlaternen und Lichter der Zivilisation. Nichts als undurchdringliche Schwärze, die sich wie ein Umhang auf die Landschaft gelegt hatte.

Ihre Armbanduhr funktionierte nicht mehr, was sie anfangs ängstigte. Doch nach einer Weile hatte sie sich dem Rhythmus der anderen Burgbewohner angepasst. Welch befreiendes Gefühl, nicht mehr der Sklave seiner Uhr zu sein! Isabella saugte die vielfältigen Eindrücke auf wie ein Schwamm und genoss die Ausritte mit Leondora, auch wenn sie zu ihrem Schutz stets von vier bis sechs Waffenträgern begleitet wurden.

Sie hatte sich gut angepasst, doch sie musste sich immer wieder eingestehen, dass sie sicher trotzdem als Exotin angesehen würde. Zum Beispiel, als sie bei einem ausgedehnten Spaziergang mit den nackten Beinen in einen Brennesselstrauch geraten war. Es schmerzte sehr und Isabella lief auf das nahegelegene Feld, um Spitzwegerich zu suchen. Als sie tatsächlich nach einer Weile einen gefunden hatte, pflückte sie einige Teile ab und kaute sie zu einem Brei. Sobald die anderen grade nicht auf sie achteten, strich sie sich den Brei unter ihrem Kleid auf die Beine, um den Schmerz zu lindern. Es half tatsächlich sofort.

Eines war von grundlegender Wichtigkeit: Niemand außer Leondora durfte von ihrer Herkunft und ihrem Heilerinnen-Wissen erfahren, denn als Heilerin wurde man hier ja schnell als Hexe verfolgt. Sie musste vorsichtig sein, das war ihr klar. Sie war sich der Gefahr sehr wohl bewusst, dennoch wollte sie dieses neue Leben nicht missen.

Eines Nachmittages räumte Isabella in der Kemenate ihre Tasche aus und erklärte Leondora all die Dinge aus der „Zukunft": das Handy, den aufklappbaren Taschenspiegel, die Brille, den Lippenpflegestift, die Handcreme, Papiertaschentücher, Schlüssel, die kleine Taschenlampe, den Kuli und ihren MP3 Player.

Sie ließ Leondora Musik von ihrem MP3 Player hören. Klassische Filmmusik, Techno und eine Gruppe, die auf Mittelalterfesten spielte, waren darauf geladen. Eine bunte Auswahl, denn Isabella hörte gerne verschiedene Stilrichtungen, je nach Stimmung.

Leondora zuckte zusammen, als sie die ersten Töne aus dem Kopfhörer vernahm. Es dauerte eine Weile, bis sie sich an die Geräusche gewöhnt hatte, doch bei der Techno-Musik zog sie den Kopfhörer herunter. Das war ihr zu energiegeladen. Die Filmmusik gefiel ihr am besten, bei mittelalterlicher Musik freute sie sich über die noch am ehesten bekannten Klänge von Schalmei und anderen mittelalterlichen Instrumenten.

»Ihr habt es gut! Musik hören wann und wo immer ihr wollt. Das ist wie Zauberei.«

»Bestimmt halten mich alle für ein bisschen beschränkt oder für merkwürdig, weil ich oft komisch rede oder mich auffällig verhalte.«

»In der Tat sprecht Ihr von Zeit zu Zeit Unverständliches oder benehmt Euch außergewöhnlich. Aber daran haben sich die Leute hier schon gewöhnt. Und außerdem passt Ihr Euch uns immer besser an, und irgendwann verhaltet Ihr Euch dann genau wie wir. Es wird nicht mehr auffallen. Ihr werdet nahezu eine von uns sein!« Sie lachte ihr helles Lachen und legte Isabella die Hand beruhigend auf den Arm.

»Wenn du nur Recht behalten würdest!«

»Auf eines solltet Ihr immer achten, Isabella. Auf Eure Sprache. Das ist sehr wichtig. Höhergestellte und Adelige müsst Ihr immer Siezen. Wenn Ihr unsicher seid, dann solltet Ihr unbedingt jeden Gesprächspartner Siezen. Bis auf das einfache Volk, das immer geduzt wird.«

Isabella nickte und nahm sich vor, es zukünftig immer zu beachten.

Als Leondora sie einlud, ihrer Hochzeit mit Gero von Löwenhaag beizuwohnen, konnte Isabella ihr Glück kaum fassen und war davon überzeugt, dass sie diese Einladung nicht ablehnen durfte. Was für eine Chance! Eine echte mittelalterliche Hochzeit einer Adeligen. Auf einer Burg! So viel Mittelalter würde sie nie wieder erleben!

Isabella wischte alle Bedenken beiseite und sagte zu. Gleich nach den Feierlichkeiten würde sie versuchen, in ihr altes Leben zurückzukehren! Was sollte so ein kurzer “Umweg“ schon ausmachen... Sie käme lediglich ein paar Tage später heim. Und unwägbaren Gefahren setzte sie sich auf einer Hochzeit sicher nicht aus...

Ludwig der Bayer

Ludwig war kein kühler Stubengelehrter, der sich hinter hohlen Phrasen verstecken hätte müssen. Er beherrschte die politischen Praktiken wahrlich meisterhaft.

Ihm war sehr wohl bewusst, dass ihm seine Gabe, zuwarten zu können und im rechten Moment die Dinge heranreifen zu lassen, oft als Schwäche ausgelegt wurde, doch ihm ging es nicht um schnelle Erfolge. Am Ende des Tages würde sich zeigen, wer den längeren Atem hatte!

Er saß neben dem warmen Kohlebecken, während draußen Regenschauer auf ganz München niederprasselten und kühle Windböen an den Fensterläden rüttelten.

»Wir tragen unseren Mut nicht auf der Schwertspitze!« herrschte er seinen Schreiber an. In kleinen Bächen rann das Regenwasser außen an den bleigefassten Butzenscheiben hinunter.

»Wir werden nicht mit schnellen Erfolgen blenden, wir wollen siegen auf ganzer Linie! Und wir werden sie das Fürchten lehren, seid Euch dessen gewiss!«

Dieser ständig schwelende Streit mit dem herrschsüchtigen Papst von Avignon zermürbte ihn langsam. Wieder hatte ein Bote schlechte Nachrichten gebracht.

Ludwig war aufgestanden und ging rastlos im Raum auf und ab.

Als ob ihm die langjährigen Machkämpfe mit den Luxemburgern und der Erhalt seiner Territorien nicht hinreichend Kopfzerbrechen bereiteten! Die Hausmachtpolitik war schwierig genug, und doch musste er fortwährend mehrere Kämpfe gleichzeitig ausfechten, seit sich die Kurie auf ihn gestürzt hatte wie blutrünstige Wölfe. Auch der Wechsel der Päpste hatte nichts daran geändert. Ludwigs Schläfe begann zu pochen, als er sich daran erinnerte, wie ihn Papst Clemens IV. vergangenes Jahr erneut angeklagt hatte. Er musste zugeben, auch der Kirchenbann nagte innerlich an ihm. Dieser machtsüchtige Papst machte ihm das Leben schwer, obwohl er doch nach wie vor auf Versöhnung hoffte. Die andauernden Querelen schwächten seine Position. Schwäche konnte er sich wahrlich nicht leisten. Die Lage war brandgefährlich. Er wusste selbst, dass er handeln musste.

Ludwig war ein stattlicher Wittelsbacher, groß und schlank, doch wenn er seine jähzornige Seite zeigte, ragte die Adlernase noch schärfer aus seinem schmalen Gesicht.

»Und wir verbitten uns Euren Rat!« Er schrie es fast heraus. Wie konnte sich der Schreiber nur anmaßen, ihn so unflätig anzusprechen. Dieser Tunichtgut vergaß wohl, wen er vor sich hatte. Schließlich war er der Sohn einer Habsburgerin. Er war römisch-deutscher Kaiser und deutscher König!

Er schüttelte so unwirsch den Kopf, dass die metallene Spange in seinem rotblonden Haar hin und her flog.

»Wir sind der Kaiser und Wohltäter für unser Bayern!« Es war nahezu ein Fauchen.

Vielleicht sollte er diesen aufmüpfigen Schreiber in den Kerker werfen, anstatt ihn nur zu maßregeln. Sein Gesicht hatte wieder einmal die gefährliche rote Farbe angenommen und die dicke Ader an seiner Schläfe pochte zum Zerspringen.

Unvermittelt blieb er stehen und baute sich vor dem Schreiber in seiner eindrucksvollen Größe auf.

Es war nicht das erste Mal, dass jemand nicht verstand, dass sein geringschätziger Beiname „Bavarus“, den ihm Papst Johannes II. “verliehen“ hatte, längst zu einem Ehrentitel geworden war. Immerhin war allgemein bekannt, dass er in Bayern viel für die Städte tat, Privilegien vergab und die Juden schützte.

Und schließlich förderte er ja den Italienhandel über Tirol. Nun gut, auf dem letzten Feldzug in Italien hatten sie Fehlschläge hinnehmen müssen. Aber seitdem waren bereits wieder einige Sommer ins Land gegangen.

Er sah den Schreiber missbilligend an, der in Erwartung eines weiteren Wutausbruches demütig den Kopf gesenkt hatte. Ludwig nahm die unterwürfige Geste mit Genugtuung zur Kenntnis, ließ sich den Trinkbecher nachfüllen und setzte seine Wanderung durch den Raum fort. Sein Gemüt hatte sich mittlerweile wieder etwas abgekühlt.

Gebetsmühlenartig wiederholte er für den Schreiber, was in dem Dokument stehen sollte, das er anfertigen ließ.

Die große, schwere Holztüre öffnete sich, ein Diener verbeugte sich und kündigte einen Gast an: »Meinulf von Glauchgau.«

Der König hob den Arm zum Zeichen, dass er eintreten solle. Er erwartete seinen Ministerialen schon seit Tagen. Das schlechte Wetter in den Alpen hatte ihn sicher aufgehalten.

Als der leicht korpulente Mittvierziger vor dem König niederkniete, konnte man noch den Staub in seiner Reisekleidung erahnen.

»Mein König!« Er neigte den Kopf, bis der König ihn aufstehen ließ.

»Meinulf, wir erwarten Euch schon seit Tagen«, gab der König ihm leicht missmutig seine Ungeduld zu verstehen.

Mit einer entschuldigenden Geste erwiderte Meinulf: »Ein Schneeeinbruch in den Bergen hat unsere Reise verzögert. Einer meiner Reisegefährten musste gar sein Reittier zurücklassen, weil es sich in den Schneemassen überfordert hatte. Wir sind soeben angekommen. Unser Weg führte uns über den Fernpass, so dass wir im Marienmünster zu Ettal Unterkunft nahmen. Einen prächtigen Rundbau haben Eure Hoheit da in der wilden Bergeinsamkeit errichten lassen. Meine Hochachtung!«

Der König nickte zustimmend: »Wir haben vor fünfzehn Jahren dort ein Kloster für zwanzig Mönche und dreizehn Ritter mit ihren Gemahlinnen gegründet. Ihr müsst wissen, dass wir trotz der Querelen mit dem Papst ein treuer Sohn der Kirche geblieben sind.« Mit einem verschmitzten Grinsen fügte er hinzu: »Dieser prachtvolle Bau weist den Weg über die Alpen, aber er sichert ebenso das welfisch-staufische Reichsgut im Ammergau für das bayerische Haus und hat zudem als einziges Kloster den Blutbann erhalten, so dass sich auf dem Umweg über Ettal die fremden Hochgerichtsbarkeiten im weiten Umkreis beseitigen lassen.«

Der anerkennende Blick seines Gastes besänftige Ludwigs aufbrausendes Gemüt. Auf sein Zeichen hin reichte man dem Gast einen Becher Wein.

Er bot ihm einen Platz an und erzählte von den Fortschritten in den Landgerichtsbarkeiten.

Mit stolz geschwellter Brust erklärte er dem Ministerialen, dass Bayern mit dem Landrecht sein erstes deutsch geschriebenes Rechtsbuch erhalten habe, und dass er darin das seit der Stauferzeit aufkommende Römische Recht und die alte Lex Bajuvariorum außer Acht gelassen hatte. Die beiden unterhielten sich eine Weile bei einem weiteren Becher des edlen Weines, den Ludwig so schätzte. Dann entließ er den Ministerialen und wandte sich an einen Diener: »Schickt einen Boten zu Herzog Gerowin auf Burg Löwenstein. Wir erwarten hier die Aufwartung seines Sohnes, dieses... dieses...« - er stockte und schien nach dem Namen zu suchen.

»Gero«, flüsterte der Schreiber ihm von hinten zu.

»Ja, Gero. Und wir werden auch seine Freunde empfangen. Ihr wisst, wen ich meine? «

»Orno von Unterhain, Gervin von Braunfels und Falk von Eppendorf, nehme ich an? »

»Ja. Sie sollen uns in fünf Tagen treffen. Hier in München. Ich habe etwas mit ihnen zu besprechen.«

***

Als der Gong abends zur reich gedeckten Tafel rief, traf Ludwig wieder auf Meinulf, der einen Platz in seiner Nähe zugewiesen bekommen hatte. Alle Gäste hatten sich bereits eingefunden, so dass die Tafel stark bevölkert war. Eine Frau kam zur Türe herein und Ludwig geleitete sie zu ihrem Platz: Margarete, seine Gemahlin. Ihr Gewand aus Samt und schwerem Brokat reichte bis knapp über den Boden. Das Rot des Kleides harmonisierte gut mit ihren hellbraunen Haaren unter dem leichten seidenen Schleier. Die goldverbrämten Fledermausärmel schwangen im Takt ihrer Schritte.

Sie war noch immer eine schöne Frau. Die Schwangerschaften hatten sie zwar zwei Zähne gekostet, doch glücklicherweise im hinteren Teil des Gebisses, so dass man es nicht von außen sehen konnte. „Eine Schwangerschaft – ein Zahn" hatte die alte Hebamme einmal behauptet. Verglichen damit war ihr Gebiss noch erfreulich unversehrt. Sie hatte bisher in vielerlei Hinsicht ein gütiges Schicksal erfahren. So konnte sie von Glück sagen, dass sie bisher acht Kinder empfangen hatte, wo doch ihr Gemahl viel zu selten für ihren Geschmack bei ihr in der Heimat gewesen war. Und wie man an der deutlich sichtbaren Wölbung ihres Kleides erkennen konnte, war sie mit Nummer Neun guter Hoffnung. Auch wenn sie aufgrund ihrer schlanken Figur noch gut beweglich war, so stand die Niederkunft doch bald bevor. Liebevoll strich sie mit der Hand über den gewölbten Leib.

Seit dem Gerangel mit diesem Papst von Avignon, das einen Gutteil der Regierungszeit in Anspruch nahm, hatte ihr Gemahl noch weniger Zeit in der Hauptstadt, und damit auch in ihrem Bett, verbracht. Sie sehnte sich danach, in seinen Armen zu liegen. Auch wenn ihre Verbindung keine Liebesheirat gewesen war, so hatte sie es doch ganz gut getroffen. Ludwig war gutaussehend mit großen blauen Augen unter buschigen Brauen und den rotblonden Locken. Auch wenn sein Haupthaar langsam spärlich wurde, so war er für sein Alter immer noch voller Kraft. Seine hochgewachsene, schlanke Gestalt zog jedes Mal die Aufmerksamkeit auf sich, wenn er einen Raum betrat. Er war leutselig und die Leute liebten ihn, weil er auch als König „der Bayer" geblieben war und viel für seine Stammlande tat.

Gedankenverloren lächelte sie ihn an, während der Mundschenk ihren reich verzierten Becher füllte.

Sie konnte sich noch gut an die Schilderungen erinnern, wie ihr Gemahl als Herzog gegen seinen Vetter Friedrich den Schönen von Österreich in die Schlacht ziehen hatte müssen. Die niederbayerische Ritterschaft hatte ihn unterstützt. Und die Bürger von Landshut und Straubing ihm dann in Gammelsdorf den Sieg erkämpft. Wie glücklich war er gewesen, als dieser Ruhm ihm die Königskrone eingebracht hatte. Eine Ewigkeit war seither vergangen.

Margarete versuchte die Gedanken an den dann folgenden Thronstreit zu verdrängen. Schaurige Berichte über Lösegelderpressungen, niedergebrannte Dörfer und zahlreiche weitere Gräueltaten waren ihr damals zu Ohren gekommen. Erst als Ludwig schließlich seinen Bruder Rudolf zum Abdanken gezwungen und aus dem Land gejagt hatte, war diesbezüglich vorerst Ruhe eingekehrt. Allerdings war es bald darauf wieder zu einer großen Schlacht gekommen, als Friedrich der Schöne vom Inn und dessen Bruder Leopold von Lech her gegen Bayern vorgerückt waren. Obschon sich die beiden gegen Ludwig verbündet hatten, so hatte er ihnen auf der Gickelfehenwiese bei Mühldorf eine schwere Niederlage beschert.

Margarete konnte nur zu gut verstehen, wie er sich gefreut haben musste, als man Friedrich gefangen vor ihn geführt hatte.

»Vetter, wir sehen Euch gerne!«, habe er gerufen, wie man ihr berichtet hatte.

Sie lächelte, als sie ihn sich in dieser Situation vorstellte.

Sofort wurde sie wieder ernst, denn just zu dieser Zeit hatte Ludwig seine erste Frau, Beatrix, verloren. Gegen Ende des Winters zwei Jahre später war sie selbst an seine Seite getreten.

Irgendwie hatte Friedrich ihr leidgetan, als er jahrelang als Gefangener auf Burg Trausnitz im Tal festgesessen hatte. Sie erinnerte sich, als wäre es gestern gewesen. An den Trausnitz-Vertrag, der Friedrich die Freiheit gebracht hatte, nachdem er zur Wittelsbachischen Seite übergewechselt war. Und an Friedrichs Bruder Leopold, der das Abkommen nicht anerkannt hatte. Aber damals hatten die Habsburger die Rechnung ohne den Wirt gemacht. Denn der schlaue Ludwig kannte sich aus auf diplomatischem Gebiet. Er hatte Friedrich im Münchner Vertrag Mitregierung gewährt und ihn so gänzlich auf seine Seite gezogen. So hatte sich damals doch alles zum Guten gewendet.

Als dann die Italienfeldzüge gefolgt waren, hatte sie selbst Ludwig weit über ein Jahr lang in Italien begleitet, war in Rom zur Kaiserin gekrönt worden und hatte dort auch ihren ersten Sohn, Ludwig den Römer, zur Welt gebracht.

Doch viel schwerer als alle anderen Bürden wog der Kirchenbann, den der damalige Papst Johannes II. kurz nach ihrer Vermählung über ihren Gemahl und damit auch über sie selbst verhängt hatte. Seither hatte sich die Auseinandersetzung durch ihr gesamtes Leben gezogen. Dieser ständig schwelende Unfriede zermürbte sie ebenso wie Ludwig. Sie war des endlosen Streites mit der Kurie müde. Margarete schüttelte leicht den Kopf, wie um sich von den trüben Gedanken zu befreien.

Der Mundschenk, der gerade ihren Becher nachfüllen wollte, zog sich schnell zurück, weil er ihr Kopfschütteln als ein ablehnendes Zeichen deutete.

Ludwig hatte gerne Gäste, weshalb die Tafel meistens groß ausfiel. So auch heute. Sie speisten wahrhaft königlich und unterhielten sich dabei über Poltik. Das opulente Mahl konnte allerdings nicht darüber hinwegtäuschen, dass die Lage im Lande ernst war. Nicht nur, dass er sich durch die Heirat seines Sohnes Ludwig V. mit Margarete von Tirol vor drei Jahren die gefährliche Feindschaft der Luxemburger zugezogen hatte. Er hatte das Paar zudem mit Tirol belehnt und durch den Großen Tiroler Freiheitsbrief den Tirolern ihre Rechte und Freiheiten bestätigt. Schwerer wog, dass die Vergrößerung seiner Hausmacht ihm zunehmend Gegner unter den Reichsfürsten einbrachte. Als ob die auf ihm lastenden Sorgen nicht genügten, hatte sich seine Hoffnung auf ein Übereinkommen mit der Kirche nicht erfüllt. Eine weitere Schwächung seines Ansehens konnte er sich wahrlich nicht leisten.

Schließlich stand Ludwig auf und rief: »Und nun keine politischen Gespräche mehr! Die Welt ist trist genug. Hebt die Tafel auf und lasst uns tanzen. Wir wollen heute feiern. Und wir werden in Bruck zu Fürstenfeld eine Jagd veranstalten!«

***

Ludwig saß vor einem Schachbrett und wies Gero, der soeben eingetreten war, mit einer Geste den Stuhl ihm gegenüber zu.

»Gero, spielt mit uns ein Schach!«

Gero verbeugte sich ehrerbietig und nahm Platz. Eine Weile spielten die beiden schweigend. Ludwig war ein guter Spieler, aber auch Gero spielte ganz passabel. Schließlich wurden Ritter neben Reiten, Schwimmen, Bogenschießen, Ringen, Vogelfang und Saitenspiel auch im Schachspiel unterwiesen.

Auch wenn ihm klar war, dass man seinen König gewinnen lassen sollte, so strengte er sich doch an, es ihm nicht zu leicht zu machen.

»Ihr wisst, dass die Zeiten schwierig sind«, eröffnete der König das Gespräch. »Seit unser Sohn Ludwig, der Markgraf von Brandenburg, vor drei Jahren die Meinhardiner Erbin Margarete - Ihr wisst schon: die Maultasch - ehelichte, die von ihrem ersten Gemahl wegen Impotenz geschieden werden sollte, haben wir uns endgültig die Feindschaft der Luxemburger zugezogen. Den Preis dafür mussten wir umgehend bezahlen: Papst Clemens IV. stieß in das gleiche Horn und eröffnete vergangenes Jahr einen neuen Prozess gegen uns. Zu den Anklagepunkten kam der Tiroler Ehe-Konflikt hinzu. Eine regelrechte Fehde entspinnt sich wieder einmal, auch mit der Kurie. Doch einen neuerlichen Aufruhr wollen wir vermeiden. Wir suchen immer fähige Ritter, die loyal zu ihrem König stehen. Ihr, Gero seid ein gefürchteter Turniergegner, wie uns zugetragen worden ist. Wenn Ihr in kämpferischen Auseinandersetzungen ebenso wie in diplomatischen Vorstößen gewandt seid, dann könntet Ihr es in unseren Diensten weit bringen. Wie wir hörten, seid Ihr sehr gut befreundet mit Orno von Unterhain und Gervin von Braunfels. Und Ihr habt neuerdings noch einen vierten im Bunde: Falk von Eppendorf. Fähige, junge Ritter. Mutig und unerschrocken. Ein vielversprechendes Gespann.«

Gero fühlte sich geschmeichelt. Doch er wusste nur zu gut, wie sehr ihn ein solches Unterfangen vereinnahmen würde. Er wollte es Leondora vor der Hochzeit nicht zumuten, doch einen Ruf des Königs konnte man kaum ausschlagen.

Er zögerte einen Augenblick, dann setzte er an: »Ich vermähle mich demnächst. Könnte ich freigestellt werden, bis ich meine Braut heimgeführt habe?«

Ludwig sah vom Spiel auf. »Ihr vermählt Euch? Ihr seid wahrhaft ein schneidiger junger Recke, aber uns war nicht bekannt, dass Euch jemand versprochen ist. Wer ist denn die Glückliche?«

»Leondora von Leiten.«

»Die Tochter von Landgraf Theodowic?«

Gero nickte.

So fuhr Ludwig fort: »Da habt Ihr wahrlich eine gute Wahl getroffen. Sie scheint nicht nur hübsch zu sein, sondern auch was im Köpfchen zu haben.« Dabei tippte er mit dem Zeigefinger an seine Schläfe.

»Wobei das für einen Mann anstrengend werden kann. Ihr solltet Euch hüten und ihr von Anfang an die Grenzen aufzeigen. Leondora ...«, er machte eine kurze Pause, wie in Gedanken versunken, »wir müssen zugeben, sie hätte uns für einen unserer Söhne gefallen.«

Als Gero erschrocken aufschaute, schmunzelte er verschmitzt: »Aber wir wollen es uns nicht mit unseren treuen Gefolgsleuten verscherzen. Heiratet erst, dann kommt zu uns.

Unseren Segen habt Ihr. Speist heute Abend mit uns und bringt Eure Freunde mit. Wir möchten sie kennenlernen.«

Sie spielten das Spiel noch fertig, doch Gero konnte sich nicht mehr darauf konzentrieren. So gewann Ludwig und lächelte, als Gero den Raum verließ.

Gero trat in die große Halle, wo an einem der Holztische eine kleine Gruppe zusammen saß und würfelte. Er blieb einen Augenblick an den Türrahmen gelehnt stehen und sah ihnen gedankenversunken zu.

Orno hatte den Würfelbecher fallen lassen, die Würfel rollten über den Tisch und fielen zu Boden. Die Freunde lachten und prosteten einander mit ihren Trinkbechern zu, die mit gewürztem Wein gefüllt waren. Als sie ihn sahen, riefen sie Gero.

Er hörte es nicht. Er dachte an den Hungerwinter vor wenigen Jahren, als er mit den aufgebrachten Bauern verhandeln hatte müssen, weil sein Vater in München festgesessen hatte. Es waren schwierige Verhandlungen gewesen. Doch zu guter Letzt hatte alles ein versöhnliches Ende genommen.

Aber er war nicht in alle Entscheidungen auf Burg Löwenhaag eingebunden. Damals, als es Streitigkeiten mit dem Lehen bei Burg Feistritz gegeben hatte, war es anders gewesen.

Wie lange mochte das jetzt her sein? Drei, vier Sommer? Sein Vater hatte Nestor, diesem Prahlhans, mit Bann gedroht, als der die Steuern nicht bezahlt hatte und sogar die Frist für die Vorladung zur Rechtfertigung verstreichen hatte lassen. Er selbst hatte diesen respektlosen, unhöflichen Rüpel bereits als unangenehmen Turniergegner kennenglernt. Er war ein Raufbold, streitsüchtig, brutal, von aufbrausender Art. Ein ausgemachter Tunichtgut mit schlechten Umgangsformen, genau wie seine missratenen Freunde. Gehorsam war sicher nicht Nestors Stärke. Gero dachte an den Zwist zwischen seinem Vater und diesem Maulhelden vor einigen Sommern. Im allerletzten Moment hatte Nestor damals eingelenkt und seinen Vater doch wieder besänftigt.

Der Herzog hatte seither keine gute Meinung von Nestor. Auch wollte er Gero nicht mehr auf Turnieren gegen ihn kämpfen sehen. Sein Vater würde es sicher gutheißen, wenn er nach der Hochzeit in die Dienste des Königs eintrat.

Gero stieg die Holzstufen hinunter und setzte sich zu seinen Freunden.

Nestor

Der Wald, den sie durchritten, war dicht und dunkel. Die Sonne stand schon hoch am Himmel und sendete ihre Strahlen übers Land, doch hier kam kaum etwas davon an. Im ständigen Dämmerlicht musste man sich gut auskennen, um die Pfade zu finden. Wer sich hier verlief, konnte lange Zeit orientierungslos umherirren, ohne von Einheimischen bemerkt zu werden.

Auf jemand anderen hätte der Eibenwald sicher bedrohlich gewirkt, aber Nestor freute sich über das „lebende Waffenlager", das ehemals um seine Burg herum gepflanzt worden war. Gute Bogen hatten sie aus dem Eibenholz machen lassen. Bessere noch als die aus Eschen- oder Ulmenholz. Ein unerschöpflicher Vorrat ohne weiten Transport. Burg Feistritz mit ihren umfangreichen Ländereien war wahrlich ein lohnendes Lehen.

Auch wenn er „nur" ein Vasall von Gerowin von Löwenhaag war, so gefiel ihm das Leben als Lehensherr bestens. Und seit er den Frohn seiner unfreien Bauern erhöht hatte, konnte er recht gut leben. Sie wagten es nicht aufzubegehren. Sie waren schließlich an die Scholle gebunden. Er hatte die Verfügungsmacht über all seine Güter und die Leibeigenen dazu.

Ein selbstgefälliges Lächeln stahl sich auf Nestors Gesicht. Er sah auf sein reich verziertes Wams hinab. Er war wahrhaft standesgemäß gewandet. Mehr als das. Ausgesucht edle Stoffe, Borten und aufwendige Stickereien standen ihm gut zu Gesicht. Seine schmalen dunklen Augen leuchteten hochmütig, während er mit einer eitlen Geste eine Strähne seiner schwarzgelockten Haare aus dem Gesicht wischte.

Nestor kannte sich hier bestens aus. Jeden noch so verwinkelten oder zugewachsenen Pfad hatten er und seine Männer bereits erkundet. Waren diese Wälder doch für seine Belange wie geschaffen...

Er grinste in Erinnerung an das Bauernmädchen, das er vor ein paar Tagen hier im Schutz des Dickichts genommen hatte. Er hatte sie sich geholt, wie so viele andere zuvor. Sie war hübsch gewesen, unverbraucht, aber sie hatte ihm nichts bedeutet, wie all die anderen auch. Die Bauern verstanden nicht, warum immer wieder Jungfrauen aus ihren Orten verschwanden und nie wieder auftauchten. Von einem bösen Geist wurde hinter vorgehaltener Hand gemunkelt. Oder gar vom Satan, der aus dem Untergrund hervorgekommen war.

Nestor verzog das Gesicht zu einer bösen Grimasse. An den Satan hätte man schon glauben können, so wie das Mädchen ausgesehen hatte, nachdem er es seinen Männern überlassen hatte. Als sie mit ihr fertig gewesen waren, hatten sie sie so übel zugerichtet, dass ihr Tod eine Erlösung gewesen sein musste. Er hatte ihr also einen Gefallen getan.

Seine Männer waren wie er: mutig, hart und erbarmungslos. Manche von ihnen waren nachgeborene Söhne. Die Höfe hatten die älteren Brüder geerbt, sie selbst machten die Knochenarbeit, hatten aber nichts zu melden. Als überzählige Söhne waren sie leicht zu überreden, in seine Dienste zu treten und folgten ihm blindlings. Andere waren ehemalige Kämpfer ohne Aufgabe, die nun ihre Aufträge von ihm erhielten. Eines hatten alle gemeinsam: Sie waren roh und stets gewaltbereit. Ganz nach seinem Geschmack. Nicht so verweichlicht wie seine Freunde. Im Gegensatz zu ihnen trieben seine Männer niemals Gewissensbisse um und auch Schamgefühl war ihnen völlig fremd. Genau wie bei ihm selbst. Er war es gewohnt, sich zu nehmen, was er wollte, ohne Entschädigungsforderungen oder Verurteilung fürchten zu müssen. Niemand in seinen Besitzungen konnte sich seinem Willen entziehen oder sich ihm gar in den Weg stellen. Keiner seiner Leibeigenen kam auf die Idee, dass ihr Herr die Jungfrauen verschwinden ließ. Und selbst wenn... Niemand, der bei Trost war, hätte je solch eine Vermutung auszusprechen gewagt. Ein äußerst langsamer und schmerzhafter Tod wäre ihm gewiss gewesen.

Die Pfade waren hier so eng, dass die Reiter hintereinander ritten. Ein Eibenzweig streifte Nestors Arm. Er merkte es nicht, denn seine Gedanken waren schon wieder weiter gewandert. Die Gruppe ließ den Eibenwald hinter sich und ritt hinaus auf den Weg zur Burg. Die Zugbrücke war heruntergelassen. Wer hätte auch eine gut gesicherte Trutzburg am helllichten Tage angreifen sollen? Nestor fühlte sich sehr sicher auf seinem Besitz. Niemand würde je Macht über ihn ausüben. Er konnte tun und lassen, was er wollte.

Welche der Mägde wollte er heute in sein Bett holen? Durch eine glückliche Fügung hatte er immer wieder neue, hübsche Mägde auf der Burg, so dass er sich nie in einem kalten Bett zu langweilen brauchte. Auch hier kamen ihm die Eiben zugute. Da er keinen Balg duldete, verwendete die alte Hebamme das Gift der Eibe, um die unerwünschten Kinder loszuwerden. So manche Magd hatte diese Behandlung nicht überlebt. Den anderen schenkte er kleine Kettenanhänger aus Eibenholz, die sie vor bösem Zauber schützen sollten. Und zwang sie zur Verschwiegenheit, wenn die nächste neue Magd auf die Burg kam.

Zufrieden fuhr er sich mit der Rechten über den Bart. Die Linke ruhte mit dem Zügel auf dem vorderen Sattelbogen, während er gemächlich mit seinen Männern zurück in die Burg ritt, um Pläne zu schmieden. Sie mussten diesen hochmütigen Einfaltspinsel loswerden. So schnell wie möglich. Ein junger Ritter! Ha, dass er nicht lachte. Diese Anmaßung. Sohn aus gutem Hause - Pah. Ein eingebildeter Schönling und sonst nichts! Ein Heißsporn. Schlimm genug, dass dieser Tölpel auf dem Turnier in Kaltenberg den Sieg davon getragen hatte. Es war nur eine kleine Ungeschicklichkeit gewesen, ein winziger Augenblick zuwenig Aufmerksamkeit, weil ihn Aurelia, die schöne Dame auf der Ehrentribüne, abgelenkt hatte. Sonst hätte ihn der Jungspund niemals besiegen können!

Und jetzt wanzte er sich auch noch an Leondora von Leiten heran, obwohl sie SEINE Auserwählte war! Niemand würde Leondora bekommen - außer ihm selbst. Auch wenn sie noch nichts von ihrem Glück wusste, so war sie doch die beste Partie für ihn, um mit ihrer Mitgift seinen eigenen Reichtum zu mehren und seinem sozialen Ansehen zu einem beträchtlichen Anstieg zu verhelfen. Ein selbstgefälliges Lächeln zuckte um seine Mundwinkel.

Bald würden seine Probleme mit einem Schlag gelöst sein. Und sollte sie sich ihm nicht freiwillig hingeben, so würde er sie besteigen und während er ihre Schenkel spreizte und sie gewaltvoll nähme, spräche Pater Notker das Ehegelübde. Wozu fütterte er schließlich diesen gefräßigen, dickleibigen Kirchenmann mit durch? Sollte er sich doch einmal in seinem Leben nützlich machen! Auch wenn ein Brautraub sicher nicht das Wohlgefallen des Priesters genoss, war eine Entführungsehe genau nach Nestors Geschmack. Nach kirchlicher und gleichzeitig vollzogener Ehe könnte niemand ihm mehr das Recht absprechen, sich als ihr Ehemann ins gemachte Nest zu setzen. Und bei ihrer Zwangsheirat lernte Leondora gleich, sich ihm angemessen unterzuordnen. Sie solle ja ein recht loses Mundwerk haben und ihren eigenen Kopf, wie man hörte. Das würde er ihr sehr bald austreiben. Ein harter Zug spielte um seine Mundwinkel.

Als Ehemann wäre er dann verpflichtet, seine Frau zu schützen. Das würde er gerne tun. Besonders vor ihrer Familie. Niemand käme mehr an sie heran. In seiner uneinnehmbaren Burg würde sie sitzen, wie ein Vogel im goldenen Käfig. Nestor schwelgte in Vorfreude und ließ seiner Phantasie freien Lauf.

Schon bald würde sie ihm gehören, in Kürze würden seine Männer ihrer habhaft werden. Alles war in die Wege geleitet.

Zugegeben, beim ersten Mal hatten seine Waffenknechte kläglich versagt. Hatten sich von einer Frau ins Bockshorn jagen lassen. Von einer Frau! Seine gut ausgebildeten Männer hatten sich übertölpeln lassen oder waren wie Jammerlappen vor einer dahergelaufenen Fremden geflohen. Vor dem schwachen Geschlecht! Er war so sauer gewesen, dass er sie am liebsten allesamt aufgeschlitzt hätte, bis ihre Gedärme herausgequollen wären. Aber diesmal war alles gut geplant. Ihr Vorhaben war wohl durchdacht und gut vorbereitet. Die richtigen Leute hatten bereits eine ansehnliche Sammlung klingender Münzen als Anzahlung erhalten. So hielt man sich die Helfer bei Laune. Es konnte gar nichts mehr schief gehen. Leondora war bald sein Weib. Mit allem, was dazu gehörte. Seine Männer würden sie nicht besteigen dürfen. Die einzige Frau, die er für sich alleine beanspruchte. Er würde keinen Nebenbuhler dulden. Und keinen Bastard.

Einzig ein kleines Hindernis musste er noch aus dem Weg räumen. Ihren „hochwohlgeboreren" Verlobten: Gero von Löwenhaag. Der wähnte sich als Glückspilz. Doch bald würde er tot irgendwo verscharrt vor sich hinfaulen. Er hatte den Tot verdient. Tausendmal. Und auch das wollte gut geplant sein. Sie durften keinen Fehler machen. Er musste sterben. So bald und so qualvoll wie möglich.

Entführung

Die zahlreichen Truhen warteten im Hof auf das Verladen. Sie waren bis unter die Deckel vollgepackt, denn Leondora hatte eine umfangreiche Aussteuer im Gepäck. Geschäftig liefen die Mägde ein und aus, um die restlichen Dinge einzupacken, die mit auf die Reise genommen werden sollten. Die Stallburschen hatten die Tiere reisefertig gemacht und Pferde für die Reiter gesattelt. Der Stallknecht spannte soeben den letzten der Reisewagen an und rief einem der Stallburschen zu, er solle sich sofort herscheren, sonst setze es Hiebe. Das gesamte Gesinde war auf den Beinen, um die junge Herrin zu verabschieden, die nun ihren eigenen Hausstand gründen würde. Sechs Waffenknechte und zwei Ritter würden die Prinzessin auf dem Weg zu ihrem zukünftigen Gemahl beschützen, dazu waren vier Mägde, zwei Köche, zwei Fuhrmänner für die beladenen Wagen, dazu zwei Bremsknechte und der reitende Fuhrmann von Leondoras Gespann mit von der Partie. Er saß bereits auf dem Pferd links der Deichsel und wartete gleichmütig, bis sämtliche Habseligkeiten verstaut und alle Mitreisenden aufgesessen oder in die Kobelwägen eingestiegen waren.

Der Aufbruch zur Burg Löwenhaag war auf den frühen Morgen gelegt worden, damit die Gruppe ein gutes Stück des Weges schaffen würde, ehe sie rasten und spätestens mit einsetzender Dunkelheit eine Unterkunft suchen musste.

Leondora und Isabella hatten schon ihre Reiseumhänge angelegt und standen aufgeregt am Rande des Treibens. Nervös strich sich Leondora eine Haarsträhne aus dem Gesicht. Sie fühlte sich weich an und glänzte in der Sonne. Gestern noch hatte ihr Isabella eine Kur mit Zinnkraut angerührt und ins Haar einmassiert, damit es glatt und seidig sei. Schließlich solle sie einen guten Eindruck machen, wenn sie die Familie ihres zukünftigen Gemahls treffen würde, hatte Isabella gesagt. Was für eine glückliche Fügung dass Isabella sie begleiten würde. Sie war eine gute Freundin und Vertraute geworden. Dankbar blickte Leondora zu ihrer neuen Gefährtin neben sich, die ebenso aufgeregt von einem Fuß auf den anderen stieg.

Isabella trug am Gürtel einen reich verzierten Beutel mit einem kleinen Messer darin, den ihr Leondora geschenkt hatte. In ihm konnte man auch das Spangengeld transportieren, stabförmige Silberbarren, von denen zum Bezahlen kleine Stücke abgehackt wurden. Ihre moderne Tasche hatte sie samt Inhalt in eine lederne Umhängetasche gesteckt, die nicht auffallen würde. Diese Tasche hing nun unter dem Umhang quer über ihrem Oberkörper.

Als sich der Tross langsam in Bewegung setzte, standen Landgraf Theodowic, Eleonora und Rosalinde lange am Tor und winkten der Reisegesellschaft nach, bis sie außer Sicht war.

Sie würden mit ihrem Gefolge in ein paar Tagen zur Hochzeitsfeier nachkommen.

Das Wetter war angenehm warm und der Himmel leicht bedeckt, beste Voraussetzung für eine Reise. Vom Nikolausberg führte der Weg in einem großen Bogen hinab, bis zur großen Verbindungsstraße, die von den Hügeln zwischen Hoflach und der Ludwigshöhe in mehr oder weniger direkter Linie auf die Amperbrücke von Bruck zulief. Eigentlich nur eine Nebenstrecke nach Augsburg, so war sie doch durch die Salz-Transporte und die durchreisenden Händler die Lebensader des Marktes Bruck zu Fürstenfeld. Jeder Reisende, der in dieser Gegend Richtung Augsburg unterwegs war, passierte die hölzerne Brücke, denn sie war weit und breit der einzige Übergang über die Amper. Die floss hier ruhig und gemächlich dahin, doch an anderen Stellen konnte sie wild und gefährlich sein, reißend und mit zahlreichen Wirbeln und Strudeln.

Während die Gruppe auf die Brücke zusteuerte, erzählte Leondora, dass der Brückenzoll, der pro Überfahrt anfalle, an ihren Vater fließe: »Meine Familie besitzt Dorfgerichte und Grundherrschaften in Emmering, Biburg, Roggenstein, Puchheim sowie die Gerichtsbarkeit in Bruck als Reichslehen, jedoch reicht das bisschen Zoll, das von den Reisenden entrichtet wird und von jenen Bauern, die zu ihren Feldern jenseits der Amper wollen, kaum aus, um den Zöllner zu bezahlen. Der Brückenunterhalt belastet die Kasse meines Vaters gehörig, besonders wenn Überschwemmungen und Eisplatten immer wieder die Brücke beschädigen. Mit dieser Brücke wird seine Schatulle irgendwann leer sein«, lachte sie.

»Allein durch die Brücke werdet Ihr aber nicht auf den Hund kommen«, konterte Isabella, ebenfalls lachend. »Ich hatte nicht den Eindruck, dass ihr bald am Hungertuch nagen würdet.«

»Wahrlich, den einen den einen oder anderen Hälbling werden wir sicher zusammenkratzen können.«

»Ja, wenn es denn so kommen sollte, werde ich eine Zeit des Schweigens für Euch einlegen und mein Scherflein dazu beitragen, dass ihr nicht verhungern müsst.«

»Ihr seid zu gütig. Im Himmelreich ist Euch ein Platz gewiss.«

Gemeinsam brachen die beiden in Gelächter aus.

Ein Stück vor der Amperbrücke, wo sich die Straße ins Ampertal senkte, kamen sie am Siechenhaus vorbei. So früh am Morgen war hier alles ruhig und niemand zu sehen. Nur aus der dazugehörigen St. Wolfgangs Kirche hörte man Gesänge der Morgenandacht herüberschallen.

Der Tross ließ die Gebäude hinter sich und näherte sich der Brücke. Isabella fröstelte in der kühlen Morgenluft und schlang den Umhang fester um den Körper. Das Tuchverdeck war zurückgeschlagen, so dass sie freien Blick hatte, als Leondora ihr im Vorbeifahren den Markt Bruck erklärte.

»Hier links, seht Ihr, führt der Weg weiter durchs Pullach zur Pullachmühle. Um Pullach leben die Tagelöhner. Aber es wird immer wieder mal überschwemmt. Mit dem Wagen wäre kein Durchkommen in den engen Gassen. Über Wiesen und Felder gelangt man bis zum Kloster.«

Sie passierten einen Garten, in dem sich ein wohlbeleibter älterer Mann mit einem irdenen Gefäß in der Hand an einem kleinen Brunnen zu schaffen machte.

»Was macht der Mann denn da?«, überlegte Isabella laut, doch Leondora antwortete prompt: »Das ist der Bader am Egglbrunnen. In ihm züchtet er seine Blutegel. Viele Leute gehen ins Badhaus, um sich von ihm behandeln zu lassen. Auch mein Vater hat schon des Öfteren nach ihm geschickt, wenn ihn Beschwerden plagten.«

»Und, hat es geholfen?«

»Ich denke schon. Jedenfalls wurde der Bader jedes Mal mit barer Münze entlohnt, ehe er die Burg wieder verließ.«

Isabella sah interessiert hinaus. Ein festgestampfter Weg hatte ihre Aufmerksamkeit erregt.

»Wo geht es denn da hin?«

»Das ist der Weg ins Krottental.«

»Was ist das Krottental?«

»Ein Gebiet, das immer wieder überschwemmt wird und in dem viele Kröten leben. Dort stehen auch die Häuser der Kleinhandwerker. Sie sind einfach gebaut, ebenerdig und so nieder, dass die Brucker Bürger spotten, wenn die Bewohner ihre Häuser verließen, könnten sie ihre Utensilien mühelos auf ihrem Dach deponieren«, kicherte Leondora. »Sie können ihre Häuser nur an der Ammer abgewandten Seite bauen, weil sonst alles zu feucht ist.«

Die Straße wurde rechts vom Haus der Weißgerber und links von Zollhaus flankiert. Der Zöllner von Bruck lebte im Zollhaus, hier, am südlichen Eingang zum Markt Bruck. Er sah die Gesellschaft schon von weitem kommen und eilte über die Brücke, um den Schlagbaum auf der Nordseite der Brücke zu öffnen. Der „Bruckhenschlag“ blieb nachts geschlossen, damit ihm kein Zoll entging. Da sie sehr früh unterwegs waren, sah der Zöllner noch ganz verschlafen aus.

Während sie über die Holzbrücke ruckelten, sah Isabella interessiert hinüber ans nördliche Amperufer. Die kleinen ebenerdigen, strohgedeckten Holzhäuschen auf jener Flussseite schmiegten sich ans Ufer. Sattler, Wagner und Hufschmied hatten sich ebenso angesiedelt, wie Wirte, Bader und andere, die von den Reisenden profitierten, die hier Halt machten oder Unterkunft nahmen. So früh am Tage war es noch ruhig in den Straßen. Rechter Hand vor ihnen konnte man die Kirche erkennen. Sie war zwar am gleichen Ort wie St. Magdalena, doch sie schien viel kleiner zu sein.

»Ist das St. Magdalena?«, fragte Isabella aufgeregt.

»Das ist die Magdalenenkirche in der Kirchgasse, ja«, antwortete Leondora amüsiert über Isabellas Enthusiasmus. »Sie gehört zur Pfarrei Pfaffing. Unsere Taufkirche ist die Pfarrkirche von Pfaffing. Ich hatte mir überlegt, ob ich dort eine Kerze als Fürbitte für eine gute Reise spenden sollte, aber ich habe stattdessen eine in unserer Kapelle angezündet.«

»Schade, ich hätte sie gerne mal aus der Nähe und vor allem von innen gesehen!«

Isabella hängte sich über die halbhohe Seitenwand hinaus, um besser sehen zu können. St. Magdalena kannte sie schließlich! Sie hätte so gerne die Kirche besichtigt! Leider war ihr nur ein kurzer Blick vergönnt, ehe sie bald ihrem Blick entschwand.

Auf der Brücke hing der beißende Geruch der Gerbergruben. Die Anwesen der Gerber rückten bis ans Wasser, damit das wasserabhängige Gewerbe die hier träge dahinfließende Amper nutzen konnte. Der Gestank war kaum auszuhalten. Isabella hielt so lange wie möglich die Luft an und atmete dann durch den Stoff ihres Kleides. Leondora hielt sich ein Tüchlein vor die Nase: »Hier arbeiten die Lederer,« nuschelte sie unter dem Stoff hervor. »Das Gerben des Leders stinkt bestialisch, aber seid unbesorgt, wir passieren diese Gasse zügig.«

Nachdem sie die Brücke passiert hatten, kamen sie am „Pöckh am Bruckhenschlag“ vorbei. Nur hier, beim Bäcker, hörte man geschäftiges Treiben. Der Gestank war dem Duft nach frischem Brot gewichen.

Leondora deutete erneut hinaus: »Wären wir soeben links abgebogen, dann führte uns das Puchergmaingassl hinaus aus Bruck und bis zum Nachbarweiler Puch hinüber. Wir aber werden den Weg über den Marktplatz nehmen.«

Viel mehr als eine große Gasse gab es in Bruck noch nicht. Sie überquerten den Marktplatz, das Zentrum von Bruck zu Fürstenfeld, einen unbefestigten Platz, an dessen Seite ein großer Borzenhaufen lagerte. Sie fuhren weiter, vorbei am Brunnen, an dem sich gerade eine alte Frau aus dem Holzeimer Wasser in ihren Lederkübel schüttete. Es war sicher sehr anstrengend, mit Hilfe der großen Kurbel den schweren Bottich hinunter zu lassen und befüllt wieder hochzuziehen, überlegte Isabella, während sie langsam vorbei fuhren. Ein immenser, stinkender Misthaufen, dessen Jauche quer über den Marktplatz hinunter Richtung Amper lief, nahm einem fast den Atem. Isabella staunte über die Häuser und die Anlage der Straßen. Der Ort war winzig im Vergleich zur großen Kreisstadt Fürstenfeldbruck, die Isabella gewohnt war. In der „Zukunft" waren die Straßenverläufe teilweise ähnlich, aber sie erkannte rein gar nichts wieder.

»Es sieht so anders aus«, begann Isabella, verstummte jedoch abrupt und sah sich verstohlen um, ob jemand außer Leondora zugehört hatte.

Aber niemand sonst schien Notiz davon genommen zu haben. Sonst hätten sich eventuelle Zuhörer sicher gewundert, woher sie Bruck kannte und warum ihr Veränderungen aufgefallen waren, wenn sie doch hier nur zu Besuch war. Sie musste wirklich besser auf alles achten, was sie sagte! Sie wäre gerne an der Stelle vorbeigefahren, an der sie in ihrer Zeit wohnte, aber dieses Fleckchen Land war sicher noch nicht mal besiedelt. Und niemand hätte ihren Wunsch verstanden; außer Leondora.

»Ja, nicht wahr«, antwortete Leondora leichthin, »wir sind bereits auf dem Puchersteig, gleich verlassen wir Bruck.«

Sie deutete nach rechts: »Dort drüben schließt sich der „Roßbühel“ an.«

Isabella sah die Pferde auf der Weide grasen und erkannte die Schmiede, die wegen der Feuergefahr außerhalb des Marktes gebaut worden war. Das schmale Schmiedgassl führte hinaus zum Anwesen des Hufschmieds.

Bald darauf ließen sie Bruck zu Fürstenfeld hinter sich und ruckelten gemächlich Leondoras neuer Heimat entgegen. Burg Löwenhaag lag ein gutes Stück hinter Augsburg, so dass sie einige Tage in dem unkomfortablen Wagen zubringen würden. Isabella rieb sich den schmerzenden Rücken. Schon die bisherige, kurze Wegstrecke forderte ihren Tribut. Jede Unebenheit des Weges traf ihren Körper wie ein Stoß. Es würde eine Tortur werden, so lange auf der harten Truhe sitzen zu müssen. Das dicke Kissen, das sie untergelegt hatte, war kaum in der Lage, die Erschütterungen abzufangen. Auf der breiten Straße nach Augsburg kamen sie hoffentlich wenigstens zügig voran, sofern sich die Wagenräder nicht als zu schwach für die schlaglochübersäten Straßen erwiesen.

Die erste Rast gegen Mittag machten sie an einer großen Lichtung, wobei die beiden Köche mit kaltem, gebratenem Huhn, Brot, Käse, gedorrtem Obst und Nüssen, Wein und Bier hervorragend für das leibliche Wohl der hungrigen und durstigen Gesellschaft sorgten.

Während der Fahrt vertrieben sich Leondora und Isabella die Zeit mit Geschichten erzählen, Singen und den Überlegungen, wie es auf Burg Löwenhaag wohl sei und wie die Hochzeit vonstatten gehen würde. Sie unterhielten sich angeregt, wobei sie stets darauf achten mussten, nichts Falsches zu sagen, da sie niemals alleine miteinander waren.

Als die Dämmerung einsetzte, quartierten sie sich in einem Gasthaus in Hattenhofen ein. Isabella gaben sie als Leondoras entfernte Cousine aus. Das Gasthaus war nicht komfortabel, aber die Binsen am Boden waren sauber und rochen erfreulich frisch. Leondora und Isabella teilten sich ein Lager, und schon bald machten es sich die beiden unter ihren Fellen bequem. Auch wenn diese Art zu schlafen, die Geräusche und Gerüche der Nacht für Isabella immer noch ungewohnt waren, so hatte sie doch die Angst vor Flöhen und anderem Ungeziefer schon ein wenig abgelegt. Mittlerweile schreckte sie auch nicht mehr bei jedem kleinen Geräusch hoch. Sie fiel bald in einen tiefen, traumlosen Schlaf.

Der nächste Morgen begann grau und trist. Es nieselte leicht, als sie sich wieder auf den Weg machten. Der stetige Regen weichte den Untergrund auf, und auf den teilweise schlecht angelegten Wegen sanken die Wagenräder immer wieder ein und verzögerten das Fortkommen. Zudem durchquerten sie nun das Haspelmoor, um das sich zahlreiche Mythen rankten. Angeblich sollten dort nachts die Geister der Reisenden umgehen, die vom Weg abgekommen und im Moor ertrunken waren. Zumindest hatte das Ritter Gunnar mit wichtiger Miene beim Frühmahl erzählt, was die anderen erheitert hatte. Isabella bescherten die Schauergeschichten ein mulmiges Gefühl, als sie durch die Regenwand die Moorwiesen entdeckte, die ihren feuchten Untergrund verbargen. Ein falscher Schritt... Sie schauderte. Sie konnte sich nicht erinnern, irgendetwas Außergewöhnliches über das Haspelmoor gelesen zu haben, doch sie wollte es lieber zurück in der Zukunft erkunden, nicht jetzt. Isabella atmete auf, als sie endlich das Moorgebiet wieder verlassen hatten.

Den nächsten Ort, Althegnenberg, ließen sie rechter Hand liegen, um noch ein Stück des Weges zu schaffen, ehe sich der Tag dem Ende neigte. Sobald langsam die Dämmerung einsetzte, hielten sie nach einem Dorf Ausschau, in dem sie Unterkunft nehmen konnten. Mering war die nächstgelegene Ortschaft. Als sie dort endlich das Gasthaus erreichten, hatte die Intensität des Regens zugenommen. So schnell wie möglich wurde das Gepäck abgeladen und die Pferde im Stall eingestellt.

Auch der nächste Tag brachte keine Besserung. Der Regen prasselte gegen die geschlossenen einfachen Windläden vor den Fensteröffnungen und lief in Bächen an der Hausmauer hinunter. Er zwang die Reisegesellschaft den Tag abzuwarten und auf besseres Wetter zu hoffen. Die Frauen vertrieben sich die Zeit mit Sticken und Näharbeiten und erzählten dabei selbst erdachte Geschichten. Um den düsteren Raum für die Handarbeiten ein wenig zu erhellen, waren mehrere Talglampen aufgestellt worden, deren Ruß Augen und Schleimhäute reizte. Isabella, die die rußschwangere Luft nicht gewohnt war, tränten die Augen und der Hals fing unangenehm an zu kratzen, doch sie versuchte, sich nichts anmerken zu lassen.

Die Ritter verbrachten die Wartezeit mit Würfelspielen und reichlich gewürztem Wein.

»So ein Sauwetter!« schimpfte Ritter Gunnar und schaute zur Türe hinaus.

Ein Schwall feuchten, kühlen Windes drückte herein und ließ die Talglichter flackern.

Schnell schloss er die Türe und setzte sich wieder zu seinen Männern.

»Wenn wir die Prinzessin abgeliefert haben, dann gehen wir in Augsburg ins Badehaus und lassen es uns in einem der heißen, duftenden Zuber gut gehen! Mit Speis und Trank. Das kann mir gefallen.«

»Ja«, rief einer der Männer: »mit einer wohlgeformten Bademagd!«

Die anderen lachten und tranken auf ein baldiges Ende ihrer Reise und auf junge, hübsche Bademägde.

Sobald am nächsten Morgen der Hahn krähte, standen die Frauen auf und Leondora spähte besorgt hinaus, ob sich das Wetter geändert hatte. Der Himmel war mit grauen Wolken übersät, aber es hatte aufgehört zu regnen.

So setzten sich alle noch zu einem frühen Mahl in die große Gaststube.

Alle bis auf drei der Waffenknechte. Sie hatten, so erzählte Ritter Gunnar entschuldigend, gestern offensichtlich etwas Falsches gegessen und lagen mit schwerer Magenverstimmung darnieder. Er führte an, dass bei einer Weiterreise ohne die drei

Bewaffneten der Schutz dürftig ausfiele, aber die Reisegesellschaft wollte nicht länger aufgehalten werden. Sie beschlossen, ohne diesen Schutz weiterzureisen. Die drei erkrankten Männer sollten nach ihrer Genesung nachkommen.

So setzte sich der Tross guter Dinge bald wieder in Bewegung. Es hatte merklich abgekühlt, daher trugen die Frauen auch im Wagen ihre Reiseumhänge. Angeregt unterhielten sie sich über die Vorzüge und Pflichten als Herrin einer großen Burg. Die Stimmung war heiter und ausgelassen, denn die Vorfreude auf die Feierlichkeiten auf Burg Löwenstein versetzte alle in Hochstimmung. So machte sich niemand Gedanken darüber, dass die Gefahr eines Überfalles durch den Wegfall der drei erkrankten Waffenknechte stark gestiegen war. Diese Tatsache sollte ihnen jedoch bald zum Verhängnis werden.

Das Gespann holperte gerade gemächlich über einen breiten Feldweg, als Ritter Gunnar das Zeichen zum Halten gab. Leondora strecke den Kopf aus dem Fenster, um zu erfahren, warum gehalten worden war. Sofort ritt Gunnar zu ihr und erklärte ihr: »Einem weiteren meiner Männer ist schlecht geworden.«

Leondora und Isabella stiegen aus. Der junge Mann war kalkweiß in Gesicht und ihm standen Schweißperlen auf der Stirn. Er wirkte, als ob er sich kaum mehr im Sattel halten könnte. Und tatsächlich holte Gunnar ihn vom Pferd, ehe er selber herunterfiel. Kaum war er am Boden angekommen, torkelte er hastig zur Seite und erbrach sich ins Gebüsch. Dann krümmte er sich in heftigen Bauchkrämpfen, ehe er erschöpft zusammensackte. Die Anderen legten ihn schließlich auf einen der Gepäckwagen und banden sein Pferd daran fest. So machte sich die Reisegesellschaft wieder auf den Weg. Diesmal allerdings beunruhigt und nachdenklich.

Isabella flüsterte Leondora zu: »Der Mann sah gar nicht gut aus. Bleich, kaltschweißig oder gar fiebrig. Vielleicht hat er sich den Magen verdorben, oder…«, sie machte eine nachdenkliche Pause und fuhr dann fort: »Meinst du, er könnte eventuell vergiftet worden sein?«

Leondora erwiderte erschrocken: »Das ist wirklich merkwürdig. Aber wenn er vergiftet worden wäre, wie sollte das passiert sein und vor allem - warum? Dann hätte es ja jemand auf uns abgesehen.«

In diesem Moment holte völlig unvorhersehbar ein Pfeil den Reiter des Gespanns vom Pferd.

Danach ging alles sehr schnell. Ein weiterer Pfeil durchbohrte Ritter Gunnars Schulter und aus dem Gebüsch kamen gut zehn Mann angelaufen. Ein Angriff aus dem Hinterhalt! Alle Mitreisenden, Männer wie Frauen, wehrten sich nach Leibeskräften. Doch mit so wenigen Waffen zur Verteidigung hatte die Reisegruppe keine Chance. Die Angreifer metzelten viele der Bediensteten nieder, kaum jemand konnte sich ins Unterholz retten. Die Männer, die heldenhaft für Leondora kämpften, fielen am Ende doch. Ritter Gunnar lag blutüberströmt im Morast und es war nicht erkennbar, ob er bereits tot war.

Als die Frauen merkten, dass sie angegriffen wurden und ihre Verteidigung einfach überrannt worden war, sprangen sie vom Wagen, um sich zu retten. Leondora hatte ein kleines Messer gezückt, das sie zur Vorsicht unter ihrem Umhang verborgen getragen hatte.

Isabella schnappte sich die Peitsche und lief mit Leondora zwischen den kämpfenden Männern hindurch Richtung Unterholz. Die Aussicht zu entkommen war gering, doch mit viel Glück könnten sie es schaffen, sich zu verstecken. In ihrer Panik sahen sie die Reiter nicht, die zwischen den Bäumen auf den Ausgang des Gemetzels warteten. Längst war ihre Aufmerksamkeit auf die beiden Fliehenden gerichtet. Einer der Männer erkannte Isabella. Das war doch dieses Weibsstück, das ihm schon beim ersten Entführungsversuch in die Quere gekommen war. Diese kämpfende Hexe. Noch einmal würde er sich nicht von einer Frau besiegen lassen! Er sprengte mit seinem Pferd hinter ihr her und ließ ihr den Knauf seines Schwertes mit Wucht von hinten auf den Kopf sausen. Mitten aus vollem Lauf fiel Isabella, um sie wurde alles schwarz.

Als sie wieder zu sich kam, lag sie ungemütlich quer in dem Kobelwagen und ihr Kopf drohte gleich zu zerspringen. Ihre Hände und ihre Füße waren gefesselt.

Leondora saß auf der hinteren Bank, weiß wie frisch gefallener Schnee.

Der Wagen holperte durch die Landschaft und Isabella hatte das Gefühl, sich gleich übergeben zu müssen. Ihr Mund war ganz trocken, trotzdem schmeckte sie Blut. Irgendwo musste eine Verletzung sein. Entsetzt schaute sie Leondora an.

»Was haben die mit uns vor? Wie lange war ich bewusstlos?«

Leondora hob resigniert die Schultern: »Ich weiß nicht, warum das alles passiert. Wir sind entführt worden. Ich habe versucht, mit meinem Messer um mich zu stechen, aber gegen diese schwerttragenden Barbaren hatte ich keine Chance. Und dann haben sie Euch hergebracht. Ich hatte schon Angst, dass Ihr auch...«

Ein erstickter Laut kam aus ihrem Mund, dann fing sie an zu weinen. »Sie sind alle tot, Isabella, einfach abgeschlachtet! Ich begreife es nicht. Warum nur das alles?« Sie schaute Isabella verzweifelt an. Eine tiefe Hoffnungslosigkeit breitete sich aus.

Ohne Pause raste der Wagen dahin, nur ab und zu hörten die Frauen rauhe Männerstimmen Anweisungen brüllen. Jemand hatte die Plane zugezogen.

Isabella kämpfte mit ihrer Übelkeit und dem dröhnenden Kopf, während Leondora vorsichtig das Tuch etwas zur Seite hob und hinaus spähte. Doch diese Gegend kannte sie nicht. Immer wieder änderten sie ihre Richtung. Die Frauen hatten keinerlei Gefühl mehr dafür, wo sie sich mittlerweile befanden. Irgendwann verlangsamte sich die Fahrt und sie rumpelten einen Hügel hinauf, ehe sie auf befestigten Boden trafen. Die Räder holperten auf steinernem Untergrund weiter und an dem Geklapper vieler Hufe konnte man erahnen, dass mehrere Reiter das Gespann begleiteten.

Bald darauf hielten sie an, und jemand schlug das Tuch zurück. Ein dunkelhaariger, teuer gekleideter Ritter mit einem süffisanten Lächeln hielt Leondora die Hand hin, um ihr beim Aussteigen zu helfen.

»Oh wie schön, meine Gäste sind angekommen. Seid willkommen, Leondora von Leiten! Ich bin hocherfreut, Euch hier zu sehen. Darf ich mich vorstellen« - er deutete eine kleine Verbeugung an - »Nestor von Schwarzenfels.«

Leondora starrte ihn mit großen Augen an, dann fauchte sie: »Einem Bastard wie Euch werde ich meine Hand nicht reichen! Lasst uns sofort frei, Ihr gemeiner Mörder! Und nehmt meiner Cousine die Fesseln ab! Was seid Ihr nur für ein Unmensch.«

Mit einem schiefen Grinsen trat Nestor einen Schritt zurück und gab damit den Blick auf zwei weitere Ritter frei, die neben ihm standen.

An sie gewandt meinte er: »Roderick, Menowin, ihr habt mir gar nicht erzählt, dass wir auch Leondoras Cousine zu Gast haben. Geht man so mit besonderen Gästen um? Nehmt doch der lieben Cousine die Fesseln ab.«

Sein fieses Grinsen vertiefte sich noch. Nun wurde das Tuch auch auf der anderen Seite aufgeschlagen und jemand schnitt Isabella unsanft die Fesseln durch. Sie rieb sich ihre schmerzenden Handgelenke und stieg langsam aus dem Wagen.

Auch Leondora war heraus geklettert. Nestor von Schwarzenfels machte eine ausladende Bewegung. »Darf ich vorstellen: Roderick von Hohenleite und Menowin von Sottenstein. Ihr seid hier auf Burg Feistritz zu Gast. Ihr könnt Euch auf dem Burggelände frei bewegen, aber kommt nicht auf dumme Gedanken! Wir sind hier sehr gut gesichert.«

Er schaute Isabella durchdringend an. Ihr wurde heiß und kalt gleichzeitig. Ob dieser Mann mit den harten Gesichtszügen etwas mit der versuchten Entführung zu tun gehabt hatte? Ihn hatte Isabella damals nicht gesehen, aber der „feine Herr" machte sich sicher nicht selbst die Hände schmutzig. Sie senkte den Blick und wandte sich ab, während ihr ein Schauer den Rücken hinunter lief und sich die feinen Härchen am Nacken aufgestellt hatten.

Eine Magd hastete über den Hof.

»Magda wird Euch Eure Gemächer zeigen. Ihr wollt Euch sicher zurückziehen und ausruhen.«, sagte Nestor in beiläufigem Tonfall, als plauderte er mit Freunden.

Leondora spürte unbändige Wut in sich aufkommen, die die lähmende Angst verdrängte: »Ich möchte mich nicht ausruhen, ich möchte wissen, was Ihr mit uns vorhabt«, fuhr sie Nestor an.

Er erwiderte betont freundlich: »Nichts weiter. Ich werde Euch ehelichen.... Sobald Gero von Löwenhaag etwas zugestoßen ist - ein tragischer Unfall.«

Leondora hatte das Gefühl, den Boden unter den Füßen zu verlieren. Sie schnappte nach Luft und starrte Nestor ungläubig an.

»Ihr ... Ihr abscheuliches...«, weiter kam sie nicht, denn dann verließen sie die Kräfte. Eine Ohnmacht hatte sie von diesem Schrecken erlöst. Sie sackte zusammen, und Isabella fing sie in letzter Sekunde auf. Roderick und Menowin kamen ihr zu Hilfe und trugen Leondora in ihr Gemach. Sie legten sie vorsichtig auf das Bett und verließen anschließend den Raum.

Die Magd lief geschäftig umher und brachte warme Tücher und Wasser zum Händewaschen. Dann stellte sie einen großen Krug verdünnten Wein und zwei Trinkbecher neben den Kienspanhalter auf einen kleinen hölzernen Tisch.

Leondora war inzwischen erwacht und starrte regungslos an die Decke. Isabella saß resigniert auf der Bettkante und rieb gedankenverloren ihren schmerzenden Hinterkopf.

Als die Magd den Raum verlassen und die Türe hinter sich geschlossen hatte, setzte sich Leondora abrupt auf und sagte im Flüsterton zu Isabella: »Was sollen wir nur tun? Wir sind hier gefangen. Lieber würde ich verhungern, als diesen Unhold zu heiraten! Isabella, wir müssen hier raus und Gero warnen! Ich hoffe, es ist noch nicht zu spät.«

Isabella überlegte fieberhaft, aber ihre Gedanken drehten sich im Kreis und ihr Kopf schmerzte zum Zerspringen. Dann dachte sie laut: »Das war alles penibel geplant. Und eines ist jetzt sicher: Die „kranken“ Ritter sind sicher vergiftet worden. Alles von langer Hand geplant und geschickt eingefädelt. Alleine haben wir keine Chance gegen dieses Monster. Wir brauchen einen Verbündeten, sonst sind wir hier verloren. Aber es ist schon einmal gut zu sehen, dass sie uns menschlich behandeln und nicht in den Kerker werfen oder umbringen wollen. Ich bin mir sicher, dass es auch Nestor war, der dich vor kurzem schon einmal angegriffen hat. Er wollte dich sicher damals schon in seine Gewalt bringen. Ich habe einen seiner Schergen erkannt. Ich hoffe, sie tun mir nichts an, weil ich sie damals in die Flucht geschlagen habe. Ich kann keinen klaren Gedanken fassen. In meinem Kopf dreht sich alles.«

»Aber wen sollen wir denn um Hilfe bitten, wir kennen auf dieser Burg ja niemanden. Und Ihr seht ja selbst, dass alle hier diesem Nestor hörig sind. Ich verstehe nicht, warum er gerade m i c h heiraten will. Ich kenne diesen Mann doch gar nicht! Ich verstehe das alles nicht. Warum sucht er sich nicht irgendeine andere Frau, die ihm in die Hölle folgt?«

Magda klopfte, um die Frauen zum Essen zu holen, aber Leondora fuhr sie an: »Sage Deinem Herrn, lieber würde ich verhungern, als mich mit einem Mörder an eine Tafel zu setzen. Ich bin nicht seine Leibeigene! Und seine Frau werde ich niemals. NIEMALS, hörst du! Lieber sterbe ich!«

Magda sah betreten zu Boden, knickste und verließ eilig das Zimmer.

Eine Weile später klopfte es wieder und zwei Diener trugen einen reich gedeckten Tisch herein. Sie stellten ihn an der Seite ab und einer der Diener erklärte: »Unser Herr hat uns befohlen, Euch diese Speisen zu bringen und wünscht Euch einen guten Appetit und eine angenehme Nachtruhe.«

Schnell verließen die beiden Diener den Raum, um sich nicht auch einen Wutausbruch Leondoras anhören zu müssen.

Sie schimpfte trotzdem lauthals: »Dieser aufgeblasene, eingebildete Tyrann! Guten Appetit ... Als ob ich einen Bissen herunter brächte. Und eine angenehme Nacht ... Wann ist eine Nacht in Gefangenschaft schon angenehm? «

Sie seufzte: »Ach Isabella, was sollen wir nur tun?«

Isabella schenkte Wein in die beiden Becher und gab Leondora einen.

»Hier, Leondora, trinke ein bisschen. Wir müssen bei Kräften bleiben. Sobald sich eine Fluchtmöglichkeit ergibt, sollten wir sie ergreifen können. Vielleicht können wir ja jemanden bestechen, dass er einen Boten zu Deinen Eltern schickt.«

So saßen die beiden eine Weile schweigend nebeneinander am Bettrand und tranken verdünnten Wein, jede mit ihren eigenen Gedanken beschäftigt.

Am nächsten Morgen erwachte Isabella mit einem immer noch schmerzenden Kopf. Sie tastete ihn erneut ab und fühlte die riesige Beule, die sie davongetragen hatte. Und eine Gehirnerschütterung war das sicherlich ebenfalls. Aber die Übelkeit und der Schwindel waren schon viel besser geworden. Wenigstens hatte sie keine Platzwunde.

Leondora erwachte, setzte sich auf und klagte: »Mich schmerzt wieder mein Rücken. Langsam wird es unerträglich. Ich kann mich kaum mehr bewegen.«

»Lass' mal sehen.« Isabella sah sich den Rücken an, ließ Leondora nach vorne, hinten und seitlich beugen, den Oberkörper rotieren, klopfte auf ein paar Stellen und tastete auch die angrenzende Muskulatur der schmerzenden Stellen ab. Nachdem sie auch die Wirbelsäule ober- und unterhalb der schmerzenden Stellen begutachtet hatte, erklärte sie Leondora: »Vermutlich hat die unbequeme Reise ein muskuläres Ungleichgewicht verursacht, das die Brustwirbelsäule in Mitleidenschaft gezogen hatte.«

»Ich verstehe kein Wort von dem, was ihr sagt. Könnt Ihr mir helfen?«

»Ich kann dich massieren, aber Wärme täte dir jetzt besonders gut. Nur wie?«

Sie überlegte laut, dass ein Kartoffelwickel Linderung bringen könnte, doch als Leondora sie mit großen Augen fragte, was Kartoffeln seien, wurde ihr wieder bewusst, dass Kartoffeln erst ein paar hundert Jahre später in Europa Einzug halten würden. Also behalf sie sich anders. Sie rief die Magd und bestellte sechs weich gekochte Rüben und ein Baumwolltuch.

Magda wollte widersprechen, es gäbe doch bald Frühmahl und Rüben ohne alles schmeckten gar nicht, aber Isabella bestand auf ihrer Bestellung. So brachte Magda wenig später sechs dampfende Rüben in einer kleinen Schüssel und ein Baumwolltuch.

Isabella bedankte sich, schloss rasch die Türe hinter Magda und verriegelte sie. Sie legte das Tuch auf den Tisch, ließ die Rüben darauf rollen und zerdrückte sie mit dem Boden eines Kruges, der auf den Tisch stand. Das Tuch war recht groß, so konnte sie es über die zerdrückten Rüben falten.

Leondora sollte sich mit entblößtem Oberkörper auf das Bett legen.

Isabella prüfte mit dem Unterarm die Temperatur und legte die „Rübenauflage“ auf Leondoras Rücken. Dann legte sie noch ein wollenes Tuch um Leondoras Oberkörper, um die Wärme zu halten, deckte sie zu und ließ sie eine Weile ruhen. Die Wärme tat ihr sichtlich gut. Als der Wickel nach einer Weile ausgekühlt war, kratzte Isabella die Rüben so gut es ging vom Tuch ab und gab sie zurück in die Schüssel. Anschließend putzte sie den Krug ab und wusch das Tuch in der Waschschüssel für die Hände aus. Das Wasser schüttete sie heimlich zu einer Fensteröffnung hinaus. Hoffentlich traf sie mit dem Wasserschwall niemanden, der zufällig weiter unten gerade ging. Niemand sollte erkennen können, für was sie die Rüben gebraucht hatten.

Dann massierte sie Leondora am Rücken, um die Verspannungen zu lindern. Leondora setzte sich auf und drehte den Oberkörper hin und her: »Es tut noch weh, aber ich habe den Eindruck, es ist schon besser geworden.«

»Du wirst sehen, heute kann es dich noch ein bisschen quälen, vielleicht ändert sich der Schmerz auch, aber ab morgen werden die Schmerzen so gut wie fort sein.«

Als Magda wieder kam, sah sie erst in die Schüssel mit den zerquetschten Rüben, dann verständnislos Isabella an.

Diese zuckte bedauernd die Schultern und erklärte entschuldigend: »Du hattest Recht, es schmeckte scheußlich.«

Die Magd nahm die Schüssel an sich und verließ wortlos den Raum. Isabella sah sie den Kopf schütteln, ehe sich die Türe hinter ihr schloss.

Wenig später holte Magda die Beiden ab, um ihnen die Räumlichkeiten zu erklären. Sie verließen die Kemenate und gingen nach unten. Scheinbar gut gelaunt begann Leondora ein Gespräch mit Magda, um sie etwas auszuhorchen.

Isabella wollte sich derweil auf der Burg umsehen.

Burg Feistritz war eine Trutzburg mit Mauern aus dunklem Stein; vom Hof aus wirkte das Gemäuer beängstigend düster und trist, wie die verwunschene Burg eines bösen Zauberers in einem Märchen.

Isabella durchquerte den Hof mit seinem geschäftigen Treiben und steuerte auf den hinteren, ruhigen Teil des Anwesens zu, als sie plötzlich jemand fest am Handgelenk fasste und mit Kraft in einen kleinen Erker in der Mauer zog.

Isabella war überrascht. Sie hatte nicht mit einem Angriff gerechnet, aber mit einer schnellen Handbewegung befreite sie sich ruckartig aus dem Griff. Der Mann wollte noch einmal zugreifen, aber sie blockte seine Hand ab und funkelte ihn böse an.

Es war Menovin von Sottenstein. Er hatte nun beide Hände erhoben, wie um zu zeigen, dass er nichts Böses im Schilde führte und lächelte Isabella schief an. »Ihr seid also tatsächlich die Frau mit den außergewöhnlichen Kampfkünsten. Euer Ruf eilt Euch bereits voraus. Es heißt, Ihr seid mit dem Teufel im Bunde. Ist das wahr? Aber ich muss Euch warnen: Ihr seid hier nur geduldet, nicht willkommen. Ich würde Euch raten, in Zukunft nicht alleine spazieren zu gehen. Wir wollen doch nicht, dass Euch etwas zustößt.«

Isabella war einen Moment sprachlos, dann quoll all die Bitterkeit und Verachtung aus ihr heraus: »Und ihr meint ich solle einen Rat annehmen von einem Mann, der als Handlager eines gemeinen Mörders wehrlose Frauen entführt, ehrbare Ritter vergiftet und unschuldige Mägde, Diener und Kutscher ermorden lässt? Was haben wir Euch eigentlich getan, dass Ihr uns hier gefangen haltet und den Verlobten meiner Cousine ermorden laßt?«

Jetzt erst merkte sie, dass sie mit beiden Fäusten auf sein Wams trommelte.

Er hielt ihre Hände fest und sah sie mit seinen wachen, klugen Augen fest an. Dann schaute er sich kurz um, ob sich jemand in Hörweite befand und sagte: »Ich habe jetzt keine Zeit für lange Erklärungen. Ich wusste nichts von Nestors Vorhaben. Er hatte uns nur erzählt, dass er die Hochzeit von Leondora von Leiten verhindern muss, aber ich habe niemals mit einem solchen Verbrechen gerechnet. Ich habe einen zuverlässigen Boten zur Burg Löwenhaag geschickt. Ich kann Euch nur eindringlich raten, Euch zu zügeln und Nestor nicht zu verärgern. Er ist ein sehr gefährlicher Mann!« Mit diesen Worten ließ er Isabella los und verschwand über den Hof.

Isabella verharrte ein paar Minuten regungslos und starrte ihm nach. Dann beeilte sie sich, von dieser abgeschiedenen Hofseite in den bevölkerten Teil zu gelangen. Immer wieder sah sie sich verstohlen um, ob nicht hinter irgendeiner Ecke jemand lauerte.

Auf dem Weg zurück kam sie an Leondora vorbei, die sich noch mit Magda unterhielt. Gemeinsam gingen sie zurück zur Kemenate.

»Leider nichts Interessantes erfahren«, flüsterte Leondora.

In ihrem Gemach angekommen schickte Isabella alle Bediensteten, die soeben sauber machten, hinaus. Sobald die beiden alleine waren, platzte sie heraus: »Es sieht so aus, als hätten wir einen Verbündeten!«

Leondora schaute sie fragend an.

»Menovin von Sottenstein. Er hat mir gerade eröffnet, dass er einen Boten zur Burg Löwenhaag geschickt hat. Er scheint uns helfen zu wollen.«

»Wir sollten einem von Nestors Männern vertrauen? Und was ist, wenn er nicht die Wahrheit gesagt hat?«

»Ich fürchte, wir haben keine andere Wahl. Entweder er hilft uns, oder es ändert sich nichts an unserer Lage. Aber warum sollte er solch ein übles Spiel mit uns spielen?«

»Ja, Isabella, Ihr habt Recht. Er ist unsere einzige Möglichkeit zur Rettung. Wir sollten für Geros Unversehrtheit beten. Und für unsere Befreiung.«

Früh am nächsten Morgen räkelte sich Leondora in ihrem Bett: »Meinem Rücken geht es schon viel besser. Es schmerzt kaum mehr.«

»Das ist schön zu hören. Ich habe noch eine Idee, was wir versuchen könnten.«

»Was denn?«

Es klopfte und Magda steckte ihren Kopf zur Türe herein. »Braucht Ihr noch etwas?«

Isabella antwortete freundlich: »In der Tat, ja. Könnte ich wohl drei Trinkhörner und eine brennende Kerze haben?«

Magda sah sie fragend an.

»Ich kenne da ein lustiges Spiel, mit dem wir uns die Zeit vertreiben möchten«, log Isabella munter drauflos.

Magda verzog zwar das Gesicht zu einer missmutigen Grimasse, nickte aber, verließ wortlos den Raum und machte sich auf den Weg, drei Kuhhörner aufzutreiben.

Mit den Hörnern in der Hand verriegelte Isabella wenig später die Türe ihrer Kemenate abermals, damit sie nicht entdeckt würden. Sie ließ Leondora mit bloßem Oberkörper aufs Bett setzen, nahm die brennende Kerze, steckte sie kurz in eines der Hörner und setzte es dann auf Leondoras Rücken auf. Es klappte nicht auf Anhieb, immer wieder fielen die Hörner auf das Bett. Aber nach ein paar Versuchen hielten alle drei Hörner.

»Das nennt man Schröpfen«, erklärte Isabella.

»Wie habt Ihr das gemacht?«

»Ich habe mit dem Feuer der Kerze im Inneren des Hornes einen Unterdruck erzeugt, so dass sich das Horn auf Deiner Haut festsaugt. Das regt die Durchblutung an und lindert gleichzeitig die Schmerzen.«

»Woher habt Ihr nur all euer Wissen? Ich verstehe nur die Hälfte von dem, was Ihr mir erklärt.«

»Das macht nichts. Es wird Dir helfen.«

»Hm. Es fühlt sich merkwürdig an, aber nicht unangenehm. Hoffentlich hilft es.«

»Bestimmt!«

So saß Leondora eine Weile mit den „Schröpfköpfen" am Rücken auf dem Bett. Als Isabella sie wieder abnahm, hinterließen sie bläulich-rote Male, die erst in einigen Tagen verschwinden würden. Leondora kleidete sich an, wanderte begeistert durch den Raum und bewegte sich, um zu erspüren, ob doch noch etwas wehtat. Die Schmerzen waren tatsächlich wie weggeblasen.

»Großartig! Ich spüre es kaum mehr. Ausgezeichnet. Das habt Ihr wirklich gut gemacht. Danke.«

An diesem Abend gingen die beiden in den großen Saal zum Abendessen. Sie wollten vorgeben, sich in ihr Schicksal zu fügen und hofften auf ein paar Neuigkeiten oder Ideen für Ihren Fluchtplan. Leider ergab sich kein anregendes Gespräch mit den Burgbewohnern.

Leondora versuchte sich nicht anmerken zu lassen, dass sie eigentlich nur lustlos vor ihrem Teller saß. Gleich nach dem Mahl zogen sie sich zurück in ihre Gemächer. Immer wieder überlegten und diskutierten sie Fluchtmöglichkeiten, aber bedauerlicherweise taugte keine ihrer Ideen, so dass sie letztendlich alle verwarfen. Letztlich blieb nur die Zuversicht, dass sie einen anderen Weg finden würden. Wenn ihnen das Glück hold war, dann half ihnen womöglich doch dieser Menovin. Als die Nacht hereinbrach, waren die Gedanken nicht mehr ganz so trübe, der Hoffnungsschimmer hatte ein paar der tristen Gefühle vertrieben. Trotzdem wälzten sich beide Frauen im Bett, ohne wirklich Ruhe zu finden.

Am nächsten Morgen zeigte der Himmel sein strahlendstes Blau. Gleich nach dem Frühmahl spazierten Isabella und Leondora im Garten umher in der Hoffnung, Menovin sprechen zu können. Aber leider war er nicht zu entdecken. Den ganzen Tag über trieben sich die beiden immer wieder im Hof herum und hielten nach ihm Ausschau. Erst am frühen Nachmittag trat er in den Hof und kam sogleich auf die beiden Frauen zu. Erwartungsvoll schauten sie ihm entgegen.

Er deutete eine Verbeugung an und meinte: »Darf ich Euch auf einen kleinen Spaziergang in den Garten einladen? Ich habe Nestor gesagt, dass ich Euch Eure ausweglose Lage darlegen möchte und Euch«, er nickte Leondora zu, »auf eine Heirat mit ihm einstimmen werde. So kann ich Euch ganz offiziell unter seinen Argusaugen sprechen. Aber seid vorsichtig, diese Burg hört alles.«

Gemeinsam machten sie sich auf den Weg in den Garten.

Leondora sah ihn zweifelnd an: »Ihr seid ein Vertrauter Nestors. Warum wollt ihr uns helfen und damit Euren Freund verraten? Und könnt Ihr uns erklären, warum Nestor gerade mich ehelichen will? Er kennt mich doch gar nicht.«

»Ich kenne Nestor schon, seit ich ein kleiner Junge war. Er war schon immer ungeduldig und hinterlistig, aber ich kam bisher sehr gut mit ihm aus. Unsere Eltern waren eng befreundet und wir sind als Nachbarn gemeinsam aufgewachsen. Nestors Eltern haben die Burg und die angrenzenden Ländereien als Lehen von Herzog Gerowin von Löwenhaag erhalten, also von Gero von Löwenhaags' Vater, Prinzessin. Nun, als Nestors Vater starb, gab es Erbschaftsstreitgkeiten, denn als Nestor das Lehen übernahm, hielt er sich nicht an seine Pflichten und wollte die Abgaben nicht entrichten. Zudem sieht er Gero von Löwenhaag als seinen Erzfeind an, seit die beiden bei einem Turnier in Kaltenberg heftig aneinander geraten sind. Nestor hat damals den Kürzeren gezogen, was ihn tief in seiner Ehre gekränkt hat. Er wartete nur darauf, es Gero einmal heimzahlen zu können. Und so entwickelte er diesen hinterhältigen Plan. Er könnte Gero das stehlen, was ihm am wichtigsten ist: Euch. Und wenn Gero dann noch etwas zustieße und Nestor Euch ehelichte, dann hätte er gleichsam einen unliebsamen Konkurrenten aus dem Weg geräumt und sein Lehen mit erheblichen weiteren Pfründen gesichert. Er hat uns nicht in seinen Plan eingeweiht, ich habe es erst im Nachhinein herausgefunden. Er verlangt von uns als seinen langjährigen Freunden, dass wir uns loyal ihm gegenüber verhalten. Ich war ihm trotz seiner Verschlagenheit stets ein treuer Freund, aber vor solch einem Unrecht kann ich meine Augen nicht verschließen.«

Sie gingen ein kleines Stück, dann erklärte er, an Leondora gewandt: »Ich habe möglicherweise einen Weg gefunden, Euch zu helfen. Ihr müsst Interesse an Nestor bekunden und Euch scheinbar in euer Schicksal fügen. Dann wird er Euch mehr Freiraum gewähren. Sobald er Euch das zugesteht, können wir Eure Flucht planen. In ein paar Tagen kommen Gaukler in die Gegend. Bringt Nestor dazu, sie auf die Burg einzuladen. In dem Tumult können wir Euch vielleicht hinausschaffen.«

Leondora öffnete den Mund. Sie wollte einwerfen, dass sie nie und nimmer diesem Scheusal ihre Gunst schenken wollte, doch sie schloss ihn wieder, ohne dass ein Laut ihre Lippen verlassen hätte. Sie nickte nur und ergab sich in ihr Schicksal. Er hatte Recht. Es war die einzige Chance, selbst wenn es bedeutete, dass sie sich mit einem verhassten Mann einlassen und ihr gesamtes Wesen verleugnen musste. Dieser Weg würde äußerst steinig und beschwerlich werden.

Ab diesem Zeitpunkt versuchten die Frauen, sich möglichst unauffällig und betont freundlich zu verhalten und reibungslos in den Burgalltag einzufügen. Es kostete beide viel Überwindung, zu diesen Mördern und Entführern ein -vorgespieltes-

gutes Verhältnis aufzubauen, aber niemand schien Verdacht zu schöpfen. Im Gegenteil, bald konnten sich beide frei auf dem Burggelände bewegen, ohne argwöhnischen Blicken ausgesetzt zu sein.

Für den Abend hatte Nestor ein Fest vorbereiten lassen, zur Feier ihres Triumphes über die gegnerischen Ritter. Also machten Leondora und Isabella gute Miene zum bösen Spiel und feierten scheinbar ausgelassen mit. Als hätten sie sich nicht nur mit ihrer Situation abgefunden, sondern sie sogar gerne angenommen. Es war fraglich, ob die Entführer ihnen das vorgespielte Vertrauen, dieses Geheuchele, dieses unsägliche Schauspiel, abnahmen, aber einen besseren Plan hatten die Beiden nicht. Und er schien aufzugehen...

Beide spielten ihre Rolle gut und gaben vor, sich prächtig zu amüsieren. Sie saßen lange bei den Männern, die ausgelassen feierten. Nur wurden diese zusehends betrunken und damit aufdringlicher. Die Feier entwickelte sich allmählich zu einem Trinkgelage. Als sich die anzüglichen Anspielungen häuften, gaben Leondora Kopfschmerzen und Isabella Müdigkeit als Vorwand an, um sich zurückzuziehen. Isabella verließ gerade den Raum, als Leondora an der Türe noch in ein Gespräch verwickelt und dadurch aufgehalten wurde. Nur ein paar Minuten später machte sie sich auf den Weg zu ihren Gemächern.

Als sie, im ersten Stock angekommen, um die Ecke bog, packte sie plötzlich jemand am Handgelenk und zog sie in eine Nische. Ihr blieb fast das Herz stehen. Es war Nestor. Er schien betrunken zu sein und zog sie mit festem Griff an sich, umklammerte sie und krallte eine Hand in ihr Haar. Die andere Hand lag auf ihrem Hinterteil.

»Ich will dich! Jetzt!« stöhnte er und wollte sie durch die nächstgelegene Türe drängen.

Panik stieg in Leondora auf. Wie sollte sie sich nur diesem Wüstling widersetzen? Sie war ihm schutzlos ausgeliefert. Schweiß brach ihr aus, der Mund wurde ganz trocken. Sie versuchte krampfhaft, sich nichts anmerken zu lassen, hielt ihn zurück und setzte ein verführerisches Lächeln auf.

»Lieber Nestor«, flötete sie, als er sie aufs Dekolleté küsste.

»Ich bin eine ehrbare Frau und werde bald die Eure sein. Dann wird Euch alles an mir gehören. Und ich will Euch eine gute Frau und Bettgefährtin sein, aber bis dahin bitte ich Euch um Zurückhaltung!«

Ihr wurde ganz übel von diesem Geheuchel, aber es war der einzige Weg. Niemand, der bei Verstand war, würde ihr diese Schmierenkomödie abkaufen. Nestor zog sie näher an sich heran und küsste sie hart. Dann ließ er sie los und wandte sich ab.

»Ihr habt Recht meine Schöne, Vorfreude steigert die Begierde. Allerdings ist Geduld nicht meine stärkste Tugend.« Er wischte sich mit dem Handrücken über den Bart und wankte wieder zurück Richtung Saal. Leondora hörte die Musik und Stimmen heraufschallen. Sie hatte das Gefühl, die Kontrolle über ihre Beine zu verlieren. Sie knickten einfach weg, und so kauerte sie einen Moment zusammengesunken in der Nische. Dann wischte sie sich angeekelt das Gesicht ab, glättete ihren Rock und machte sich auf den Weg in ihre Gemächer.

Isabella wartete schon eine Weile im Schlafgemach, als die Türe aufging und eine totenbleiche Leondora im Rahmen stand. Entsetzt sprang sie ihr zu Hilfe, denn Leondora wirkte, als ob sie gleich ohnmächtig werden würde. Isabella führte sie zum Bett und setzte sie auf den Rand.

»Was ist denn geschehen? Du siehst aus, als ob du ein Gespenst gesehen hättest!«

»Viel schlimmer«, antwortete Leondora leise, »Nestor hat mich gerade auf dem Weg hierher abgefangen und wollte mich in seine Gemächer verschleppen. Ich möchte mir lieber nicht ausmalen, was dann passiert wäre«, sagte sie matt.

Beklommen saßen beide auf dem Bett und versuchten, den Schreck zu verarbeiten.

Als Isabella früh am Morgen aus dem Fenster sah, kam gerade ein Bote an. Menovin fing ihn am Tor ab und der Bote übergab ihm etwas. Eine Nachricht vielleicht, überlegte sie. Allerdings schien es sich, nach Menovins Gesichtsausdruck zu urteilen, nicht um gute Nachrichten zu handeln. Hoffentlich hatte das nichts mit Gero von Löwenhaag zu tun!

Menovin sprach kurz mit dem Reiter, dann preschte der Bote wieder vom Hof. Er schien es sehr eilig zu haben.

Isabella lief zu Leondora, um ihr die Neuigkeit gleich mitzuteilen. Neugierig machten sich die beiden auf den Weg zum Saal, in der Hoffnung, etwas von Menovin zu erfahren.

Tatsächlich kam er ihnen auf der großen Treppe entgegen. Der Gong rief soeben zum Essen.

Menovin sah sich unauffällig nach allen Seiten um und flüsterte dann schnell: »Soeben berichtete mir mein Bote, dass Gero nicht mehr auf Burg Löwenhaag weilt. Ich gab ihm Anweisung, weiter zur Burg Nikolausberg zu reiten. Ich hoffe nur, er trifft Gero von Löwenhaag eher als Nestors Mannen.«

Im Saal saßen schon fast alle an der Tafel und die Diener trugen eifrig die Speisen und Getränke herein. Es ging laut und ausgelassen zu. Nestor schien seinen Rausch von gestern gut verkraftet zu haben, denn er hatte einen ausgezeichneten Appetit.

Leondora saß neben ihm und bemühte sich, sich hier und da ein Lächeln abzuringen.

Die Speisen rochen verführerisch, doch sie hatte keinen rechten Hunger.

Isabella saß neben Roderick und schien sich angeregt mit ihm zu unterhalten, als plötzlich neben ihm Menovin anfing um sich zu schlagen und zu röcheln. Schlagartig wurde es still und alle Augen richteten sich auf ihn. Er war von seinem Platz aufgesprungen und starrte mit schreckgeweiteten Augen zu Isabella. Es war klar erkennbar, dass er Atemnot hatte und die Situation zu eskalieren drohte. Alle glotzten ihn an, aber niemand tat etwas.

Nur Isabella war aufgesprungen und trat zu ihm. Als sie hinter ihm an der Bank stand, hörte sie seine rasselnden Atemgeräusche. Er hatte Todesangst.

Isabella sagte laut –mehr zu sich selbst, als zu ihm: »Er muss sich verschluckt haben. Beugt Euch vor, Menovin.«

Sie drückte seinen Oberkörper, damit er sich nach vorne beugte, um ihm dann ein paar kräftige Schläge zwischen die Schulterblätter zu geben. Aber es half nicht!

Sein Atem ging schneller und war mittlerweile in ein Pfeifen übergegangen. Dann wurde er langsamer und Menovin sank nach vorne auf den Tisch.

Isabella hatte nur noch eine Chance, ihm zu helfen. Sie hatte den Handgriff in der Theorie gelernt, aber nie in der Praxis gesehen. Nur – wenn sie es nicht probierte würde er ohnehin sterben. Sie stellte sich nah hinter ihn und legte beide Arme unter seinen hindurch, bis sie mit einer Hand ihre andere greifen konnte. Hoffentlich hatte sie den richtigen Punkt getroffen, auf dem die Hände liegen sollten! Sie ballte die untere Hand zur Faust und drückte sie ruckartig und kräftig in seinen Körper, leicht nach oben.

Da merkte sie ein Zucken durch Menovins Körper fahren - er fing an zu husten und spuckte einen mittelgroßen Hühnerknochen aus, den er offensichtlich verschluckt hatte. Er holte mehrmals tief Luft und beruhigte sich langsam.

Nun erst bemerkte Isabella, wie ihr Herz raste und dass alle Augen auf sie gerichtet waren. Nestor war aufgestanden und fing nun an zu klatschen. Auch die anderen fielen in das Klatschen ein und grölten Beifallsbekundungen.

Menovin drehte sich zu ihr um und sah sie mit großen Augen an. Er sah ziemlich blass und mitgenommen aus.

Isabella setzte sich wieder. Sie saß reglos an der Tafel, nur ihre Beine zitterten wie Espenlaub. Erst nach und nach wurde ihr bewusst, was gerade passiert war.

Als sich alle wieder beruhigt hatten und das Mahl zu Ende war, bedankte sich Menovin bei Isabella.

»Woher habt Ihr gewusst, was zu tun ist?«, frage er.

»Ich habe das schon einmal erlebt und gelernt, wie man richtig handelt«, antwortete sie ausweichend. Es entsprach nicht ganz der Wahrheit, aber die hätte Menovin sowieso nicht geglaubt.

Nestor meinte: »Sieht so aus, als hättet Ihr heute Menovin das Leben gerettet. Ich hatte nach unserem ersten Zusammentreffen nicht erwartet, dass ihr uns noch so nützlich werden würdet. Ihr scheint Euch gut eingelebt zu haben. Wenn ich Euch einen Wunsch erfüllen kann… .«

Nach den letzten Worten sah er auch Leondora an, die sich dazu gesellt hatte.

Sie schaltete gleich und säuselte. »Liebster Nestor, einen Wunsch könntet Ihr uns beiden tatsächlich leicht erfüllen. Wie ich hörte, weilt eine bekannte Gauklertruppe in der Nähe Eurer Burg. Könnten wir sie nicht einmal für ein Gastspiel einladen? Ihr würdet uns eine große Freude bereiten.«

»Wenn es weiter nichts ist«, entgegnete Nestor.

Und zu Menovin gewandt, frotzelte er: »Menovin, wenn Isabella so gut für Euch sorgt, dann solltet Ihr Euch überlegen, sie zu freien, solange sie Gast auf unserer Burg ist.« Mit schallendem Lachen wandte er sich ab und verließ den Saal.

Isabella und Leondora warfen einander vielsagende Blicke zu und zogen sich zurück, um sich ungestört unterhalten zu können. Sie gingen in den Garten und spazierten auf und ab.

»Meinst du, er holt die Gaukler?«, platzte Isabella heraus, sobald sie außer Hörweite waren. »Nicht dass ich an Menovin verheiratet werde und den Rest meines Lebens hier verbringen muss!«

»Ich denke schon, dass wir ihn überzeugt haben und er die Gaukler holt. Doch was machen wir, wenn sie da sind? Wie können sie uns helfen?«

»Hoffentlich weiß Menovin den rettenden Fluchtplan, denn sonst war alles umsonst.«

Den ganzen nächsten Tag überlegten die Frauen fieberhaft, wie sie ihre Flucht planen sollten, aber ihnen wollte einfach nichts Hilfreiches einfallen. Als ein Diener mit einem großen Krug Bier über den Hof lief, hatte Isabella schließlich eine Idee.

»Leondora, stimmt es, dass bei euch auf Festen Bilsenkraut als Bierschärfe hinzugegeben wird, um die berauschende Wirkung zu verstärken?«

»Ja, ich habe schon gehört, dass sie was mit hinein geben, aber mit Pflanzen kenne ich mich nicht gut aus.«

»Wenn wir es irgendwie schaffen könnten, Bilsenkraut zu sammeln und in die Bierfässer zu schmuggeln, dann könnten wir sie vielleicht eine Weile außer Gefecht setzen und so flüchten.«

»Aber wie sollen wir an die Fässer herankommen?«

»Ich weiß es noch nicht. Es war nur so eine Idee. Und wir müssten sehr vorsichtig sein, denn Bilsenkraut ich hochgiftig.«

»Gut. Wir werden Menovin fragen, was er davon hält. Was habt Ihr da eigentlich mit ihm gemacht, als er fast erstickt ist?«

»Das war der Heimlich-Handgriff. Den habe ich in der Heilpraktikerschule gelernt. Er wird bei Leuten angewandt, die etwas verschluckt haben, das ihnen im Hals steckengeblieben ist. Er ist nur als ultima ratio gedacht, als letzte Möglichkeit, wenn das Klopfen zwischen die Schulterblätter nicht hilft, weil er die Gefahr birgt, dass man die inneren Organe verletzen könnte.«

»Ich war beeindruckt, wie Ihr ihm geholfen habt. Alle anderen starrten ihn nur an. Ohne Euch wäre er erstickt.«

»Ja, aber ich bin mir nicht sicher, in wieweit ich in Eurer Zeit Erste Hilfe anwenden darf, ohne als Hexe oder mit dem Teufel im Bunde verfolgt zu werden. Ich möchte nur helfen, aber das wollten viele Heilerinnen in der Vergangenheit auch, die dann verfolgt und ermordet wurden. Ich muss vorsichtig sein, was ich tue. Du weißt selbst, wie mein Buch auf dich gewirkt hat.«

Als die Sonne langsam hinter den Hügeln verschwand, rief der Gong zum Essen. Aufgekratzt durch ihre Pläne setzten sich die Beiden an die Tafel. Heute fiel es ihnen nicht schwer, sich mit den anderen zu unterhalten. Da stand Nestor auf, und schlagartig wurde es ruhig im Raum.

Nestor setzte an: »Meine zukünftige Gemahlin wünscht sich Gaukler zum Zeitvertreib. Und da gerade eine bekannte Truppe in der Nähe ist, habe ich sie für ein Gastspiel verpflichtet. Das wird ein großartiges Spektakel!«

Er verneigte sich leicht und die Anwesenden klatschten begeistert Beifall.

Leondora hüpfte vor Freude auf ihrem Stuhl hin und her und klatschte ebenfalls. Sie strahlte über das ganze Gesicht und diesmal war es nicht gespielt, sondern sie freute sich riesig über die nun eingetretene Wende, die ihre Rettung wenigstens in den Bereich des Möglichen brachte.

Vor lauter Aufregung konnten Leondora und Isabella in dieser Nacht kaum schlafen.

Beim Frühmahl des nächsten Tages holten Leondora und Isabella die Erlaubnis für einen Waldspaziergang ein und Nestor stellte dafür drei Mann ab. Auch Menovin erklärte sich bereit, die Frauen zu begleiten.

Nestor setzte ein anzügliches Grinsen auf und betonte, dass Menovin gerne Isabella in den Wald begleiten dürfe.

Sie gingen zu Fuß, nur die drei Bewacher hatten ihre Pferde dabei.

Leondora erzählte Menovin im Flüsterton von ihrer Idee.

Er wollte wissen: »Wo findet man das Kraut? Könnt Ihr es aufspüren?«

»Es wächst bevorzugt an Wegesrändern und an steinigen, lichten Waldrändern. Es hat schmutzig-gelbe Blüten, die von violetten Adern durchzogen sind. Es ist nicht sehr häufig anzutreffen, aber wenn wir Glück haben, sind die Blüten schon verblüht und wir finden die grünen Kapseln, die die schwarzen Samenkerne enthalten. Die Samen haben die stärkste Wirkung.«

»Woher habt Ihr dieses Wissen über die Pflanzenwirkung und all diese Dinge?«

»Ich habe es einmal gelernt. Ich bin eine Heilerin, da wo ich herkomme.«

»Ich habe schon so etwas vermutet. Wie wollt Ihr die Samen sammeln, ohne dass Eure Bewacher es merken?«

»Wir müssen sie irgendwie ablenken. Wenn ich eine Pflanze finde, dann könnte ich sagen, ich müsste mal austreten. Oder Ihr fangt einen Streit mit Leondora an. Irgend sowas. Eine bessere Idee habe ich nicht. Ich habe ein kleines Tuch mitgenommen, in das ich die Pflanzenteile oder Samen legen werde. Ich fürchte, wir müssen improvisieren.«

Es wurde eine lange Wanderung durch und um den Wald herum.

Die Bewacher wunderten sich über den Wandereifer und fingen langsam an zu murren.

Da entdeckte Isabella endlich die klebrig-behaarten Stängel mit den graugrünen, länglichen, schwach gezähnten Blättern. Sie sagte laut und vernehmlich: »Ich müsste mal kurz austreten. Bitte dreht Euch für einen Moment um«, worauf Leondora ein Stück wegging, plötzlich umknickte und unsanft auf dem Boden landete.

Menovin sah sie erschrocken an und die Bewacher waren ebenfalls von ihr abgelenkt. Als Menovin ihr zu Hilfe kommen wollte, brach sie einen Streit vom Zaun, warum er ihr nicht den Arm gereicht hätte in diesem unwegsamen Gelände und dass sie es leid sei, in der Gegend herum laufen zu müssen. Die Bewacher amüsierten sich bei diesem Schauspiel. Menovin hatte begriffen und spielte mit. Während ihrer kurzen Kabbelei kam Isabella zurück und schien den Streit zu schlichten, wobei sich die beiden „Streithähne“ erstaunlich schnell wieder vertrugen. Dann wanderte die Gesellschaft umgehend zurück zur Burg.

»Hat alles geklappt?«, flüsterte Leondora Isabella zu.

»Ja. Alles bestens. Und ich habe noch einen runden Stein eingepackt, damit wir die Samen zerdrücken können. Wie in einem Mörser.«

Schon im Morgengrauen des nächsten Tages packten sie ihre wichtigsten Dinge in zwei kleine Säcke, die sie im Hof hinter einem alten Wagenrad deponierten.

Isabella hatte die Samen, bereits zerdrückt und in ein Tüchlein eingeschlagen, in ihrem Ausschnitt versteckt.

Bald hörte man die aufgeregten Stimmen des Gesindes im Hof.

»Sie kommen!«

Und tatsächlich. Kurze Zeit später hörte man die Musik, erfüllten Schellenklang, Flötentöne und Glockenspiel den Hof, Lachen und Klatschen verbreiteten Heiterkeit und gleich darauf sah man die Spielleute: Sänger, Musikanten, Akrobaten und Spaßmacher drängten durch das Tor. Sie waren bunt gekleidet und vollführten vielfältige Kunststücke. Die fröhlichen Klänge und die sonderbare Aufmachung der Gaukler zogen alle in ihren Bann.

Die gesamte Burgbesatzung lief herbei und ließ sich mitreißen von dem bunten Treiben. Der Hof füllte sich im Handumdrehen mit Schaulustigen. Immer mehr Menschen fanden sich auf dem Burggelände ein, um sich das Spektakel nicht entgehen zu lassen. Sie begleiteten den Zug der Vaganten in Richtung Burghof. Auch Leondora und Isabella gesellten sich zu ihnen. Allerdings hatten sie keinen Blick für die eifrigen Spielleute, sondern überlegten fieberhaft, wie sie die Bilsenkraut-Samen in die Bierfässer schmuggeln konnten.

Im Burghof war eine hölzerne Bühne errichtet worden, auf der die Vorstellungen stattfinden würden. Zahlreiche Tische und Bänke standen um die Bühne herum, damit die meisten Schaulustigen Platz finden würden. Von den Auslagen der Buden im hinteren Bereich wehte ein Duft nach warmem Met, Fett und gebackenem Teig herüber. Die Luft war erfüllt von fröhlicher Musik und Lachen.

Leondora und Isabella schlichen wieder und wieder um die Kellerräume herum, in denen Wein und Bier gelagert wurden. Aber was sie auch versuchten, sie kamen einfach nicht in die Nähe der Fässer.

Immer wieder liefen sie Menovin über den Weg, aber jedes Mal mussten sie ihm auf seinen fragenden Blick mit einem Kopfschütteln antworten. Die Zeit wurde knapp. Bald würde das Fest beginnen und sobald die Bierkrüge gefüllt und in den

Hof getragen waren, wäre es zu spät für die Bilsenkrautsamen. Schon kam der Diener, um im Keller die Fässer herzurichten.

Resigniert standen die beiden Frauen neben dem Eingang und wussten nicht, was sie tun sollten. Da kam ihnen der Zufall zu Hilfe: Just in dem Moment, in dem der Diener das Haus betreten wollte, stach ihn eine Biene in den Arm. Jammernd hielt er sich den Arm und schimpfte unflätige Ausdrücke.

Isabella kam ihm zu Hilfe und zog den Stachel heraus. Dann gab sie Leondora Anweisung, ihn mit in die Küche zu nehmen, um die Stelle zu kühlen und mit einer aufgeschnittenen Zwiebel abzureiben. Sie würde derweil die Fässer herrichten lassen. Der Diener verschwand dankbar mit Leondora in die Küche.

Isabella schlich währenddessen in den Keller und versetzte jedes der Fässer mit einer gehörigen Dosis Bilsenkrautsamen. Dann organisierte sie ein paar Diener, um die Krüge füllen und hinauf schleppten zu lassen. Schon kamen die Diener und füllten die Krüge randvoll.

Isabella klopfte das Herz bis zum Hals. Die Angst kroch ihr in den Magen. Was, wenn nicht alle von dem Bier tranken? Oder wenn erst ein paar tranken und dann plötzlich Symptome entwickelten, so dass die anderen den Verrat bemerkten? Oder wenn sie die Dosis zu hoch gewählt hatte und damit die Menschen in den Tod schickte? Aber nun gab es kein Zurück mehr.

Leondora kam aus der Küche und warf ihr einen fragenden Blick zu.

»Ich habe es getan, Leondora!«

»Gott stehe uns bei!«

Sie mischten sich unter die feiernden Menschen.

Die Gaukler waren wirklich gut und alle Burgbewohner feierten ausgelassen. Besonders die Männer sprachen dem frischen, schäumenden Bier gehörig zu, aber auch die Frauen bedienten sich ausgiebig.

Als nach etwa einer halben Stunde einer der Ritter mit Muskelzuckungen von der Bank kippte, blieb Isabella fast das

Herz stehen. Aber sein Banknachbar lachte ihn lediglich aus und lallte, er solle seinen Rausch am Boden ausschlafen.

Nach und nach fielen den beiden Frauen immer mehr Menschen auf, die müde und schlaff über den Bänken hingen oder wie betäubt unter den Tischen lagen. Doch niemand schien sich an den Vergiftungssymptomen zu stören, denn alle wirkten lediglich betrunken. Ein Ritter lief an ihnen vorbei und rief wirre Dinge.

Die Frauen holten unauffällig ihre Taschen.

Da kam auch schon Menovin auf sie zu. Er hatte einen Ballen Tuch unter den Arm geklemmt, zog die beiden hinter sich in die Sattelkammer und schloss die Türe.

Er legte das Tuch auf den Boden und wickelte es auf. Die bunte Kleidung der Gaukler kam zum Vorschein.

»Hier, zieht das an. Ihr seid nun zwei Gauklerinnen. So werdet Ihr hoffentlich an der Torwache vorbeikommen. Ich habe eine Magd mit Bier zur Wache geschickt. Sie sollte nun schon betrunken sein.«

Hastig zogen sich die beiden um und stopften ihre Kleider, so gut es ging, in die Säcke. Leondora nahm Menovins Hand in ihre Hände und sagte: »Seid bedankt, Menovin! Ich hoffe, ich kann mich alsbald erkenntlich zeigen. Gott schütze Euch.«

Auch Isabella gab ihm die Hand. »Habt Dank, Menovin. Ihr seid ein guter Mensch. Hoffentlich merkt niemand, dass Ihr uns geholfen habt.«

»Keine Sorge, ich bin hier sicher. Niemand wird Verdacht schöpfen. Geht nach dem Tor rechts in den Waldweg. Nach ein paar hundert Metern werden zwei Pferde angebunden sein. Mein Bote ist nicht von Burg Nikolausberg zurückgekehrt. Ich kann Euch daher leider keinen Rat geben, wohin Ihr Euch wenden könnt, ohne Gefahr zu laufen, Nestor in die Fänge zu geraten. Denn dann gnade Euch Gott. Uns allen.«

Er öffnete die Türe einen Spalt und spähte nach draußen. Dann ließ er Leondora und Isabella hinaus huschen.

Sie gingen geradewegs Richtung Tor. Am liebsten wären sie gerannt, doch es war wichtig, sich möglichst unauffällig zu verhalten. So schlenderten sie betont entspannt Richtung Torwache und sahen sich immer wieder verstohlen um, ob jemand ihre Flucht bemerkt hatte.

Sie waren noch nicht ganz am Tor angelangt, als sie ein Ritter aus Nestors Gefolgschaft aufhielt: »Na Ihr zwei Hübschen. Euch kenne ich ja noch gar nicht. Wohin wollt ihr denn so eilig?«

Er hielt Isabella am Handgelenk fest und musterte die beiden Frauen.

Isabella schnürte es die Kehle zu. Sie fühlte sich unwohl in dem Gauklerinnengewand, auch wenn es von ihrer Person ablenkte. Wenn er sie nur nicht erkannte! Was sollte sie ihm unverfängliches antworten, damit er sie ziehen lassen würde?

Aber diesmal hatte Leondora den rettenden Einfall. Sie setzte ein keckes Grinsen auf, spielte mit ihrem Gauklerinnengewand und erwiderte: »Wir haben dem Torwächter versprochen, ihm ein paar Kunststücke vorzuführen, weil er nicht von seinem Posten weg kann. Wenn du willst, kommen wir nachher zu Dir und zeigen Dir auch etwas von unserer Kunst.«

»Von Deiner Kunst würde ich gerne ein bisschen mehr sehen«, grölte der Ritter und musterte sie von oben bis unten.

Er befühlte den bunten Stoff von Leondoras Kleidung und zog sie näher zu sich heran: »Kommt doch gleich mit! Am besten alle beide. Dann besorge ich Euch auch ein schönes warmes Plätzchen für die Nacht ...vielleicht in meinem Bett.«

Sein Lachen klang heiser und trocken. Es wurde eng für die beiden. Hoffentlich merkte er nicht, wer in dieser Verkleidung steckte!

Isabella flüsterte: »Wir haben es der Torwache versprochen. Es dauert auch nicht lange. Dann kommen wir sofort zurück und sind ganz für dich da.«

Was sollten sie nur tun? Wenn er jetzt nicht locker ließ... Aber er gab sich damit zufrieden und betonte, dass sie sofort nach ihrem Auftritt am Tor zu ihm kommen sollten.

Daraufhin drehte er sich um und wankte zurück in Richtung des ausgelassenen Treibens.

Bis zum Tor waren es noch gut fünfzig Schritte. Von dem Trubel war hier nicht mehr viel zu bemerken.

Die beiden überlegten hin und her, was sie dem Torwächter für eine Geschichte erzählen sollten, damit er sie hinaus ließe. Was, wenn er nichts von dem Bier getrunken hatte?

Aber als sie bei ihm ankamen, kauerte er schlaff auf seinem Posten und hatte offensichtlich Sprachstörungen, denn sie konnten sein Gebrabbel überhaupt nicht verstehen. Er war alleine am Tor. Alle anderen waren wohl bei der Gauklervorführung.

Isabella ging auf ihn zu und überlegte gerade, ob sie ihn angreifen und überwältigen sollte. Wäre bei ihm jetzt sicher nicht schwierig gewesen. Aber er klammerte sich an ihr fest, als ob er sonst umfiele. So entschied sie sich anders. Sie redete ihm gut zu, er solle sich doch hier hinlegen und kurz ausruhen.

Der Mann tat wie ihm geheißen und während er sich hinlegte, öffnete Leondora einen kleinen Durchlass in dem großen Tor und beide Frauen schlüpften nach draußen.

Sie konnten es kaum fassen, dass sie es tatsächlich geschafft hatten!

Die beiden rannten den Waldweg entlang. So schnell waren sie in ihrem Leben noch nie gelaufen. Schwer keuchend fanden sie tatsächlich zwei angebundene Pferde und saßen auf.

»Wir müssen hier weg, ehe jemand unser Verschwinden bemerkt«, keuchte Leondora.

»Aber wohin? Hast du eine Ahnung, in welche Richtung wir reiten müssen?«

»Ich habe eine ungefähre Vorstellung, wo wir sind. Die Frage ist, ob wir besser nach Hause reiten, oder zu Burg Löwenhaag.«

»Was ist denn näher?«

»Wenn meine Vermutung stimmt, dann sind wir in der Nähe von Augsburg. Da wäre Burg Löwenhaag näher.«

»Na dann lass‘ uns dahin aufbrechen. Hauptsache wir kommen endlich von hier weg!«

Gero

Gero war damals äußerst beunruhigt gewesen, als er von dem - Gott sei Dank abgewehrten - Angriff auf Leondora erfahren hatte. Er hatte, wie die anderen auch, vermutet, dass es Wegelagerer gewesen seien, auch wenn sie nichts geraubt, sondern es auf die Frauen abgesehen hatten. Diese heruntergekommenen Halsabschneider wollten gewiss Lösegeld für die beiden Landgrafentöchter einstreichen.

Als der Bote nun jedoch die Nachricht von Leondoras Entführung gebracht hatte, war für Gero eine Welt zusammengebrochen. Theodowic von Leiten hatte extra seine besten Waffenknechte und zwei seiner Ritter mitgeschickt, um Leondora zu beschützen. Aber selbst das hatte nicht gereicht. Gero machte sich Vorwürfe. Er war ganz in der Nähe gewesen. In München bei Ludwig dem Bayern. Hätte er doch nur geahnt, dass es jemand auf Leondora abgesehen hatte! Hätte er sie doch nur selbst abgeholt. Mit seinen eigenen Waffenknechten, den Rittern seines Vaters und mit seinen Freunden. Niemand hatte das voraussehen können, doch sie hätten ihren Schutz verstärken müssen.

Wer konnte ein Interesse daran haben Leondora zu verschleppen? Gero konnte sich keinen Reim darauf machen. Zumal Leondora und ihre Reisegefährtin wie vom Erdboden verschluckt waren. Die anderen Gefährten der Reisegruppe hatte man gefunden. Übel zugerichtet, erschlagen oder erstochen. Nur ein einziger Ritter war seit dem Vorfall verschwunden. Ritter Gunnar. Sie hatten ihn nicht finden können, obwohl sie in weitem Umkreis gesucht hatten. Keine Spur von ihm. Theodowic hatte Gero versichert, dass Gunnar nichts mit dem Angriff zu tun habe. Er hatte sich sein Verschwinden selbst nicht erklären können, jedoch mehrfach betont, dass dieser Ritter sein vollstes Vertrauen genoss.

Der Angriff musste von langer Hand geplant gewesen sein. Jemand hatte Helfer bestochen, die ein paar der Waffenträger vergiftet hatten. So war die dezimierte, schlecht gesicherte Reisegruppe ein leichtes Ziel gewesen.

Das Gasthaus, in dem den Waffenknechten das Gift ins Essen gemischt worden war, hatten sie schnell ausgemacht, aber trotz der Verhöre konnten sie den Auftraggeber nicht herausfinden. Der Wirt war daraufhin gehängt worden, doch auch das brachte Leondora nicht zurück.

Gero machte sich furchtbare Sorgen. Es war keine Lösegeldforderung eingegangen. Und nichts deutete auf ihren Verbleib hin. Hoffentlich war sie noch am Leben! Er wollte gar nicht daran denken, was ihr die Männer alles angetan haben konnten.

Nach dem Überfall war er zunächst auf die Burg Löwenstein zurückgekehrt, um seine Familie ins Bild zu setzen und seine Freunde zu Hilfe zu rufen. Geros Vater Gerowin versuchte sein Glück beim König, den er gut kannte. Er erhoffte sich dessen Unterstützung, um nach Leondoras Verbleib zu fahnden. Geros Freunde übernahmen die Suche in der Gegend von der Löwenburg bis Augsburg, Theodowic von Leiten bemühte sich derweilen, in Bruck und Umgebung etwas in Erfahrung zu bringen. Gero war währenddessen mehrfach die Reiseroute abgeritten in der Hoffnung, auf einen Hinweis zu stoßen. Rastlos hatte er auf seiner Reise von Bruck über Augsburg zur Löwenburg und zurück tagelang im Sattel gesessen und sich kaum eine Pause gegönnt. Schließlich war er in einer kleinen Wirtschaft abgestiegen, hatte sich einen dicken Eintopf und einen Krug Bier bestellt und beides hinunter geschlungen, um sich nach ein paar Stunden Schlaf wieder auf den Weg zu machen. Gero besprengte sich an der bereitstehenden Wasserschüssel das

Gesicht mit dem kühlen Nass, um auf andere Gedanken zu kommen. Dann gürtete er sein Schwert und verließ den Raum. Sobald sich mit der Dämmerung der neue Tag ankündigte, ließ er sich vom Stallknecht sein Pferd bringen und schlug den Weg nach Bruck ein. Nebel lag über den Feldern, und die kühle Luft ließ ihn frösteln. Die ersten Vögel zwitscherten in den umliegenden Bäumen. Niemand außer ihm war um diese Zeit unterwegs. In der Einsamkeit kamen die Grübeleien wieder. In ein paar Stunden würde er Bruck zu Fürstenfeld erreichen. Hoffentlich hatte Theodowic von Leiten gute Nachrichten für ihn!

Gero war bereits eine Weile unterwegs, als die Sonne hoch am Himmel stand und sein Durst ihn zu einer weiteren Rast zwang. So lenkte er sein Pferd zu einer Schenke, um sich ein Bier geben zu lassen. Er trat durch die schwere Holztüre in rauchgeschwängerte Luft und den festsitzenden Geruch nach Kraut und abgestandenem Bier. Die Wirtschaft war schmuddelig und düster, aber in diesen kleinen Ortschaften hatte man keine Auswahl.

So nahm Gero seinen Krug Bier und setzte sich in eine Ecke, um in Ruhe zu trinken. Niemand behelligte ihn, doch er hatte das beständige Gefühl, beobachtet zu werden. Verstohlen blickte er sich um, konnte aber niemanden erkennen, der ihn anstarrte. Die Wirtschaft war bis auf drei weitere Gäste, die würfelnd an einem der schmutzigen Tische saßen, leer.

Gero nahm sich vor, gleich weiter zu ziehen. Er musste nur vorher noch kurz austreten. So verließ er den Schankraum, um sich draußen zu erleichtern, als ihn plötzlich ein Schlag auf den Hinterkopf traf, der ihn in sofortige Dunkelheit tauchte.

Als Gero wieder erwachte, konnte er nichts sehen. Das Atmen viel ihm schwer und er spürte warme Flüssigkeit von seiner Nase über sein Gesicht laufen, schmeckte Blut. Und einen scheußlichen, bitteren Geschmack. In seinem Mund streckte ein widerlicher, dreckiger Knebel. Was war nur passiert? Er lag auf hartem Untergrund, und sein Körper bewegte sich einfach nicht. Er wand sich mühsam hin und her, doch was er auch tat, nichts änderte seine Lage. Er rang nach Luft und wollte unbedingt den Knebel loswerden, doch es gelang ihm nicht. Langsam wurde ihm übel. Sein Kopf schmerzte so stark, dass er keinen klaren Gedanken fassen konnte. Mühsam versuchte er, sich zu konzentrieren, doch sein Kopf schien leergefegt zu sein. Wo war er? Was war passiert? Was sollte er nur tun? Er versuchte krampfhaft, sich zu erinnern. Was war mit ihm passiert? Fieberhaft kramte er in seinem Gedächtnis nach seiner letzten Erinnerung. Er hatte sich ein Bier bringen lassen und sich in die Ecke des Schankraumes gesetzt. Dann war er hinausgegangen, weil er austreten musste. Langsam wurde Gero bewusst, was mit ihm geschehen war. Er musste niedergeschlagen worden sein. Jemand war ihm gefolgt. Wie konnte er nur so unvorsichtig sein!

Unwillig schüttelte Gero den Kopf hin und her, um etwas sehen zu können, doch offenbar steckte sein Kopf in etwas. Einem Sack vielleicht. Sein Kopf schmerzte und pochte, als ob er gleich bersten wollte. Er versuchte seine Hände zu bewegen, doch er spürte sie nicht. Er hatte kein Gefühl mehr in den Händen und Armen. Vermutlich waren sie auf seinem Rücken gefesselt. Als sich Gero der ganzen Tragweite seiner Situation bewusst wurde, haderte er mit sich. Er schalt sich einen Narren, dass er alleine losgezogen und dann so unvorsichtig in die erstbeste Falle getappt war. Nur: wer wollte ihm etwas antun? Hatte dieser Überfall etwas mit Leondoras Verschwinden zu tun?

Gero versuchte herauszufinden, wo er sich befand. Er horchte, aber außer Pferden, die im Stroh scharrten, konnte er keine Geräusche hören. Er lag. Vielleicht in einem Stall? Tatsächlich hörte er kurze Zeit später das Knarren einer Scheunentüre und die Schritte schwerer Stiefel.

Eine ihm unbekannte Stimme flüsterte: »Habt ihr ihm das Schwert abgenommen? Gut. Hinten auf den Karren damit. Weit weg von ihm! Werft ihn auf den Karren und die Decke drüber. Niemand darf ihn sehen. Der Herr will ihn lebend. Wir sollen ihn nach Bruck bringen.«

Schon wurde Gero von mehreren Händen gepackt und unsanft auf einen harten Untergrund geworfen. Er konnte ein Stöhnen nicht unterdrücken.

Einer der Männer lachte böse: »Das Stöhnen kannst du schon mal üben. Wenn mein Herr seinen Spaß mit Dir hat, wirst du aus dem Schreien und Stöhnen nicht mehr herauskommen. Und wenn er mit dir fertig ist, dann vermoderst du irgendwo in den weitläufigen Amperauen. Einen schönen Tod wirst du nicht bekommen, das kann ich dir versichern.« Er trat nach dem ungeschützten Gero, der sich vor Schmerzen auf dem Wagen krümmte.

Als sich das Fuhrwerk langsam in Bewegung setzte, verspürte Gero den starken Drang, sich zu übergeben. Das wäre sein sicherer Tod gewesen mit dem Knebel im Mund. Er zwang sich langsam und ruhig zu atmen, um die aufkommende Panik nicht zuzulassen. Und tatsächlich schaffte er es, sie ein wenig zu unterdrücken. Er schluckte weiter das Blut, das ihm hinten im Hals hinunter lief und atmete möglichst ruhig und gleichmäßig. Es war allerdings nur eine Frage der Zeit, bis sein Magen rebellieren und versuchen würde, das Blut wieder loszuwerden. Gero konnte nur hoffen, dass er bis dahin den Knebel losgeworden war.

Es musste früher Nachmittag sein. Gero hörte die Bauern bei der Feldarbeit und das Geklapper ihrer Holzschuhe auf dem Weg, hörte die Ochsenkarren, die an ihm vorbei ruckelten. Doch er konnte sich nicht bemerkbar machen. Selbst wenn jemand sein Stöhnen gehört hätte – niemand würde einem fremden Wagen freiwillig größere Aufmerksamkeit schenken, sofern er nicht die Torwache einer größeren Stadt oder einer Burg war. So hatte Gero keine große Hoffnung, von jemandem entdeckt zu werden, geschweige denn Hilfe zu erhalten.

Das Fuhrwerk zuckelte ohne Rast die unbefestigten Wege entlang. Die Sonne brannte mittlerweile unbarmherzig vom Himmel und verursachte Gero Schweißausbrüche in der stickigen Hitze unter Decken, oder unter was immer er lag. Immer wieder purzelten Teile der Ladung durcheinander und fielen auch auf ihn. Niemand kümmerte sich darum.

Das Blut war mittlerweile geronnen und sein Mund völlig ausgetrocknet. Sein gesamter Körper war steif und schmerzte. Er konnte sich so gut wie überhaupt nicht mehr bewegen.

Seine Entführer sprachen nicht viel, doch ab und an gab einer davon Befehle, oder sie unterhielten sich kurz. Mit der Zeit konnte Gero vier Stimmen der Männer unterscheiden. Der Anführer schien als Wagenlenker zu fungieren. Er hatte eine rauhe, dunkle Stimme. Und wenn er Anweisungen gab, traute sich niemand der Anderen zu widersprechen. Nicht mal ein unwilliges Murren kam von den Männern, die auf Pferden neben dem Fuhrwerk her ritten. Sie sprachen miteinander, ohne sich darum zu scheren, dass Gero alles mithören konnte. Wahrscheinlich gingen sie davon aus, dass er sowieso demnächst umgebracht werden würde.

»Wir bringen ihn zur Pullachmühle. Wir müssen ihn gut bewachen, bis morgen Nestor eintrifft. Er würde seinen Zorn auf übelste Weise an uns auslassen, wenn uns dieser „feine Herr“ abhanden käme.«

»Welche Brücke nehmen wir denn am besten?«

»An der Amperbrücke ist mir zuviel los, die Lange Brücke ganz im Westen ist Eigentum des Klosters und darf nur von diesem benutzt werden, um zu den Feldern nördlich der Amper zu gelangen...«

»Und die Heubrücke?«

»Die Lange Brücke ist doch die Heubrücke, du Schwachkopf! Die Einheimischen nennen sie so, weil drüber das Heu des Klosters eingebracht wird. Du bist wirklich nicht ganz gescheit im Kopf. Nur Stroh drinnen, hä?«

Ein schnalzendes Geräusch verriet, dass einer der Männer einem anderen die Peitsche übergezogen hatte. Gero hörte, wie der geschlagene hart die Luft einsog. Sonst machte er keinen Mucks.

Eine dritte Stimme schaltete sich ein: »An der Heubrücke ist sicher niemand unterwegs. Und wer soll uns schon aufhalten?«

»Gut, dann nehmen wir die. Hauptsache, ich bekomme endlich einen großen Humpen Bier!«

Sie zuckelten weiter auf der Verbindungsstraße von Augsburg nach Bruck. In diesem Teilstück hatten sich die Wagenspuren im Laufe der Zeit in den streckenweise felsigen Untergrund geschliffen. Da die verwilderten Talauen an der Amper für Fuhrwerke ungeeignet waren, nahmen die Reisenden alle diese Route weiter oben. Niemandem fiel ein beladenes Fuhrwerk mit drei bewaffneten Reitern auf, das sich langsam Bruck näherte...

Es dämmerte bereits, als sie von der Verbindungsstraße auf den holperigen Pfad zu der schmalen Amperbrücke abbogen. Die Räder ächzten auf dem steinigen Weg, und Gero wurde kräftig durchgeschüttelt. Genau in dem Moment, als sie den schmalen Steig befahren wollten, holperte das Fuhrwerk so unglücklich über einen weit hervorstehenden Stein am Rand, dass die Achse brach. Das Fuhrwerk kippte zur Seite und Gero rollte mit zahlreichen Gegenständen nach unten. Durch die ungleiche Verteilung der ins Rutschen gekommenen Ladung kippte der Wagen komplett zur Seite. Alles ging so schnell, dass keiner der Männer reagieren konnte.

Gero wurde heraus geschleudert und landete unsanft auf steinigem Untergrund. Durch den Unfall war der Sack vom Kopf gerutscht, so dass er wieder etwas sehen konnte. Es dämmerte bereits. Überall hatte sich die Ladung des Wagens verteilt. Ganz in seiner Nähe erspähte Gero seine Schwertscheide. Er brauchte unbedingt sein Schwert! Er versuchte, es mit den gefesselten Händen zu greifen, bekam den Schwertgurt zu fassen und hielt ihn krampfhaft fest. Dabei glitt Gero unfreiwillig ein. Stück die Böschung hinab und kam direkt am Wasser der Amper zu liegen. Er war wie benommen und musste erst ein paar Mal Luft holen, da er sich mit gefesselten Armen kaum hatte schützen können.

Gero hörte den Anführer schreien: »Kümmert euch nicht um die Ladung. Kümmert euch um den Mann! Der Bastard darf uns nicht entkommen!«

Gero warf einen Blick zurück. Der Mann vom Kutschbock war ebenfalls vom Wagen gestürzt, war aber bereits wieder auf den Beinen und durchsuchte die heruntergefallenen Waren nach ihm. Achtlos hob er Dinge auf und warf sie auf einen Haufen. Er schrie seine Männer an, schneller zu suchen, damit ihnen der Gefangene nicht entwischte. Die Reiter waren bereits von den Pferden gesprungen und suchten unter dem Wagen und in dem Haufen aus Waren. Einer der Männer kam direkt auf das Flussufer zu, an dem Gero lag. Gleich würde er ihn sehen und sich den wehrlosen Gefangenen schnappen.

Da wurde Gero mit einem Mal bewusst, dass dies seine einzige Chance auf Flucht war. Er würde versuchen zu schwimmen, ehe die Männer ihn wieder ergreifen könnten. Es war ein waghalsiges Unterfangen. Gero konnte zwar schwimmen, doch gefesselt, mit Kleidung, dem schweren Schwert und einem Knebel im Mund rechnete er sich keine großen Chancen aus, das zu überleben. Aber noch lieber in der Amper ertrinken, als gefoltert und langsam und qualvoll ermordet zu werden.

Schnell ließ sich Gero ins Wasser gleiten. Sofort zog ihn die sich vollsaugende Kleidung nach unten. Die Strömung war hier stärker als erwartet, so dass sie ihn sogleich erfasste und mitriss. Er versuchte noch einmal durch die Nase Luft zu holen und tauchte dann so weit wie möglich in Richtung Flussmitte, bis ihn die Lungen schmerzten und er dringend Luft holen musste. Nur war das nicht so einfach. Das Wasser wirbelte ihn umher wie ein Blatt im Wind. Er wusste nicht mehr, wo oben und unten ist. Wenn er nicht bald Sauerstoff in seine Brust bekäme, würde er bewusstlos werden und ertrinken. Panik stieg in ihm auf. Im letzten Moment spürte er den steinigen Flussboden unter seinem rechten Fuß und stieß sich kräftig ab. Die Amper war hier etwas bereiter, dafür seichter und nicht mehr so reißend. So kam er mit dem Kopf über Wasser und holte Luft. Nur leider konnte er aufgrund des Knebels allein die Nase nutzen, was seine Angst zu ersticken noch schürte. Er schnaubte und hustete, doch er bekam den Knebel nicht los. Die vollgesogene Kleidung zog schwer an ihm, so dass er immer wieder unter Wasser gezogen wurde und, trotz Knebel, einiges davon unfreiwillig schluckte. Die zunehmende Atemnot raubte ihm langsam aber sicher die Besinnung. So trieb er, der Ohnmacht nahe, in Ufernähe weiter, bis er etwas weiter unten im Verlauf des Flusses an einem weit ins Wasser ragenden, umgestürzten Baum hängen blieb. In einiger Entfernung hörte er die Entführer fluchen und schreien, sowie das Hufgeklapper ihrer Pferde. Sie taten sicher alles, um seiner so schnell wie möglich wieder habhaft zu werden. Er musste unbedingt die Fesseln loswerden, doch er fühlte sich so schwach, dass er nicht einmal wusste, wie er ohne Hilfe aus dem Wasser gelangen sollte. Der gefährlichen Strömung war er erst einmal entkommen. So zwang er sich zu langsameren und tieferen Atemzügen, um wieder zu sich zu kommen. Er brauchte einen Moment, um seine letzten Kraftreserven zu mobilisieren und sich aus dem Fluss zu schleppen. Dort saß Gero dann eine Weile still, bis sein Herz wieder langsamer schlug und er ruhiger atmen konnte.

Gero versuchte, das Schwert aus der Scheide zu ziehen, doch so sehr er sich auf bemühte und verrenkte, mit den gefesselten Händen gelang es ihm nicht. Von der ständigen Angst getrieben, ging er auf Suche nach einem Stein mit scharfer Kante, um sich der Fesseln zu entledigen, was sich in der zunehmenden Dunkelheit als schwierig erwies. Nach einer Weile fand er tatsächlich einen scharfkantigen Flusskiesel, an dem er seine Fesseln so lange wetzte, bis sie endlich rissen. Allerdings wurden seine Hände bei diesem Unterfangen auch stark in Mitleidenschaft gezogen und aufgeschürft. Er merkte es zuerst gar nicht, streifte die Reste der Fesseln ab und konnte sich endlich den Knebel aus dem Mund ziehen. Automatisch spuckte Gero ein paar Mal aus und wusch sich den Mund aus, um den scheußlichen Geschmack los zu werden. Langsam kam wieder Gefühl in seine Arme und Hände. Und damit leider auch die Schmerzen. Nicht nur das unangenehme Kribbeln, als ob ihn tausend kleine Nadeln stachen, sondern jetzt merkte er auch die blauen Flecken und Abschürfungen. Er rieb sich die blutenden Handgelenke, in die sich die Fesseln tief eingegraben hatten. Gero kühlte die schmerzenden Stellen im Wasser und beachtete sie dann nicht weiter. Er musste schnell hier weg, denn seine Häscher waren ihm immer noch dicht auf den Fersen.

Gero überlegte, dass seine Entführer mit ihren Pferden auf dem Landweg wesentlich schneller unterwegs waren als er. Es war bereits dunkel, er kannte sich hier nicht aus, um auf Schleichwegen nach Bruck zu gelangen; und auf den größeren Wegen war er ein zu gut sichtbares Ziel. Daher entschied er sich für Schwimmen. Wenn er es bis zur Amperbrücke schaffte, dann könnte er sich beim Zöllner Hilfe holen. Doch in der Dunkelheit konnte auch die Amper eine tödliche Gefahr für ihn darstellen. Also entschloss sich Gero, noch bis zur Dämmerung zu warten. Er suchte sich ein dichtes Gestrüpp direkt am Flussufer und setze sich hinein, um den Morgen abzuwarten. Er freute sich, dass die Entführer so dumm gewesen waren, ihm sein Schwert zu lassen. Er zog es vorsichtshalber aus der Scheide und legte es über seine Oberschenkel, die Schwerthand am Knauf. Eine Weile schaute er zwischen den Ästen durch, dem tiefschwarzen Strom zu, der gemächlich vor ihm dahin floss. Langsam fielen ihm die Augen zu, und er sank in einen leichten, unruhigen Schlaf.

Er wusste nicht, wie lange er geschlafen hatte, als ihn mitten in der Nacht ein Geräusch aufschrecken ließ. Sofort war Gero hellwach und tastete nach dem Schwert auf seinen Beinen. Ja, er hatte richtig gehört. Da schlich jemand den Uferweg entlang. Dieser Jemand versuchte, möglichst keine Geräusche zu machen, aber Gero hörte deutlich die Schritte.

Es waren mehrere Personen! Und die kamen näher! Geros Herz fing so laut zu pochen an, dass er dachte, man müsste es außerhalb des Gebüsches hören. Er blieb stocksteif sitzen und atmete flach und leise, um sich nicht zu verraten.

»Sucht weiter!«, hörte er plötzlich die dunkle Stimme. Diese Stimme hätte er unter hunderten erkannt. Sein Entführer!

»Der Mond scheint hell genug. Ich will, dass ihr jeden Halm und jedes Blatt umdreht, wenn es sein muss. Er darf uns nicht entkommen, sonst sind wir alle des Todes!«

Zögerlich kam der Einwand: »Vielleicht ist er ja ertrunken. Falls er ins Wasser gefallen ist, muss es ihn sofort nach unten gezogen und mitgerissen haben.«

»Würde ihm recht geschehen, aber wir sollen ihn lebend bringen. Tot nützt er uns wenig. Da hat der Herr keinen Spaß mehr mit ihm und sucht sich jemand anderen stattdessen aus. Dich vielleicht!«

Eine andere Stimme warf ein: »Aber wir haben den Fluss bei der Brücke doch überall abgesucht! Wenn er ertrunken wäre, dann hätte er doch da irgendwo liegen müssen. So stark war die Strömung auch wieder nicht.«

Nach einer kurzen Pause fügte die dunkle Stimme energisch hinzu: »Wir suchen jetzt noch bis zur Obermühlbrücke. So haben wir den Nebenarm der Amper auch gleich mit überprüft. Lasst euch bloß nicht bei der Obermühle oder der Hammerschmiede sehen, zu denen die Brücke führt. Nicht dass uns jemand mit einem ertrunkenen, gefesselten Herzogssohn in Verbindung bringt! Wenn wir fertig sind, holen wir die Pferde und suchen morgen bei Dämmerung weiter. In diesem teuflisch schwarzen Fluss finden wir ihn heute sowieso nicht mehr.«

Langsam entfernten sich die Männer. Lange Zeit hörte man nichts als das gemächliche Plätschern des träge dahinfließenden Flusses.

Gero atmete erleichtert auf. Er kannte die angesprochene Brücke nicht, aber ihm war klar, dass er sehr vorsichtig sein musste. Nun wollte und konnte er nicht mehr schlafen. Er saß in seinem Versteck und beobachte zwischen den Zweigen hindurch den Fluss, der sich mit leisem Rauschen und Gurgeln seinen Weg bahnte.

Gero bemühte sich, seine tiefe Verzweiflung abzuwehren, doch unwillkürlich schweiften seine Gedanken zu den Entführern ab. Er versuchte sich zu erinnern was sie alles erzählt hatten. Der Name „Nestor" war gefallen. Er kannte niemanden mit diesem Namen, außer einen der Vasallen seines Vaters. Ein unangenehmer, streitsüchtiger und brutaler Raufbold. Doch welchen Grund sollte er haben, ihn umbringen zu wollen? Die Tatsache, dass Gero ihn auf dem Turnier in Kaltenberg geschlagen hatte, konnte dafür nicht ausreichen. Auch wenn Gero den Sieg davongetragen hatte und Nestor unverhältnismäßig große Probleme damit gehabt hatte, dies anzuerkennen und die in seinen Augen übergroße Schmach zu ertragen. Turnierkämpfer sollten auch nach einer beschämenden Niederlage im nächsten Turnier wieder gegeneinander antreten und ihre Kräfte erneut messen können. Den Namen Nestor gab es sicher öfter in dieser Gegend, so kam Gero von dem Gedanken ab, dass er seinen Häscher bereits kannte.

Leondora kam ihm in den Sinn. Ob er sie jemals wiedersehen würde? Wehmütig erinnerte er sich daran, wie er sie zum ersten Mal gesehen hatte, als er mit seinen Freunden auf Burg Nikolausberg eingetroffen war. Die bildhübsche junge Frau war ihm gleich aufgefallen, die engelsgleich oben aus einem der Fenster im Palas zu ihnen in den Hof geblickt hatte. Aber einen Augenblick später war sie verschwunden. Umso mehr hatte er sich gefreut, als er auf dem Jagdausflug ein paar Worte mit ihr alleine sprechen hatte können. Merkwürdigerweise war er damals richtig schüchtern und unsicher gewesen, ein Wesenszug, den er an sich bisher nicht gekannt hatte. Keine Frau hatte je solche Gefühle bei ihm ausgelöst. Und er hatte schon einige hübsche Jungfern kennen gelernt. Ein paar davon auch besessen. Die Mägde auf Burg Löwenhaag hatte er nie angerührt, aber auf den Turnieren und seinen Reisen hatte er immer wieder Frauen getroffen, die gerne und nur allzu eilig mit ihm anbandelten. Leicht zu haben eben. Aber bei Leondora war das etwas anderes gewesen. Sie war ihm sehr schnell sehr nahe gekommen, doch er hatte keinen einzigen Gedanken daran verschwendet, dass sie schamlos sein könnte. Sie hatte sich ihm hingegeben, ihm ihre Jungfräulichkeit geschenkt, ohne mit ihm vermählt zu sein. Eine wahrhaft ungewöhnliche Frau! Er dachte an die wunderbare Nacht, die er mit ihr verbracht hatte. Er hatte sie entjungfert. Hoffentlich hatte sie diesen Schritt nicht bereut! Er musste sie unbedingt bald finden, um sie vor den Traualtar führen zu können, ehe sie eventuell erste Anzeichen zeigen könnte, guter Hoffnung zu sein. Denn das würde ihren Ruin bedeuten. Eine Weile hing Gero noch den Erinnerungen an Leondora nach und malte sich aus, wie es wäre, sie wieder in den Armen zu halten. Er wehrte sich mit aller Macht gegen die Angst, die wie ein böser Dämon versuchte, von ihm Besitz zu ergreifen. Die Angst, Leondora könnte Furchtbares widerfahren sein.

Sobald die ersten Strahlen den Nachthimmel erhellten, steckte Gero den Kopf aus dem Gebüsch und sah sich um. Niemand zu sehen. Er schlüpfte aus dem Gebüsch und steckte sein Schwert zurück in die Scheide, schnallte den Gürtel mit dem Schwert ab und hing ihn sich quer über den Oberkörper, um besser schwimmen zu können. Vorsichtig ließ er sich möglichst geräuschlos ins Wasser gleiten. Die Nacht war lau gewesen, doch regungslos im Gebüsch zu sitzen, hatte Gero dennoch ausgekühlt. So war die Amper unangenehm frisch. Erst als er sich im Wasser bewegte wurde es besser. Der Fluss floss hier gemächlich dahin, so dass er sich mit der Strömung treiben lassen konnte.

Immer wieder hielt er sich an Uferpflanzen fest und suchte mit den Augen die Gegend ab, aber von seinen Verfolgern war nichts zu sehen. Niemand schien um diese frühe Tageszeit unterwegs zu sein.

Die Sonne erhob sich gerade hinter Brucks grünen Hügeln, als er am Horizont kleine Punkte wahrnahm, die sich bewegten. Gero kniff zu Augen zusammen, um sie besser erkennen zu können. Nach kurzer Zeit waren sie klarer erkennbar. Reiter!

Die Anzahl konnte er nicht ausmachen, aber Gero befürchtete, es könnten die Verfolger sein. Und sie kamen schnell näher! Die Ufervegetation war an dieser Stelle nicht besonders üppig, und so war er im Wasser leicht auszumachen. Aber Zeit, um aus dem Fluss zu steigen und sich zu verstecken, hatte er auch nicht mehr. Das hatte er nicht bedacht. Was also tun? Die Reiter kamen auf dem Uferweg unweigerlich näher. Die einzige Möglichkeit war, ein Stück weiter stromabwärts zu schwimmen. Dort floss ein Nebenarm in die Amper, und die Uferpflanzen ragten weit in den Fluss hinein. Nur kamen die Reiter genau aus dieser Richtung auf ihn zu. Wenn er es bis zur Einmündung schaffte, ehe sie zu nah heran waren, dann konnte er - so hoffte er - unter dem Gebüsch Zuflucht finden. Mit kräftigen Zügen schwamm er auf die Einmündung zu. Schon konnte er das Klappern der Pferdehufe hören und Stimmen erahnen. Noch etwa drei Züge und er hätte es geschafft. Er holte tief Luft und tauchte unter. Die restliche Strecke schwamm er unter Wasser, bis er mit den Händen an die Ufersteine stieß. Langsam und vorsichtig tauchte er mit dem Gesicht aus dem Wasser auf und versuchte, möglichst geräuschlos Luft zu holen. Er wandte den Kopf, um zu sehen, ob er von dem dicht bewachsenen Ufer verdeckt wurde. Zu seiner Erleichterung war das Flussbett hier leicht eingewölbt, so dass er seinen Körper an die Böschung pressen konnte, um von den überhängenden Pflanzen verborgen zu werden. Mit etwas Glück war er von oben nicht zu sehen. Er hörte eines der Pferde ganz nah über sich schnauben.

»Schaut genau! Sucht die Böschung nach ihm ab. Und vergesst nicht, im Fluss nach seiner Leiche Ausschau zu halten!«, befahl die dunkle Stimme harsch. »Wenn wir hier fertig sind, dann teilen wir uns auf. Und befragt auch die Bauern auf den Feldern. Nicht dass er hier irgendwo raus gekrochen ist. Los, weiter!«

Es waren seine Verfolger! Als er die tiefe Stimme des Anführers vernahm, schauderte ihn.

Langsam entfernten sie sich. Gero atmete erleichtert auf. Er hangelte sich langsam am Ufer weiter. Ein Stück konnte er noch schwimmen, zumal seine Verfolger in der entgegengesetzten Richtung suchten. Doch bald würde das Wasser seinen Tribut fordern. Es war auf Dauer einfach zu kalt. Er musste bald heraus klettern und irgendwo seine Kleider trocknen, sonst holte er sich hier den Tod. Eine Weile ließ er sich von der Strömung mittreiben. Ein Stück weiter Flussabwärts zog sich Gero mit beiden Armen aus der Amper. Seine Kleidung klebte am Körper und das Wasser rann in Rinnsalen an ihm hinunter. Dabei merkte er zunächst nicht, dass er beobachtet wurde.

Ein alter Mann mit gefurchtem, wettergegerbtem Gesicht, saß ein paar Schritte entfernt am Ufer und sah ihm schweigend zu.

Gero fuhr herum, als er bemerkte, dass jemand in seiner Nähe war. Wie der Blitz sprang er auf, hatte in der Bewegung sein Schwert gezogen und stoppte direkt vor dem Hals des Mannes. Mit weit aufgerissenen Augen starrte er den Fremden an.

Der zuckte mit keiner Mine und hielt ihm, als ob ihn kein Schwert bedrohte, eine abgenutzte Decke entgegen.

»Hier, nehmt sie, sonst holt Ihr Euch noch das Lungenrasseln.«

Gero lies das Schwert sinken, nahm die Decke, legte sie sich um und zog sie fröstelnd enger um die Schultern.

»Seid bedankt«, war alles, was er herausbrachte.

Dann zog er seine Stiefel aus, ließ das Wasser herauslaufen und schlüpfte wieder hinein. Der alte Mann musterte ihn offen und sagte dann: »Ihr seht scheußlich aus.«

Gero hob den Kopf, und der Mann blickte betreten zu Boden:

»Ich meine, jemand hat Euch übel zugerichtet. Kommt, Ihr müsst Euch aufwärmen und Eure Wunden verbinden lassen. Sonst werden sie noch brandig.«

Er drehte sich um und schlurfte davon.

Gero sah sich nach seinen Häschern um und folgte dann dem Mann.

Für einen Moment hatte es ihm die Sprache verschlagen, dann setzte er an: »Guter Mann, ich danke Euch für Eure Hilfe, aber ich wurde entführt und meine Verfolger sind mir nach wie vor auf den Fersen. Wenn sie mich hier finden, werden sie uns beide umbringen!«

Der Mann hielt kurz inne und drehte sich ein Stückchen zu Gero um: »Ich habe die Reiter bereits gestern schon hier umherstreifen sehen. Unangenehme Zeitgenossen. Sie suchen momentan hinter der Obermühlbrücke.«

Als Gero verständnislos schaute, deutete er in Richtung Westen: »Das ist die Brücke, die dort vorne den Nebenarm der Amper überspannt. Seid versichert, bei uns werden sie Euch nicht finden.«

Wortlos ging der Mann voran, und Gero folgte ihm. Sie wanderten ein Stück über verborgene Pfade durch das Gestrüpp der Amperauen, bis sie an einer völlig unscheinbaren Stelle aus dem Dickicht traten. Vor ihnen lagen Felder voller Korn. Ein paar Bauern bei der Feldarbeit reckten die Köpfe. Als der alte Mann sie im Vorbeigehen begrüßte, grüßten sie zurück und gingen weiter ihrer Arbeit nach. Der strahlend blaue Himmel versprach einen heißen Tag.

Ein kleines Bauerndorf war hinter den Feldern erkennbar. Die wenigen Katen waren klein und teilweise windschief. Dazwischen suhlten sich hinter spitzen hölzernen Zäunen Schweine in der Erde. Hühner liefen gackernd zwischen den Hütten umher.

Der alte Mann steuerte auf eine Kate am Dorfrand zu und hielt Gero die Türe auf. Nach ihm trat er selber ein. Der Raum war klein und spärlich eingerichtet. Das kleine Fensterloch spendete nicht viel Licht und war neben dem Herdfeuer die einzige Lichtquelle, sobald die Türe geschlossen war.

Der Mann trat in einen kleinen Nebenraum und kam mit einem Stück Käse, Brot und einem großen Becher Molke zurück.

»Hier, Ihr seht hungrig aus.«

Gero nahm ihn dankend an, setzte sich auf einen der beiden groben Stühle an den Tisch und schlang hungrig das Essen hinunter.

Der alte Mann legte eine zweite zerschlissene Decke für Gero bereit. Dann wandte er sich zur Türe und sagte im Gehen: »Meine Frau ist bei einer Gebärenden. Sie ist Hebamme. Gebt mir Eure nasse Kleidung. Ich werde sie hinter dem Haus zum Trocknen auslegen. Hüllt Euch derweil in die trockene Decke. Ich sage den anderen Dorfbewohnern auf den Feldern Bescheid, dass niemand Euch gesehen hat, falls man sie fragen sollte... Keiner unserer Dorfgemeinschaft wird Euch verraten.«

Er grinste schelmisch, und aus seinen Augen sprach der Schalk, der er sicher einmal gewesen war. Und vielleicht immer noch war.

Als der alte Mann nach einer Weile zurückkam, saß Gero in die Decke gehüllt am Tisch und wartete, das Schwert in der Scheide auf den Beinen.

Der Mann trat ein und schloss die Türe hinter sich.

»Eure „Freunde“ fragen überall nach einem jungen Mann, der in der Gewandung eines Ritters zu Fuß unterwegs ist. Ihr müsst ihnen ja lieb und teuer sein. Wollt ihr mir verraten, wer ihr seid?«

Der Mann musterte Gero abwartend. Er sah aus, als hätte er auch ein „Nein“ kommentarlos akzeptiert.

Aber Gero antwortete: »Natürlich. Verzeiht. Mein Benehmen lässt zu wünschen übrig. Mein Name ist Gero von Löwenhaag. Ich bin der zukünftige Gemahl von Leondora von Leiten.«

Bei diesem Namen erhellten sich die Gesichtszüge des Alten: »Ihr seid der Mann, der sie Heim führen wird? Wir haben schon von Euch gehört. Es soll ja eine Liebesheirat sein, sagt man.«

Sobald ihm der Satz herausgerutscht war, senkte er beschämt den Blick. Es stand ihm nicht zu, über persönliche Dinge seiner Grundherren zu sprechen.

Aber Gero nickte nur gedankenverloren. »Ja«, setze er an. »Ja, das ist es. Aber meine Braut ist auf dem Weg zu ihrer neuen Heimat überfallen worden, und seither fehlt von ihr und ihrer Reisegefährtin jede Spur. Wir können uns einfach nicht erklären, wer hinter dem Angriff steckt und wo sie abgeblieben sind. Und nun bin ich auf der Suche nach ihr selbst überfallen und verschleppt worden. Man wollte mich ermorden. Ich kann mir keinen Reim darauf machen, aber vielleicht haben beide Überfälle miteinander zu tun.« Resigniert schüttelte Gero den Kopf.

Der Mann antwortete: »Habt Ihr Feinde, die Euch nach dem Leben trachten? Wer könnte ein Interesse an Eurem Tod haben? Für einen Außenstehenden könnte sich der Verdacht aufdrängen, dass jemand nicht möchte, dass Ihr beide einander bekommt und heiratet. Wem könnte daran gelegen sein?«

Gero entgegnete: »Darüber habe ich mir auch schon den Kopf zerbrochen. Ich weiß es nicht. Mir fällt einfach niemand ein, dem ich eine solche Schandtat zutrauen würde, der zudem die Geldmittel und die Männer hätte, um sie durchzuführen und dem noch dazu daran gelegen wäre, mir und Leondora zu schaden. Ich fürchte, ich bin mit meinem Latein am Ende. Aber eines ist sicher: Ich muss so schnell wie möglich auf die Burg, um mich mit Theodowic von Leiten zu beratschlagen.«

»Das ist wohl wahr. Nur werden die Straßen und die Zufahrt zur Burg sicher überwacht. Also müssen wir einen anderen Weg finden. Bis zur Amperbrücke könne ich Euch vielleicht helfen. Ich habe eine Schwester, die einen Lohgerber geheiratet hat. Sie wohnen in der Nähe des Amperwinkels in der Gerbergasse. Ach ich vergaß – Ihr kennt Euch in Bruck nicht aus. Die Gerbergasse ist in der Nähe der Brücke. Ihr müsstet allerdings irgendwie über die Brücke, bis zum Nikolausberg und dann hoch zur Burg gelangen. Ich könnte einen Vorwand finden, um meine Schwester mit einem Fuhrwerk zu besuchen. Vielleicht kann sie ja weiterhelfen. Sobald Eure Kleider trocken sind – und das ist bei dieser Hitze bald der Fall – brechen wir auf.«

»Ich danke Euch herzlich. Wie kann ich eure Hilfe nur wieder gut machen? Mein Geld und meine Wertsachen haben sie mir abgenommen.«

»Behandelt Leondora als Eure Gemahlin immer gut und zuvorkommend. Das ist mir Lohn genug. Sie wird von den Leuten hier sehr verehrt, weil sie nicht nur hübsch, sondern auch gescheit und gerecht ist. Das Gesinde auf der Burg erzählt nur Gutes von ihr.«

Der Mann lächelte Gero an, Gero stand auf und verbeugte sich vor ihm.

»Ich gelobe es.«

Da öffnete sich die Türe, und eine alte Frau mit einem prall gefüllten Korb kam herein. Sie grüßt die Männer und stellte den Korb ab. Die Türe ließ sie einen Spalt offen, um das Dämmerlicht aufzuhellen. Der Mann stellte sie vor: »Das ist Amira, mein Weib.«

Gero grüßte sie höflich. Als sie Geros Verletzungen an Händen, Armen und im Gesicht sah, zog sie nur eine Augenbraue hoch.

»Ich räume geschwind meinen Hebammenkorb in die Ecke und säubere mir die Hände. Ich bin gleich mit Verbandsmaterial zurück.«

Ein paar Minuten später kam sie mit irdenen Tiegeln voller Salben und anderer Arznei zurück, säuberte und verband Geros Wunden.

Ihr Mann hatte währenddessen die Kate verlassen und kam etwas später mit Geros nahezu trockener Kleidung zurück.

Während Gero sich ankleidete, erklärte der Mann seiner Frau in knappen Worten die Lage und was er vorhatte.

Seine Frau nickte und drehte sich dann zu Gero. Sie legte ihre Hand auf seine Schulter und meinte: »Gott möge Euch beschützen. Und er möge seine schützende Hand auch über Leondora halten, damit sie wohlbehalten zu Euch zurückkehren kann. Geht mit Gott.«

Gero bedankte sich bei ihr für die selbstlose Hilfe und verabschiedete sich.

Dann verließen die beiden Männer die Kate und holten einen alten Heuwagen aus dem Schuppen nebenan, spannten einen der Ochsen an und beluden das Fuhrwerk mit Decken und mehreren Fellen aus der Bettstatt.

Gero stieg auf den Wagen, doch bevor er sich unter der Ladung versteckte, setzte er sich auf und meinte: »Ich habe Euch noch gar nicht nach Eurem Namen gefragt.«

»Ehrenfried.«

»Ein schöner und wahrlich passender Name für Euch. Ihr seid ein Ehrenmann.«

Dem alten Mann war das Kompliment sichtlich peinlich. Auch war er es nicht gewohnt, permanent gesiezt zu werden. Einfache Bauern wie er wurden von den hohen Herren normalerweise nur geduzt. Aber Gero von Löwenhaag war wahrlich etwas Besonderes. Diesem Mann wollte er gerne helfen. Auch wenn das Unterfangen äußerst gefährlich war - und der Ausgang ungewiss.

So ruckelte Gero wieder auf einem Fuhrwerk, versteckt unter Decken, Richtung Bruck zu Fürstenfeld. Nur hatte er diesmal Angst, entdeckt zu werden, während er letztes Mal in Sorge gewesen war, nicht entdeckt zu werden. Das unscheinbar aussehende Ochsengespann wurde nicht behelligt. Glücklicherweise waren Geros Verfolger bisher nicht auf sie aufmerksam geworden. In seinem Versteck hörte Gero das geschäftige Treiben auf den Straßen. Nach einer gefühlten Ewigkeit fuhren sie durch die Pullach bis in die schmale Gerbergasse, die Gero an dem zunehmenden Gestank nach Urin und den anderen Ausdünstungen der Gerbereien erkannte.

Irgendwann hielten sie vor einem Haus. Ehrenfried stieg gemächlich ab und ging hinein. Nach kurzer Zeit öffneten sich die hölzernen Tore, und der Wagen ratterte in den Innenhof. Hier hing der beißende Geruch der Gerbergruben in der Luft. Der Gestank war kaum auszuhalten.

Jemand schlug die Decken zurück, und Gero kletterte vom Wagen.

»Das ist Gero von Löwenhaag«, erklärte der alte Mann den beiden Personen, die vor ihm standen.

Gero begrüßte die beiden, die der Alte als seine Schwester Elisa und ihren Mann Gundalbert vorstellte. Ein Lehrling steckte seinen verschwitzten Kopf zur Türe heraus.

Gundalbert machte ihm ein Zeichen, dass er verschwinden solle und rief: »Hier gibt es nichts zu sehen. Geh an die Arbeit!«

Gero raunte er zu »Lasst uns hinein gehen. Die Nachbarn sind mir hier zu neugierig.«

Sie überquerten den Hof, in dem kreuz und quer Schnüre gespannt waren, auf denen Leder zum Trocknen hing. Der Geruch war ekelerregend, doch Gero versuchte, sich nichts anmerken zu lassen. Im Haus setzten sich die Vier um einen groben Holztisch und überlegten, wie Gero am besten zur Burg käme. Vielleicht sollten sie einen Boten zum Landgraf schicken, um Gero von ein paar Waffenknechten eskortieren zu lassen? Doch Gero wollte nicht bis dahin untätig herumsitzen müssen. Er musste auf jeden Fall die Amper überqueren, und die Amperbrücke war in weitem Umkreis der einzige Übergang. Weiterreichende Kontakte hatte die Gerberfamilie leider nicht, die ihm Unterstützung gebracht hätten.

Der alte Mann verabschiedete sich schließlich, da er noch vor Einbruch der Dunkelheit zurück sein wollte.

Nach reiflicher Überlegung entschied Gero, sich alleine in Bruck umzusehen, um sich einen besseren Eindruck von seiner Lage verschaffen zu können. Er verabschiedete sich und schlich Richtung Amperbrücke. Die Dämmerung setzte langsam ein. Er bog um eine Häuserecke und sah die Rosschwemme. Mehrere Ochsen und Pferde wurden hier gewaschen. Zur Flussmitte war sie mit einem langen Holzstamm abgesichert, damit keine Tiere in das tiefere Wasser gelangten. Gero steuerte gerade auf die Brücke zu, als er eine vertraute Stimme vernahm, die ihm durch Mark und Bein ging.

«Scher‘ dich aus dem Weg du Tölpel!», schrie die dunkle Stimme, die er gut kannte.

Die Stimme seines Entführers. Zuerst hatte er ihn nur gehört, dann sah er ihn auch. Ein feister Kerl auf Geros prachtvollem Ross. Gero wurde es heiß und kalt gleichzeitig. Der Reiter war die große Gasse entlang gekommen und ritt geradewegs auf die Brücke zu. Ein Junge mit einem Handkarren hatte seinen Weg gekreuzt und war wohl nicht rasch genug zur Seite ausgewichen. Glücklicherweise war der Mann kurz abgelenkt und hatte Gero noch nicht entdeckt. Aber Gero stand ungeschützt ein paar Schritte vor der Rossschwemme. Da kam ihm der Zufall zu Hilfe, denn just in diesem Moment führte ein Rossknecht an ihm vorbei zwei Pferde dort hin zum Waschen.

Gero trat zu ihm heran und nahm ihm mit den Worten »Warte, ich helfe Dir!«, die Zügel des einen Pferdes aus der Hand.

Der Junge sah ihn mit großen Augen an und wollte protestieren, doch als er Geros Schwert sah, blieben die Worte ungesagt. Gero ging, das Pferd zwischen sich und dem Feind auf der Brücke, hinunter ins Wasser. Verstohlen schaute er am Hals des Pferdes vorbei. Der Reiter stand alleine dort oben und sah genau auf jene Seite herunter, auf der Gero sich hinter dem Pferd verbarg. Hoffentlich entdeckte der Fremde nicht das Schwert, das ihn verraten hätte, da Pferdeknechte keine Waffen trugen. Er konnte nur hoffen, dass der Reiter ihn nicht erkannte. Lustlos wusch er das Pferd und lugte immer wieder Richtung Brücke.

Der Zollwärter kam dem Reiter auf der Brücke entgegen und gestikulierte wild. Die beiden schienen zu streiten. Offenbar wollte der Wärter Zoll für die Brückenbenutzung eintreiben, der Fremde aber nicht bezahlen, da er sie nicht überqueren würde. Diesen Moment der Unachtsamkeit nutze Gero aus, drückte dem verdutzten Jungen die Zügel wieder in die Hand und tauchte ganz in das Wasser ein. Er schwamm um das Pferd herum und tauchte dann unter der Holzabtrennung durch. Mit kräftigen Zügen schwamm er unter Wasser bis unter die Brücke. Dort tauchte er auf und schwamm, immer unter der Brücke verborgen, bis zur gegenüberliegenden Flussseite hinüber.

Die Strömung war hier nicht reißend, aber immerhin so stark, dass er mehrere Male abzudriften drohte und aus der Deckung unter der Brücke herausgetrieben zu werden. Es kostete ihn eine enorme Kraftanstrengung, in voller Kleidung ans gegenüberliegende Ufer zu schwimmen. Schwer atmend hielt er sich fest und versuchte herauszufinden, ob sein Verfolger noch auf der Brücke war. Er konnte zumindest keine streitenden Männer mehr hören. Da sah er im einsetzenden Dämmerlicht den Reiter in einer der Gassen verschwinden. Die Gefahr war also erst mal gebannt. Gero wusste zwar nicht, wo sich die anderen Männer befanden, doch er musste unbedingt so schnell wie möglich zur Burg, um vor Einbruch der Dunkelheit das Burgtor erreichen zu können. Er war sich nicht sicher, ob ihm die Wachen in der Dunkelheit das Tor öffnen würden.

Gero zog sich an den Ufersteinen hoch, stieg aus dem Wasser und machte sich tropfnass auf den Weg. Er konnte nicht im Schutz der Bäume bis zum Nikolausberg schleichen, denn das hätte viel zu lange gedauert. Er nahm also die Gefahr auf sich, gesehen zu werden und ging auf schnellstem Wege hin, auf dem befestigten Weg, der über die Anhöhe nach München führte. Er spähte im Halbdunkel den Weg entlang um ihn sofort verlassen zu können, wenn ein Reiter nahte. Das Zwielicht würde es ihm einfacher machen, sich zu verbergen, doch so war auch der Weg schwieriger zu finden. In der untergehenden Sonne waren die Felsen und Wäldchen bald nur noch schemenhaft zu erkennen. Gero musste vorsichtig sein, wohin er trat. Schon nach kurzer Zeit in der schweren, klammen Kleidung keuchte er, und trotz der Anstrengung fröstelte ihn. Er dachte an seinen ersten Besuch auf Burg Nikolausberg und seine Ausritte dort mit den Freunden. Sie hatten sich keine Gedanken über die Strecke oder die Entfernung gemacht. Der Weg war ihm viel kürzer vorgekommen. Heute zog er sich endlos dahin. Hinter jeder Kurve hoffte er, das Tor zu sehen, doch immer war es nur ein weiterer Abschnitt des Weges. Als er endlich den Anstieg des Nikolausberges erreicht hatte, wusste er, dass er es bald geschafft hatte. Da der Nikolausberg um die Anlage herum nicht bewaldet war, würde er in Kürze die äußeren Burgmauern sehen. Tapfer ging Gero weiter. Irgendwann musste er die Burg ja erreichen... Und so war es. Nach schier endloser Wanderung sah er sie schemenhaft vor sich. Die Zugbrücke war heruntergelassen. So knapp vor dem Ziel fing er an zu laufen, obwohl er kaum mehr die Kraft dazu aufbringen konnte.

Am Tor angekommen, musste er sich erst einmal mit den Armen auf den Oberschenkeln abstützen, um wieder zu Atem zu kommen. Er fasste sich einen Moment, dann pochte er laut an das Tor. Eine Torwache meldete sich: »Wer ist dort?«

Gero antwortete mit leicht zitternder Stimme: »Ich bin Gero von Löwenhaag, der zukünftige Gemahl Eurer Herrin Leondora. Öffnet das Tor!«

Eine Weile war es ruhig hinter dem Burgtor. Die Wachen schienen zu beratschlagen, was sie tun sollten. Die Zeit kam Gero endlos vor. Dann öffnete sich ein Guckloch des Burgtores und eine der Wachen schaute heraus. Sie schien den tropfnassen Gero nicht gleich zu erkennen, doch als sie sein Schwert sah und sich daraufhin sein Gesicht genauer ansah, hellte sich ihre Mine auf. Sofort öffnete sich der kleine Durchlass im Tor. Die Wache musterte ihn erstaunt und schaute sich suchend um. »Gero von Löwenhaag. Seid willkommen. Habt Ihr kein Pferd dabei?«

»Nein, ich bin überfallen worden. Ich muss unverzüglich mit Theodowic von Leiten sprechen.«

Die Wache trat zur Seite und machte den Weg frei; so kletterte Gero durch die kleine Türöffnung in die Geborgenheit der Burg Nikolausberg.

Verschwörung und Verrat

Leondora und Isabella litten unter dem beständigen Gefühl, verfolgt zu werden. Die Euphorie, ihren Entführern entkommen zu sein, war nach kurzer Zeit schon abgeebbt. Sie hatten nach kurzem, scharfem Ritt ihre Gauklerinnen-Gewandung abgelegt, weil sie befürchteten, es könnte aufgefallen sein, dass zwei Gauklerinnen die Burg verlassen hatten und dass sie bereits gesucht würden. Auch mit ihren feinen Kleidern waren sie zu auffällig und für ihre Häscher leicht zu finden. Sie mussten sich dringend andere Gewänder besorgen, um sich zu verändern.

Sie hielten sich so gut wie möglich von den angelegten Wegen fern. Doch so kamen sie nur langsam voran. Hungrig und müde erreichten sie schließlich einen kleinen See. Er lag eingebettet zwischen dem Wald, aus dem sie kamen und einem kleinen Stück Wiese, hinter dem wieder ein Wäldchen die Sicht auf die Umgebung verdeckte.

Die beiden Frauen saßen ab, um am Zulauf zu trinken und sich zu waschen. Da fiel Isabella eine Bewegung im See auf. Sie bemerkte es nur aus den Augenwinkeln. Es sah aus wie eine Hand, die aus dem Wasser ragt, dann war alles ruhig. Nur die sich ausbreitenden Wellenringe zeugten davon, dass sie sich nicht geirrt hatte.

Isabella zögerte einen Moment ungläubig, dann rief sie zu Leondora: »Ich glaube, da ist jemand gerade im Wasser untergegangen. Vielleicht ertrinkt da jemand. Ich muss hinschwimmen und nachsehen.«

»Ihr könnt schwimmen?«

»Ja. Bleib hier und pass auf unsere Sachen auf.«

Hastig zog Isabella das Kleid aus und rannte ins Wasser. Sie war sich nicht mehr sicher, was sie gesehen hatte und schon gar nicht, wo genau. Aber sie schwamm in die Richtung, in der sie die ertrinkende Person vermutete. Die Wasseroberfläche war glatt und ruhig, so tauchte sie ein Stück tiefer.

Und tatsächlich, dort trieb ein Kind bewusstlos dahin. Sie versuchte, das Hemd zu packen, aber im trüben Wasser war das gar nicht so einfach. Beim dritten Anlauf gelang es ihr, einen Ärmel zu greifen, und sie zog das Kind hinter sich her nach oben.

Mit letzter Kraft schleppte sie es ans Ufer. Leondora verfolgte alles geschockt, half Isabella dann, das Kind vom Wasser die Böschung hinauf zu tragen. Es war ein Junge, vielleicht sechs Jahre alt. Sie legten ihn ab, und Isabella prüfte die Vitalfunktionen. In Gedanken ging sie durch, was sie gelernt hatte. Bewusstsein war nicht vorhanden. Nächster Punkt: Atmung: Keine Atmung. Puls: Auch nicht. Oh nein! War er schon tot? Sie sah in seinen Rachen und überstreckte den Hals.

Sofort begann sie mit der Reanimation: Sie öffnete seine Kleidung, dann beatmete sie den Jungen Mund zu Nase und führte eine Herzdruckmassage durch. Es war ihr egal, ob sie hundertzwanzig Mal in der Minute drückte, wie sie es gelernt hatte. Hauptsache es half. Bitte, bitte sei nicht tot! Langsam lief ihr vor Anstrengung der Schweiß herunter. Hätte sie doch nur einen Rettungsdienst rufen können wie zu Hause. Aber dies hier war das Mittelalter. Also weiter beatmen und drücken. Kontrollieren. Beatmen und drücken.

Sie merkte nicht, wie ein Stück weiter die Zweige eines Baumes auseinander gezogen wurden. Sie hatten einen Beobachter.

Isabella überlegte, wann sie aufgeben sollte, als sie bei einer erneuten Pulskontrolle tatsächlich einen Puls fühlen konnte. Euphorisch tastete sie den Puls. Er war schwach, aber deutlich fühlbar. Sie beatmete weiter, bis sie auch ein Gegenatmen des

Jungen feststellen konnte. Ja, er fing an, wieder selbständig zu atmen, aber er war nach wie vor bewusstlos. So legte Isabella ihn in die stabile Seitenlage.

Inzwischen waren ein paar Leute angelaufen gekommen, und ein Raunen ging durch die gaffende Menge. Vermutlich lag ein Weiler hinter dem Wäldchen.

Isabella fühlte sich unbehaglich. Was, wenn sie ihr die Schuld für das Unglück des Jungen gaben? Im Mittelalter wurde doch schnell mal ein Sündenbock für ein Unglück gesucht. Sie sah die Gaffer an. Einfache Leute, die sie anstarrten wie eine Erscheinung. Aber was hätte sie tun sollen? Ihn sterben lassen? Sie konnte auch jetzt nicht einfach verschwinden. Isabella kontrollierte gerade wieder Atmung und Puls, als Reiter auf prächtigen Pferden heran galoppierten. Das Wappen, das ihre Waffenröcke zierte, kannte Leondora nicht. In dem Moment, als die Reiter Isabella und Leondora erreichten, erwachte der Junge. Ein Mann sprang vom Pferd und beugte sich über ihn.

»Es ist Aegilus. Aber er lebt!«, rief er den anderen zu.

Dann wandte er sich an den Knaben: »Aegilus, könnt ihr mich hören?«

Der Junge fing an zu zittern und leise zu wimmern. Der Ritter hob das Kind vor sich auf sein Pferd und wandte sich an Isabella: »Hast du ihn aus dem Wasser gezogen? Er ist der Sohn von Theoderich und Irmingard von Hankor, Erbe von Burg Schadeck. Komm auf die Burg, dann wird sich Theoderich erkenntlich zeigen.«

Er wendete sein Pferd und galoppierte davon.

Isabella hockte zusammengekauert am Ufer, in ihrem Unterkleid, tropfnass und frierend. Die Menschenmenge löste sich murrend und tuschelnd langsam auf. Niemand wagte es, Isabella oder Leondora anzusprechen. Nur eine junge Frau mit langen braunen Locken löste sich aus der Menge und kam auf sie zu. Ihr offener, wacher Blick war Isabella auf Anhieb sympathisch.

»Ihr müsst erbärmlich frieren. Kommt, wärmt euch in meiner Hütte auf.«

Sie half den beiden, ihre Sachen aufzusammeln, dann holten sie die Pferde und folgten der Fremden ins Dorf.

»Wo sind wir hier?« wollte Leondora wissen.

»In Bannacker. Ihr habt gerade den einzigen Sohn und Erben unseres Herrn, Theoderich von Hankor, gerettet. Er wohnt nicht weit von hier, in Burgwalden auf Burg Schadeck. Ihr seid fremd hier. Wo kommt Ihr her?«

»Aus Bruck zu Fürstenfeld. Ich bin Leondora, und das ist Isabella. Wir sind auf der Flucht vor brutalen Entführern, die unsere Reisegesellschaft überfallen und alle ermordet haben.«

Inzwischen waren sie an einer kleinen Hütte angekommen. Sie banden die Pferde an und gingen hinein. Isabella blieb der Mund offen stehen.

Die Hütte war voller Regale mit kleinen Tiegeln und Behältern, getrocknete Kräuter hingen von der Decke und überall roch es nach Gewürzen und Medizin. Die Fremde sah Isabellas erstaunten Gesichtsausdruck.

»Ich bin Mejana. Wie Ihr seht, bin ich eine Heilerin. Setzt Euch doch, ich koche Euch warmen Kräutertee.«

Kurz darauf saßen sie mit einem Becher warmen Tee mit Honig am Tisch und ließen die klammen Kleider in der Nähe des Feuers trocknen.

Isabella sah sich interessiert um. »Darf ich mir die Regale näher ansehen?«

»Aber gerne. Kennt ihr euch in der Heilkunde ein wenig aus?«

»Ich bin auch eine Heilerin, da wo ich herkomme. Allerdings stehe ich noch ganz am Anfang.«

»Wo kommt Ihr denn her, wenn ich fragen darf?«

»Wir kommen alle beide aus Bruck zu Fürstenfeld.«

»Seid Ihr beiden verwandt?«

»Nein, wir sind Freundinnen.«

»Wie habt Ihr einander kennengelernt?«

»Das ist eine komplizierte Geschichte. Ich erzähle sie dir später einmal.«

»Kannst du auch Haare färben?« fragte Leondora unvermittelt.

»Ja, aber warum wollt Ihr Eure wunderschönen roten Haare färben?«

»Damit uns unsere Verfolger nicht mehr erkennen.«

»Ich verstehe. Ihr seid auf der Flucht. Habt Ihr Euch etwas zu Schulden kommen lassen? Muss ich mich bei Euch vorsehen?«

»Nein, keineswegs. Wir beide sind auf dem Weg zu meiner Hochzeit entführt worden und nur mit knapper Not unseren brutalen Häschern entkommen. Es wäre nicht auszudenken, was passierte, wenn sie uns wiederfänden. Wir müssen unbemerkt zur Burg Löwenhaag weiter reisen, dort lebt mein Bräutigam. Sie liegt hinter Augsburg.«

»Ich kann Euch helfen, die Haare zu färben. Ich mische eine Paste, mit der Ihr sie schwarz einfärben könnt. Es hält allerdings nur höchstens wenige Wochen.«

»Hab Dank für deine Gastfreundschaft und deine Hilfe. Dürfte ich noch zwei Bitten vorbringen?«

Mejana machte eine einladende Handbewegung: »Bitte!«

»Kannst du uns bitte duzen. Es wäre wichtig, dass wir nicht als Edelfrauen erkannt werden. Und könntest Du zwei einfache Kleider besorgen? Wir zahlen sie dir auch.«

Es dauerte nicht lange, ehe Mejana zwei einfache Kleider besorgt hatte, die die Frauen gleich anprobierten. So würden ihre Häscher sie nicht so leicht erkennen. Der raue Stoff kratze auf der Haut, doch glücklicherweise passten sie recht gut.

Kurze Zeit später strichen sich die beiden gegenseitig die angerührte Paste ins Haar und wuschen die Haare später am nahen Bach aus. Zufrieden betrachteten sie ihr Werk. Mit den veränderten Haarfarben und den einfachen Kleidern waren sie für Fremde nicht mehr auf Anhieb als Leondora und Isabella zu erkennen.

Als sie zurückkamen, fiel Isabellas Blick auf eine Schnur vor dem Haus, auf der getrocknete Wurzeln aufgereiht waren, die an den Schnittflächen rötliche Verfärbungen aufwiesen.

»Ist das Blutwurz?« fragte sie Mejana.

»Wir sagen Tormentill. Wir verwenden ihn vorwiegend zur Hautpflege und zur allgemeinen Stärkung. Du kennst sicher das Sprichwort "Esst Tormentil und Bibernell, dann sterbet Ihr nit so schnel", oder?«

»Nein, aber es klingt interessant. Er ist auch bei Magen- und Darminfektionen wirksam, oder?«

»Was ist eine Infektion? Das Wort ist mir unbekannt. Du musst ja sehr gelehrt sein, dass du so fremd sprichst. Man könnte meinen, du kämst von weit her.«

»Du ahnst ja gar nicht von wie weit her«, dachte Isabella.

»Ach, Infektion, das heißt Erkrankung.«, sagte sie schnell. Sie musste unbedingt besser auf ihre Wortwahl achten! Um das Thema zu wechseln deutete sie auf den Blutwurz und meinte: »Er ist auch blutstillend und hilfreich bei Durchfall und zum Spülen bei Entzündungen im Mund, glaube ich.«

»Was ist „Durchfall"? Diese Erkrankung kenne ich nicht. Meinst du damit Stuhlzwang, also wenn jemand fließenden Stuhl hat? Da verwende ich gerne Zwangkraut. Ein gutes Mittel.«

Stuhlzwang - Isabella konnte sich lebhaft vorstellen, was das sein sollte. »Ich kenne viele Pflanzen nur aus Büchern, in der Theorie. Ich würde sie in freier Wildbahn niemals finden.«

»Ich kenne keine Bücher, aber dafür viele Pflanzen und Pilze und ich weiß, wo man sie findet und bereite Arzneien daraus zu. Wenn du möchtest, dann zeige ich dir die Pflanzen dieser Gegend.«

»Sehr gerne. Aber ich fürchte, wir können nicht lange bleiben.«

»Du kannst gleich heute mit mir Kräuter sammeln gehen. Ich brauche einiges aus dem Wald und auch aus meinem Garten.«

Isabella folgte Mejana in den kleinen Garten hinter ihrer Hütte, während Leondora auf der Türschwelle stehen blieb und die beiden mit den Augen verfolgte.

Mejana zeige auf eine Pflanze: »Hier, das Drachenkraut. Für die Frau des Stallmeisters auf Burg Schadeck. Sie möchte nichts essen, hat eine Magenschwäche und Flatulenz.«

Isabella riss ein Blättchen ab und roch daran.

»Estragon«, sagte sie – mehr zu sich selbst.

Dann zeigte sie auf eine Pflanze, die sie gut von daheim kannte.

»Das ist Löwenzahn!«, rief sie erfreut, mal eine Pflanze auf Anhieb zu erkennen. Ihre Galle fördernde Wirkung war hier sicher bekannt, doch Mejana meinte: »Bei uns heißt die Pflanze Bettseicher oder Pfaffendistel. Sie ist harntreibend.«

Wenig später streifte Isabella mit Mejana durch den Wald und sie sammelten zahlreiche Kräuter und Pilze, von denen sie teilweise noch nie gehört hatte. Aufmerksam versuchte Isabella sich alles einzuprägen.

Sie lernte schnell, wenn sie etwas interessierte. Das Auswendiglernen aus theoretischen Büchern hatte ihr noch nie getaugt. Sie brauchte praktische Anwendung oder bildliche Vorstellung, um sich etwas dauerhaft merken zu können.

Als sie nach getaner Arbeit wieder in die Stube traten, wackelte der aus einem Kraut gebundene Kranz, der in der Zimmermitte an der Decke hing. Isabella blieb darunter stehen und beobachtete ihn.

»Was ist das?«

»Du kennst das nicht? Das ist Drudenkraut. Der Kranz dient der Hexenabwehr. Er bewegt sich ständig durch den Luftzug. Doch wenn eine Hexe eintritt, steht er still.«

»Oh, das ist ja praktisch.«

Da Isabella und Leondora nicht wussten, wo sie schlafen sollten, bot Mejana ihnen eine Ecke ihrer kleinen Hütte an. Es war wenig Platz für die Frauen, aber sie richteten sich vor dem Ofen am Boden ein kleines Lager her.

Isabella musste niesen. Schon spürte sie das bekannte Kratzen im Hals.

»Hast du dich unterkühlt? Hat vielleicht das kalte Wasser des Sees dich ausgekühlt?«, fragte Mejana und schaute ihr ins Gesicht. »Du hast leicht glänzende Augen.«

»Ist nicht so schlimm. Ich trinke noch eine Tasse von deinem Tee mit Honig, wenn ich darf. Bis morgen ist es bestimmt weg.« Sie hoffte inständig, dass es wieder verschwinden würde.

Als Isabella allerdings am nächsten Morgen erwachte, war sie heiser und stark verschleimt und musste erst einmal kräftig husten. Noch vor dem Frühstück breitete Mejana einige frische und getrocknete Kräuter und Beeren auf dem Tisch aus.

»Das sind getrocknete Heidelbeeren, oder?« Isabella deutete auf die getrockneten Beeren.

»Ja, das ist richtig.«

»Da kenne ich eine Redensart: "Die Heidelbeere sperrt dem Arzt die Tür zu."«

»Das klingt gut. Ich weiß zwar nicht was ein Arzt ist, aber ja, die brauchst du nun. Und die Salbeiblätter werde ich gleich in Wein kochen. Du bekommst ihn dann zu trinken. Die Arznei hilft bei starker Verschleimung. Ich verabreiche sie auch bei stinkendem Atem, aber das brauchen wir bei dir nicht. Dazu das Thymiankraut.« Sie sortierte die Kräuter und sprach, wie zu sich selbst, weiter: »Und aus dem Kraut des Sonnentaus hier machen wir einen Presssaft, vermischen ihn mit Honig und haben so eine Medizin gegen deinen Husten.«

Gemeinsam verarbeiteten sie die Kräuter und Beeren. Isabella war begeistert. Sie war zuhause gewohnt, sich selbst zu behandeln, sofern keine fremde Hilfe nötig war. Mittlerweile kannte sie viele wirksame Hausmittel, aber wenn es doch einmal nötig war, dann holte sie in der Apotheke naturheilkundliche Medikamente oder ließ sich, wenn es notwendig wurde, vom Arzt allopathische Arzneimittel verschreiben. Ihre anfängliche panische Angst, hier zu erkranken, stellte sich, zumindest momentan, als unbegründet heraus, denn mit Mejanas Hilfe hatte sie auch hier eine wirkungsvolle Arznei. Dazu noch frisch zubereitet.

***

Isabella nahm die Arznei nach Mejanas Vorgaben ein. Da sie fröstelte, holte sie sich Wasser aus einem nahe gelegenen Flüsschen und erhitzte es in dem Kessel über dem Feuer. Sie bat Mejana um eine große Schüssel, füllte sie zur Hälfte mit angenehm warmem Wasser und stellte ihre Füße hinein. Das restliche Wasser ließ sie im Topf auf dem Feuer. Immer wieder bat sie Leondora, heißes Wasser nachzugießen, so dass das Fußbad langsam immer wärmer wurde. In der Wärme neben dem Feuer ließ sie derweil ein großes Tuch aufwärmen. Als sie fertig und mittlerweile ihr gesamter Körper wohlig warm geworden war, hob sie die Füße aus der Schüssel, strich sie lediglich mit der bloßen Hand ab und wickelte sie in das vorgewärmte Tuch ein.

Mejana beobachtete sie interessiert. »Was soll das bringen, was du da gemacht hast? Wärmst du dich damit auf?«

»Das war ein ansteigendes Fußbad. Es hilft bei angehenden Erkältungen und soll mich vor einer Blasenentzündung schützen.« Gerade wollte sie erzählen, dass es auf Kneipp zurückgehe, als ihr gerade noch früh genug bewusst wurde, dass Kneipp ja erst ein paar Jahrhunderte später leben würde. Sie drückte sich auch so schon merkwürdig genug aus, wie sie am verständnislosen Gesicht Mejanas ablesen konnte.

Während des Fußbades hatte Mejana Liebstöckel aus dem Garten geholt, stellte Isabella nun ein Schüsselchen mit warmer Milch auf den Tisch und legte einen größeren Stängel Liebstöckel daneben.

»So, nun saug' die warme Milch durch den Stängel des Leibstöckle. Später werden wir an einem zweiten Stängel das Ende anzünden, und du kannst dann den aufsteigenden Duft des glimmenden Stängels einatmen.«

Isabella machte alles genauso, wie Mejana es ihr erklärte. Sie war sehr froh, dass es auch hier wirksame Arznei und Therapien gab und sie war überglücklich und beruhigt, als sie merkte, dass die Medizin half.

***

Am nächsten Tag fühlte sich Isabella schon wesentlich besser und unterstützte Mejana bei der Herstellung von Pasten und Tinkturen.

Kurz bevor sie sich auf dem Weg zu zwei Patienten machen wollten, fiel ihr die Kette auf, die Mejana um den Hals hängen hatte. Sie bestand aus einem Lederband, an dem eine getrocknete Wurzel baumelte.

Isabella nahm die Wurzel in die Hand und besah sie näher.

Mejana erklärte: »Das ist Jungfernkraut, ein Zauberkraut, das nur unter Einhaltung langwieriger Zeremonien ausgegraben werden darf. Seine Wurzeln, um den Hals getragen, schützen vor von Dämonen erzeugten Krankheiten wie der Fallsucht.«

»Was ist das für eine Pflanze? Der Name sagt mir nichts.« Entschuldigend hob Isabella die Schultern.

Mejana ging in den hinteren Teil des Raumes, nahm ein Büschel getrocknetes Kraut von der Schnur und hielt es ihr hin.

Isabella zerbröselte ein Blatt und roch daran.

»Ah, Beifuß.«

»Lass uns gehen. Die Frau des Schmieds wartet auf uns.«

Während die beiden auf Krankenbesuch waren, machte sich Leondora im Garten nützlich, jätete Unkraut und goss die Pflanzen.

Als sie nach getaner Arbeit vor das Haus trat, kam ein Reiter angetrabt. Er trug das gleiche Wappen, wie die Männer, die am Tag zuvor den kleinen Aegilus abgeholt hatten. Er zügelte sein Pferd und rief etwas zu Leondora hinüber. Aber da das Haus etwas tiefer als der Weg lag, musste Leondora erst die kleine Treppe an der Böschung hinaufsteigen, um ihn zu verstehen.

Er sagte: »Unser Herr wünscht euch zu sehen. Kommt heute zur neunten Stunde auf Burg Schadeck.«

Er wendete sein Pferd und trabte gemächlich davon.

So wanderten Isabella und Leondora am frühen Nachmittag Richtung Burgwalden.

Die Pferde hatten sie vorsichtshalber in Bannacker gelassen. Für Heilerinnen schickte es sich nicht, zu Pferde zu reisen.

Und niemand sollte erfahren, wer sie wirklich waren, denn sie wussten nicht, wer in das Komplott verstrickt war und wem sie trauen konnten. Der festgetretene Weg führte eine Weile am Wald entlang. Die Wolken hingen dicht und grau am Himmel und ein feiner Nieselregen setzte ein.

Burg Schadeck lag nicht auf einem Hügel, sondern wie ein Wasserschloss auf einer schmalen Insel am Rande eines kleinen Sees. Im nebeligen, grauen Schleier des Regens wirkte sie düster, grünlich, mit der spärlichen Beleuchtung wie verwunschen.

Anstelle einer Zugbrücke über einen Burggraben führte eine lange steinerne Brücke zum Tor. Leondora klopfte, und kurze Zeit später ließ die Torwache sie eintreten.

Ein Bediensteter führte die Beiden in einen hell erleuchteten Saal, in dem zwei prächtig gekleidete Herren in ein Brettspiel vertieft waren und zahlreiche Zuschauer um sie herum das Spiel verfolgten. Mitten in der illustren Runde stand ein bunt gekleideter Hofnarr, an dessen Kappe bei jeder seiner Bewegungen kleine Glöckchen klingelten.

Die Herren sahen auf, als Leondora und Isabella eintraten. Ein hochgewachsener, bärtiger Edelmann kam auf die beiden zu und legte Isabella die Hand auf die Schulter.

»Ich bin Theoderich von Hankor. Ihr müsst die beiden Fremden sein, die meinen Sohn Aegilus vor dem Ertrinken gerettet haben. Ich möchte euch danken.«

Dabei legte er ein Säckchen in Isabellas Hand, in dem Münzen klimperten.

»Wie habt ihr das nur geschafft? Erzählt mir von euch!«

Er ließ sich auf einem gepolsterten Sessel nieder und wies gegenüber auf eine Bank, auf der die beiden sich dann niedersetzten.

Isabella setzte an: »Ich bin Isabella, Heilerin aus Bruck zu Fürstenfeld, und das ist meine Freundin Leondora. Wir sind auf der Durchreise, und da habe ich Euren Sohn im Wasser untergehen sehen. Also bin ich hingeschwommen.«

»Du kannst schwimmen?«, unterbrach er sie. »Wo hast du das gelernt? Es ist nicht üblich, dass Frauen, und dazu noch von niederem Stand, schwimmen können.«

Erschrocken sah Isabella hilfesuchend Leondora an. Die antwortete geistesgegenwärtig: »Eure Hoheit, Isabella liebte schon als Kind das Wasser, da hat sie es sich selbst beigebracht. Ich dagegen kann es nicht.«

Theoderich lächelte zufrieden.

»Wie dem auch sei. Meine Gemahlin liegt zur Geburt unseres zweiten Kindes darnieder. Sie erwartet euch in ihren Gemächern, um sich persönlich zu bedanken.«

Mit einer knappen Geste entließ er die beiden und wandte sich wieder seinen Gästen zu.

Ein Diener führte sie zu der hochschwangeren Herrin, die in ihrem Bett lag, die Hände auf ihrem gerundeten Leib verschränkt. Auf ihrem Nabel lagen Ketten.

»Seid gegrüßt, ich bin Irmingard von Hankor. Ihr müsst die beiden Fremden sein, die Aegilus gerettet haben.«

Sie lächelte die beiden Besucherinnen freundlich an und erklärte, als sie Leondoras erstaunten Blick auf die Ketten bemerkte: »Sie sollen die Geburt verzögern. Ich soll erst in einigen Tagen niederkommen. Die Aufregung um Aegilus war zuviel für mich. Vor der Geburt werden sie dann auf die Fußsohlen platziert, um die Geburt zu erleichtern.«

Sie machte eine einladende Handbewegung, näher zu kommen.

»Bitte setzt euch doch. Erzählt mir von der Rettung. Wie habt ihr das nur geschafft?«

Und so erzählte Leondora die Geschichte von Aegilus' Rettung.

Irmingard hörte gebannt zu und stellte ab und an Zwischenfragen. Als Isabella erzählte, dass sie eine Heilkundige sei, horchte Irmingard auf: »Du bist Heilerin? Welch glückliche Fügung! Ich fühle mich seit Tagen furchtbar müde und krank, und der Medicus Richard von Minderstein lässt mich darum häufig zur Ader. Ich habe das Gefühl, dass es mich noch schwächer macht, anstatt mir zu helfen. Vielleicht weißt du ja Rat.«

»Dazu müsste ich Euch untersuchen.«

»Was willst du wissen?«

»Ich würde mir gerne selbst ein Bild machen. Darf ich?«

Isabella nahm Irmingards Arm und fühlte den Puls, dann wollte sie die Zunge sehen, schaute sich das Gesicht an und zog das untere Augenlid etwas herunter, um die Bindehaut sehen zu können.

»Ihr habt eine ausgewachsene Anämie, eine Blutarmut. Wenn Ihr da noch Blut abzapfen lasst, dann schadet Ihr Euch und dem Kind.«

»Ich möchte mehr von deiner Kunst erfahren. Bleibt beide eine Weile hier bei mir auf der Burg.« Irmingard winkte einer Magd, die gerade einen Krug Wasser hereingetragen hatte.

»Maria wird euch ein Zimmer bereitstellen.«

Sie schickte die Magd hinunter, um alles vorzubereiten.

Maria holte sie wenig später und führte sie hinunter und über den Hof.

Sie meinte: »Ich habe keine Schlafmöglichkeit im Gesindetrakt für euch auftreiben können. Aber ich habe einen Schlafplatz gefunden. Hier ist es.«

Sie öffnete eine Holztüre und wies in einen kleinen Raum, in dem die Hühner in einem winzigen Pferch geschäftig nach Körnern pickten. Eine schmale Holztreppe, die wie eine überdimensionale Hühnerleiter aussah, führte zu dem Bett über dem Hühnerstall, das sich Isabella und Leondora teilen sollten. Es stank erbärmlich nach Hühnerdreck und Futter.

Am nächsten Morgen wurden sie schon vor Sonnenaufgang vom Scharren der Hühner geweckt. Sie gingen hinaus und wuschen sich, ehe Maria sie zum Frühmahl abholte.

Isabella tat alles weh von dem harten Bett. Und geschlafen hatte sie fast gar nicht in dem Gestank und den ungewohnten Geräuschen.

Als Mejana über den Hof kam und sie so sah, meinte sie: »Hallo Isabella! Ich wurde gerufen, weil die Küchenmagd Arznei braucht. Ich muss ein paar Kräuter sammeln. Wie geht es euch beiden hier auf der Burg?«

Ein müdes »Danke, es geht schon.«, war die Antwort.

»Du siehst übernächtigt aus. Ich werde dir Majoran gegen die Augenringe mitbringen. Ich habe gehört, die Herrin verlangt nach euch. Einen Rat möchte ich euch geben: Der Medicus auf dieser Burg hält nicht viel von Heilerinnen und ihren Methoden. Seht euch vor und geht ihm aus dem Weg.«

Die Frauen wechselten noch ein paar Worte, dann umarmten sie einander und Mejana machte sich auf den Weg zurück in ihr Dorf.

Nach dem Essen wurde Isabella zu Irmingard gerufen. Sie saß auf ihrer Bettkante und sah blass aus.

Isabella verbeugte sich: »Herrin, wie geht es Euch?«

»Mir geht es gut, aber Aegilus hat eine böse Unterkühlung von seinem Unfall davongetragen. Der Medicus behandelt ihn und lässt ihn immer wieder zur Ader.« Sie flüsterte: »Mit Gottes Hilfe wir er auch das überstehen. Mejana, du kennst sie ja bereits, hat mir eine Schale Fenchelsaft für ihn gegeben. Sie sagt, seine Brust habe das Rasseln und es helfe ihm. Und eine Medizin aus Enzian, um das Fieber zu senken, hat sie uns auch dagelassen. Sie kommt, wann immer sie kann, aber der Medicus möchte nicht, dass sie uns behandelt. Und in Bannacker sind plötzlich mehrere Kinder und Erwachsene an einem Fieber erkrankt, da muss sie dort helfen.«

Isabella fragte: »Darf ich ihn sehen?« Insgeheim dachte sie: »Wenn er sich eine Lungenentzündung eingefangen hat, dann kann das böse enden. Hoffentlich hilft ihm Mejanas Medizin.«

»Ich gehe mit hinüber. Er hatte noch gar keine Möglichkeit, sich für seine Rettung zu bedanken.«

Aegilus lag fiebernd und heiß in seinem Bett und redete wirr in Fieberträumen. Er sah schwach und mitgenommen aus.

Die Vorhänge seiner Bettstatt hatte man aufgezogen, um ihm Kühlung zu verschaffen.

Isabella stellte sich zu ihm und fragte: »Darf ich?«

Auf die einladende Handbewegung Irmingards hob sie die Decke zu seinen Füßen an und fühlte an seine Unterschenkel und Füße.

»Die Füße sind warm. Wenn Ihr erlaubt, mache ich ihm feuchte Wickel. Das sollte das Fieber senken.«

So ließ sie sich handwarmes Wasser und Tücher bringen, machte Aegilus feuchte Wickel an den Unterschenkeln und tupfte seine Stirn und Brust mit einem feuchten Tuch ab. Sie blieb eine Weile bei ihm, wechselte immer wieder die Wickel und flößte ihm Tee und die Medizin ein, die Mejana für ihn zubereiten hatte lassen.

Und tatsächlich zeigte die Behandlung nach und nach Wirkung. Jeden Tag ging es ihm ein klein wenig besser. Seine Genesung sprach sich herum wie ein Lauffeuer. Theoderich war bester Laune, Irmingards Hautfarbe hatte wieder ein zartes Rosa angenommen.

Leondora und Isabella wurden in einem Raum im Haupthaus einquartiert, damit sie stets zur Stelle waren, wenn man sie brauchte. Die beiden hatten allerdings andere Pläne: Sie gingen im Garten spazieren und überlegten, wie sie am besten verschwinden sollten in Richtung Burg Löwenhaag. Sie mussten unbedingt so schnell wie möglich aufbrechen. Aegilus war nun genesen, und sonst hielt sie hier nichts.

Schließlich erbaten sie sich Zeit für einen Besuch bei Mejana, um heimlich alles für ihre Abreise vorzubereiten. So wanderten sie nach Bannacker, besprachen alles mit Mejana und verbrachten ein paar schöne Stunden miteinander.

Sie verabschiedeten sich und verließen die Hütte, um die Pferde zu holen und mit ihnen zu verschwinden, als zwei Reiter mit zwei weiteren Pferden am Zügel im straffen Galopp ankamen. Sie sprangen direkt auf dem Weg vor Mejanas Hütte ab und kamen die Böschung herunter.

»Bei der Herrin haben die Wehen eingesetzt! Sie will euch bei sich haben. Kommt!« Leondora erwiderte, dass sie noch kurz austreten müsse und Isabella holte die Tasche mit all ihren Sachen.

Als Leondora aus dem Wald zurückkam, jammerte sie: »Ich hatte so stark das Gefühl, Wasser lassen zu müssen. Aber dann kam kaum etwas und es brannte so scheußlich. Und jetzt bekomme ich noch Bauchschmerzen dazu.«

Mejana nickte nur wissend, während Isabella dachte: »Hört sich nach Blasenentzündung an.« Mejana wandte sich an Leondora.

»Reite nur. Isabella soll dir etwas von dem Presssaaft des Sonnentau geben. Ich komme auf die Burg, bringe Goldwundkraut mit und werde dir eine Abkochung von Eibisch mit Wein bringen, die du gegen die Krankheit im Unterleib trinken kannst.«

Isabella fügte hinzu: «Und trink soviel Wasser, wie du kannst. Du wirst oft austreten müssen. Tu das, auch wenn es momentan noch schmerzt. Das spült die Krankheit hinaus.»

So ritten die beiden nach Burgwalden auf Burg Schadeck, statt über Augsburg Richtung Löwenburg. Als sie im Gemach Irmingards eintrafen, lag diese im Bett und stöhnte bei jeder heranrollenden Wehe. Ihre Damen hatten Räucherwerk im Zimmer abgebrannt, so dass die Luft im Hals kratzte. Isabella hätte gerne die Fester geöffnet, aber das durfte sie sich nicht erlauben. So stand sie untätig in der Ecke und harrte der Dinge, die da kommen sollten.

Nach schier endlosen Strapazen gebar Irmingard schließlich ein kleines Mädchen, das sofort in vorgewärmte Tücher gewickelt und seinem Vater gezeigt wurde. Isabella und Leondora atmeten erleichtert auf, dass alles gutgegangen war.

Sie wollten gerade das Zimmer verlassen, als eine der Damen rief: »Sie blutet, seht!« Hecktisches Treiben setzte ein.

»Holt den Medicus!«, riefen die einen.

»Wir brauchen die Heilerin!«, flüsterten die anderen.

Die Augen richteten sich auf Isabella. Sie selbst starrte auf das rot gefärbte Laken und überlegte fieberhaft, was die Ursache sein konnte. Eine Gebärmutterblutung vielleicht. Dann konnte sie sie nicht das Mindeste für Irmingard tun – mit nichts in der Hand. Irmingard würde verbluten!

In dem Moment ging die Türe auf, und Mejana war im Begriff einzutreten. Sie schien die Situation schnell zu erfassen, lief zum Tisch und schüttelte aus ihrer großen Umhängetasche zahlreiche Täschchen, irdene Tiegel und in Tücher eingewickelte Kräuter heraus.

Sie winkte Isabella zu sich und gab ihr Anweisungen: »Wir brauchen das Beutelschneiderkraut. Kennst du es? Es ist blutstillend, auch bei Blutungen nach Geburten. Zinnkraut und Allheil habe ich auch dabei. Gott sei`s gedankt, ich habe vorsichtshalber alles mitgenommen, was bei einer Geburt benötigt werden könnte. Richte es her, bitte, und beeil dich!«

Isabella schluckte. Zinnkraut hatte sie schon mal gehört. Das war Schachtelhalm. Aber was war Allheil? Welche von den Pflanzen konnte blutstillend sein? Da fiel ihr Blick auf die Schafgarbe. Sie legte sie mit heraus. Mejana nickte zustimmend, als sie zum Tisch kam.

Mejana begann in schnellem Tempo die Kräuter zu verarbeiten. Trotz ihres hohen Arbeitstempos strahlte sie eine wohltuende Ruhe aus und gab immer wieder den Mägden oder Isabella Anweisungen, bis Richard von Minderstein den Raum betrat.

Der Medicus ging zu Irmingard ans Bett. Er sah sie an, setzte sich ans Bett und holte ein paar Utensilien aus seiner Tasche. Als er zum Aderlass ansetzte, kam aus Irmingards Mund nur ein schwaches »Aber...«

Er setzte den kleinen Schnitt und meinte: »Wenn das Blut oben heraus kommt wird es unten versiegen.«

Das Blut rann an ihrem Arm entlang und tropfte in eine untergestellte silberne Schüssel. Isabella raunte Mejana sarkastisch zu: »Wenn er so weitermacht, wird sie bald kein Blut mehr haben, das wo rauslaufen könnte.«

Der Medicus erhob sich, kam auf die beiden zu und fuhr sie an: »Gefällt euch meine Behandlung nicht? Ihr seid doch nur zwei Pfuscher, die sich rühmen, die Heilkunde auszuüben. Aber hier kommt ihr mit eurem Hexenwerk nicht weiter.«

Dann stolzierte er hoch erhobenen Hauptes an ihnen vorbei zur Türe.

Im Türrahmen gab er noch Anweisungen an eine der Mägde: »Bringt ihr starken, gewürzten Wein, damit sie wieder zu Kräften kommt.«

Sobald er zur Türe hinaus war, lief Isabella zu Irmingard. Sie war einer Ohnmacht nahe. Isabella hob ihren Arm an und verband ihn, damit dort kein Blut mehr herausquoll. Aber die Gebärmutterblutung war nicht gestillt. Sie würde trotz allem verbluten!

Mejana schickte alle Damen bis auf eine hinaus. Dann sah sie sich die Blutung genauer an und behandelte Irmingard mit ihrer Medizin. Beunruhigt fühlte Isabella Irmingards Puls. Er gefiel ihr gar nicht. Er war weich, fadenförmig, beschleunigt. Kein gutes Zeichen. Irmingard hatte kaum noch Lebenskraft. Doch sie hatten Glück. Langsam versiegte die Blutung. Nach und nach kam sie zum Stillstand.

Isabella atmete erleichtert auf. Irmingard bekam Wasser zu trinken und schlief dann vor Erschöpfung ein.

Während sie bei Irmingard wachten, trat Leondora zu Isabella: »Hast du schon vielen Geburten beigewohnt?«

»Nein, das war meine erste.«

»Warum? Kennst du niemanden, der schon ein Kind geboren hat?«

»Wenige. Und eine Geburt ist bei uns sehr abgeschieden. Aus der natürlichen Geburt ist ein technischer Akt geworden. Was seit jeher ein natürlicher Vorgang war, wird von vielen als riskant und lebensbedrohlich angesehen. Du hast ja selbst gerade erlebt, was alles passieren kann. Möglichst jede Geburt wird ins vermeintlich sichere Krankenhaus verlagert.«

»Wohin?«

»In ein Hospital.«

»Aber die Gebärenden sind doch nicht krank!«

»Hm, ja. Stimmt. Aber sie haben Angst, dass ihnen etwas zustoßen könnte.«

»Ihr habt aber merkwürdige Gepflogenheiten. Dabei sind diese Frauen guter Hoffnung.«

»Ja, ich weiß. Sie könnten es ein bisschen mehr wörtlich nehmen.«

»Wirst du auch dorthin gehen, wenn es bei Dir einmal so weit ist?«

»Das ist eine gute Frage, aber, ehrlich gesagt, hab' ich mir die noch nie gestellt.« Sie überlegte kurz. »Wahrscheinlich kann man sie nur mit Sicherheit beantworten, wenn es soweit ist. Es ist doch so: sobald man wählen kann, hat man auch die Qual der Wahl.«

»Ist doch ausgezeichnet, die Wahl zu haben, wenn bei der Niederkunft nichts mehr passieren kann.«

»Passieren kann immer etwas, auch wenn bei uns die meisten Geburten problemlos über die Bühne gehen, gleichgültig, wo sie stattfinden. Wir können zwischen Krankenhaus, Geburtshaus und einer Geburt Zuhause mit Hilfe der Hebamme wählen.«

»Dann werden dein Gemahl und du nach Gutdünken die Entscheidung treffen können. Das sind doch beste Aussichten«

Leondora wandte sich an die in der Kammer verbliebene Dame: »Gute Frau, warum hat keine Hebamme der Geburt beigewohnt?«

Die Antwort verblüffte sie: »Sie ist kürzlich am Antoniusfeuer erkrankt. Sie haben, wie Mejana aufgetragen hatte, gepressten Minzesaft mit Schwefel und Essig verrieben und ihr mit einer Feder aufgestrichen, aber sie ist trotzdem gestorben. Kein schöner Tod, das kann ich dir sagen!«

Mindestens eine Frau hielt immer bei Irmingard Wache. So vergingen die Tage. Isabella und Leondora freuten sich zu sehen, dass sie langsam wieder zu Kräften kam. Gehaltvolle Hühnersuppe und reichlich verdünnter Wein taten ihr Übriges dazu.

Auch ihre kleine Tochter gedieh prächtig. Die Amme kümmerte sich rührend um die Kleine. Aber an eine Abreise war nicht zu denken. Eine Flucht schien unmöglich. Sie wurden auf Schritt und Tritt von den Damen Irmingards oder Bediensteten der Burg begleitet. Auch Mejana kam nur selten vorbei und auch dann nur, um Arznei abzugeben. Für Unterhaltungen bot sich keine Möglichkeit.

Der Hausherr war seit der Geburt sehr guter Laune und hatte das freudige Ereignis ausgiebig gefeiert. Doch wie aus heiterem Himmel schlich er beim Frühmahl unverhofft missmutig zur Tafel, nein er hinkte und fuhr die Dienerschaft beim Auftragen des Mahles bei jeder Kleinigkeit an. Isabella fiel auf, dass er nicht so reichlich zulangte, wie sonst. Sie wurde neugierig und passte nach dem Mahl eine der geschwätzigen Mägde ab, um sie zu fragen, was denn mit dem Burgherren los sei.

Die Magd schaute sich verstohlen um, dann erzählte sie im Flüsterton: »Der Herr hat wieder einmal plötzlich des Nachts Schmerzen im Fuß bekommen. Die hat er öfter mal. Da tut ihm der Zeh weh, hab‘ ich gehört. Hat wohl was mit dem Essen zu tun. Angeblich hat der Medicus gesagt, er soll ein paar Tage lang nichts essen. Aber unser Essen ist doch gut!« Sie kam noch näher und flüsterte: »Seither ist der Herr sehr schlecht gelaunt. Und ich habe gehört, dass sein Fuß ganz rot und heiß ist. Und er soll starke Schmerzen haben. Hoffentlich ist es nichts Schlimmes! Nicht, dass wir bald ohne den Herrn dastehen! Die Herrin kann die Burg unmöglich alleine führen!«

Die Magd steigerte sich so in ihre Angst, dass Isabella ihr beruhigend zuredete: »Ich glaube nicht, dass es was Ernstes ist. Du wirst sehen, bald ist er wieder ganz der Alte.«

Sie hielt nicht viel von Getratsche, Schauergeschichten und Hörensagen, aber die Beschreibung hörte sich ganz nach einem

Gichtanfall an. Kein Wunder bei dem vielen üppigen Essen. Der Medicus hatte ihm offenbar eine Diät verordnet.

Wenn er den Herzog tatsächlich während eines Schubes radikal auf Diät gesetzt hatte, dann hatte vielleicht das Hungern den Anfall verschlimmert oder einen neuen Schub ausgelöst. Allerdings hatte der Herzog an der Tafel nicht so ausgesehen, als ob er Diät halten würde. Dazu kam, dass der Burgherr zwar viel trank, was eigentlich förderlich gewesen wäre. Doch leider hielt er sich bei der Tafel ans Bier, das wiederum den Harnsäurespiegel erhöhte und damit erneut Anfälle auslösen konnte. Isabella dachte auch an die Berge von Fleisch, Wild und Innereien, die an der Tafel stets auf seinen Teller gewandert waren. Mit etwas Mäßigung, den richtigen Speisen, kühlenden Umschlägen, Ruhe und viel frischem Wasser wäre ihm besser geholfen gewesen. Auch Blutegel hätten hier Linderung verschaffen können. Sie selbst jedenfalls würde sich aus der Sache raushalten. Sie mischte sich lieber nicht mehr in fremde Angelegenheiten ein. Der Herzog vertraute dem Mediziner, der Medicus hasste sie, und sie wollte keinesfalls mit schlauen Ratschlägen wieder die Aufmerksamkeit auf sich lenken. Isabella dachte an ihren Ausbilder in der Naturheilkunde, der einmal erklärt hatte: »Ihr könnt nur den Patienten helfen, die sich helfen lassen wollen – die bereit dazu sind.« Damit hatte er wirklich Recht gehabt. Manche Patienten brachten es nicht fertig, ihr Leben zu ändern, um gesund werden zu können. Selbst wenn der Herzog gewusst hätte, was er von seinem Speiseplan streichen muss, er hätte sich niemals einschränken lassen. Also kümmerte sie sich nicht weiter um die Gicht und die schlechte Laune des Herzogs. Sie hatte genug mit ihren eigenen Angelegenheiten zu tun. Sie mussten unbedingt einen Weg finden, die Burg zu verlassen. So bald wie möglich.

Doch dann erkrankte Aegilus. Es fing mit Halsschmerzen an, das Schlucken tat ihm weh, dann hatte er plötzlich hohes Fieber und musste sich übergeben. Wie aus dem Nichts sei es gekommen, erzählte die Kinderfrau. Der Medicus sei schon bei ihm. Isabella sah Richard vom Minderstein aus Aegilus‘ Kammer gehen. Seine Tasche hatte er wie immer dabei.

Sobald er nicht mehr zu sehen war, schlüpfte Isabella in Aegilus‘ Zimmer. Er lag in seinem Bett und sah schon von weitem schlecht aus. Isabella trat näher. Sein Arm war verbunden. Sicher hatte der Medicus wieder einen Aderlass gemacht.

»Aegilus, ich bin es, Isabella. Darf ich näher kommen und dich untersuchen?«

Er sah sie an und nickte nur schwach.

Isabella setzte sich zu ihm aufs Bett. Sie ließ sich seine Zunge zeigen. Sie war weiß belegt und rote Pünktchen ragten vereinzelt heraus, der Rachen war hochrot. Auch sein leichter Mundgeruch fiel ihr auf. Seine Lippen waren rot, die Backen auch, aber die Region um den Mund herum blieb weiß. Ein Verdacht drängte sich Isabella auf. Eine bakterielle Infektion – das Schreckgespenst Scharlach, wenn sie sich im Vollbild zeigte. Sie fühlte nach geschwollenen Lymphknoten am Unterkiefer und sah sich seine Leiste und die Achseln an, ob sie eine Rötung erkennen konnte. Nein, aber die Stecknadelkopf großen, roten Flecken waren ja meist nur für wenige Stunden sichtbar. Sie war sich trotzdem sicher: Scharlach! Oh nein! Das war im Mittelalter eine äußerst gefährliche Infektionskrankheit, an der viele Kinder starben. An den möglichen Komplikationen oder am Rheumatischen Fieber, das ihr manchmal folgte. Was sollte sie nur tun? Als Heilpraktikerin wäre ihr die Behandlung dieser Streptokokkeninfektion verboten gewesen. Dabei war sie ja noch gar keine. Und sie war hier im Mittelalter. Mit nichts in der Hand…

Isabella wurde aus ihren Gedanken gerissen, als die Türe aufging. Eine der Mägde, Maria, kam herein und hatte einen Korb mit getrockneten Kräutern dabei.

Sie schaute sich nervös um und flüsterte: »Der Medicus hat gesagt, Aegilus hat das Fieber. Und dass Räucherungen mit Zweigen und Beeren des Kranawit helfen, damit der Herr ihn noch nicht zu sich in den Himmel ruft.«

Sie legte den getrockneten Wacholder auf große Platten und zündete ihn an. Der entstehende Rauch breitete sich im gesamten Zimmer aus und nahm einem schier den Atem. Das konnte nicht gesund sein!

Sobald Maria den Raum verlassen hatte, deckte Isabella Aegilus gut zu und riss die Fenster auf, um den beißenden Qualm hinaus zu lassen. Sie hatte gerade die Fenster wieder geschlossen, als der Medicus herein kam und sie des Zimmers verwies. Beunruhigt gesellte sie sich zu Leondora, die sich auf dem Hof mit Maria unterhielt.

Kurze Zeit später überquerte der Medicus weiter hinten ebenfalls den Hof, in ein Gespräch mit einem edel gewandeten Herrn mit langen schwarzen Haaren vertieft, der seinen linken Arm dick verbunden hatte. Der Fremde war stattlich und groß, doch als er den Kopf in Isabellas Richtung wandte, fiel ihr sein verschlagener Gesichtsausdruck auf. Seine tief liegenden, kleinen Augen über der spitzen Nase wanderten über den Hof, so dass sein strenger Blick Isabella kurz streife. Sein Gesicht erinnerte sie an einen Habicht. Mit diesem Mann war sicher nicht gut Kirschen essen. Ins Gespräch vertieft kamen die beiden Männer näher. Im Vorbeigehen nickte der Fremde zwei von Irmingards Damen zu und setzte so etwas wie ein Lächeln auf, doch schon ehe er sich wieder umdrehte, war das Lächeln von seinem Gesicht verschwunden.

Ein unangenehmer Mensch, dachte Isabella. Seine Augen hatten das vermeintliche Lächeln nicht mitgetragen. Sie selbst und Leondora hatte er gar nicht beachtet.

»Wer ist das?«, fragte sie die Magd.

Maria antwortete »Das? Das ist Darno de Vilain, ein Gast aus Frankreich. Er spricht kaum unsere Sprache, nur Französisch.«

»Aber mit Richard von Minderstein scheint er sich gut zu verstehen.«

»Ja, die beiden stecken häufig zusammen.«

»Und warum ist sein Arm so dick verbunden?«

»Er hat sich auf der Jagd eine Wunde am Unterarm zugezogen. Der Medicus hat mich Öl aufkochen lassen und es auf die Wunde gegossen, um damit die Eiterbildung zu unterbinden, aber es eiterte eher noch mehr.«

Gedankenversunken schaute Isabella den beiden Männern nach und fragte sich, warum die die Wunde nicht mit Wein behandelt worden war. Schon Galen hatte die desinfizierende Wirkung von Wein gekannt.

Da kam der Narr aus der Burg auf die Frauen zu. Seine bunte Kappe wippte bei jedem Schritt und lies ein helles Klingen der Glöckchen ertönen.

»Die die die H.. H.. Herrin v v v verlangt nach eu eu euch.«

»Ja, wir kommen«, antwortete Leondora.

Der Narr ging voran, Leondora, Isabella und Maria folgten ihm.

»Das ist Raff«, flüsterte Maria. »Er ist schwerhörig und stottert, aber er ist ein netter Kerl, und unser Herr liebt seine Späße.«

Irmingard saß an ihrem Tisch und kämmte sich das Haar, als die Frauen eintraten. Sie kam gleich zum Thema: »Ihr habt es ja sicher schon gehört: Aegilus ist am Fieber erkrankt. Es geht ihm sehr schlecht. Jetzt bin ich gerade über den Berg, habe eine kleine Tochter, und nun haben wir das Fieber im Haus. Was sollen wir nur tun?«

»Was ganz wichtig ist«, überlegte Isabella laut, »ist, dass sich jeder, der bei ihm ist, gut die Hände wäscht. Mit Seife und viel Wasser. Jeder und jedes Mal. Auch Aegilus soll sich öfter die Hände waschen. Das Wasser muss dann immer erneuert werden. Und lasst Tee aus Salbei und Thymian kochen. Mit dem gurgelt ihr täglich mehrmals. Auch Aegilus. Und sein Geschirr und der Löffel sollten mit Essig abgerieben werden, ehe sie gewaschen werden.«

»Was soll das denn bringen?«, wollte Irmingard wissen.

Was sollte Isabella darauf antworten? Dass es Bakterien seien, Streptokokken genauer gesagt, und dass sie es so genau wüsste, weil sie aus der Zukunft käme? Wohl kaum.

Also meinte sie nur lapidar: »Ich habe es so gelernt, und es hat sich schon mehrfach bewährt. Alles, was mit Aegilus in Berührung kommt, muss gewaschen, am besten ausgekocht werden. Lüftet öfter mal sein Zimmer und wenn er husten muss, dann soll er in seine eigene Armbeuge husten, so.«

Sie demonstrierte es. Irmingard nickte. Sie verstand zwar den Sinn nicht und es mutete auch fremd an, aber sie gab Anweisung, alles so zu machen.

Es war erstaunlich, aber niemand sonst erkrankte auf der Burg an dem Fieber. Doch leider ging es Aegilus von Tag zu Tag schlechter. Er war so matt, die Lebenskraft schien ihn zu verlassen. Als dem wimmernden, leidenden Kind dann noch der Eiter aus den Ohren floss, war Isabella klar, dass die Medikamente nicht ausreichen würden. Der Medicus kam mehrfach am Tag, schickte alle hinaus und verließ nach zehn Minuten das Krankenbett. Danach schlief Aegilus meist lange und erschöpft. Nichts half. Schließlich ließen sie nach dem Pfarrer rufen, um Aegilus die letzte Ölung geben zu lassen. Der Medicus ließ niemanden mehr zu ihm, außer der Magd Malvina, die ihn versorgen musste.

***

»Ich bin mit meinem Latein am Ende.«

Zerknirscht legte Isabella den Kopf in die Hände. Sie saß in ihrem Zimmer auf dem Bett und hatte ihre Umhängetasche neben sich liegen. Sie wollte sich nicht damit abfinden, dass das Kind förmlich unter ihren Händen wegstarb. So hilflos zusehen zu müssen war grauenvoll. Plötzlich hatte sie eine Idee. Sie holte ihre alte Tasche aus der Umhängetasche, durchwühlte sie und schüttete schließlich den kompletten Inhalt auf dem Bett aus. Da war es! Das hatte sie gesucht. Das könnte die Rettung sein. Sie betrachtete die kleine Pappschachtel mit dem Blister in ihrer Hand. Ja, das war vielleicht die Lösung. Einen Versuch war es wert. Sie hielt das Breitbandantibiotikum in Händen, das sie Zuhause wegen ihrer angehenden Mittelohrentzündung vorsichtshalber bekommen hatte, die dann aber auch ohne das Medikament abgeklungen war. Nur kam sie jetzt nicht mehr an Aegilus ran.

Sie drückte die zehn Tabletten heraus und legte sie in eine kleine Schüssel. Mit dieser ging sie zu Malvina und gab ihr Anweisung, Aegilus jeden Tag eine davon mit Wasser schlucken zu lassen. Sie sollte ihm gleich die erste Tablette geben.

Malvina nahm die Schüssel an sich und verschwand.

Am Abend des nächsten Tages kam Malvina aufgeregt angelaufen: »Stellt euch vor, es geht Aegilus besser. Es ist wie Zauberei. Er sitzt in seinem Bett und hat etwas zu Essen verlangt. Das ist Hexenwerk.«

Ein geschnitztes Figürchen hing an einem ledernen Band um den Hals der Magd.

»Was ist das denn Hübsches?« fragte Isabella interessiert. Es schien neu zu sein und war bestimmt sehr teuer. Besorgt bemerkte sie Malvinas abwehrende Geste und ihren düsteren Blick.

Gedankenverloren fasste Malvina an das Figürchen. »Das ist aus Alraunenwurzeln geschnitzt. Es schützt vor allem Zauber.«, entgegnete sie kurz, knickste und verließ eilig das Zimmer.

Isabella beschlich ein ungutes Gefühl, das sie nicht benennen konnte.

Später am Abend, auf dem Weg zum großen Saal, blieb Isabella ein Stück vor dem Torbogen, den sie gleich durchqueren musste, stehen, da unweit von ihr am Fuße des Treppenaufganges Richard von Minderstein und Darno de Vilain leise miteinander sprachen. Sie waren nur ein paar Meter von ihr entfernt ebenfalls auf dem Weg in den Saal und flüsterten fast. Es wirkte, als sei ihr Gespräch nicht für fremde Ohren bestimmt. Isabella schnappte nur ein paar Gesprächsfetzen auf:

»Oui, assassiner Aegilus... bien sur, ...avec ... herbe... je ne sais pas en français ... Helmgiftkraut ... Aconitum ... très toxique ... empoisonner... Isabella...«

Sie wollte gerade leise umdrehen, als Darno stehen blieb und den Kopf wandte. Er musste sie bemerkt haben, denn er fauchte in Richtung des Medicus: »Arrête de parler!«

Es schien fast, als ob die beiden sich bei irgendetwas ertappt fühlten.

Und genauso empfand auch Isabella. Sie war entdeckt! Keine Möglichkeit, der Situation zu entfliehen. Also ging sie betont langsam und scheinbar unbeteiligt mit einem freundlichen Kopfnicken an ihnen vorbei in den Saal. Aus den Augenwinkeln sah sie den Blick, den die beiden einander zuwarfen. Er ließ ihr fast das Blut in den Adern gefrieren. Dass sie hier äußerst unerwünscht war, stand fest, aber diese offene Feindschaft konnte man direkt spüren. Sie versuchte ihre Gedanken zu ordnen. Was hatte sie eben gehört? Ergab es einen Sinn? Ihr Schulfranzösisch war schon etwas eingerostet, aber wenn sie eben richtig verstanden hatte, dann hatten die beiden über Vergiften gesprochen und sich über ein Gift unterhalten: Aconitum. Eisenhut. Planten die beiden einen Giftanschlag?

Isabella hatte einmal gelesen, dass der Tod bei Vergiftung mit Eisenhut besonders qualvoll sei. Sie hatte sich bestimmt verhört. Auf wen sollten die beiden einen Giftanschlag verüben wollen? Aber sie hatte Aegilus' Namen eindeutig verstanden. Und ihren eigenen. Was sollte sie nur tun? Sie konnte nicht einfach zu Irmingard gehen und ihr erzählen, ihr Arzt plane einen Mordanschlag!

Im Saal wartete Leondora schon an der Tafel. Aber sie war von Leuten umringt, und so war ein privater Wortwechsel unmöglich.

Isabella hatte das Gefühl, dass der Medicus sie eigenartig musterte. Darno dagegen ließ sich nichts anmerken. Entweder hatte er <ein reines Gewissen und sie hatte sich das nur eingebildet. Oder aber er hatte nicht den Eindruck, dass sie

eine Gefahr für ihn darstellte. Erstens sprach eine Heilerin normalerweise kein Französisch, hätte das Gespräch also nicht verstehen können. Außerdem: Wem würden sie wohl glauben? Einem adeligen französischen Gast oder einer fremden Heilerin, die hier nur auf der Durchreise war?!

Die Speisen rochen verführerisch. Um sie herum bedienten sich alle reichlich, unterhielten sich lautstark und scherzten. Isabella jedoch stocherte nur lustlos in ihrem Essen herum und brachte keinen Bissen hinunter.

Leondora legte den Kopf leicht schräg und sah sie fragend an. Dieser Blickkontakt reichte aus, dass die beiden sich so schnell wie möglich von der Tafel erhoben und darum baten, sich zurückziehen zu dürfen.

Sie gingen Richtung Türe des Palas, doch da es draußen in Strömen goss, konnten sie weder in den Hof, noch in den Garten gehen. Blieb man im Haus, musste man immer gewärtig sein, Zuhörer zu haben. So traten sie durch das Portal hinaus und rückten unter einem kleinen Vorsprung an der Türe zusammen, um vor dem herab prasselnden Regen geschützt zu sein.

»Ist etwas passiert? Ihr seid so blass um die Nase.«

»Ich habe ein Gespräch zwischen dem Medicus und Darno mitbekommen. Sie sprachen französisch, und ich habe nur Satzfetzen verstanden. Aber ich habe den Eindruck, dass sie einen Giftmord planen. Mit Aconitum - Eisenhut. Ich befürchte, sie wollen Aegilus umbringen. Oder mich. Ich habe meinen Namen auch ganz deutlich verstanden.«

»Wir müssen hier verschwinden, aber vorher irgendwie Irmingard warnen.«

»Ich weiß, aber wir können doch nicht einfach hineinspazieren und den Medicus und ihren Gast beschuldigen.«

Da öffnete sich die Türe einen Spalt breit und Raff trat zu den beiden, schaute sich um, ob jemand in der Nähe war und flüsterte ihnen zu: »Ihr seid hier nicht mehr sicher! Malvina hat dem Medicus eine Zaubermedizin gegeben, die Isabella Aegilus verabreichen ließ. Daraufhin haben sie eure Kammer durchsucht und in deinem«, er zeigte auf Isabella, »Sack wohl verdächtige Dinge gefunden. Jetzt wollen sie euch der Hexerei anklagen.«

Leondora riss vor Schreck die Augen auf, Isabella hielt sich erschrocken die Hand vor den Mund und brachte nur noch heraus: »Meine Sachen! Oh nein!«

Sie dachte an ihr Handy und all die modernen Dinge aus der Zukunft. Wie sollte sie die erklären?

Leondora fragte: »Woher weißt du das? Ich dachte du hörst schlecht und stotterst.«

»Es ist immer gut, wenn man unterschätzt wird. Ich habe Richard von Minderstein belauscht. Ich zeige euch einen geheimen Ausgang. Ihr müsst gehen. Sofort!«

Es regnete in Strömen, sie hatten keine Reiseumhänge an und nichts dabei. All ihre Sachen waren in ihren Gemächern – oder bereits bei Theoderich von Hankor, der nun sicher falsche Schlüsse zog.

Trotzdem folgten sie Raff über den Hof zu einer etwas abgelegenen Mauer, als mehrere Wachen auf sie zukamen.

Einer der Männer rief: »Halt! Unser Herr wünscht euch zu sehen. Und du, Narr, verschwinde! Die verhexen dich sonst auch noch.«

***

Im Saal warteten bereits Theoderich von Hankor, Richard von Minderstein, Darno de Vilain und ein Teil der Bediensteten. Die drei Männer saßen auf hölzernen Stühlen, die mit Kissen belegt und zu einem Halbkreis zusammengerückt worden waren. Die Wache zwang die beiden Frauen unsanft vor dem „Tribunal" auf die Knie. Der Regen rann ihnen von den Haaren und ihre Kleider hinterließen kleine Pfützen am Boden.

Der Medicus winkte eine Magd herbei, die in einem Kreis um die beiden Frauen getrockneten Fenchel verstreute.

Er keifte: »Das ist ein guter Schutz vor bösem Zauber, Dämonen und Hexenkräften. Ihr könnt uns nichts anhaben.«

Theoderich richtete das Wort an die beiden Frauen: »Unser hochgeschätzter Medicus Richard von Minderstein kommt mit einer ungeheuren Anschuldigung zu uns. Er klagt euch der Hexerei und der Zauberei an. Ihr sollt mit dem Teufel im Bunde sein und Aegilus einen bösen Zauber angehängt haben, so dass er schwer erkrankte. Dann habt Ihr ihn mit Zauberpillen verhext. Was sagt ihr dazu?«

Der Medicus ließ die beiden Frauen allerdings gar nicht zu Wort kommen, sondern rief sofort: »Und ich kann es beweisen!«

Auf sein Zeichen trat aus dem Pulk der Beobachter eine fremde Frau heraus. Sie sah verängstigt zu Boden.

»Erzähle Deinem Herrn, was du beobachtet hast«, wies der Medicus sie an.

Leise begann die Frau zu erzählen: »An jenem Tag, an dem euer Sohn, Aegilus, in den See gefallen war, trieb er schon lange regungslos im Wasser. Die Hexe da« -sie deutete auf Isabella- »ist durch das Wasser geglitten wie ein Fisch, hat ihn ohne menschliche Hilfe ans Ufer gebracht, ihn ausgezogen und ihm dann Leben eingehaucht. Er war schon tot! Sie hat ihn auf der Brust berührt, ihn auf die Nase geküsst und ihm ihren Geist eingehaucht, bis er wieder aufgestanden ist. Das ist Zauberei! Das ist nicht mit rechten Dingen zugegangen!«

»Danke.«

Der Medicus machte ihr mit einer Handbewegung klar, dass sie zurück in die Menge gehen sollte.

»Maria, Ihr wolltet Eurem Herrn auch etwas erzählen?«

Maria trat vor und blickte betreten zu Boden.

»Herr, ich habe beim Aufräumen in Isabellas Kammer eine Tasche mit gar merkwürdigen Dingen entdeckt. Ich habe solche Sachen noch niemals zuvor gesehen und da habe ich es dem Medicus erzählt.«

Richard von Minderstein hob triumphierend Isabellas Umhängetasche hoch, holte aus ihr die moderne Tasche heraus und schüttete den gesamten Inhalt vor Isabella auf den Boden. »Was ist das für Teufelszeug? Wollt ihr es uns nicht erklären?«, schrie er sie an.

Isabella starrte auf die Gegenstände vor sich. Was sie auch sagen würde, sie könnten es nicht verstehen.

Sie sah zu Theoderich auf und setzte an: »Herr, so ist es nicht... .«

Aber weiter kam sie nicht, denn der Medicus schlug sie mit der flachen Hand ins Gesicht und schrie sie an: »Schweig, Hexe!«

Dann trat auf seinen Wink hin Malvina vor. Sie hielt das Schüsselchen mit dem Antibiotikum in der Hand, aber so weit wie möglich von sich weg, damit es ihr nichts anhaben konnte.

»Herr«, sagte sie, »die Hexe wies mich an, Eurem Sohn diese Zauberpillen zu geben. Und Ihr wisst selbst, dass er vom Totenbett aufgestanden ist, als wäre nichts geschehen. Sie hat ihn verhext. Ich habe in ihrem Zimmer Königskraut gefunden, mit dem sie Liebeszauber ausgeführt hat. Und ich habe gehört, wie sie der anderen«, -sie zeigte auf Leondora- »erzählt hat, dass sie Mandragora und Hexenkraut braucht - und Teufelskirsche. Weil sie Hexensalbe herstellen will.«

Ein Raunen ging durch den Saal.

Leondora und Isabella starrten beide entsetzt Malvina an. Warum nur erzählte sie solche Lügenmärchen?

Malvina blickte zu Boden und verschwand in der Menge.

»Das ist nicht wahr!«, keuchte Isabella, den Tränen nahe, ob solcher Ungerechtigkeit.

Leondora versuchte es ebenso: »Herr, Ihr werdet getäuscht. Isabella ist eine Heilkundige. Sie kennt sich gut mit Pflanzen aus und hat Eurem Sohn durch ihre Klugheit und ihr Wissen geholfen, nicht durch Hexerei!«

»Schweig!«, herrschte der Medicus nun Leondora an. »In Deinem Sack haben wir Myrrhe gefunden. Ist das nicht ein unheilabwehrendes Zaubermittel? Du bist Ihre Freundin. Also bist du nicht besser als sie!«

»Aber...«, setzte Leondora an, da schlug er auch ihr so hart ins Gesicht, dass die Stelle sofort feuerrot anlief.

»Du sollst schweigen, hab ich gesagt!«

»Herr«, wandte er sich an Theoderich, »ich würde vorschlagen, beide Hexen zu verbrennen. Ich kann gleich morgen einen Scheiterhaufen errichten lassen.«

Theoderich war aufgestanden und ging auf und ab.

Er blieb vor den beiden Frauen stehen: »Ich bin sehr enttäuscht von euch! Ich hätte nicht erwartet, mir mit meiner Gastfreundschaft zwei Schlangen ins Haus zu holen.«

Dann wandte er sich an die Wachen: »Schafft sie mir aus den Augen! Ins Verließ mit ihnen!«

Isabella schnappte nach Luft. Sie schrie: »Nein, das könnt Ihr nicht machen! Wir sind unschuldig. UNSCHULDIG! Glaubt ihnen nicht! Der Medicus will uns nur loswerden, um seinen verbrecherischen Plan auszuführen. Er ist derjenige, der Euch schaden will! Nein, lasst mich los!« Die Wachen entfernten sie unsanft aus dem Saal.

Zurück blieb ein böse lächelnder Richard von Minderstein inmitten der Unwissenden und der gewissenlosen, voreingenommenen Gesellschaft.

Er schrie ihnen noch durch die Türe nach: »Wir haben dem armen Aegilus bereits Johanniskraut als „fuga daemonum" verabreicht, um den Teufel auszutreiben.« Und triumphierend schob er nach: »Ihr habt keine Macht mehr über ihn!«

Dann fiel die Türe zu. Alle anderen blickten ihnen betroffen oder erschrocken nach, nur Darno saß entspannt auf seinem Stuhl und kraulte sich abwesend den Bart.

Die Wachen schubsten die beiden vor sich her und trieben sie die Steintreppe zum Verließ hinunter. Gegenwehr war zwecklos. Keine Chance, zu entkommen.

Als Isabella die Treppe nicht schnell genug hinab stieg, stieß eine der Wachen ihr den Schwertknauf in die Rippen, so dass sie stolperte und den Rest der Treppe hinunterfiel. Unten kam sie hart auf dem Boden auf. Ihre Schulter und ihr Knöchel schmerzten höllisch. Sie humpelte durch einen düsteren, muffigen Gang bis vor eine eiserne Türe, vor der schon eine weitere Wache wartete. Der Riegel der Kerkertüre schabte und quietschte, als ihn die Wache zurückschob.

»Rein da!«, befahl der Mann und schubste die beiden in die Zelle.

Als sich die Türe hinter ihnen geschlossen hatte, hörte man den Riegel wieder quietschen. Plötzlich waren Leondora und Isabella von absoluter Dunkelheit umgeben. Es war feucht und kühl, und es stank bestialisch nach Kot und Urin. Dazu kam der Modergeruch alter Gebäude, der hier unten um ein Vielfaches stärker war.

Beide Frauen blieben ganz nahe aneinander in der Nähe der Türe stehen, weil sie sich nicht weiter in den Raum hinein trauten. Unvorstellbar, was dort alles verborgen sein konnte.

Hier gab es bestimmt Ratten, Schimmel und gefährliche Keime, fürchtete Isabella. Ob noch jemand in dem Verließ war, vielleicht sogar gemeingefährliche Halunken, Mörder oder Verrückte? Es rührte sich nichts. Was für ein Albtraum! Vielleicht lagen hier halb verweste Leichen von anderen Inhaftierten, die die Kerkerhaft nicht überlebt hatten? Isabella konnte vor Schmerzen kaum stehen, aber sie traute sich nicht hinzusetzen. Welches Schicksal würde sie nun erwarten? Ängstlich klammerten sich die beiden Frauen aneinander

»Ich fasse es nicht!«, begann Leondora. »Ich war eine behütete Landgrafentochter, und nun sitze ich hier im Verließ eines fremden Herrschers und soll umgebracht werden. Wie konnte es nur soweit kommen?«

»Es ist meine Schuld!« Isabella klang resigniert. »Ich hätte wissen müssen, dass die Menschen in eurer Zeit jemanden wie mich als fremd und bedrohlich ansehen würden. Dabei habe ich mich so bemüht, mich anzupassen. Jetzt werde ich hier sterben und nie wieder heimkommen. Und du gehst mit mir unter. Es tut mir so leid, Leondora! Wäre ich nur nie in dieses blöde Institut gegangen!« Tränen rannen ihr übers Gesicht.

Die beiden umarmten einander lange und versuchten neben der Hoffnungslosigkeit nicht auch noch in Panik zu verfallen.

Irgendwo weiter hinten tropfte Wasser auf den Steinboden. Eine Weile hörte man nichts, außer dem eintönigen „dop" ... „dop" ... „dop" der Tropfen.

Eine Ewigkeit schien in der drückenden Dunkelheit vergangen zu sein, da hörten sie wieder das Quietschen des Riegels. Erschrocken drehten sie sich zur Kerkertüre, durch die nun ein kleiner Lichtschein fiel.

»Was ist jetzt los?«, fragte Isabella panisch. »Kommen sie uns schon holen? Werden sie uns foltern?«

Aber zu ihrer großen Überraschung schlüpfte Irmingard durch den Türspalt herein. Sie trug eine Fackel und hatte einen Korb am Arm hängen.

»Raphael hat mich geholt«, sagte sie.

Nach einem Blick auf die beiden Frauen setzte sie nach: »Raff, der Narr. Er ist ein zuverlässiger Vertrauter. Ich kann die Anschuldigungen nicht verstehen. Isabella, du hast uns so viel geholfen! Ohne Mejana und dich wäre ich im Kindbett verblutet und ohne dich wäre Aegilus ertrunken und später am Fieber gestorben. Ich kann einfach nicht glauben, dass ihr Hexen sein sollt! Ich muss einen Weg finden, euch hier raus zu holen. Sie wollen in ein paar Tagen einen Scheiterhaufen für euch errichten. Ich werde alles in meiner Macht stehende tun, das zu verhindern. Fürs Erste habe ich euch Decken, etwas Wein, Käse und Brot und zwei Talglampen mitgebracht, damit ihr hier nicht so leiden müsst. Es tut mir so unendlich leid. Ich werde tun, was ich kann.«

Dankbar erwiderte Leondora: »Ich danke Euch für Euren Mut, Irmingard. Wir haben mit Hexerei nichts zu tun und hatten stets nur Gutes im Sinn. Ich verstehe nicht, warum sie uns das antun.«

Da wandte sich Isabella an Irmingard: »Ich fürchte, ich weiß warum, Irmingard. Ich muss Euch warnen! Ich habe ein Gespräch zwischen Darno und dem Medicus mitbekommen. Sie sprachen französisch miteinander, aber das habe ich früher einmal gelernt. Ich befürchte, sie planen einen Giftmord! Es fiel das Wort Aconitum, das ist Helmgiftkraut, auch blauer Eisenhut genannt; eine äußerst giftige Pflanze, mit der öfter unliebsame Personen aus dem Weg geräumt werden. Und sie haben Aegilus' und meinen Namen genannt. Bitte lasst alles, was euer Sohn zu Essen, Trinken oder an Arznei bekommt, überprüfen! Und noch eine Bitte: Die Pillen, die ich ihm verordnet habe: Es sind keine Zauberpillen. Es ist eine äußerst wirksame Arznei aus einem Pilz, die bei dem Fieber, das er hat, hervorragend wirkt. Sie stammt aus einem fernen Land, aus dem ich ursprünglich stamme. Sie ist dort sehr bekannt und weit verbreitet. Es hat nichts mit Zauberei zu tun! Aber es ist wichtig, dass er die zehn Pillen bis zu Ende nimmt. Jeden Tag eine. Auch wenn er sich besser fühlt. Sonst könnte das Fieber zurückkehren.«

Irmingard hörte aufmerksam zu und nickte. Dann nahm sie Isabellas Hände und drückte sie leicht.

»Es ist unglaublich, was ich da hören muss. Da ist ja ungeheuerlich! Ich kann's gar nicht glauben. Lügen, überall! Ich vertraue euch. Also werde ich den Medicus und Darno beschatten lassen. Ich danke dir, Isabella, für die Warnung. Ich werde alles veranlassen. Und ich werde einen Weg finden, euch hier heraus zu holen. Möge Gott euch schützen!«

Sie entzündete eine der Talglampen an der Fackel, dann verließ Irmingard die Zelle.

Die Lampe spendete spärliches Licht, dessen Radius nicht weit reichte. Dafür rußte sie umso mehr. In der Abgeschiedenheit ohne Tageslicht ging den beiden schnell das Zeitgefühl verloren. Nach einer gefühlten Ewigkeit bewegte sich abermals der Riegel, und die schwere Türe ging auf.

Eine mürrische Wache deutete auf Isabella und meinte: »Du da. Mitkommen!«

Panik stieg in Isabella auf. Sie erhob sich und humpelte zur Türe.

»Ich nicht?«, fragte Leondora.

»Nein, du darfst hier drinnen verrotten.«

Hämisch grinste er Leondora an, packte Isabella und schloss hinter ihr die Türe. Er trieb sie vor sich her, bis zu einer Nische kurz vor der Treppe, die nach oben führen würde. Dort blieb er stehen.

»Zieh dich aus!«

Isabella starrte ihn nur an. Wollte er ihr hier was antun? Auf der kleinen Bank in der Wandnische vergewaltigen? Sie sah ihn panisch und ungläubig an.

»Ausziehen sollst dich, hörst du schlecht?«

Er schnappte sich eine Peitsche, die an der Wand hing und zog sie Isabella über. Der Striemen brannte wie Feuer auf ihrem Arm. Langsam begann sie, ihr Kleid aufzuschnüren und auszuziehen. Der Mann stand vor ihr und sah ihr genüsslich zu. Er schien sich an ihrer Angst und Scham zu weiden. Erst als sie nackt vor ihm stand, deutete er auf ein schmutziggraues Stück Stoff auf der Bank.

»Zieh das Büßerhemd an.«

Isabella schlüpfte schnell in das Hemd und folge ihm barfuß die Treppe hinauf. Der kalte Stein unter ihren nackten Füßen ließ sie frösteln.

Ein kleiner Tross, angeführt von Richard von Minderstein, wartete bereits. Dieses Scheusal, der einzig Bekannte unter den zwielichtigen Gestalten, nickte zufrieden. Welch perfiden Plan hatte er wohl ausgeheckt? Weder der Burgherr, noch Darno waren zu sehen. Es dämmerte gerade erst. Morgennebel waberte über den Boden und ließ alles schnell klamm und feucht werden. Isabella wurden die Hände gefesselt. An ein Seil gebunden, musste sie zu Fuß einem der Reiter folgen. Es war schwierig, mit ihm Schritt zu halten und so fiel sie öfter hin und schlug sich Arme und Beine auf. Der raue Boden zerkratzte ihre empfindlichen, nackten Füße, die Barfußlaufen auf so steinigem

Untergrund nicht gewohnt waren. Bald schmerzte sie jeder Schritt. Das war das Ende. Sicher würde sie nun gleich verbrannt oder irgendwo im Wald erstochen und zwischen den Bäumen verscharrt werden. Oder sie starb an den Verletzungen, die langsam eine Kruste aus Blut, Dreck und Staub ansammelten. Völlig paralysiert stolperte sie hinter dem Pferd her.

»Wenn die Zaunreiterin schon nicht verbrannt wird, sollen wir sie wenigstens Pfählen, damit sie nicht als Wiedergängerin hier herumirren kann?«, fragte einer der Männer den Medicus.

»Nein, das wäre ein zu schneller Tod für die Hexe. Ich möchte, dass sie elendig und langsam verreckt. Aber wir werden sie mit Steinen beschweren, dann kommt sie auch nicht mehr heraus.«

Der Weg führte durch ein düsteres Waldstück einen Hügel hinauf, zu einem kleinen Dorf. Die Bewohner standen am Wegesrand und beschimpften sie als Hexe, warfen faules Gemüse nach ihr, oder spuckten sie an. Der Spießrutenlauf schien kein Ende zu nehmen. Die Dorfbewohner schrien und grölten.

»Hängt sie auf!« und »Verbrennt die Hexe!« war zu hören.

Als sie auf der anderen Seite das Dorf verließen, wandte sich der Medicus an das Volk: »Die Hexe wird nun von uns an einen Ort gebracht, an dem sie niemandem mehr schaden kann. Keiner von euch wird uns begleiten. Es ist euch untersagt, den Platz zu suchen oder gar zu betreten.«

Ein Murren ging durch die Menge; offenbar hatten sie sich schon auf das Spektakel gefreut. Doch niemand wagte zu widersprechen.

Isabellas Gedanken schweiften ab. Ihr junges Leben zog an ihrem inneren Auge vorbei. Sie hatte schon einiges erlebt und zahlreiche Länder bereist. Bilder von sonnendurchfluteten Landschaften und lachenden Gesichtern kamen ihr in den Sinn. Urlaubserinnerungen. Sie dachte an ihre Freunde, an die Geschwister und an ihre Eltern. Wie würden sie reagieren, wenn sie nicht mehr heim kam? Wenn sie verschollen wäre? Sie wollte sich nicht ausmalen, wie verzweifelt ihre Familie nach ihr suchen würde. Ergebnislos. Glücklos. Eine Vermisste – gestorben unweit ihrer Heimat, nur zu einer anderen Zeit... Niemand konnte ahnen, dass sie hier im Mittelalter fälschlich beschuldigt worden war und schmählich hingerichtet werden würde. Was für ein Drama!

Ungerechtigkeit hatte sie noch nie vertragen. Sie war ein äußerst gerechtigkeitsliebender Mensch mit einem feinen Gespür für zwischenmenschliche Schwingungen. Sie dachte daran, wie ihr die psychische Anspannung vor der Heilpraktiker-Prüfung zugesetzt hatte. Unwillkürlich kam ihr wieder die Situation in den Sinn, in der der Prüfer Dr. Minderstein sie gleich spüren hatte lassen, dass er sie nicht mochte. Es hatte ihm ganz offensichtlich nicht behagt, dass sie jede seiner Fragen richtig und ausführlich beantworten konnte. Fast jede. Einzig und alleine die Sache mit dem Schockindex war schief gegangen. Eine Dreiviertelstunde hatte sie alle Fragen richtig beantwortet, um dann wegen einer Lappalie durchzufallen. Er hatte darauf bestanden, dass dieser Wert notfallrelevant sei. Er hatte wohl nicht begriffen, dass sich die Therapie nicht änderte, egal wie der Wert ausfiel. Die Kollegen in der Bereitschaft des Rettungsdienstes, bei dem sie sich ehrenamtlich engagierte, hatten nur die Köpfe geschüttelt über so wenig Praxisbezug eines Arztes. Und mit einem süffisanten Lächeln hatte der noch betont, diese Frage nur zufällig gestellt zu haben. Er hatte sie diese Nebensächlichkeit eigentlich gar nicht fragen wollen, doch da sie sich mit der Antwort nicht mehr sicher sei, könne er sie leider nicht bestehen lassen. Und die Freude darüber war ihm deutlich ins feiste Gesicht geschrieben. Als sei es gestern gewesen, erinnerte sie sich, wie sie überlegt hatte, die Prüfung anzufechten. Gute Chancen hätte sie gehabt. Doch die Energie nicht mehr. Sie hatte alles in Frage gestellt. Diese unfassbare Ungerechtigkeit hatte sie damals am gesamten System, an sich und an dem Ziel ihrer Ausbildung - Heilpraktikerin zu werden - zweifeln lassen. Lange hatte sie dieses Gefühl der Ohnmacht mit sich herumgeschleppt, diesem Unmenschen nicht die Meinung sagen zu können.

Als Isabella stolperte und fast gefallen wäre, war sie schlagartig wieder im „Hier“ und „Jetzt“ angekommen angekommen. Denn was waren all die Taten des ungerechten Amtsarztes im Vergleich zum Medicus. Nichtigkeiten zur jetzigen Situation! Nichts gegenüber der aktuellen, himmelschreienden Ungerechtigkeit, die sie bald ihr Leben kosten würde! Sie hatte versucht zu helfen und Leben zu retten. Und was war der Dank? Verleumdung, erfundene Anschuldigungen und heimtückischer Mord. Wie schwer wogen all die Widrigkeiten der Vergangenheit, wenn es keine Zukunft gab? Der “worst case“ war eingetreten. Würde sich die Spur ihres Lebens verlieren wie die Flamme einer Kerze, die der Wind ausgeblasen hat?

Tränen traten in Isabellas Augen, während sie weiter hinter dem Pferd herstolperte. Sie sah den Medicus vorneweg reiten. Ein untersetzter Mann mit spärlichem, dunklem Haar auf einem großen, edlen Rappen. Sie sah ihn an und langsam dämmerte es ihr: Medicus von Minderstein – Dr. Minderstein – der gleiche Name wie der verhasste Amtsarzt! Da verstand sie: Es musste ein Vorfahre des eingebildeten Doktors sein. Der war schon schlimm gewesen, aber dieser hier war das Abbild des Bösen! Ein selbstgerechter Mörder. Was für ein Zufall! Vom Nachkommen gedemütigt, vom Vorfahren umgebracht. Hätte sie noch die Energie, dann würde sie es herausschreien: ob in seiner Familien alle so falsch seien. Aber er würde es ja nicht einmal verstehen...

Sie verließen bald den Weg, dann ging es querfeldein, bis der Tross an einer großen Wiese anhielt.

Der Medicus wandte sich an Isabella: »Hier wird dein Grab sein, Schandweib!«

Er saß ab und zeigte auf eine Stelle, an der frische Erde aufgetürmt war. Isabella überragte ihn um fast einen Kopf, sie hätte auf ihn hinabspucken können. Ihr Kopf war leer. Sie erlebte alles wie durch einen Schleier. Reglos stand sie neben dem Medicus, dessen schneidende Stimme nur gedämpft zu ihr durchdrang.

»Theoderich will dich erst später verbrennen. Aber so lange werden wir nicht warten. Wir haben etwas anderes vorgesehen, um dir dein vorlautes Maul zu stopfen. Ein schneller Tod wäre eine zu große Gnade für eine Hexe wie dich. Du sollst leiden, wenn du gleich allmählich erstickst. Ich hoffe, dass du ewig in der Hölle schmorst! Denk an meine Worte, während du auf den Tod wartest!«

Alle waren abgesessen. Da sah sie die hölzerne Truhe neben dem Erdhügel, und ihr wurde schlagartig bewusst, wie sie sterben sollte: Sie würde lebendig begraben werden. Oh nein, bitte nicht! Lieber ein schneller, kurzer Tod, als jämmerlich in der Dunkelheit zu ersticken! Nur das nicht! Bitte nicht!

Nein, dieses Schicksal wollte sie nicht zulassen! Ein letzter kleiner Hoffnungsschimmer setzte sich in ihrem Kopf fest: Gegenwehr. Sie hatte nichts mehr zu verlieren. Entweder es geschah ein Wunder und sie konnte entkommen, oder aber sie würde gleich getötet werden. Lieber einen raschen Tod erreichen! Immer noch besser, als langsam und qualvoll zu verrecken!

Unvermittelt trat sie um sich und schlug dabei den Mann neben sich nieder, der gerade im Begriff war, das Seil, mit dem sie am Pferd festgebunden war, zu lösen. Sie nutzte den kurzen Moment der Überraschung und lief los. Doch Isabella kam nicht weit. Sie hatte keine Chance. Die Männer setzten ihr nach und hatten sie im Nu wieder eingefangen. Ihre Hände waren nach wie vor gefesselt, so dass ihre Gegenwehr nicht effektiv genug war. Selbst mit freien Händen hätte sie gegen so viele kampferprobte Männer nichts ausrichten können.

Isabella wurde zurück zu ihrem kalten Grab gezerrt. Sie wollte schreien, weglaufen, aber sie ging wie ferngesteuert langsam auf die Truhe zu. Alles war wie in Zeitlupe. Ein Sarg. Ihr Sarg. Resigniert ließ Isabella den Kopf hängen. Mittlerweile zitterte sie am ganzen Körper: Sie hörte den Spott nicht, der wie Gift aus dem Mund des Medicus tropfte. Sie merkte nicht, wie sie begann zu hyperventilieren. Alle standen um sie herum und sahen zu, wie sie in die Truhe gezwängt wurde. Mit einem harten Schlag schloss sich der Deckel, dass Beschläge und Schloss klirrten. Niemand sagte ein Wort. Schließlich wurde die schwere Truhe mit zwei Seilen in das Erdloch hinunter gelassen und schlug unsanft auf dem Grund auf. Isabella hörte die Erde auf das Holz prasseln. Mit lautem Poltern ließen Gesteinsbrocken, die hinabgeworfen wurden, die Truhe erzittern. Isabellas Ohren dröhnten. Es war dunkel. So unendlich dunkel. Es roch nach Holz und Erde und Feuchtigkeit. Ihr Mund kribbelte und sie merkte, wie sich langsam ihr ganzer Körper verkrampfte. Diese Schmerzen! Sie hatte das Gefühl, nicht mehr atmen zu können. In Todesangst wollte sie an den Deckel schlagen, auf das Wunder hoffen, dass ihn jemand öffnen würde, aber ihre Hände fühlten sich merkwürdig verkrampft an. Panik. Schmerz. Sie würde ersticken! ... Dann spürte sie nichts mehr. Sie hörte nichts mehr. Sie sah nichts mehr. Schwärze.

Ränkespiel

Der Zusammenprall war so fest, dass der Junge um ein Haar vom Pferd gestürzt und in die Rossschwemme gefallen wäre. Er klammerte sich krampfhaft am Sattel fest, um nicht doch noch abzurutschen und die Brücke hinunter ins Wasser zu fallen. Er keuchte vor Anstrengung und rieb sich sein schmerzendes Bein.

Gero hatte es besser getroffen. Sein Pferd war größer als der Kaltblüter des Jungen, so dass er unverletzt geblieben war.

So, wie das Pferd dampfte, schien der Junge einen Gewaltritt hinter sich zu haben. Er hatte sicher ein dringendes Anliegen, trotzdem konnte er die Brücke in Bruck doch nicht mit solch einem Tempo überqueren. Unverantwortlich.

»Bist du von allen guten Geistern verlassen? Willst du uns alle umbringen?«, schimpfte Gero. »Wohin des Weges? Du scheinst es ja sehr eilig zu haben.«

Inzwischen war der Zöllner herbeigelaufen und eine gaffende Menge bildete sich um die beiden Reiter.

»Verzeiht vielmals, Herr«, entschuldigte sich der Junge kleinlaut. Er steckte in abgetragener, zerschlissener Kleidung und seine Füße waren nackt.

»Ich bin Botenjunge in München. Ich wurde nach Bruck geschickt, um unseren König zu informieren, dass die Wehen bei seiner Gemahlin Margarete eingesetzt haben. Die Hebamme ist auch schon unterwegs. Ich soll mich beeilen, haben sie gesagt«, meinte er entschuldigend.

Gero nickte: »Wie geht es der Königin?«

Der Junge hob die Schultern. »Ich weiß nicht, Herr. Ich bin gleich losgeritten.« Er war ganz außer Atem.

»Gut. Ich werde ins Lager des Königs reiten und Bescheid geben. Du kannst dich auf den Rückweg machen.«

Gero wendete sein Pferd in Richtung Kloster und gab ihm die Sporen, da der König momentan dort zur Jagd weilte. Er ärgerte sich über diese erneute Unterbrechung der Suche nach Leondora. Immer wieder verlor er kostbare Zeit.

Er war, nachdem er auf Burg Nikolausberg mit Theodowic das weitere Vorgehen für die Suche nach Leondora beratschlagt hatte, gerade im Kloster Fürstenfeld bei Ludwig gewesen, um ihn über die Vorgehensweise zu informieren und ebenfalls um seine Unterstützung zu bitten. Vielleicht konnte Ludwig ja doch helfen. Bisher waren sie keinen Schritt weitergekommen. Geros Eintritt in Ludwigs Dienste würde sich etwas verzögern, doch der König hatte ihm seine Erlaubnis erteilt, erst weiter nach seiner geliebten Braut zu suchen. Er seufzte tief. Diese Verzögerung behagte ihm gar nicht. Aber nun konnte er unmöglich das königliche Gefolge verlassen, solange nicht klar war, wie es um die Königin und Kind Nummer Neun stand. Das wäre sicher als Affront gegen den König ausgelegt worden. Gero konnte nur hoffen, dass er nicht allzu lange aufgehalten werden würde. Wenn Gott es gut mit ihm meinte, würde er Leondora noch lebend finden…

Die Nachricht sprach sich schnell wie ein Lauffeuer herum und führte zu einem Menschenauflauf vor dem Kloster Fürstenfeld. Die Klosterkirche füllte sich zusehends mit Gläubigen, die für die Königin und das Kind beten wollten. Andere warteten vor den Backsteinbauten des Klosters, ob aus dem Fürstentrakt, in dem der König untergebracht war, etwas in Erfahrung zu bringen war.

Nur Ludwig schien die Ruhe selbst zu sein. Er ließ seine Männer zusammenkommen und erteilte Anweisungen, was zu geschehen habe, solange er fort wäre. Da seine Gattin in München weilte, brach er kurz darauf mit einem Teil seines

Gefolges dorthin auf, um sich das Kind zeigen zu lassen und die Geburt zu feiern. Nun saß das restliche Gefolge hier fest und wartete auf Nachricht über den hoffentlich glücklichen Ausgang der Geburt.

Gero hatte an einem der vielen Tische Platz genommen, die im Klostergarten für die Männer aufgestellt worden waren. Seine Hände umfassten einen irdenen Krug voll kühlem, schäumendem Bier, den ihm einer der Mönche hingestellt hatte. Die Sonne schien von einem strahlend blauen Himmel und wärmte ihm den Rücken. Er hingegen merkte es nicht einmal, denn er war mit seinen Gedanken bei Leondora. Er hätte viel dafür gegeben, die Suche umgehend fortsetzen zu können. Seine einzige Hoffnung war, dass seine Freunde erfolgreicher gewesen waren. Und dass Margarete möglichst schnell ein gesundes Kind gebären würde, damit er hier weg kam. Ob es ein Mädchen oder ein Junge wäre und wie die Feierlichkeiten aussehen würden, das alles interessierte Gero nicht. Er hatte genug eigene Sorgen.

Er ging hinüber in die Kirche, stiftete eine Kerze und betete. Er bat Gott inständig, Leondora wohlbehalten zu ihm zurückkehren zu lassen.

Als am nächsten Morgen ein Bote aus München die freudige Nachricht brachte, dass die Königin ein Mädchen geboren hatte und Mutter und Kind wohlauf seien, reiste er so schnell wie möglich Richtung Löwenburg, um seine Freunde zu versammeln und sich gemeinsam weiter auf die Suche nach Leondora und ihrer Reisegefährtin zu machen. Isabella hieß sie wohl.

***

Isabella hörte Stimmen. Leise flüsterten sie ihren Namen. Nur ganz leise. Das waren sicher Engel. Gedämpfte Geräusche. Ob sie wohl im Himmel war? Sie erinnerte sich vage an ein Grab -ihr Grab- und die Dunkelheit, aber dann glitt sie wieder in einen merkwürdigen Zustand. Sie fühlte sich sonderbar leicht und hatte keine Schmerzen mehr. Stille.

Wieder diese Stimmen. Woher kamen sie nur? Irgendwie erinnerten sie die Stimmen an jemanden, aber an wen? Sie konnte keinen klaren Gedanken fassen.

Erst allmählich kamen ihr Bilder in den Sinn. Leondora. So hatte sich Leondora angehört. Leondora; was wohl aus ihr geworden war? Vielleicht war sie auch schon tot und hier mit ihr. Dann kam diese Schwärze zurück, die alles verschlang. Stille.

»Isabella, Isabella!« Stimmen, die sie riefen. Isabella wollte raus aus dieser bleiernen Schwärze. Sehen, was los ist. Langsam kehrte ihr alter Kampfgeist zurück. Sie sammelte sich noch eine Weile, dann schlug sie die Augen auf. Und da sah sie sie: Leondora! Das war doch nicht möglich! Sie schloss noch einmal die Augen und öffnete sie wieder.

»Bin ich tot und im Himmel und Ihr mit mir?« fragte sie die Erscheinung vor sich.

»Herr im Himmel! Nein, Isabella, aber fast wärt Ihr tot gewesen«, antwortete Leondora, kam näher heran und nahm ihre Hand. Dann wandte sie sich an jemanden, der hinter ihr stand: »Sie ist wach! Sie ist tatsächlich wieder aufgewacht! Ich kann es kaum glauben!«

Und die Person hinter ihr antwortete: »Dann flöße ihr die Medizin in der Schale ein. Es ist ein Tee aus den Blüten des Mädesüß. Er wird ihr die Schmerzen nehmen. Immer wieder einen Löffel voll. Später dann die Hühnersuppe in der zweiten Schale.«

Die Frau trat näher an Isabella heran. Da erkannte sie Mejana.

Mejana setzte sich auf einen kleinen, hölzernen Schemel: »Isabella! Ich bin so froh, dass du es geschafft hast. Es war wirklich knapp. Er grenzt an ein Wunder, dass wir dich rechtzeitig gefunden haben.«

Sie strich ihr behutsam eine Haarsträhne aus dem Gesicht.

»Ich verstehe das nicht, wie habt ihr das geschafft? Ich müsste tot sein«, fragte Isabella.

Mejana streichelte ihr übers Haar: »Das ist eine längere Geschichte. Leondora wird sie dir erzählen. Ich muss noch ein paar Kräuter sammeln und etwas zu Essen besorgen.«

Isabella sah sich zum ersten Mal um. Sie lag, auf Felle gebettet, auf einem Steinboden, der mit Stroh ausgelegt war. Felsenwände umgaben den kleinen Raum. Der Eingang schien dicht bewachsen zu sein.

»Wo bin ich hier?«, fragte sie.

»In einer versteckten Höhle«, antwortete Mejana. »Dies ist eine uralte, heidnische Opferstätte. Im Laufe der Zeit ist sie in Vergessenheit geraten. Niemand in der Gegend kann sich mehr an sie erinnern, und von außen ist sie nicht zu erkennen. Aber meine Mutter hat sie mir schon als Kind auf unseren Streifzügen gezeigt und wenn ich beim Kräuter sammeln ausruhen möchte oder von einem Unwetter überrascht werde, suche ich hier manchmal Unterschlupf. Hier sind wir erst einmal sicher. Ruh dich aus, damit du wieder zu Kräften kommst! Sei unbesorgt, diesen Unterschlupf kenne nur ich. Hier findet uns niemand. Du bist in Sicherheit. Ich bin bald zurück.«

Dann verschwand Mejana durch den grünen Vorhang aus Pflanzen nach draußen.

Leondora zog sich den Schemel heran und schöpfte mit einem hölzernen Löffel aus einem Schüsselchen Medizin, die sie Isabella langsam einflößte. Sie schmeckte scheußlich und bitter, aber Isabella schluckte brav.

Sie versuchte, sich aufzusetzen, doch ihr ganzer Körper schmerzte und sie war einfach zu schwach.

»Was ist mit mir? Wie lange war ich bewusstlos?«

»Wir dachten, wir kämen zu spät. Raff hat Mejana geholt und gemeinsam haben wir die Stelle gesucht, an der sie Euch vergraben hatten. Wir hätten Euch nie gefunden, wenn die Leute hier nicht so viel Vertrauen zu Mejana hätten. Sie hat die Dorfbewohner befragt, bis einer ihr die Richtung gezeigt hat, in die der Tross mit dir verschwunden war. Mejana hat dann die Spuren gesucht. Sie kennt diese Gegend sehr gut.

Ohne ihre Hilfe hätten wir Euch nie gefunden. Dann haben wir Euch ausgegraben. Wir mussten uns vorsehen, damit wir nicht entdeckt wurden. Es hat so furchtbar lange gedauert.«

Tränen liefen ihr über die Wange und tropften ins Stroh. Sie atmete einmal tief ein, ehe sie weiter erzählte.

»Ihr saht aus wie tot. Da haben wir Euch in ein Tuch gewickelt und auf Raffs Pferd hierher gebracht.«

»Wenn Euch jemand gesehen hätte... Dann wären wir jetzt alle tot!«

»Ja, aber wir sind es ja nicht. Hier drinnen sind wir vorerst sicher, aber mir müssen weiter, sobald Ihr wieder gehen könnt.«

»Wie seid Ihr eigentlich entkommen, Leondora?«

»Ich dachte, ich müsse weiter in dem Verließ darben. Da kam nach einer Weile Raff herein. Er hatte sich von Mejana etwas besorgt, das er der Kerkerwache in einen Krug Wein gemischt hat. Als sie sich dauernd übergeben musste, ist er zu mir hinunter gehuscht. Wir haben einen passenden Moment abgewartet und schlichen zu einem verborgenen, kleinen hölzernen Türchen im hinteren Teil des Gartens. Wir sind durchgeschlüpft und auf einem Pfad in den Wald gelaufen. An einer Lichtung erwartete uns Mejana, und sie führte uns zu Euch.«

»Warum hilft er uns? Hat er keine Angst vor unserer vermeintlichen Hexenkunst?«

»Raff ist der einzige auf Burg Schadeck, dem die Herrin noch vertraut. Er heißt eigentlich Raphael und hat ihr wohl mal als kleiner Junge das Leben gerettet. Seither haben die beiden ein enges Vertrauensverhältnis. Irmingard ist diejenige, die alles eingefädelt hat, um uns zu helfen. Sie schickte Raff auf einem Pferd mit einem fingierten Auftrag hinaus, um mit Mejana und mir auf die Suche nach Euch zu gehen. So schöpfte niemand auf Burg Schadeck Verdacht, dass Raff etwas mit uns zu tun haben könnte. Sie ist Euch zu tiefem Dank verpflichtet, und sie war erschüttert über die unglaublichen Vorkommnisse. Raff sagte, sie sei außer sich gewesen, dass der Medicus Euch im Morgengrauen so still und heimlich verschwinden lassen wollte. Aber sie konnte nichts weiter ausrichten. Raff half uns allerdings nicht nur, weil seine Herrin uns vertraut. Er kennt auch Mejana wohl schon von Kindheit an sehr gut und konnte sich so aus erster Hand informieren. Er versorgt Mejana immer wieder mit Neuigkeiten aus der Burg. Aegilus ist übrigens wieder gesund. Sie halten es für ein Wunder, aber niemand scheint auf die Idee zu kommen, dass es Euer Verdienst sein könnte. Ohne Hexerei.«

Leondora freute sich über das Lächeln, das über Isabellas Gesicht huschte, als sie Aegilus' Genesung ansprach. Doch kurz darauf wurde sie ernst: »Euer Grab sollte zwar geheim bleiben, dennoch wird es sich sicher bald herumgesprochen haben, dass es leer ist. Und das Volk glaubt dann bestimmt, dass Ihr mit dem Teufel davon geflogen seid. Hier sollten wir uns lieber nicht mehr blicken lassen. Sonst laufen wir alle Gefahr, des Bundes mit dem Teufel bezichtigt und verbrannt zu werden.«

Der grüne Blättervorhang wurde zur Seite gehoben, und Mejana kam völlig aufgelöst und außer Atem in die Höhle.

»Wir müssen hier verschwinden! Ich war gerade in meiner Hütte, um alles für die Reise zusammen zu packen, da stürzte die Tochter meiner Freundin herein und richtete mir aus, dass ich gesucht werde und ihre Mutter die Reisigen nur kurz aufhalten könne. Ich konnte nur noch meinen Sack packen, der auf dem Tisch schon bereit stand, als die Reisigen von Burg Schadeck bereits nahten. Ich schlüpfte hinaus, rannte über die Straße und versteckte mich in dem gegenüberliegenden Garten, der von einem hohen Holzzaun umgeben ist. Weiter wäre ich nicht gekommen, denn schon hörte ich sie schreien, wo die Heilerin sei, die den Hexen geholfen habe. Sie drangen in meine Hütte ein und ich hörte, wie sie den Tisch umwarfen und meine Tiegel zerbrachen. Sie müssen alles auf den Kopf gestellt haben. Ich schlich über den Hof und hinten hinaus, übers Feld bis zum Einsiedlerhof eines alten Mütterchens, das ich oft mit Medizin versorge. Sie ist mir sehr gewogen, und so bat ich sie um den alten Planwagen, den sie in ihrem Schuppen stehen hat. Und um ein Pferd. Eure beiden Pferde könnt Ihr nicht mitnehmen, daher sagte ich ihr, sie könne sich die beiden Pferde holen, wenn sich alles beruhigt hätte. Ich habe den Wagen in einer nahen Scheune versteckt. Sobald es dunkel ist, brechen wir auf.«

Es dämmerte bereits. Mejana war gerade dabei, ihre Arzneimittel in einen großen Sack zu stopfen.

»Werden wir uns in der Dunkelheit nicht verirren?«, fragte Isabella unsicher. »Hast du keine Bedenken, dass wir den Männern des Medicus in die Arme laufen könnten?«

Mejana sah auf und antwortete ruhig: »Ich kenne hier jeden Winkel. Wir sollten uns auch in der Dunkelheit zurechtfinden. Es gibt viele Pfade hier im Wald, die seine Männer sicher nicht kennen. Wir werden an ihnen vorbei schleichen, ohne dass sie uns bemerken.«

»Aber wird man uns nicht gleich wiedererkennen?«, fragte Leondora skeptisch.

»Ich habe Bocksbart gesammelt«, antwortete Mejana. »Wir streichen den Saft auf Arme und Beine, um mit den hervorgerufenen Entzündungen äußerst krank zu wirken. Wir werden als kranke Bettlerinnen reisen, uns mit Schmutz einreiben und stinken, dann wird niemand von uns Notiz nehmen. Das hoffe ich zumindest.«

»Aber ich kann mich kaum bewegen. Ich werde euch eine Last sein«, gab Isabella besorgt zu bedenken.

»Ich habe aus den abgekochten, zerkleinerten Wurzeln des Wallwurz einen Brei gemacht. Den legen wir Euren schmerzenden Gelenken auf. Und trinkt immer wieder hiervon.«

Mejana entkorkte einen kleinen tönernen Krug, den sie Isabella gab. Sie nahm einen Schluck und verzog angewidert das Gesicht.

»Puh, das schmeckt ja scheußlich!«

Mejana verbeugte sich wie bei Hofe: »Oh, verzeiht vielmals, Euer Hochwohlgeboren. Ich habe leider im Moment keinen Himbeersirup oder anderlei erlesene Dinge, um Eure Arznei schmackhafter zu machen«, neckte sie die Freundin. Dann fuhr sie, gespielt streng, fort: »Aber eine Arznei muss ja schließlich nicht gut schmecken, sondern gut wirken, nicht wahr?«

»Wie recht Ihr habt.« Isabella versuchte zu grinsen. »Ich danke Euch für diese wunderbare Medizin!«

Ein Talglicht erhellte die Höhle spärlich, Schatten tanzten an der zerklüfteten Höhlenwand. Die Sonne war bereits untergegangen, aber selbst bei Sonnenschein war hier kaum ein Lichtstrahl durch das dichte Blätterwerk gedrungen. Mejana brachte zwei massive Äste herein, die sie mit mehreren Tüchern zusammenknotete. Sie legte die Felle darüber, hob gemeinsam mit Leondora Isabella von ihrem Lager und legte sie darauf. Leondora zog aus einem Sack drei schäbige Kleider. Die Frauen zogen sich um. Dann packte Leondora alles, was in der Höhle noch herum lag, in ein Tuch, knotete es zusammen und hängte es über ihre Schulter.

Schließlich nahmen Mejana und Leondora je einen Ast der selbst gebauten Trage und schleiften sie hinter sich her durch den Wald. Es war anstrengend, mit diesem sperrigen Gestell durch den dunklen Wald zu wandern. Der Mond war hinter einer Wolkenbank verborgen, so mussten sie ohne jeglichen Lichtschein durch den Wald tappen. Isabella spähte verängstigt in die undurchdringliche Schwärze des Waldes. Nicht ein einziger Schimmer des Mondes half ihren Augen. Die Dunkelheit war förmlich greifbar. Sie konnte sich nicht erinnern, jemals in "ihrer Welt" die Dunkelheit so intensiv erlebt zu haben. Es hatte immer irgendwelche Lichtquellen gegeben, an denen man sich orientieren konnte.

Es war ruhig im Wald, bis auf das - für eine Flucht viel zu laute - Geräusch der über den Waldboden schleifenden Trage. Hoffentlich war niemand in der Nähe, der sie hörte! Nur ab und an knarzte ein Baum im leichten Windhauch, oder eines der Waldtiere machte sich durch ein Rascheln oder Tippeln bemerkbar, als es vor den Frauen Reißaus nahm.

Die Dunkelheit und die Geräusche im Wald ängstigten Isabella. Auch Leondora erschrak bei jedem unbekannten

Geräusch. Allein Mejana schien sich hier mit schlafwandlerischer Sicherheit fortzubewegen. Sie stolperte nicht, blieb an keinen Ästen hängen und sie zuckte auch nicht bei jedem Rascheln im Unterholz zusammen.

Es war unglaublich, aber Mejana führte sie tatsächlich ohne Umwege zu einer halb verfallen Hütte auf einer dicht mit wilden Brombeeren bewachsenen Lichtung. Früher einmal musste das ein schöner, lichtdurchfluteter Ort im Wald gewesen sein, jetzt kratzten sich die Frauen an den Dornen die Beine auf.

Der Mond war herausgekommen und tauchte die Hütte in ein gespenstisches, weißliches Licht. Mejana und Leondora setzten die Trage vorsichtig ab.

Mejana brauchte Kraft, um die schweren Scheunentore zu öffnen, die leicht schief in den Angeln hingen. Es roch nach Heu und Tieren. Im Inneren der Hütte war es so dunkel, dass man nur schemenhaft etwas erkennen konnte. Ein kleiner, verkommener Wagen stand direkt am Eingang. Die Tücher waren verschlissen und hingen in Fetzen herunter. Im Hintergrund schnaubte ein Pferd, wie um die Frauen zu begrüßen.

Isabella setzte sich auf und spähte an den anderen beiden vorbei in die Hütte.

»Jetzt wäre eine Taschenlampe recht«, überlegte sie laut.

Leondora reagierte nicht, aber Mejana drehte den Kopf und meinte: »Was ist eine Taschenlampe?«

»Oh«, meinte Isabella erschrocken, »das ist ein moderner Kienspan bei uns zu Hause. Es ist heller als Talglampen.«

Glücklicherweise gab sich Mejana mit der Antwort zufrieden und ging in die Scheune. Puh, gerade noch die Kurve bekommen. Mejana wusste ja noch nichts von ihrer Reise aus der Zukunft. Sie musste wirklich besser aufpassen!

Mejana hatte sich derweil dem Gefährt zugewandt. Sie spannte das Pferd an und Leondora belud den Wagen. Dann breiteten sie die Felle auf der Ladefläche aus, und Isabella kämpfte sich hoch.

Bevor sie losfuhren, kam Mejana mit einem kleinen Gefäß aus Ton, zog den mit Hanf umwickelten Holzstopfen heraus und ließ etwas von der zähen Flüssigkeit darin in ihre Handfläche tropfen. Dann rieb sie damit ihre Arme und Beine ein und tupfte sich etwas davon ins Gesicht. Genau so verfuhr sie auch bei Leondora und Isabella.

Sie öffnete das zweite hölzerne Tor, setzte sich auf den Kutschbock; so rumpelten sie den überwucherten, steinigen Weg entlang. Der Mond lugte nun hinter einer Wolke heraus und sein schwacher Schein tauchte den Wald in fahles Dämmerlicht.

Sie fuhren fast ohne Unterbrechung, in der ständigen Angst, ihre Verfolger könnten sie aufgespürt haben.

Als das doch schon betagte Pferd eine Pause brauchte, hielten sie an einem kleinen Bachlauf. Es dämmerte bereits. Mejana hockte sich neben dem Gespann ins Gras, um sich zu erleichtern. Auch die beiden anderen waren vom Wagen geklettert. Sie tranken und füllten ihre Wasservorräte auf. Aber sie wuschen sich nicht. Im Gegenteil. Mejana kam mit einem Klumpen Lehm und schmierte sich ein wenig davon ins Gesicht und an ihr Kleid. Die anderen taten es ihr gleich.

Als sich Leondora im Wasser des Bächleins betrachtete, erschrak sie sehr. Ihre Haare hingen ihr ungepflegt und wirr vom Kopf, und ihr Gesicht war kaum wiederzuerkennen. Es war übersät mit roten Flecken. Das sah wirklich scheußlich aus! Ein dreckiges Tuch bedeckte die ungewaschenen Haare.

Am nächsten Morgen flickten sie ihr heruntergekommenes Fuhrwerk so gut wie möglich, ehe sie sich wieder auf den Weg machten. Isabella saß vorne bei Mejana, während sich Leondora hinten ausruhte.

»Woher weißt du eigentlich all die Dinge, über Pflanzen und so weiter? Wie hast du dir das alles angeeignet?«, fragte Isabella interessiert.

»Meine Mutter war auch Heilerin, ich habe alles von ihr gelernt. Schon als kleines Mädchen bin ich mit ihr gegangen. Zu den Kranken und in den Wald zum Pflanzen und Pilze sammeln. Sie hat mir die Wirkungen der Heilpflanzen und viele ihrer Geheimnisse erklärt. Alles, was sie wusste.«

»Hast du auch die Säftelehre gelernt, du weißt schon, Hippokrates, Galen und so?«

Mejana sah sie groß an.

Isabella versuchte ihr auf die Sprünge zu helfen: »Na, die antike Elemente- und Säftelehre. Die vier Säfte Blut, gelbe Galle, Schwarzgalle und Schleim, die im natürlichen Gleichgewicht stehen sollen. Und wenn dieses Gleichgewicht gestört ist, also Dyskrasie, dann verursachen sie Krankheiten?«

Mejana nickte verstehend: »Von Säften, außer Blut, habe ich noch nichts gesehen und ich weiß nichts von den Namen, die du gesagt hast. Aber die Herzogin, Irmingard, hat mir mal ein Buch gezeigt. Ich kann ja nicht lesen, also hat sie mir öfter von einer weisen Frau erzählt, einer Äbtissin, Hildegund oder so ähnlich.«

»Hildegard? Hildegard von Bingen?«

»Ja, richtig, so hieß sie. Stell Dir vor, sie hat Bücher geschrieben, in Latein! Sie sprach auch davon, dass die Körpersäfte durcheinander geraten können, von schlechten Säften, von Überfluss oder Verdorbenheit von Säften, die krank machen. Sie muss sehr klug gewesen sein. Ich kann eine eiternde Wunde versorgen und eine Blutung stillen, kann Lungenrasseln und Albdrücken bessern. Aber mit gelber und schwarzer Galle kann ich wenig anfangen.«

»Ja, das verstehe ich sehr gut.«

»Und du, kennst du diese Hildegard auch?«

»Ich habe schon von ihr gehört und bin sehr beeindruckt von ihrem Wissen. Man lernt nie aus. Das ganze Leben ist ein ständiges Lernen.«

»Das ist wohl wahr.«

Die Drei reisten unbehelligt Richtung Augsburg. Die Leute, die sie trafen, machten einen großen Bogen um die vermeintlich erkrankten Bettlerinnen. Allerdings war es auch schwierig, an Essen und Dinge des täglichen Gebrauchs zu kommen. Es gab nur wenige barmherzige Menschen, die ihnen einen Kanten Brot oder einen Apfel zusteckten. Die meisten scheuchten sie gleich weiter, beschimpften sie oder warfen etwas nach ihnen.

Sie schliefen in ihrem notdürftig reparierten Wagen, kauften von ihrem letzten Geld Milch und Brot, sammelten wilde Beeren, essbare Pflanzen und Pilze und stahlen Rüben aus den Äckern, an denen sie vorbei kamen.

Selbst von Wegelagerern oder anderem Gesindel blieben sie verschont. Niemand wollte einer Aussätzigen zu nahe kommen.

Isabella hatte sich mittlerweile erholt und zu dritt bettelten sie, sobald sich eine Möglichkeit ergab. Und die ergab sich bald.

Ihr Weg hatte sie entlang des Lechs über Königsbrunn und die Meringer Au geführt, und als sie schließlich gerade den Haunstetter Wald hinter sich gelassen hatten, hörten sie Gesänge und Gemurmel. Sie passierten eine Wegkreuzung, da sahen sie, woher die Geräusche kamen: Auf mit Gras bestreuten Wegen, die mit Fahnen, Birken, Girlanden und Blütenteppichen geschmückt waren, zog eine Prozession langsam dahin. Ein Priester trug ein reich verziertes Gefäß vor den Gläubigen her. Vier Träger schützten den Priester mit einem Baldachin, den sie über ihm trugen.

»Der Geistliche trägt die Monstranz mit der Hostie. Das muss eine Fronleichnamsprozession sein. Dann ist heute ein kirchlicher Feiertag. Vielleicht sind die Leute da spendabler«, flüsterte Leondora.

Die drei Frauen blieben am Wegesrand stehen und ließen die singenden und betenden Gläubigen vorüberziehen. Die drei schmutzigen Frauen gaben ein jämmerliches Bild ab inmitten dieser prächtig herausgeputzten Menschen. Alle drei hielten kleine Holzschüsselchen vor sich, in denen sich nach und nach einige Almosen fanden. Aus Angst vor Ansteckung bei den vermeintlich kranken Bettlerinnen hielten die Leute gebührenden Abstand, dennoch spendeten sie, denn eine milde Gabe war ein hervorragender Beweis ihres Glaubens.

Schließlich setzten die Drei sich ans Ende der Prozession und gingen den Rest des Weges hinterher. Der Zug schob sich gemächlich dahin und hielt an vier Stationen an, an denen geschmückte Altäre aufgebaut waren. Dort verkündete der Pfarrer das Evangelium, es wurden Fürbitten gesprochen, und schließlich erteilte der Pfarrer den Segen.

Isabella konnte weder mitsingen noch mitbeten, da sie die Bräuche einfach nicht kannte.

Einer alten Frau fiel das auf und sie drehte sich zu ihr um: »Dies ist eine Demonstration des Glaubens. Fronleichnam ist das Hochfest des Leibes und Blutes Christi. Ihr dürft gerne mitsingen und mitbeten.«

Geistesgegenwärtig tat Isabella so, als sei sie stumm und könne daher nicht mitsprechen. Die Frau nickte verständnisvoll und flüsterte Isabella zu, ihre Gefährtinnen beim nahen Kloster St. Afra um Almosen bitten zu lassen, da dort Bedürftige immer willkommen seien und gut behandelt würden. Diesen Rat nahmen die Drei gerne an. Sie verließen die Prozession, fuhren zum Kloster und machten dort eine ausgiebige Pause. Neben verdünntem Bier erhielten sie eine warme Mahlzeit und drei dicke Decken. Sie hätten auch die Nacht dort verbringen dürfen, doch obwohl sie die Geborgenheit und das Essen gerne in Anspruch genommen hätten, reisten sie weiter. Da sie nicht wussten, ob ihnen die Männer des Medicus auf den Fersen waren, wollten sie so schnell wie möglich zur Burg Löwenstein gelangen.

Da Augsburg auf ihrem direkten Weg zur Burg Löwenstein lag und sie kaum mehr Nahrungsmittel und so gut wie kein Geld mehr hatten, hofften sie, vor dem Augsburger Dom genug erbetteln zu können, um sich mit Vorräten eindecken zu können. Die Stadtbewohner waren oftmals freigiebiger, und in dem Trubel würden sie sicher nicht groß auffallen.

Mejana lenkte den Wagen, während sich Leondora und Isabella hinten leise unterhielten.

»Wenn wir genug Münzen hätten, dann könnten wir einen Boten zu deinem Vater schicken, damit sie uns hier abholen. Aber wir haben nicht einmal genug im Beutel, um ein anständiges Mahl zu kaufen. Und dieser Medicus sowie der Franzose müssen sofort angezeigt werden. Nur – ich fürchte, die sind über alle Berge, ehe dein Vater jemanden dort hinschicken könnte. Und ich finde, Theoderich von Hanckor sollte sich bei dir für sein Verhalten entschuldigen. Dein Vater wird sich das sicher nicht bieten lassen. Was meinst du, Leondora?«

Leondora überlegte eine Weile und antwortete dann: »Also was den Boten angeht, das ist wirklich schade. Nur bleibt zu bedenken, dass uns vermutlich immer noch die Reisigen des Landgrafs von Hanckor verfolgen, und auch Nestor und seine Schergen suchen uns vielleicht immer noch. Wenn wir länger in Augsburg blieben, würden sie uns sicher finden, noch ehe die Männer meines Vaters uns abholen könnten. Was eine Anklage betrifft, so wäre ich vorsichtig, denn sobald sich jemand näher mit den Geschehnissen befassen würde, so kämen unweigerlich die Dinge aus der Zukunft zur Sprache, die sie gefunden haben und es bestünde die Gefahr, dass sie näher beleuchten könnten, woher Ihr kommt. Ich denke daher, wir sollten es lieber dabei bewenden lassen. Seien wir froh, dass wir ihnen entkommen sind und beten wir zu Gott, dass es auch so bleiben möge.«

Schweigend fuhren sie weiter, jede mit ihren eigenen Gedanken beschäftigt, bis Leondora ansetzte: »Da fällt mir noch etwas anderes ein, das Ihr unbedingt beachten müsst, gerade wenn wir in eine so große Stadt fahren: Wie man Fremde korrekt ansprechen sollte. Da macht Ihr immer noch zu viele Fehler, Isabella. Wenn wir als einfache Bettlerinnen oder Heilerinnen unterwegs sind, sollten wir einander und alle anderen duzen, außer Höhergestellte und Adelige. Euch wird sicher aufgefallen sein, dass wir immer mit "du" angesprochen wurden, seid wir unterwegs sind. Aber sobald wir wieder unter unseresgleichen weilen, solltet Ihr unbedingt darauf achten, jeden Gesprächspartner zu siezen. Bis auf das einfache Volk, das immer geduzt wird.«

»Ich werde mich bemühen.«, versicherte Isabella und nahm sich vor, es zukünftig immer zu beachten.

***

Schon von weitem war die große Augsburger Stadtanlage sichtbar, auf die sie sich langsam zubewegten. Je näher sie ihr kamen, desto mehr Leute waren auf den Straßen unterwegs. Immer wenn sie Reiter hörten, schlugen ihre Herzen schneller, aber es waren stets nur höhergestellte Persönlichkeiten, denen man unverzüglich die Straße frei zu machen hatte.

Niemand beachtete sie über Gebühr, so dass sie unbehelligt bis vor die Tore Augsburgs gelangten.

Doch als sie durch das große Schwibbogentor einfahren wollten, ließ sie die Wache nicht passieren.

»Wir wollen keine Kranken hier. Ihr seht widerwärtig aus. Verschwindet! Aussätzige brauchen wir hier nicht!«

So waren sie gezwungen, umzukehren. Resigniert wendeten sie ihr Gefährt und versuchten es an einem anderen Außentor, dem Jakober Tor. Es war ein kleines Tor, direkt hinter einer Brücke, die den äußeren Stadtgraben überspannte. Die Brücke war voller Leute. Händler schleppten ihre Waren durch das Tor in die Stadt. Geschäftiges Treiben überall.

Die drei Frauen versteckten den Wagen im Gebüsch hinter einer Scheune, nahmen ihre Sachen und das Pferd und versuchten zu Fuß ihr Glück. Kurz vor der Brücke verhüllten alle drei ihre Gesichter mit Tüchern und mischten sich unters Volk.

Mejana schlüpfte direkt hinter einem Tuchhändler durch das Tor. Die Wache hatte sie nicht einmal gesehen.

Leondora nahm das Pferd und ging auf das Tor zu.

»Halt! Was hat eine Bettlerin mit einem Pferd zu schaffen? Wo hast du das gestohlen?«

Leondora schlug das Herz bis in den Hals, sie versuchte jedoch, sich ihre Angst nicht anmerken zu lassen. Sie hatte das Tuch tief ins Gesicht gezogen und es bedeckte auch ihre Arme. Leondora verbeugte sich betont tief: »Dieses Pferd, Herr, gehört meiner Herrin. Sie hat mich heute mit ihm aufs Feld geschickt, weil die andere Magd ein Fieber ans Bett fesselt. Ich bin nur so schmutzig, weil ich nicht gut mit dem Pflug umgehen kann und öfter gestürzt bin. Dabei habe ich auch mein Kleid zerrissen. Wenn ich ein Pferd stehlen wollte, dann sicher nicht einen so alten Klepper wie diesen hier.«

Damit lächelte sie die Wache möglichst unschuldig an. Der Wachmann stupste seinen Kollegen an und deutete auf sie.

»Sieh dir diesen Trampel an. So eine schöne Figur unter dem schmutzigen Kleid. Aber nicht mal zum Bestellen eines Feldes zu gebrauchen.«

Er lachte schallend. Der andere Wachmann musterte Leondora von oben bis unten und zurück und meinte dann: »Ich wüsste schon, für was ich sie gebrauchen könnte. Mit ein Bisschen Wasser und Seife und einer Peitsche über dem Bett könnte sie sicher einiges von mir lernen!«

Und zu Leondora gewandt meinte er: »Mädchen, komm doch um Mitternacht zu mir ans Tor. Da haben wir Wachwechsel. Dann bin ich ganz für dich da.«

Mit einer anzüglichen Geste verdeutlichte er sein Ansinnen.

Unter dem höhnischen Gelächter der beiden, schlüpfte Leondora durch das Tor. Geschafft.

Aber Isabella war noch draußen. Sie stand nur wenige Meter entfernt und hatte das Gespräch mitbekommen. Ihr Herz pochte zum Zerspringen. Wie sollte sie es nur durch dieses Tor schaffen? Doch sie hatte keine Zeit, länger darüber nachzudenken. Die Menge schob sie weiter, unaufhörlich auf das Tor zu. Schließlich stand sie vor der Wache.

»Was ist mit Dir, Mädchen? Schon wieder so eine schmutzige Magd. Wo willst du hin? Bettlerinnen werden hier nicht geduldet.«

Isabella nahm all ihren Mut zusammen, holte einige Kräuter aus ihrem Sack und hielt sie ihm unter die Nase.

»Herr, ich bin als Kräuterkundige losgeschickt worden, die Medizin für die Magd zu holen, die mit Fieber im Bett liegt. Ihr wollt doch nicht, dass noch mehr Augsburger erkranken, oder? Und hier«, sie hielt ihm ein Tüchlein, in das einige Kümmelfrüchte eingeschlagen waren, vors Gesicht, »das ist ein Kümmeltuch. Erwärmt es auf der Herdplatte. Es wird Eure rheumatischen Beschwerden lindern.«

»Woher weißt du...?«, fuhr er auf, doch er griff nach dem Tüchlein.

»Ich bin Heilerin. Die Beschwerden zu erkennen ist mein Geschäft.«

Sie sah auf die geschwollenen Gelenke seiner Hand, mit der er die Lanze festhielt.

»Verschwinde, Weib!«, herrschte er sie an und winkte sie durch.

Das Tüchlein aber verschwand in seiner Tasche.

Erleichtert atmeten alle drei Frauen auf und beeilten sich, vom Tor weg zu kommen. Zuerst mussten sie eine Unterstellmöglichkeit für das Pferd finden. Sie hatten Glück. Gleich in der Nähe konnten sie das Tier unterbringen. Ihr allerletztes Geld wendeten sie dafür auf, ihm ausreichend Futter und eine hoffentlich gute Behandlung zu sichern.

Sie wanderten weiter durch das Schwalbenecktor, das als inneres Tor die Jakobervorstadt vor Angriffen schützen sollte. Die Stadtbefestigung bestand lediglich aus einem Palisadenzaun und einem Graben.

Die Drei passierten das Tor zur Jakobervorstadt, einem Viertel der Handwerker. Sie überquerten die Färbergasse, mit ihrem Gestank und den zum Trocknen aufgehängten Stoffen und Tüchern. Auch soziale Unterschichten, wie die Fuggerei, waren hier angesiedelt.

Weiter ging es am Roßmarkt vorbei, durch die Gasse der Korbmacher. Hier saßen die Frauen auf der Straße und flochten Körbe aus Weidenruten. Körbe, Flechtwerk, Taschen und Stricke lagen zum Verkauf aus.

Leondora sprach eine der Frauen an: »Sag' mir, liebe Frau, ist hier immer so viel los?«

»Ihr kommt wohl nicht von hier? Nein, heute kommen alle, um das Spektakel zu sehen. Einer der Händler hat Safran verfälscht und Ringula als Safran verkauft. Er wird heute am Marktplatz samt Ware öffentlich verbrannt. Und sein Gehilfe wird lebendig begraben. Hernach, wenn die Sonne im Zenit steht, geht es los. Stell dir vor…«

Die Frau wollte weiter sprechen, doch Leondora bedankte sich höflich und sie verließen die geschwätzige Frau.

Im Weitergehen erzählte Mejana: »Die Ringelblume wandert häufig in Pfannen und Töpfe. Sie ist ein wohlschmeckendes Gewürz, sowie ein wirksames Mittel gegen Gifte. Meine Mutter bezeichnete sie als "Safran des armen Mannes". Aber wer sie als echten Safran verkauft, wird drastisch bestraft.«

Sie blieben in kleinen Gassen, um nicht aufzufallen. Unrat lag über die Wege verteilt; es stank erbärmlich nach Fäkalien und faulenden Abfällen. Sie mussten aufpassen, wohin sie traten, um nicht im Dreck auszurutschen.

Als die Sonne am höchsten stand, strömten die Menschen Richtung Marktplatz, nur die drei Frauen hielten sich lieber fern. Trotzdem hörten sie wenig später die Schreie und rochen den Qualm und den Gestank nach verbranntem Fleisch, der in den Gassen hing wie zäher Nebel.

Wenig später sahen die Drei eine Menschenmenge wie bei einer Prozession durch die Straßen ziehen. Vor ihr her wurde in einem hölzernen Käfig auf einem Wagen der zweite Betrüger zu seiner Hinrichtung gefahren. Er kauerte wie ein verängstigtes Tier in der Ecke, während ihn das gemeine Volk mit wüsten Beschimpfungen versah, oder faules Gemüse nach ihm warf. Mejana, Leondora und Isabella schlugen die entgegengesetzte Richtung ein.

Sie waren in eine enge Gasse eingebogen und hatten sie schon zur Hälfte passiert, als ihnen plötzlich drei Reiter entgegen kamen. Leondora sah sie zuerst. Ihr Herzschlag setzte für einen Moment aus. Es waren Nestor, Roderick und ein fremder Mann.

Nun waren sie also entdeckt. Das Versteckspiel war umsonst gewesen. Hier konnten sie keinesfalls entkommen. Wie hatten die Männer sie nur gefunden? Aber vielleicht … Leondora zog ihr Tuch tiefer ins Gesicht in der vagen Hoffnung, nicht erkannt zu werden und drückte sich an die Seite, so gut es ging. Sie hatte keine Zeit mehr, die anderen zu warnen.

»Geht zur Seite, Gesindel!«, herrschte Nestor die Drei an.

Die Reiter preschten heran und hätten Isabella und Mejana sicher umgeritten, wären sie nicht schnell zur Seite in einen Hauseingang gesprungen.

Isabella stellten sich abrupt die Nackenhaare auf. Diese Stimme erkannte sie sofort. Nestor! Der kalte Schweiß brach ihr aus. Wie war das möglich? Hatten die Männer sie erkannt? Dann war alles aus. Sie sah zu Boden, um ihn nicht noch zusätzlich zu reizen. Und in der aufkeimenden Hoffnung, er würde nicht weiter Notiz von ihr nehmen.

Nestor ritt ein paar Schritte weiter, da wendete Roderick sein Pferd und kam zurück. Er lenkte das Pferd ganz nah an Mejana heran und drängte sie gegen die Wand.

»Steht uns ja nicht noch einmal in den Weg!« Sein Pferd tänzelte nervös auf der Stelle. Er musterte die drei Frauen. Sie hielten die Luft an und standen da, wie versteinert vor Anspannung. Wenn er sie erkannte, waren sie verloren!

Doch er wendete sein Pferd, ließ es kurz steigen und jagte hinter Nestor her, der mit dem fremden Mann schon ein Stück voraus geritten war. Erst da wagten die Frauen wieder zu atmen. War es womöglich Zufall, dass sie hier aufeinander trafen? Ein Funke Hoffnung keimte in Isabella auf. Vielleicht waren die Männer gar nicht wegen ihnen hier. Mit zitternden Knien verharrten alle Drei eine Weile, bevor sie weiter Richtung Dom gingen. Die Anspannung löste sich lange nicht.

Nur langsam erholten sie sich von dem Schrecken, den ihnen die Männer eingejagt hatten. Trotz ihrer stetigen Angst, entdeckt zu werden, mussten sie dringend ein paar Münzen verdienen, um nicht zu verhungern. Sie setzten sich vor dem Portal des Augsburger Doms auf die Treppen, auf ein paar Groschen hoffend. Da sie nicht wussten, ob hier Betteln verboten war, achteten sie ängstlich darauf, ob eine der Stadtwachen auf sie aufmerksam wurde. Und sie hofften inständig, dass ihnen Nestor und seine Männer nicht noch einmal begegnen würden. Sie hatten sich wieder mit dem Saft eingerieben, um nicht erkannt zu werden. Die Besucher des Domes zeigten sich spendabel, so dass immer wieder eine klingende Münze in ihre Schälchen fiel.

Gerade zählten sie das eingenommene Geld, als eine Gruppe Bettler aus einer Nebenstraße auf sie zukam. Bedrohlich bauten sich die Fremden vor ihnen auf.

»Verschwindet hier«, rief ein ausgemergelter alter Mann, der keine Zähne mehr im Mund hatte. »Das ist unser Platz! Wir dulden keine Fremden, die uns das Geschäft wegnehmen!«

Drohend kamen sie näher auf die drei Frauen zu.

Bevor es zu Handgreiflichkeiten kommen konnte, erhob sich Mejana und holte etwas aus ihrem Sack, das stark nach Ziegenbock roch. Sie hielt es der Gruppe hin und meinte: »Wir sind keine Bettler. Wir sind Heilerinnen auf der Durchreise. Dies hier ist Bockwurz. Ihr kennt die Wurzel vielleicht als Pfefferwurz für Suppen und Gemüse. Aber ich kann mit ihr sein Fieber kurieren.« Sie zeigte auf einen jungen Mann in zerlumpter Kleidung. Er hatte glasige Augen und rotglänzende Lippen. Er sah wirklich krank aus.

Der alte Mann schien einen Augenblick zu überlegen, während er den Jungen ansah. »Was verlangst du dafür?«, fragte er schließlich misstrauisch.

Leondora antwortete: »Wir brauchen etwas zu essen und ein paar Heller.«

Isabella setzte nach: »Dafür behandeln wir ein paar von Euren Leuten.«

Die Gruppe steckte die Köpfe zusammen und beratschlagte kurz, dann sagte der Alte: »Gut, wir werden sehen, ob eure Arbeit wirklich mehrere Heller oder nur ein paar Pfennig wert ist. Kommt mit.«

Die Fremden führten die Drei durch kleine, schmutzige Gassen und verborgene Schleichwege in ein heruntergekommenes Haus am Stadtrand. Es war sicher mal ein großes, herrschaftliches Gebäude gewesen, doch nun sah dieses baufällige Gemäuer wenig einladend aus. Der alte Mann öffnete die Tür und ließ sie eintreten. Einige Bettler erwarteten die Neuankömmlinge bereits. Hier sprach sich alles sehr schnell herum.

Eine dralle Frau mit offenen, lockigen Haaren trat aus der Menge. »Ich bin Farina. Willkommen in unserem stattlichen Palast.« Mit einer ausladenden Geste zeigte sie auf die kahlen, modrigen Wände. Die anderen Bettler lachten.

Sie musterte die drei Neuankömmlinge. »Ihr habt euch mit dem Saft des Bocksbart eingerieben, nicht wahr? Daher die hässlichen Entzündungen. Altes Bettlergeheimnis, um öffentliches Mitleid zu erregen. Ihr scheint euch gut auszukennen. Ihr seht aus wie Bettlerinnen. Genauso schön gekleidet wie wir...« Sie raffte ihren zerschlissenen Rock leicht und drehte sich in ihrer einfachen Bluse hin und her, als ob sie ein elegantes Kleid vorführen wollte. Die anderen grölten.

Isabella sah sich verstohlen um.

Doch Farina entging nichts. Sie sah Isabella an: »Seid Ihr wirklich Heilerinnen? Ihr fragt euch, ob das eine Falle ist? Ihr habt keine Wahl. Es wird schon bald dunkel und ihr kennt euch in dieser Stadt nicht aus. Viele Gefahren lauern hier in der Dunkelheit. Und sobald die Tore geschlossen werden, wird jeder, der in den Straßen aufgegriffen wird, in den Büßerturm gesperrt. Das wollt ihr drei Hübschen doch nicht, oder?«

Nun ergriff Mejana das Wort: »Du hast Recht, Farina. Und ja, wir sind Heilerinnen. Wir sind auf der Durchreise und möchten nicht erkannt werden. Wenn Ihr uns helft, werden wir einige von euch behandeln. Das ist bei manchen Deiner Freunde dringend nötig!«

»Also gut. Seht euch die Wunden an und sagt, was ihr alles für die Behandlung braucht.«

So untersuchten Mejana und Isabella die Kranken. Mejana gab Anweisung, was zu besorgen sei.

»Bringt mir Brennnessel samt Wurzeln, Allerweltsheil, Ehrenpreis und Taubenkropf. Und Schmalz. Dann brauche ich noch Flachs, um die Brandwunden zu versorgen.«

Leondora bereitete derweil nach Mejanas Anweisungen Arznei aus den bereits vorhandenen Zutaten vor. Die Bibernelle, die so nach Bock stank, verwendete Mejana gegen Fieber und als Wundheilmittel. Die Brennnesseln waren schnell besorgt. Mejana schnitt eine kleine Wurzel ab und gab sie einem Jungen mit Zahnschmerzen: »Kaue sie und behalte den Saft im Mund. Das wird die Schmerzen lindern. Leondora, bitte verbrenne eine große Brennnessel, reibe sie mit Honig auf und lege sie der Frau dort hinten, mit dem dunklen Geschwür, auf.«

So ging es bis spät am Abend. Und immer standen neue Patienten in der Schlange, um behandelt zu werden.

Als die bereits einsetzende Dunkelheit das weitere Arbeiten unmöglich machte, brachte Farina einen Krug und drei Becher, die sie den Frauen reichte. Durstig machte Isabella einen großen Schluck und hätte um ein Haar den gesamten Mund voll Farina vor die Füße gespuckt: »Puh, das ist ja Essig!« Sie schüttelte sich angewidert.

Die anderen sahen sie erstaunt an.

Verärgert antwortete Farina: »Wenn Dir unser Wein nicht schmeckt, kannst du Dir ja Wasser vom Brunnen holen!«

Erst in diesem Augenblick wurde Isabella gewahr, was sie gesagt hatte. Beschämt senkte sie den Kopf. Sie hatte niemanden beleidigen wollen. Sie hatte einmal gelesen, dass der

Wein der niederen Schichten wie Essig schmeckte. Er war mit Wasser verdünnt, doch der hohe Säureanteil tötete Bakterien im Wasser ab, so dass das Wasser trinkbar wurde. Fieberhaft überlegte sie, was sie sagen könnte, aber Farina kam ihr zuvor. Sie machte einen tiefen Knicks und säuselte: »Gerne dürft Ihr allerlei Gewürze, wie Honig, Zimt oder Nelken besorgen, damit wir Euch einen Würzwein reichen können, edle Herrin.« Sie nahm Isabellas Becher, leerte ihn in einem Zuge, leckte sich die Lippen und meinte: »Oh, welch edler Tropfen. Ein wahrer Genuss. Wie schön, dass wir solch schmackhaften Rebensaft täglich genießen dürfen.«

Die Umherstehenden grinsten und johlten.

Isabella war es sichtlich peinlich: »Bitte entschuldige! Ich …«

»Lass gut sein.« Farina machte eine wegwerfende Handbewegung, doch ihre Augen lachten schon wieder. Sie war ganz offensichtlich nicht nachtragend. Sie holte einen zusätzlichen Becher, füllte ihn, gab ihn Isabella. Alle tranken, also nippte auch Isabella, trank dann und schluckte brav, ohne die Miene zu verziehen. Farina trat an den Tisch, nahm einen großen Laib Brot, riss sich ein Stück davon ab und reichte den Laib dann weiter. Sie zog sich einen Schemel heran, bot den anderen Platz am Tisch an, setzte sich und erklärte: »Ich kenne mich mit Wein aus, weil mein Bruder Helmfried Weinhändler war, ehe eine Hungersnot ihn und seine gesamte Familie dahingerafft hat. Der Wein muss schmecken und bekömmlich sein. Manchmal werden Weine eingekocht und vor Ort erst wieder mit Wasser versetzt. Das macht sie haltbarer und die Transportkosten geringer. Mit Harz können wir Weine haltbar machen. Oder Bittermandel zugeben. Unser Wein ist durch die Säure haltbar. Einen edleren können wir uns nicht leisten, doch wir sind genügsam. Und dankbar.« Sie steckte das nächste Stückchen Brot in den Mund, kaute eine Weile gedankenversunken, dann prostete sie den anderen zu. Sie tranken und redeten noch eine Weile.

Endlich wies ihnen Farina ein Strohlager in der Ecke zu. Isabella musste allerdings noch einmal austreten. Sie ging neben das Haus und verrichte ihr Geschäft. Sie hatte sich immer noch nicht daran gewöhnt, dass sie keine Toilette hatte, an der sie hinter sich die Türe zusperren konnte, sondern oft vor aller Augen austreten musste, immer auf der Hut, dass sie nicht von einem Mann bedrängt wurde.

Als sie durch die Türe wieder eintreten wollte, packte sie eine Hand an der Schulter und versuchte, sie festzuhalten.

Die Stimme eines Mannes lockte: »Komm, Süße, komm mit mir nach draußen. Eine so hübsche Frau ganz alleine... Ich werde Dir helfen...«

Die massige Hand legte sich widerlich auf ihren Busen. Beklemmung stieg in Isabella auf. Die lähmende Ohnmacht des Ausgeliefertseins. Nein! Nicht jetzt. Nie wieder! Im Affekt schnappte sie sich den Arm, zog mit dem Gewicht ihres Körpers den Mann mit sich in eine Drehung und stellte ihm dabei ein Bein, so dass er kontrolliert vor ihr zu Fall kam. Mit einem lauten Plumps landete der verdutzte Bettler vor ihren Füßen, doch sie hielt seinen Arm noch mit einem Hebelgriff fest.

»Was soll das?«, fauchte sie. »Belästigst du öfter unschuldige Frauen? Dir sollte mal jemand Manieren beibringen, du tumber Tor!«

Durch den Tumult wurden die anderen auf sie aufmerksam, traten heraus und bildeten einen Halbkreis um die beiden. Sie lachten, feixten und machten sich über ihren "Bruder" am Boden lustig.

Auch Leondora und Mejana waren hinzugekommen.

Isabella ließ den Mann los. Er rappelte sich auf, stand langsam auf und funkelte Isabella böse an, während er sich seinen schmerzenden Arm rieb.

Angespannt, wie eine Katze kurz vor dem Sprung, stand sie vor ihm. »Wenn du noch einmal Hand an mich legst, dann wirst du es bitter bereuen!«, schrie sie ihn an.

Da trat Farina hinzu: »Psst! Leise. Nicht dass die Vigilanten auf uns aufmerksam werden. Wir müssen hier sehr vorsichtig sein. Am besten lautlos und unsichtbar.« Sie wartete einen Augenblick, dann wandte sie sich an den jungen Mann: »Taro, nichtsnutziger Schalk! Entschuldige dich sofort bei Isabella. Wir sind friedliebende Leute und behandeln unsere Gäste zuvorkommend!«

Taro presste ein »Tut mir leid« zwischen den Zähnen hervor und verzog sich so schnell wie möglich.

Farina musterte Isabella: »Du weißt Dir gut zu helfen. Jemanden wie dich könnten wir hier gut gebrauchen. Falls du und deine beiden Freundinnen bleiben wollt... Wir nehmen euch gerne in unsere Familie auf.«

»Danke. Aber wir müssen morgen weiter.«

Schließlich gingen alle auseinander und Isabella legte sich auf ihr Lager. Die drei Frauen kuschelten sich auf ihren Säcken nah aneinander, um möglichst wenig Angriffsfläche für fremde Hände zu bieten.

Nur langsam senkte sich der Adrenalinspielgel in Isabellas Blut. Es dauerte lange, bis sie in einen unruhigen Schlaf fiel, weil sie bei jedem ungewohnten Geräusch hochschreckte.

Am nächsten Morgen waren alle schon früh auf den Beinen. Einige der Bettler waren schon "bei der Arbeit".

»Sie sind zum Schlachthaus gegangen. Heute ist großer Schlachttag«, erklärte Farina.

Isabella staunte: »Ihr habt ein Schlachthaus im Augsburg? Wie fortschrittlich!«

»Ja, um den Preis und die Qualität der Fleischversorgung kontrollieren zu können, ist im Stadtrecht festgeschrieben, dass alle Rinder, Schafe und Kälber dort geschlachtet werden müssen. Nicht einwandfreies Fleisch wird kenntlich gemacht und auf einer besonderen Bank verkauft. Da schauen wir dann öfter mal vorbei, in der Hoffnung, dass das eine oder andere Stückchen seinen Weg zu uns findet...«

Farina hatte einen Tisch frei geräumt und Essen für die Drei bereitgestellt. Eine dünne Suppe mit Graupen, Brot und verdünnten Wein. Die Suppe war nicht besonders schmackhaft, aber wenigstens eine warme Mahlzeit im Magen. An den Wein zum Frühstück hatte sich Isabella mittlerweile gewöhnt, auch wenn dieser hier sauer schmeckte wie Essigwasser. Scheußlich.

Nach dem Essen zog Farina ein Ledersäckchen hervor, öffnete das Band und zählte drei Heller in Mejanas Hand.

»Wie Ihr seht, habe ich mein Wort gehalten. Nun geht in Frieden. Und wenn Ihr wieder einmal nach Augsburg kommt, seid Ihr hier immer willkommen.«

Sie verabschiedeten sich. Beim Hinausgehen hängte Mejana ein Sträußchen Dillkraut über die Haustüre. »Das wird euch vor Hexenzauber schützen.«

Ein paar Mitglieder der "Familie" begleiteten sie noch bis zum Marktplatz. Dann trennten sich ihre Wege.

Guter Dinge setzten die drei ihren Weg durch die Stadt fort, nachdem sie auf dem Markt ihre Vorräte besorgt hatten. Sie drückten sich aber jedes Mal in eine Nische, sobald sie Hufgeklapper hörten, um nicht noch einmal Nestor in die Fänge zu geraten. Ständig auf der Hut beeilten sie sich, das Pferd abzuholen. Als sie durch einen schmalen Durchlass die Gasse der Korbflechter betraten, stieß Leondora so unglücklich mit einem Mann zusammen, dass sie fast gestürzt wäre.

»So passt doch auf!«, brummte er unwirsch.

Dann sah er auf, starrte Leondora sprachlos an und kniete unvermittelt vor ihr nieder.

Leondora war so überrascht, dass auch sie keinen Ton herausbrachte.

Der Mann starrte sie immer noch an und stammelte: »Ihr hier?«

Ungläubig meinte Leondora: »Das ist doch nicht möglich! Gunnar. Ich dachte, Ihr seid tot.«

Gunnar stand auf und schüttelte ungläubig den Kopf: »Prinzessin Leondora! Ich kann es nicht fassen. Wir suchen Euch seit

Wochen. Ich habe Eure Spur verfolgt und hörte in Bannacker von zwei Heilerinnen auf Burg Schadeck. Aber dann war dort etwas vorgefallen und die Heilerinnen lebendig begraben. Ich befürchtete schon das Schlimmste, als ich von einem Gerücht hörte, die Heilerinnen hätten ihr Grab verlassen und seien mit dem Teufel davon geflogen. Da machte ich mich auf den Weg nach Augsburg und wollte weiter zur Löwenburg, um nach Euch zu suchen. Wie habt Ihr Euch nur alleine durchschlagen können?« Offensichtlich überlegte er, wie sie es geschafft hatte, sich als Frau ohne männliche Begleitung unbeschadet durchzukämpfen. Er musterte sie verstohlen. »Ihr seht so verändert aus. Ich hätte Euch fast nicht erkannt.«

Leondora sah an sich hinunter und antwortete: »Das ist eine längere Geschichte. Ich erzähle sie Euch auf der Fahrt. Wir haben die Männer, die uns überfallen und entführt haben, hier in Augsburg gesehen. Nestor von Schwarzenfels und Roderick von Hohenleite. Wir hatten unerhörtes Glück, dass sie uns nicht erkannt haben. Wir sind hier nicht sicher. Ihr auch nicht, Gunnar. Sie könnten Euch ebenso erkennen.«

»Ich weiß. Wir brechen sofort auf. Ich werde Euch zur Löwenburg geleiten. Leider habe ich keine Verstärkung dabei. Wir müssen uns alleine durchschlagen.«

Sie holten erst das Pferd der Frauen, dann Gunnars Ross ab und verließen Augsburg durch das kleine Tor an der Brücke. Glücklicherweise taten andere Torwachen ihren Dienst. Sie überquerten die Brücke, zogen den Wagen aus seinem Versteck im Gebüsch hinter der Scheune und machten sich gemeinsam auf den Weg.

Burg Löwenhaag

Auf dem Weg zur Burg Löwenhaag kamen sie gut voran. Das Wetter spielte mit und auch wenn sie fernab der großen Wege reisten, waren sie mit ihrem Fortkommen zufrieden.

An einem großen Gehöft machten sie Halt. Eine Frau kam über den Hof geeilt, zwei kleine, unterernährte Kinder am Rockzipfel. Das Mädchen, vielleicht fünf Jahre alt, versteckte sich hinter ihr und lugte an ihrem Rock vorbei. Der etwa dreijährige Junge tauchte mit triefender Nase unter ihre Schütze und hob sie immer wieder ein wenig an, um die Fremden zu betrachten.

»Kann ich Euch helfen?« Die Frau zog ihr ausgebleichtes Kopftuch fest.

»Wir sind Reisende und bräuchten eine Unterkunft für die Nacht.«

»Habt Ihr Geld?«

»Nicht viel.«

»Dann könnt Ihr die Schuld bei mir abarbeiten. Stellt den Wagen in die Scheune. Die Pferde könnt Ihr im Stall unterstellen.«

Sie versorgten die Pferde, dann trugen sie ihre wenigen Habseligkeiten hinein.

»Was sollen wir tun?«, fragte Mejana.

Die Frau überlegte einen Moment.

»Ihr«, sie zeigte auf Gunnar, »geht bitte hinter dem Haus Holz hacken. Stapelt es an der Hauswand. Wir werden derweil aus Lehm und Pferdeäpfeln eine Dämmung für's Haus bereiten.

Ich habe schon angefangen. Und Eine muss am Fluss Wasser holen.«

»Ich hole es«, bot sich Mejana gleich an und nahm die Holzstange mit den zwei Wassereimern an beiden Enden auf die Schultern.

Als sie losgezogen war, gingen die drei Frauen nach draußen. In großen Holzeimern lagen Lehm und Pferdeäpfel bereit. In einer mit Holzbalken eingefassten Mulde, die bestimmt als Misthaufen genutzt wurde, war schon ein Hügel vorbereitet.

»Kippt die Eimer Lehm und Pferdeäpfel darauf. Dann mischen wir alles kräftig durch und werfen es hernach an die Hauswand. Es wird mir Schutz bei Wind und Wetter sein.«

Die Bauersfrau ging barfuß auf den Haufen und fing an, alles zu durchmischen und zu stampfen.

Isabella und Leondora mussten sich überwinden, barfuß in diesen stinkenden Matsch zu steigen. Aber sie taten es beide. Nach einer Weile nahmen sie jeweils immer eine Hand voll und schmierten es an die Hauswand. Wenn es dort trocknete, würde es eine gute Dämmschicht ergeben. Allerdings schafften sie mit der vorbereiteten Menge jeweils nur einen kleinen Teil der Wand.

Die beiden Kinder halfen eifrig mit, doch landete ein großer Teil der Masse auf ihnen selbst, anstatt auf der Hauswand.

Die Frauen wuschen sich die Hände und Füße im nahen Bach gründlich sauber. Dann zogen sie die Kinder aus und wuschen sie von Kopf bis Fuß. Während des gemeinsamen Abschrubbens erzählte Mejana ein wenig von ihren Erlebnissen und erklärte, warum sie in einem so schäbigen Wagen reisten und wie Bettlerinnen gekleidet waren.

Mit Kleidern konnte die Bauersfrau nicht aushelfen, denn sie besaß keine, und ihre Hemden und Schürzen brauchte sie selbst. Sie erzählte, dass ihr Mann kürzlich verstorben und es schwer sei, den Hof alleine zu versorgen.

Auf dem Rückweg verteilte die Frau die nun anstehenden Arbeiten. Isabella sollte mit einer handbetriebenen Mühle Korn zu Mehl mahlen, damit sie hernach das Abendmahl daraus bereiten konnten. Es war äußerst anstrengend. Nach einer Stunde harter Arbeit rann ihr der Schweiß den Rücken hinunter, doch sie hatte gerade mal eine Handvoll Mehl geschafft. Das würde nicht einmal für einen Fladen reichen. Zu ihrem Glück hatte die Bauersfrau noch einen Mehlvorrat, auf den sie zurückgreifen konnten.

Da die Bäuerin einen großen Waschzuber besaß, den sie zur Badewanne umfunktionierten, konnten sich die Frauen endlich wieder einmal ausgiebig waschen. Sie legten ihn mit Tüchern aus und füllten ihn mit über dem Feuer angewärmtem Wasser, getrockneten Kräutern und etwas Asche, da sich die Bäuerin keine Seife leisten konnte. Er war nicht wirklich bequem, aber einigermaßen warm, und es roch herrlich nach Kräutern. Nach dem Haarewaschen kam bei Isabella und Leondora langsam wieder ihre eigene Haarfarbe unter der schwarzen Tönung heraus. Die durch den Bocksbart-Presssaft hervorgerufenen Ekzeme waren abgeklungen. Mit gewaschenen und gekämmten Haaren sahen die Frauen schon viel zivilisierter aus.

Sie trafen sich alle im Wohnraum und setzten sich um den großen Holztisch zum Abendmahl. Beim gemeinsamen Essen wurde die Bäuerin redselig. Da sie nun wusste, dass ihre Gäste aus Bruck kamen, erzählte sie von ihrer Schwester, die nahe Bruck auf Gut Roggenstein in Emmering arbeitete. Die Augen in dem abgearbeiteten Gesicht leuchteten, als sie von ihrer Schwester redete.

»Nur leider habe ich weder die Zeit noch das Geld, um sie zu besuchen. Es ist sehr schön dort, hat sie gesagt. Meine Schwester hat mir die abwechslungsreiche Gegend und das Emmeringer Hölzl in den schillerndsten Farben beschrieben. Und sie hat mir von den Blutsteinen erzählt.«

Leondora und Isabella sahen sie verständnislos an, Gunnar schüttelte leicht den Kopf. So fuhr die Frau verschwörerisch fort: »Das sind Felsblöcke, die aus dem Boden ragen und in denen Rillen in Mustern verlaufen. Dort sollen in grauer Vorzeit bei religiösen Riten Menschen geopfert worden sein. Bestimmt heidnischer Aberglaube oder gar Satansjünger. Durch die eingekerbten Rillen soll das Blut abgeflossen sein.«

Sie flüsterte es fast, als ob sich gleich der Boden auftun und sie alle verschlingen würde, wenn sie solche Schauergeschichten erzählte. Gunnar schüttelte nur unwillig den Kopf und Leondora sagte: »Lass das bloß nicht den Pfarrer hören. Du weißt, dass die Mutter Kirche solche heidnischen Opferstätten und Rituale nicht duldet. Am besten lässt man die Finger davon. Ich will gar nichts mehr davon hören. Du solltest solche Dinge nicht im Kreise von Fremden erwähnen. Das könnte dich teuer zu stehen kommen, wenn dich jemand der Ketzerei bezichtigt.«

Die Frau senkte schuldbewusst den Kopf, aber Leondora war das abenteuerlustige Blitzen ihrer Augen nicht entgangen.

Die Dunkelheit brach herein, so war es Zeit für die Nachtruhe. Die Bäuerin entschuldigte sich, dass Kerzen unbezahlbar seien und sie sich nicht einmal genug Kienspan leisen könne, um bei Dunkelheit den Wohnraum zu beleuchten. So legten sich alle zum Schlafen, sobald man nicht mehr ausreichend sehen konnte. Das heruntergebrannte Herdfeuer war bald die einzige Lichtquelle im Wohnraum. Leondora, Isabella und Mejana teilten sich ein großes Lager aus Stroh, auf das sie ihre Decken ausgebreitet hatten. Es war weitaus bequemer, als auf dem Wagen zu schlafen.

Isabella hörte die Frau leise ein Schlaflied singen:

»Die Knechte und Mägde
Und all sein Gesind,
Das regt und bewegt sich
Wie er so geschwind.
Sie singen manch munteres fröhliches Lied
Und freu'n sich von Herzen,
Wenn alles schön blüht.«

Sie fühlte sich seltsam tief berührt von den Worten und schlummerte bald ein.

Als sie am nächsten Morgen bei Getreidebrei und Brot um den Holztisch in der Küche saßen, nippte die Bauersfrau lustlos an ihrem Krug mit Molke. Sie hatte offensichtlich etwas auf dem Herzen, druckste jedoch herum, als ob sie etwas sagen wollte, sich aber nicht traute. Schließlich fragte Leondora: »Gibt es etwas, das du uns sagen möchtest?«

Da fasste sich die Frau ein Herz und fragte, ob sie nicht noch einen Tag bleiben könnten. Sie müsse das Feld hinter dem Haus bestellen, aber ihr Ochse, der normalerweise den Scharpflug ziehe, sei krank und sie alleine könne das nicht schaffen. Das Pferd sei zu alt. Es könne den schweren Pflug nicht ziehen.

Sie erzählte, dass sie als unfreie Bauern an die Scholle gebunden seien und ihrem Grundherrn Frohn, also Arbeitsleistung und Naturalabgaben schuldig seien.

»Etwa Handdienste, wie Beikraut jäten. Oder sie fordern von uns Spanndienste ein, wie das Pflügen der Felder. Und allzu oft zur Saat- oder zur Erntezeit, wenn wir dringend unsere eigenen Felder bewirtschaften müssen. So können wir kaum genug erwirtschaften, um den Zehnt zu entrichten. Wir müssen schließlich immer Getreide, Feldfrüchte, Obst, Gemüse, Kräuter, Vieh oder Fleisch abgeben und dabei zusehen, dass wir selbst genug zum Überleben haben. Und seit mein Mann tot ist, ist es noch schwieriger geworden, mich und die Kinder alleine durchzubringen.«

Sie sagte das ohne Bitterkeit. Es war einfach nur eine Feststellung. Sie schien nicht mit ihrem Schicksal zu hadern, sondern es als gottgewollt hinzunehmen.

Schweren Herzens willigten die Vier ein, spannten eines der Pferde vor den Pflug und erledigten gemeinsam die harte Arbeit bis zum Abend. Gunnar ging hinter dem Pflug her, die Frauen bestellten das Feld. Die ungewohnte Arbeit war so anstrengend, dass ihnen schon nach kurzer Zeit der Schweiß in Strömen hinunter lief.

Nach getaner Arbeit fühlten sie sich ganz steif und die Muskeln taten ihnen weh. Selbst eine Massage würde hier nicht viel helfen. Und um ein warmes Bad herzurichten hatten sie bei weitem nicht mehr die Energie. So streckten sie ihre schmerzenden Glieder bald auf dem Strohlager aus und verbrachten die Nacht nochmal auf dem Hof.

Trotz der Anstrengung am Vortag waren alle am nächsten Morgen früh auf den Beinen. Sie trafen sich zu einem Teller Suppe in der großen Küche, dann packten die Frauen ihre Sachen auf den Wagen, während Gunnar anspannte. Die Bauersfrau dankte ihnen mehrfach und richtete ihnen einen karg bestückten Fresskorb für die Reise her. Mehr Essensvorräte konnte sie nicht entbehren.

Am späten Nachmittag näherten sie sich einem etwas größeren Dorf.

Die Bauern auf den Feldern sahen interessiert zu ihnen herüber. Fremde wurden hier unverhohlen begutachtet.

»Wie heißt das Dorf dort vorne?«, rief Gunnar einem der Bauern zu.

»Wulfertshausen, Herr.«

»Gibt es dort ein Gasthaus?«

»Ja Herr, den grünen Krug. Es ist das Haus mit dem Baum auf dem Schild.«

»Danke.«

Gunnar warf dem Mann eine Münze zu, die dieser geschickt auffing. Er schnalzte mit der Zunge und der Wagen setzte sich in Bewegung Richtung Wulfertshausen. Sie fanden das Gasthaus direkt in der Ortsmitte neben der Kirche. Gunnar ging hinein und fragte nach Zimmern. Nachdem er einen akzeptablen Preis ausgehandelt hatte, stellten sie die Pferde unter und bezogen ihre Kammern. Allerdings war das Geld, das Gunnar für die Reise mitführte, nun fast aufgebraucht.

Leondora ging hinunter in die Schankstube und fragte die Wirtin, wo sie neue Gewänder bekommen konnten. Etwas später klopfte es an ihre Türe. Die Wirtin brachte drei einfache Kleider aus grobem, ungefärbtem Leinen, drei Tücher und drei

Schnüre. Eine Augenweide gegenüber den Fetzen, die sie am Leibe trugen.

Sie zogen die Kleider an, die mit der Schnur um die Hüfte zusammengehalten wurden und legten sich die Tücher über die Schultern. Der Stoff kratzte am Körper, aber er war sauber und roch frisch gewaschen.

Am nächsten Tag sammelten sie ihr letztes Geld zusammen und legten es der Wirtin auf den Tisch. Dann brachen sie auf; zur letzten Etappe auf dem Weg zur Burg Löwenhaag.

Sie hatten Wulfertshausen bald hinter sich gelassen. Isabella hatte Hunger. Sie hatte sich schon so lange nicht mehr satt essen können. Sie hatte sich zwar an die dünnen Suppen, die Eintöpfe und den Getreidebrei gewöhnt, doch es war eben nicht wie zu Hause.

»Mir knurrt der Magen. Haben wir noch etwas zu Essen?«, fragte sie.

»Nur noch ein wenig kalten Brei. Sonst ist nichts mehr da.«

»Mir hängt es zum Hals raus, immer nur Brei und zerkochtes Gemüse zu essen. Pasta oder mal ein richtiger Braten, Pommes mit Ketchup oder überbackenes Gemüse wären mal was anderes…«

Just in dem Moment, als sie es ausgesprochen hatte, tat ihr der Gefühlsausbruch schon leid. Nicht nur, weil Gunnar und Mejana sie verständnislos anstarrten.

Leondora hatte erschreckt die Augen aufgerissen: »Isabella!«

Als Isabella klar wurde, was sie da eben gesagt hatte, hätte sie sich am liebsten die Hände vor den Mund gehalten, als ob die Worte dann nicht herauspurzeln hätten können. Doch so erwiderte sie kleinlaut. »Entschuldigung. Ich weiß nicht, was in mich gefahren ist. Ich war schon als Kind unausstehlich, wenn ich Hunger hatte. Ich fürchte, das hat sich bis heute nicht geändert. Tut mir leid. Ich gelobe Besserung.«

Leondora versuchte sogleich, vom Thema abzulenken: »Seht dort! An dem Flusslauf da vorne können wir trinken und die Wasservorräte auffüllen. Auch die Pferde sollten getränkt werden. Es sieht wie eine flache Furt aus. Last uns kurz rasten, ja?«

Alle stimmten zu. Glücklicherweise fragten die Reisegefährten nicht, was Pasta oder Pommes und Ketchup seien. Wie hätte Isabella das erklären sollen?

Mittlerweile hatten sie bereits ein gutes Stück der Strecke zurückgelegt, als sie an einem kleinen Weiler vorbeikamen. Ulrichsholz, wie sie auf Nachfrage erfuhren. Gunnar fragte einen Jungen, der neben dem Wagen herlief, wie weit es noch bis zur Burg Löwenhaag sei.

Der Junge meinte: »Herr, zur Löwenburg müsst Ihr zum Hofberg, gleich da vorn, hinter der Wegkrümmung.«

Und tatsächlich. Schon in der Kurve konnte man sie sehen.

Die stattliche Burg strahlte förmlich im Sonnenlicht. Sie thronte herrschaftlich auf einem Felsen, der einzigen Erhebung inmitten einer großen Ebene voller Felder und Wälder.

Der Weg war weiter, als es auf den ersten Blick aussah. Es würde noch eine Weile dauern, bis sie die Burg erreichten. Freudig und aufgeregt beeilten sie sich, das letzte Stück des Weges zurückzulegen.

Schließlich hielten sie vor dem großen Burgtor am Fuße des Hügels. Es war ein massives, dunkles Tor, mit metallenen Beschlägen verstärkt.

»Halt!«

Eine Torwache hatte von der Verteidigungsmauer heruntergerufen und hob die Hand. Sie sah auf die Neuankömmlinge herab.

»Wen darf ich melden?«

Gunnar setzte sich so aufrecht wie möglich in seinen Sattel: »Dies sind Eure zukünftige Herrin Leondora von Leiten, Isabella von Schönfels und die Heilerin Mejana. Meldet ihre Ankunft. Ist Gero von Löwenhaag auf der Burg?«

Es dauerte einen Augenblick, dann öffneten sich langsam die beiden gewaltigen Torflügel und die Wache trat heraus.

Der Mann musterte sie mit großen Augen. Auf ihrem schäbigen Wagen und mit diesen einfachen Kleidern mussten sie ein merkwürdiges Bild abgeben.

»Nein Herr. Gero von Löwenhaag ist schon vor Wochen ausgezogen, um seine Braut zu suchen. Er kommt immer wieder zurück, aber nun ist er wieder seit Tagen unterwegs. Ich werde Ihre Hoheit sofort anmelden.«

Er machte eine kleine Verbeugung vor Leondora: »Wir erwarten Eure Ankunft schon seit Wochen. Da wird die Herrschaft aber froh sein.«

Er schickte eine Wache auf einem Pferd zur Burg hinauf. Dann öffnete er das Tor ganz und ließ die Gäste ein.

Der Weg führte spiralförmig mit stetigem Anstieg um den Felsen herum. Langsam holperten sie den Berg hinauf.

Mit freudig glänzenden Augen sah sich Leondora um.

Die Burg war sehr gut gesichert. Alle Nase lang kamen sie durch Tore mit Zug- oder Fallbrücken, jedes mit zwei Wachen besetzt. Es war ein imposantes Bauwerk.

Als sich der Weg hin zum Innenhof öffnete, hielten sie an. Eine Menschenmenge wartete bereits auf sie. Es mussten sämtliche Bediensteten der Burg sein, die da erwartungsvoll zusammenstanden.

Der ältere, edel gekleidete Herr und seine Dame, das mussten Herzog Gerowin von Löwenhaag und Herzogin Freya sein. Neben ihnen lächelten ihr Sohn Enoch und ihre Tochter Sonja den Ankommenden zu.

Gerowin kam freudig auf die Neuankömmlinge zu und begrüßte sie überschwänglich. Leondora stieg vom Wagen, knickste leicht und meinte entschuldigend: »Es tut mir leid, dass ich nicht in angemessener Kleidung hier als Eure zukünftige Schwiegertochter erscheinen kann.«

Da kam Freya auf sie zu: »Aber Leondora, Ihr müsst Schreckliches erlitten haben! Wir danken Gott dafür, dass Ihr hier vor uns steht. Wir haben täglich für Euch gebetet, doch wir mussten das Schlimmste befürchten. Wir haben Boten in alle Richtungen ausgesandt, aber Ihr wart wie vom Erdboden verschluckt. Kommt, Ihr werdet sicher ein Bad nehmen und Euch frisch machen wollen.«

Dann begrüßten sie auch Leondoras Gefährtinnen und Gunnar und luden sie herzlich ein, auf der Burg zu bleiben. Als sie sich alle auf den Weg hinein machten, klatschten und jubelten die Bediensteten und riefen: »Hoch lebe Prinzessin Leondora!«

Hochzeit auf der Löwenburg

Als die Frauen sich frisch gemacht und ein wenig ausgeruht hatten, führte sie Magdalena, Leondoras neue Magd, herum. In der Burg gab es zahlreiche verschlungene Treppen und Erker. An einem dieser Erker, der allerdings beachtlich weit hinaus ragte, gingen sie nun vorbei.

Magdalena erklärte: »Und hier der Abort-Erker. Es ist Platz für zwei Personen und immer ausreichend Moos vorhanden.«

Im Vorbeigehen roch man die frischen Kräuter, die dort am Boden ausgestreut wurden, um schlechte Gerüche zu überdecken.

Auch den Eingang zum Verlies, die Küche und die Rüstkammer besuchten sie. Die Gemächer waren durch die Fensteröffnungen, die mit dünnen, gegerbten Tierhäuten verschlossen waren, nicht allzu düster, und auf Leondoras Bett lagen die Daunendecken und Kissen aus ihrer Brautaussteuer. Magdalena erklärte stolz, dass auch die Ritter nicht, wie sonst üblich, auf mit Fellen belegten Holzkästen schliefen, wobei sich vier bis sechs Männer ein breites Bett teilen mussten, sondern bequemere Bettstätten hätten, die sie sich nur zu zweit teilten.

Der Rundgang durch die Burg führte schließlich auch in den Hof und den kleinen Garten. Zahlreiche Nischen mit Fensteröffnungen luden zum Verweilen ein, um die wundervolle Aussicht zu genießen. Leondora blieb stehen und ließ den Blick über die Gegend schweifen. Der Ausblick war phantastisch! Die Sonne verschwand langsam über den Hügeln in der Ferne und zauberte ein wunderbar weiches Abendrot über die Landschaft. Leondora hatte hatte sich schon bei ihrer Ankunft in die Gegend verliebt. Nein, hier würde sie sicher kein Heimweh nach Bruck plagen.

Zur Feier des Tages wurde abends im Burghof ein Schwein gegrillt. Der Duft zog über das gesamte Gelände und ließ einem das Wasser im Munde zusammenlaufen.

Magdalena kam mit einer Fingerschale und einem reich bestickten Tuch zum Abtrocknen.

Leondora, Isabella und Mejana hatten üppig bestickte Kleider in der Kemenate vorgefunden. Freya hatte in weiser Voraussicht ein paar Kleider für Leondora vorbereiten lassen, auch wenn sie deren Maße nicht kannte. So passten sie zwar nicht wie maßgeschneidert, aber sie kleideten die Drei dennoch wunderbar. Die Haare waren kunstvoll hochgesteckt und jeweils mit einem kleinen Kranz geschmückt. Mejana hatte noch nie ein so herrschaftliches Kleid getragen. Es entsprach nicht ihrem Stand, doch die anderen hatten darauf bestanden, dass sie ihnen in nichts nachstehen sollte. Niemand nahm Anstoß daran.

Die Nacht war lau, so war die Tafel im Hof gedeckt worden. Neben Gerowin und Freya saßen Enoch und Sonja, daneben ein paar ihrer Vertrauten. Ihnen gegenüber war Leondoras Platz, daneben Isabellas und Mejanas. Auch Gunnar hatte man an die Tafel gebeten.

Gerowin ließ sich die Ereignisse der Reihe nach berichten. Er konnte kaum glauben, was er da hörte.

»Burg Feistritz ist eines unserer Lehen. Ich werde umgehend Anweisung geben, Nestor von Schwarzenfels das Lehen zu entziehen. Er und seine Mittäter werden ihrer gerechten Strafe zugeführt, sobald wir ihrer habhaft werden. Allerdings ist Feistritz eine Trutzburg und sehr schwer einzunehmen, sollte er sich offen gegen uns stellen. Ich habe einen Boten nach Burg Nikolausberg gesandt und einen ausgeschickt, Gero zu finden. Nun kann die langersehnte Hochzeit endlich stattfinden!«

Gunnar berichtete, wie er schwer verletzt von einem Zisterziensermönch gefunden worden war, der vom Kloster Fürstenfeld auf dem Weg zum Kloster Oberschönenfeld in der Nähe von Augsburg war. Er hatte Gunnar mitgenommen und gesund gepflegt. Von ihm hatte er auch die Geschichte vom Schwarzen Ritter gehört, der um Augsburg sein Unwesen treiben und mit einem nachtschwarzen Pferd die Gegend unsicher machen sollte. Der Schwarze Ritter erscheine und verschwinde wie ein Geist, töte besonders die guten Kämpfer und knöpfe den Reichen immer wieder einen Teil ihrer Reichtümer ab. Jeder Steuereintreiber fürchte sich mittlerweile vor Arco, dem Schwarzen Ritter. Niemand könne sich ihm in den Weg stellen. Gunnar schmückte die Geschichte zu einem Schauermärchen aus, dem alle gebannt mit einem wohlig schaurigen Gefühl zuhörten.

Der weitere Abend verlief ausgelassen und fröhlich. Jeder erzählte Geschichten und gab Anekdoten zum Besten, bis es Zeit für die Bettruhe wurde. In Leondoras Kemenate unterhielten sich die drei Freundinnen noch eine Weile. Dann legten sie ihre feinen Kleider ab und gingen zu Bett.

Mejana wälzte sich auf ihrem Lager hin und her und konnte nicht schlafen. Sie war zu aufgeregt wegen der Erlebnisse der letzten Tage und der Geschichten um den Schwarzen Ritter.

Sie nahm ihren Umhang und ging in den Garten. Ruhig lag das weite Land. Und dunkel. Durch die Zinnen in der Mauer konnte man gut sehen. Sie ließ den Blick über die Felder, die Wälder und die sanften Hügel schweifen. Über den dunkelblauen Nachthimmel. Ein riesiger Mond stand am Firmament.

Mejana setze sich auf eine kleine Bank in einem der Erker und betrachtete fasziniert die große, gelbe, runde Scheibe. Sie liebte den Mond. Schon oft hatte sie sich nachts, wenn sie nicht schlafen konnte, vor ihre Hütte gesetzt und ihn betrachtet. Doch so groß hatte sie ihn noch nie gesehen. Wolken zogen schnell über den Himmel und verdeckten ihn immer wieder teilweise. Er beleuchtete sie von hinten, so dass sie dunkel und mystisch wirkten. Eine verzauberte Stimmung. Mejana saß ganz still und betrachtete versunken die sich ständig veränderten Wolkenformationen. Ein Windhauch fuhr unter ihren Umhang und ließ sie frösteln. Sie schlang den schweren Stoff fester um ihren Körper, um sich noch eine Weile diesem Schauspiel widmen zu können, doch schon bald wurde ihr kühl, deshalb ging sie zurück in die wohlige Wärme der Kemenate.

Der nächste Tag stand ganz im Zeichen der Hochzeitsvorbereitungen. Ein Schneider nahm Maß, um das Hochzeitskleid für Leondora zu nähen. Sie wollte es schlicht und nicht zu üppig mit Perlen bestickt. Auch Isabella und Mejana sollten edle Roben für die Hochzeit erhalten.

Freya versammelte die Mägde und gab Anweisungen, was vorzubereiten sei; dann besprach sie mit dem Küchenvorsteher den Ablauf des Hochzeitsmahles.

Leondora sehnte sich danach, ihre Eltern und ihre Schwester wiederzusehen. Aber noch mehr freute sie sich auf Gero. Sie stellte sich vor, wie es sei, in seinen Armen zu liegen. Es war schon so lange her, dass sie sich schon nicht mehr ganz sicher war, wie er aussah. Sie hoffte sehnlichst, dass es nur ein paar Tage dauern würde, bis sie ihn wieder sehen würde!

Leondora und Isabella saßen etwas abseits im Garten und Stickten, um sich die Zeit zu vertreiben. Doch vor allem brauchten ihre Hände etwas zu tun, um die Nervosität im Zaum zu halten.

Isabella machte sich Gedanken über Leondoras Ehe. Sie wusste, dass die Frauen im Mittelalter wenig bis keine Reche besaßen und dass der Ehemann die Verfügungsgewalt über seine Frau hatte. Sie traute sich zuerst nicht recht, aber dann fragte sie Leondora doch danach.

»Ja, es ist schon so. Aber unsere Ehe ist kein reines Rechtsgeschäft. Wir heiraten aus Liebe, nicht weil wir aus politischen oder finanziellen Interessen heraus einander versprochen sind. Dennoch: es ist eine Munt-Ehe. So geht die Munt, die Vormundschaft, bei unserer Hochzeit von meinem Vater auf Gero über. Er hat dann das alleinige Verfügungsrecht über unser

Vermögen, über mich und über unsere zukünftigen Kinder, und er bekommt das alleinige Scheidungsrecht. Aber da mache ich mir keine Sorgen. Gero wird mir sicher ein liebevoller, guter Ehemann sein. Meine einzige Sorge ist die Hochzeitsnacht. Es ist immer noch manchmal üblich, dass das Beilager vor Zeugen stattfinden muss. Ich hoffe, unsere Eltern ersparen uns das. Ich möchte das gerne mit Gero allein tun.«

Isabella nickte verständnisvoll. Bei einigen Bräuchen dieser Epoche war sie froh, dass es sie in der Zukunft nicht mehr geben würde...

Leondoras Kleid und ein langer Schleier wurden in einer geschnitzten Truhe gebracht. Säckchen mit den getrockneten Blüten des Mädesüß waren zwischen die Wäsche gelegt worden. Sie hüllten den Inhalt in einen wunderbar süßlichen Duft. Als Leondora das Kleid anprobierte, umfing sie der angenehme Geruch.

Es war keine größere Änderung mehr nötig, so legte Magdalena das Kleid anschließend wieder ordentlich zusammen und gab es vorsichtig in die Truhe zurück.

Auch die Freundinnen probierten ihre Gewänder an. Mejana trug eine Cotte aus sandfarbenem Leinen und darüber einen hellblauen Surcot, ein bodenlanges Überkleid, das hinten etwas länger war als vorne, so dass es beim Tragen eine Schleppe bildete. Der runde Halsausschnitt und die Ärmel waren mit brettchengewebter Borte verziert. Isabellas knöchellange Cotte war ebenfalls aus Leinen gefertigt und in dezentem Hellgrün gehalten. Ihr seidener grüner Surcot hatte einen eckigen Halsausschnitt, den eine bestickte Borte zierte. Die Surcots waren in der Taille gegürtet, so dass sie leicht die Figur betonten. Sie waren wunderschön und passten auf Anhieb.

Isabella hatte sich hübsche kleine Tüchlein mitbringen lassen, die sie die folgenden Tage mit kleinen Blümchen und zwei großen "L", den Initialen für Leondora von Löwenhaag, bestickte. Es sollte das Hochzeitsgeschenk werden.

Am Nachmittag des nächsten Tages genossen Mejana und Leondora den Ausblick an der südlichen Mauer und unterhielten sich angeregt, als Mejana ein paar Reiter erspähte, die mit wehenden Umhängen im Jagdgalopp heran kamen.

Sie deutete hin, um Leondora die Richtung zu weisen: »Seht, die Reiter! Könnten es nicht…«

Da hatte Leondora sie auch entdeckt. Wie vom Donner gerührt starrte sie nach unten.

»Das ist er!«, stammelte sie. »Das muss er sein.«

Dann raffte sie ihren Rock und lief durch den Garten, über den Hof und den Weg hinunter Richtung Tor.

Sie war noch nicht weit gekommen, als sie das Hufgeklapper nahen hörte. Schon kam die Gruppe um die Kurve auf sie zu, mit Gero an der Spitze. Offenbar hatte man ihm am Tor bereits gesagt, dass Leondora auf der Burg weilte, denn er ritt mit einem leicht angespannten, aber glücklichen Gesichtsausdruck vorneweg. Er sah genauso aus, wie sie ihn in Erinnerung hatte.

Sein Blick traf den ihren, worauf er erfreut rief: »Leondora, endlich!«

Seine stürmische Reaktion zeigte seine übermäßige Freude, denn mitten im leichten Galopp sprang er vom Pferd, lief die paar Schritte auf sie zu und nahm Leondora ungestüm in die Arme. In diesem Moment scherten ihn weder Sitte noch Moral. Er küsste sie leidenschaftlich und hielt sie so fest umarmt, dass es ihr schier die Luft raubte.

Dann schob er sie ein kleines Stückchen von sich weg, um sie besser betrachten zu können.

»Ihr seid noch schöner, als ich Euch in Erinnerung hatte!«

Als sie gerade zu einer Antwort ansetzen wollte, schob er schnell nach: »Obwohl das natürlich kaum möglich wäre.«

Die anderen Reiter hatten ebenfalls angehalten und warteten grinsend ein paar Meter weiter hinten.

Jetzt erst schien Gero gewahr zu werden, dass sie nicht alleine waren. Er deutete auf die beiden Reiter, die Leondora am nächsten standen: »Orno und Gervin kennt Ihr ja bereits.« Leondora begrüßte die beiden.

»Und das ist Falk von Eppendorf.«

Er zeigte auf einen gutaussehenden jungen Mann mit braunen schulterlangen Haaren und einem feinen, klugen Gesicht.

»Ich habe ihn vor Jahren auf einem Turnier kennen und seinen scharfen Verstand und seinen Mut schätzen gelernt. Er ist ein guter Freund geworden.«

Auch ihn begrüßte Leondora herzlich.

Dann schlenderte sie neben Gero den Weg zur Burg hinauf, während die Freunde voraus ritten.

Die Neuigkeit von Geros Ankunft hatte sich schnell herumgesprochen, so dass sich oben im Innenhof mittlerweile viele der Burgbewohner versammelt hatten, um ihn und seine Begleiter zu begrüßen.

Leondora stellte ihnen Isabella und Mejana vor. Gero begrüßte Mejana ausgesprochen freundlich und blieb dann vor Isabella stehen. Er sah sie einen Moment nachdenklich und fast ein wenig staunend an.

Dann lächelte er sie offen an und meinte »Isabella Schönfels. Willkommen auf der Löwenburg. Ihr seid also die Frau, die Nestors Schergen in die Flucht geschlagen hat. Euch eilt der Ruf voraus, eine Zauberin zu sein. Ist da was dran? Ihr müsst wahrlich eine gute Kämpferin sein! Ich würde mir beizeiten gerne Eure Kampfkunst ansehen. Erweist Ihr mir die Ehre, die nächsten Tage mal einen Schaukampf mit mir zu führen?«

Isabella wurde ganz verlegen.

»Ihr erweist mir der Ehre zu viel. Es stimmt, ich habe in meiner Heimat eine Kampfkunst erlernt, die hierzulande nicht bekannt ist. Aber mit Zauberei hat sie rein gar nichts zu tun. Es wird sich für Euch vielleicht merkwürdig anhören, aber ich kann weder mit einem Schwert, noch mit anderen Waffen besonders gut umgehen.«

»Immerhin habt Ihr gemeinsam mit Leondora enorme Widrigkeiten überstanden.«

»Das ist wohl wahr. Doch wo ich herkomme, bin ich eine ganz normale Frau, die versucht, die Heilkunde zu erlernen. Eine Heilerin. Ich fühle mich sehr geehrt, dass Ihr Euch meine Kampftechnik ansehen wollt. Gerne.«

Dabei machte sie einen höflichen Knicks und senkte leicht den Blick, denn ihr war nicht ganz klar, wie sich eine Frau in so einer Situation verhalten sollte.

Nach der ausführlichen Begrüßung zerstreuten sich die Burgbewohner wieder, die neu Angekommenen wuschen sich in den herbei getragenen Schüsseln die Hände und setzten sich zu einer kleinen Stärkung zusammen.

Es gab schließlich viel zu erzählen!

Es wurde eine lange Nacht, in der die Frauen ihre abenteuerlichen Erlebnisse berichteten. Leondora begann ihre Erzählung. Sie sprach von der Entführung durch Nestor und seine Komplizen, von ihrer Gefangenschaft auf Burg Feistritz, von ihrer Flucht in Gauklerkleidung bis zu den grauenvollen Erlebnissen nach der Verleumdung auf Burg Schadeck.

Isabella erzählte, wie sie Mejana kennen gelernt hatten und wie sie zu dritt, als Bettlerinnen verkleidet, über Augsburg geflohen waren.

Gero hörte aufmerksam zu. Er war - ebenso wie die anderen Anwesenden - beeindruckt vom Mut der Frauen und staunte, wie gut sie alle Schwierigkeiten gemeistert hatten. Sie hatten reichlich Leid ertragen müssen. Das würde – so Gott wollte – nie wieder geschehen.

Gero erzählte von den Sorgen, die sich alle um Leondora gemacht hatten, als sie von der Entführung erfahren hatten. Er berichtete, wie hilflos sie sich gefühlt hatten, als Leondora und Isabella so lange Zeit verschwunden gewesen waren. Und wie sie im Dunklen getappt hatten, was die Entführer und die Hintergründe der Tat betraf. Er schilderte, wie sie sich aufgeteilt hatten, um die Frauen zu suchen, die erfolglosen Streifzüge und

Befragungen und die aufsteigende Panik und die Angst, seine Verlobte nicht lebend wieder zu sehen. Seine Augen glänzten, als er alles in Gedanken noch einmal durchlebte. Seine eigene Entführung riss er nur kurz an, um die anderen nicht zu belasten. Vielleicht würde er es Leondora später einmal in Ruhe erzählen.

Bis spät in die Nacht saßen sie zusammen, redeten und tranken von dem köstlichen Schlehenwein, den Gero so liebte.

Der nächste Tag begann etwas ruhiger als gewöhnlich, da alle erst in den frühen Morgenstunden ihre Lager aufgesucht hatten. Die Stimmung auf der Burg war ausgelassen und fröhlich. Die in wenigen Tagen stattfindende Hochzeit versetzte alle in aufgeregte Hochstimmung. Auch wenn Leondora und Gero in Kürze verheiratet sein würden, so achteten seine Eltern momentan penibel darauf, dass die beiden nicht alleine miteinander waren. So schlenderten sie mit Mejana als „Anstandsdame“ durch den Garten, während sich Isabella mit Falk unterhielt. Doch sobald die Gruppe außer Sichtweite war, gesellte sich Mejana zu Isabella und Falk, um dem Brautpaar eine Weile Zweisamkeit zu gönnen.

Gero und Leondora nahmen in der Nähe auf einer Bank Platz. Gero nahm Leondoras Hand und sie unterhielten sich leise. Er erzählte ihr ehrlich, wie arg er unter der Situation gelitten und wie sehr er sie vermisst hatte. Seine Offenheit und seine tiefen Gefühle für sie wirkten auf Leondora sehr sympathisch. Ihre Hand ruhte in seiner und sie legte ihre zweite Hand darauf. Es war eine Geste der Vertrautheit und der Zuneigung. Ihren Kopf lehnte sie sacht an seine Schulter und ließ ihren Blick gedankenverloren über die weite Ebene schweifen. Eine Zeit lang saßen sie so neben einander.

Liebevoll strich Gero Leondora über das kunstvoll geflochtene Haar und betrachtete ihr ebenmäßiges, schönes Gesicht. Leondora durchfloss ein wohlig kribbelndes Gefühl, als er einen sanften Kuss auf ihren Handrücken hauchte.

Zwei Tage später kamen Leondoras Eltern und ihre Schwester Rosalinde auf Burg Löwenhaag an. Sie hatten keinen großen

Hofstaat und nicht viel Gepäck dabei, dafür aber eine kleine Armee zu ihrem Schutz.

Isabella stieg schnellen Schrittes vom Garten herauf und rief beim Anblick der vielen neu angekommenen Gäste aus: »Du meine Güte. Hier geht`s ja zu wie am Stachus!« Leondora drehte sich um: »Was ist ein Stachus?«

Erschrocken riss Isabella die Augen auf, warf einen hastigen Blick in die Runde und erwiderte: »Das erkläre ich Euch gerne ein anderes Mal.«

Daraufhin beeilte sie sich, die Gäste zu begrüßen.

Es dauerte eine Weile, bis alle einigermaßen komfortabel untergebracht waren. Die Familien der Brautleute verstanden sich auf Anhieb hervorragend.

Leondora führte ihre Schwester auf dem Gelände herum und zeigte ihr die phantastische Aussicht vom Garten über das fruchtbare Land. Während sie umherspazierten, erzählte sie von ihren Erlebnissen seit der Entführung. Rosalinde freute sich über die spannende Geschichte und schauderte, als sie hörte, was ihrer Schwester alles widerfahren war. Aber sie ahnte die Tragweite all dieser Ereignisse nicht. Sie begriff nicht, dass diese Erlebnisse Leondora für immer verändert hatten. Leondora würde nie wieder die ruhige, schüchterne, leise Schwester sein. Sie war eine selbstbewusste, starke, mutige Frau geworden.

Als sie von ihrem Spaziergang zurückkehrten, wollten ihre Eltern die Geschichte bis ins kleinste Detail noch einmal hören. Eleonora schlug die Hände über dem Kopf zusammen, als sie erfuhr, was ihre Leondora alles erlebt hatte. Auch für sie war es eine sehr schwere Zeit gewesen, als ihre Tochter den brutalen Entführern in die Hände gefallen war und niemand sagen konnte, ob sie Qualen erleiden musste und ob sie sie jemals wiedersehen würde. Unbemerkt blinzelte Eleonora eine Träne weg, die sich bei den qualvollen Erinnerungen in ihr Auge gestohlen hatte.

»Ich habe jeden Tag in der Magdalenenkirche eine Kerze gestiftet, um Gott um deine unversehrte Rückkehr zu bitten.

Heute werde nach dem Abendmahl in die Kapelle gehen und dem Herrn dafür danken, dass du wohlbehalten zurückgekehrt bist, mein Liebes.«

Auf dem gesamten Burggelände herrschte geschäftiges Treiben. Die Vorbereitungen für die Hochzeit liefen auf Hochtouren. Lieferanten gingen ein und aus, um die Zutaten für das Hochzeitsmahl und alle weiteren benötigten Dinge zu liefern.

Die Bediensteten hatten Ausgehverbot, damit alles rechtzeitig fertig wurde.

Nach und nach trafen auch die zahlreichen anderen Hochzeitsgäste auf Burg Löwenstein ein. Eine große und erlesene Hochzeitsgesellschaft: Herzöge, Markgrafen, Landgrafen und Fürsten; alle mit mehr oder weniger großem Gefolge.

Einzig König Ludwig der Bayer hatte der Einladung nicht folgen können, da er seine Gemahlin in die kürzlich geerbten niederländischen Grafschaften Holland, Seeland und Friesland begleitet hatte. Durch den Tod ihres Bruders Wilhelm IV. von Holland, der keinen legitimen Nachkommen hinterlassen hatte, als er kürzlich in der Schlacht von Warns gefallen war, hatte sie mit ihrem Gemahl sein Erbe angetreten. Dennoch hatte Ludwig eine prunkvolle Truhe liefern lassen, die sicher ein außergewöhnliches und kostspieliges Hochzeitsgeschenk enthielt.

Der Tag der Hochzeit zeigte sich von seiner besten Seite. Kein Lüftchen regte sich am strahlend blauen Himmel.

Rosalinde half Leondora beim Ankleiden. Allerdings vorwiegend mit guten Ratschlägen. Den Rest erledigten Magdalena und ein paar weitere Mägde. Sie flochten Leondora einen Blumenkranz ins offene Haar. In ihrem hellen Kleid sah sie bezaubernd aus.

Leondoras Vater führte seine Tochter zur Burgkapelle, in der die Zeremonie stattfinden würde. Der Priester erwartete sie vor der Pforte, beide Familien und die Gäste waren bereits versammelt und warteten gespannt auf die Braut.

Gero stand festlich herausgeputzt im Kreis, den die beiden Familien mit den zahlreichen Gästen bildeten.

Nachdem Geros Vater als der Sippenälteste die vorgeschriebene Befragung des Brautpaares vorgenommen und mit dem Ja-Wort der Braut die Trauung beendet hatte, “übergab“ Landgraf Theodowic feierlich Leondoras Hand an Gero. Es war eine rührende Zeremonie, als Leondoras und Geros Hände ineinandergelegt wurden.

Der Priester segnete sie. »Ich übergebe Euch keine Magd, sondern eine Gefährtin.«, gab er Gero mit auf den Weg.

Nachdem der Priester das Paar auch kirchlich vermählt hatte, verließ die Hochzeitsgesellschaft die Kapelle.

Als Gero und Leondora als Letzte aus der Kapelle traten, bewarfen Freunde und Gäste das Hochzeitspaar mit Getreidekörnern, um ihnen eine große Familie zu wünschen; dann zog die Hochzeitsgesellschaft über den Hof, der mit unzähligen Blüten ausgestreut war, in den großen Saal ein. Die Brautleute strahlten und genossen ihren Ehrentag sichtlich.

Der Saal war für das Hochzeitsmahl reich geschmückt und alles auf Hochglanz poliert worden. Gero und Leondora nahmen an der Stirnseite des großen Raumes Platz. An ihren Seiten die Familienmitglieder, die sich lebhaft unterhielten. Die Stühle der Hochzeitsgäste waren quer dazu aufgebaut worden, so dass das Brautpaar für jeden Gast gut sichtbar sein würde. Den Boden bedeckten wohlriechende Kräuter, die einen betörenden Duft verströmten, der erst von dem appetitanregenden Geruch der Speisen überdeckt wurde, als sie auf großen, blumengeschmückten Tafeln hereingetragen wurden. Die Tafeln waren festlich gedeckt und mit zahlreichen Kandelabern erhellt. Sie bogen sich förmlich unter dem aufwendig hergerichteten, reichhaltigen Festmahl. Prall gefüllte silberne Platten und Schüsseln luden zum Zugreifen ein. Zur Vorspeise reichte man herzhaften Pudding aus ausgelassenem Bratenfleisch in Mandelmilch mit gestocktem Ei und Brot, sowie Fleischklöße in grüner Soße aus Petersilie, Minze und Essig. Neben Geflügel gab es dann

Schwein, Lamm und Fisch in verschiedenen Variationen. Dazu standen edler Wein, Bier und Starkbier bereit.

Immer wieder stand einer der Gäste auf und widmete dem Brautpaar einen Trinkspruch, oder gab ihm gute Wünsche mit auf den Weg.

Später gab es Bierbrot, Torten und Fruchtspeisen, Walnüsse, Süßigkeiten und sogar Datteln und Pistazien.

Nach dem ausgiebigen Festessen hob der Gastgeber die Tafel auf, die Musik lud zum Tanzen ein.

Gerovin forderte Sonja zum Tanz auf. Auf dem Weg zur Tanzfläche hatten die beiden nur Augen füreinander, worüber sich ihr Bruder Enoch köstlich amüsierte.

Isabella tanzte mit Falk. Auch wenn ihr diese Art zu tanzen nicht geläufig war, bemühte sie sich, möglichst nicht negativ aufzufallen, was sich als gar nicht so einfach entpuppte. Sie schaute immer, was die Tänzerinnen neben ihr taten, dann machte sie es ihnen nach. Doch dabei war sie öfter mal zu spät dran, oder drehte sich in die falsche Richtung. Dennoch wich ihr Falk diesem Abend nicht mehr von der Seite. Isabella war fasziniert von den traumhaften Kleidern und dem schönen Fest. Und diese Musik! Dieser Abend sollte nie enden...

Orno hatte Mejana auf die Tanzfläche gebeten. Sie bemühte sich redlich, aber sie war solche Tänze ebensowenig gewohnt, wie Isabella und daher genauso unsicher. Doch sie machte ihre Sache gut und fiel in keiner Weise aus dem Rahmen.

Als die Damen eine Verschnaufpause einlegten, bewunderte Isabella Leondoras wunderschönen goldenen Ring, den sie von Gero bekommen hatte. Er stand ihr ausgezeichnet. Leondora streifte ihn ab und hielt in Isabella hin, die ihn anprobieren durfte. Er passte wie angegossen.

»Er ist wunderschön. Ein sehr geschmackvolles Geschenk.«

Leondora nahm ihn zurück, steckte ihn wieder an und besah sich ihre Hand von allen Seiten: »Ja, er ist wahrlich wundervoll! Dafür musste Gero sicher einige Heller berappen.«

Isabella gab ihr Recht, denn der Ring sah wertvoll aus. Die beiden unterhielten sich noch eine Weile, ehe Gero seine Braut wieder holte, um mit ihr zu tanzen.

Ausgelassen feierte die Hochzeitsgesellschaft, bis der Zeitpunkt kam, an dem Gero und Leondora zu ihrem Schlafgemach geleitet wurden und die Gäste gute Wünsche aussprachen. Oder anzügliche Späße machten.

Gervin frotzelte, dass Gero sich Bockwurz als Aphrodisiakum von Mejana bringen lassen solle, oder dass man die Wurzel als Amulett um Geros Hals hängen solle, damit Leondora länger etwas von ihm habe.

Dann wurde das Bett gerichtet. Bis auf das Hochzeitspaar verließen alle den Raum.

Leondora und Gero saßen erst etwas verloren am Bettrand. Sie hatten sich so sehr nach einander gesehnt. Nun war die Situation doch etwas befremdlich.

Gero stand auf, goss Wein in zwei Becher und reichte Leondora einen. Sie nippte nur, er trank, dann stellte er die Becher weg und blieb vor ihr stehen.

»Auf diesen Moment habe ich so lange gewartet«, flüsterte er und begann, den Blumenkranz aus ihrem Haar zu flechten.

Dann verloren sie sich für eine Weile in leidenschaftlichen Küssen, ehe Isabella ihm aus der reich bestickten Obertunika half. Als er die Bänder an ihrem Kleid gelöst hatte, streifte er es ihr vorsichtig ab. Sie wiederum zog ihm die Untertunika aus und öffnete die Nesteln, mit denen seine Beinlinge befestigt waren.

Die Spannung zwischen ihnen war prickelnd. Beide konnten kaum mehr an sich halten. Sie streichelten einander und wälzten sich in erotischem Spiel übers Bett. Als er sich die Bruche abgestreift hatte, versanken sie im Liebesspiel, bis sie wieder zu Atem kommen mussten. Es bereitete beiden so viel Lust, den anderen zu spüren. Immer wieder vereinigten sich ihre Körper zu einem Reigen der Gefühle, wie ihn beide noch nicht gekannt hatten.

Schließlich schliefen sie eng umschlungen, erschöpft und glücklich ein.

Das Laken wies am nächsten Morgen eindeutig rote Flecken auf. Es wurde als Beweis der vollzogenen Ehe herumgereicht und die beiden frisch Vermählten beglückwünscht und gefeiert.

Nach ein paar Tagen des Müßiggangs wurde es auch für die letzten Gäste Zeit, Abschied zu nehmen.

Theodowic und seine Familie reisten nach Bruck zu Fürstenfeld zurück. Gunnar begleitete seinen Herrn. Leondora standen die Tränen in den Augen, als sie sich von ihrer Familie verabschieden musste. Trotzdem wirkte sie glücklich, schien innerlich zu strahlen. Noch lange sahen sie und Isabella den Reisenden nach, bis sie nur noch als kleine Punkte zu erkennen waren.

Ein Lichtreflex lenkte Isabellas Blick auf ein ausnehmend schönes goldenes Amulett um Leondoras Hals.

»Was für eine schöne Kette. Der Anhänger sieht richtig edel aus«, meinte sie bewundernd. Leondora nahm ihn in die Hand und ließ Isabella einen Blick darauf werfen.

»Ja, nicht wahr? Dieses Amulett hat Gero mir geschenkt. Es ist alter Familienbesitz der Löwenhaags, übermehrere Generationen von der Mutter dem ältesten Kind vererbt.«

Während die Hochzeitsgäste nach und nach die Burg verließen, wurde Isabella wieder bewusst, dass auch sie sich auf den Weg machen musste. Auf den Weg zurück in ihr altes Leben. Mit einem lachenden und einem weinenden Auge würde sie ihre neu gefundenen Freunde verlassen. Sie würde demnächst ebenfalls nach Bruck aufbrechen, um dort hoffentlich mit dem eisernen Handschuh die Heimreise antreten zu können.

Sie hätte gleich mit Leondoras Familie reisen können, doch Falk hatte sie und die anderen auf Burg Wittenstein zur Gauklernacht eingeladen, die in zwei Tagen stattfinden sollte. Die Burg lag etwas nordöstlich von Augsburg. Von dort aus wollte Isabella dann weiterreisen. Nur ein kleiner Umweg auf der Reise nach Bruck. Jetzt war sie so lange von zu Hause fort, da würden ein paar weitere Tage auch nicht mehr schaden...

Auch Mejana machte sich Gedanken über ihre Zukunft: »Nach der Gauklernacht werde ich mir eine Unterkunft in der Nähe von Burg Löwenhaag suchen und wieder als Heilerin arbeiten. In meine alte Heimat kann und will ich nicht mehr zurück.«

Leondora war begeistert von dieser Idee: »Eine weise Entscheidung. Ausgezeichnet! Das bringt gleich zwei Vorteile: Ihr bleibt mir erhalten und wir haben stets eine hervorragende und erfahrene Heilerin in unserer Nähe. Wundervolle Zukunftsaussichten.«

Das viele Lob war Mejana fast peinlich, sie blickte beschämt zu Boden. Allein ihre strahlenden Augen verrieten, wie sehr sie sich auf ihr neues Leben freute.

Isabella meinte fröhlich: »Mejana, deine Überlegungen sind richtig. Bei Leondora zu bleiben ist eine hervorragende Idee. Das ist sicher die richtige Entscheidung. Ich wünschte, ich könnte dabei sein.«

»Und warum kannst du das nicht? Bleib doch einfach bei uns. Wir werden genug Arbeit für uns beide haben.«

Damit hatte Isabella nicht gerechnet. Was sollte sie sagen? Sie schätzte Mejana sehr und hätte ihr ohne mit der Wimper zu zucken ihr Leben anvertraut. Doch wie viel der Wahrheit konnte sie preisgeben? Sollte sie Mejana in ihr Geheimnis einweihen? Ein immerhin sehr außergewöhnliches und lebensgefährliches Geheimnis. Sie würde es ihr sagen. Irgendwann. Allerdings musste es bald sein, denn in Kürze würde sie diese Welt verlassen und Mejana nie wiedersehen. Um ihr die komplizierte Lage zu erklären, benötigte sie Zeit und Ruhe. Momentan war der Zeitpunkt dafür nicht optimal. Nicht hier. Nicht jetzt.

Isabella wich aus: »Das geht leider nicht. Ich muss zurück nach Bruck. Ich habe dort etwas sehr Wichtiges zu erledigen. Das lässt sich leider nicht mehr aufschieben.«

Glücklicherweise widmete sich Mejana lieber dem Becher mit verdünntem Wein, anstatt genauer nachzufragen.

Am nächsten Morgen brachen Gero, Orno, Gervin, Falk, Leondora, Isabella und Mejana Richtung Burg Wittenstein auf. Da sie alle zu Pferde unterwegs waren und mit wenig Gepäck reisten, kamen sie zügig voran. Gero hatte sechs Ritter zu ihrem Schutz abgestellt, von denen später drei Isabella auf ihrem Weg nach Bruck begleiten sollten.

Sie trabten gemächlich einen Feldweg entlang, lachend, scherzend. Niemand verschwendete einen Gedanken an die schrecklichen Ereignisse der Vergangenheit. Alle waren entspannt und glücklich.

Falk lenkte sein Ross neben Isabellas: »Ihr seid eine äußerst ungewöhnliche Frau, Isabella.«

»Wie meint Ihr das?«

»Ihr seid im Kampf einem Mann ebenbürtig, obwohl Ihr gänzlich ohne Waffen auskommt. Ihr habt, wie ich hörte, mehrere Angreifer in die Flucht geschlagen oder gar besiegt. Äußerst ungewöhnlich für eine Frau.«

»Ja ich weiß. Frauen führen hier keine Waffen. Aber ich habe eine Art des Kämpfens gelernt, das stimmt.«

»Doch Ihr seid Heilerin, keine Kämpferin, richtig?«

»Ja, das stimmt. Ich bin Heilerin. Das Kämpfen habe ich freiwillig gelernt.«

»Machen das alle Frauen in Eurer Heimat?«

»Nein, nur wer möchte. Es ist das Üben von Fertigkeiten, keine kriegerische Handlung. Wir sind sehr friedfertig.«

»Ist es wahr, was man sich über Euch erzählt?«

»Kommt darauf an, was es ist.«

»Dass Ihr von weither kommt.«

Isabella überlegte einen Augenblick. »Ja, das ist richtig. Aber es gefällt mir hier ausnehmend gut. Ich bin sehr gerne hier, auch wenn ich bald zurück reisen muss.«

»Ihr seid klug, gebildet und hübsch und doch seid Ihr in Eurem Alter noch nicht unter der Haube. Wollt Ihr Euch nicht vermählen?«

Erstaunt über die direkte Frage, antwortete sie etwas verlegen: »Doch, schon. Aber ich habe den Richtigen noch nicht gefunden.«

»Wenn Euch hier ein Edelmann um Eure Hand bitten würde, jemand, dem Ihr Eure Liebe schenken könntet, würdet Ihr dann bleiben?«

Isabella wusste nicht recht, was sie antworten sollte. Die Frage hatte sich noch nie gestellt.

»Das ist sehr schwierig zu beantworten. Aber ich fürchte, es wäre nicht möglich.«

»Warum nicht?«

»Warum wollt Ihr das alles wissen?«

»Verzeiht, dass ich so viel frage, doch Ihr seid sehr schwer einzuschätzen für mich.«

»Es ist kompliziert. Ich bin etwas anders erzogen worden, als die Frauen bei Euch. Wesentlich selbständiger, unabhängiger.«

»Leondora erwähnte einst, dass Ihr gar lesen und schreiben könnt. Viele sind der Ansicht, Schreiben sei nur was für Pfaffen und Weiber. Dennoch braucht man einen kundigen Lehrmeister. Wie Ihr sicher wisst, sind bei uns selbst unter den Adeligen nur wenige des Lesens und Schreibens mächtig. Ihr tragt keinen Adelstitel. Und Ihr seid eine Frau.«

»Sehr scharfsinnig.«

»Versteht mich bitte nicht falsch. Ich meine das in keiner Weise abwertend. Es ist nur – ungewöhnlich. Die Kombination, die sich in Euch vereint, habe ich noch niemals erlebt.«

»Ja, das glaube ich Euch gerne. Aber da, wo ich herkomme ist das nichts Ungewöhnliches.« Isabella wollte so schnell wie möglich das Thema wechseln: »Aber erzählt doch von Euch. Wie ist Burg Wittenstein?«

»Sie wird Euch gefallen! Wittenstein ist großzügig, mit umfangreichen Ländereien. Vergangenen Sommer habe ich das Erbe meines Vaters angetreten, als er bei einem Jagdunfall ums Leben kam.«

»Das tut mir leid.«

»Danke. Es hat sich viel verändert seit jenem Tag. Ich war damals sehr häufig auf Turnieren unterwegs, doch seither bin ich nicht mehr so oft auf Reisen.«

»Dafür holt Ihr dann das Spektakel zu Euch?«

»Wenn die Spielleute in der Gegend weilen, dann hole ich sie auf die Burg. Eine willkommene Abwechslung. Es gibt viel zu sehen; sie bringen Geschichten und Neuigkeiten mit. Es wird Euch gefallen.«

»Ja das glaube ich gerne. Ich freue mich schon sehr darauf.«

»Wenn Euch die Burg zusagt, wenn Ihr Euch wohlfühlt, darf ich dann darauf hoffen, dass Ihr uns etwas länger mit Eurem Besuch beehrt, als nur zur Gauklernacht?«

Isabella beschlich ein eigentümliches Gefühl. Es schien fast so, als bemühte sich Falk um sie. Er wollte ihr doch hoffentlich nicht den Hof machen?!

Ausweichend antwortete sie: »Herzlichen Dank für das Angebot. Ich freue mich auf den Aufenthalt auf Wittenstein. Aber nach der Gauklernacht muss ich möglichst bald zurück, um meine eigenen Angelegenheiten zu regeln. Was die Zukunft bringt wird sich erst dann zeigen.« Sie musste versuchen, sein Werben kategorisch abzublocken. Er konnte ja nicht ahnen, dass sie bald sehr weit weg sein würde. Nicht räumlich, sondern zeitlich. Wenn alles klappte...

Gauklernacht in Wittenstein

Burg Wittenstein war weitläufiger und der Burghof großzügiger als auf der Löwenburg. Isabella stand an dem steinernen Tor und betrachtete fasziniert den großflächigen Hof. Linker Hand war er eingerahmt von den Buden der Handwerker und den Vorratskammern weiter hinten, die sicher gut gefüllt waren. Rechts erkannte sie die Stallungen, dahinter die Sattel- und die Rüstkammer. Den Abschluss bildete an der Stirnseite der mit einem Satteldach gedeckte Turmpalas. Er war an seiner Hofseite reich durchfenstert, so dass der Burgherr und seine Gäste bequem einen Blick auf das bunte Treiben im Hof werfen konnten.

Der Platz war dicht bevölkert. Kreuz und quer liefen die Bauern und Mägde, dazwischen spazierten die Adeligen gemächlich von Stand zu Stand. Ein geschäftiges Treiben überall. Es roch nach offenem Feuer und Gewürzen, nach Wein und in Fett ausgebackenen, süßen Fladen. Holztische und Bänke luden zum Verweilen ein.

Da der Abend lau war, versammelten sich Gero und seine Freunde zum Würfelspiel um einen groben Holztisch und prosteten einander ausgelassen mit Trinkbechern voll süffigem Wein zu. Zu ihrer Rechten hatte das fahrende Volk Zeltstangen aus unbearbeiteten Holzstämmen aufgebaut. Darüber waren Tücher gelegt, die mit Lederbändern befestigt wurden. Hinter den Zelten sah man vereinzelt Töpfe an einem Dreibein über dem Feuer baumeln, die Ketten an den zusammengebundenen Stangen glänzten im Feuerschein. Die alten Weiber des fahrenden Volkes kümmerten sich um dessen Verpflegung. Schmutzige Kinder in abgetragener und mehrfach geflickter Kleidung bewegten sich flink wie Wiesel zwischen den Zelten; so erbettelten sie manches Stück Brot oder einen Apfel.

Auch Leondora steckte den Kindern etwas zu, während sie mit Isabella und Mejana unter dem Schutz zweier Männer aus Herzog Gerowins Gefolge über den Markt schlenderte. Im gesamten Burgareal herrschte buntes Treiben, so dass es überall etwas zu entdecken gab.

Kerzen und Fackeln beleuchteten die Zelte der Zünfte und Händler spärlich. Zahlreiche Waren wurden in ihrem Schein feilgeboten, wobei sich die Tandler gegenseitig mit marktschreierischen Versprechungen zu überbieten versuchten. Besen, Bürsten, Kochlöffel, Holzschüsseln oder Trinkbecher, aber auch Tuche, Schmuck und allerlei Tand wechselten hier den Besitzer.

»Tretet ruhig ganz nahe heran! Betrachten kostet Euch bei mir nichts«, lockte ein feister Mann mit glänzendem Gesicht und schütterem Haar. Seine einladende Handbewegung sollte die Interessenten näher heranholen, doch sein schelmisches Grinsen verriet, dass er hier wie die Spinne im Netz wartete. Er pfiff leicht durch seine Zahnlücke, als die Damen an ihm vorbei schlenderten, doch die Drei beachteten ihn nicht weiter.

Nebenan hämmerte ein Schmied ein Messer in Form, das er immer wieder im Feuer erhitzte. Sein Lehrling fachte die Lohe an. Rhythmisch bewegte sich der Hebel des Blasebalges im Schein der Flammen. Das Werkzeug, dicht nebeneinander an Querbalken aufgehängt, klirrte bei jedem Schlag auf den Amboss.

Ein paar Schritte weiter, auf einer kleinen Bühne, führte eine Theatertruppe ein Stück „zur Kurtzeweyl" auf. Die Vorführung war gerade zu Ende, da rief einer der Schauspieler ins Publikum: »Jubel! Handgeklapper! Für unsere edle Guinieve«, und eine blutjunge Schauspielerin knickste mit ausladenden Gesten auf der Bühne.

Ein Junge von vielleicht fünf oder sechs Jahren ging mit einer umgedrehten Filzkappe in der Hand durch das Publikum und hielt sie jedem Zuschauer hin, wobei der eine oder andere durchaus üppig spendete.

Bunt gekleidete Gaukler eroberten die Bühne, zeigten Kunststücke und trieben ihre Späße mit dem Publikum. Die Stimmung war ausgelassen und fröhlich.

Auch die drei Freundinnen waren stehengeblieben, klatschen begeistert und ließen sich von den heiteren Menschen mitreißen.

Weiter hinten versetzte ein Feuerspucker die Kinder in helle Aufregung, während zwei seiner Kollegen mit sechs brennenden Fackeln jonglierten. Rücken an Rücken warfen sie einander die die leuchtenden Fackeln über den Kopf hinweg zu. Das Feuer tanzte flackernd durch die Luft.

Die Dämmerung setzte langsam ein. Eine Tänzerin mit Glöckchen um die Fußgelenke tanzte zu einer hübschen Flötenmelodie und klopfte den Takt mit dem Tamburin. In anmutigen, geschmeidigen Bewegungen drehte sie sich mit hoch erhobenen Armen und bewegte sich barfuß um Isabella herum. Leondora warf ihr einen roten Heller zu, den sie geschickt auffing.

Die Gefährtinnen ließen sich von der magischen Stimmung berauschen. Am Getränkestand probierten sie den verführerisch duftenden, süßen Met. Wenn sie nicht Acht gaben, würde ihnen das Getränk schnell zu Kopfe steigen. Gut gelaunt drehten sie an einem hölzernen Rad, das mit bunten Wappen bemalt war. Man konnte etwas gewinnen, je nachdem, wie fest man drehte und an welchem Wappen es dann zu stehen kam.

Mejana gewann ein kleines, glückbringendes Amulett, das sie sich gleich freudestrahlend um den Hals hängte. Die beiden anderen erhielten zwar nichts, doch schmälerte dies keineswegs ihre Freude an dem Spektakel.

Und überall war Musik: Flöte, Trommel, Tamburin, dazwischen deftige Lieder und lustige, bisweilen auch listige Texte.

Isabella sog diese phantastischen Eindrücke auf wie ein Schwamm. Sie war fasziniert von der Leichtigkeit und der ausgelassenen Stimmung. Wie ein Kind auf Entdeckungsreise wollte sie mit großen Augen alles erkunden und berühren. Mal bummelte sie hinter den anderen her, weil sie sich von dem überwältigenden Anblick nicht trennen konnte, mal eilte sie voraus, um einen Stand genauer in Augenschein nehmen zu können. Isabella konnte sich gar nicht satt sehen. Sie war begeistert von der Lebensfreude, die die Menschen hier zur Schau stellten. Aber nicht aufgesetzt. Nein. Sie verstanden es zu feiern, wenn sich die Gelegenheit bot.

Der Brotstand verströmte einen aromatischen Geruch, der einem das Wasser im Munde zusammen laufen ließ.

»Mmh, das duftet ja verführerisch. Wartet bitte einen Moment.«

Isabella war vor dem Stand stehen geblieben und betrachtete freudestrahlend die Fladen und Brote. Sie kaufte einen mit Griebenschmalz bestrichenen Fladen und biss genüsslich hinein, ehe die Drei weiter flanierten. Die junge Händlerin steckte Isabellas Münze in die Kitteltasche und versuchte verstohlen eine Haarsträhne zurückzuschieben, die aus ihrer Haube hervor schaute.

Etwas abseits, im hinteren Bereich, standen die Handleserinnen und Wahrsagerinnen vor ihren schäbigen Zelten und versuchten mit allerlei Tricks, Kunden in ihre Zelte zu locken. Leondora trat an eine hübsche junge Frau mit rotem, wallendem Haar heran und fragte sie: »Wie ist dein Name?«

»Fagana, Herrin.«

»Ich suche die Hellseherin Lahia. Kennst du sie? Kannst du mir sagen, wo ich sie finde?«

Die Frau nickte und deutete mit der Hand auf ein kleines Zelt in der Ecke des Burghofes. Es war mit zahlreichen Holzketten und magischen Utensilien behängt. Den Eingang verbarg ein buntes Tuch. Lahia war weithin bekannt für Ihre Gabe des "zweiten Gesichtes". Leondora hatte schon einmal Lahias Dienste in Anspruch genommen, als sie auf Burg Nikolausberg gekommen war.

Sie schlenderten hinüber. Einer der beiden Waffenknechte, die zum Schutz der Damen dabei waren, hob das Tuch zur Seite und die Frauen traten ein. Die Männer blieben vor dem Zelteingang stehen.

Lahia saß auf dem mit Fellen und Tüchern ausgelegten Boden und sah ihnen entgegen.

»Ich habe Euch schon erwartet«, grüßte sie die Eintretenden mit samtiger, dunkler Stimme. »Bitte setzt Euch doch!«

Sie wies mit der Hand auf einige Kissen, die im Halbkreis auf dem Boden angeordnet waren. Amulette mit mystischen Zeichen, Federn und Tücher mit unbekannten Ornamenten hingen von den Querstreben herab. Aufgestellte Kerzen als einzige Beleuchtung gaben der Stimmung etwas Magisches.

Als alle saßen, nahm Lahia Leondoras Hand und meinte: »Ihr möchtet von mir etwas über Eure Verbindung mit einem hochgestellten Adeligen wissen. Ich kann Euch auf Eure erste Frage nur antworten: Ja, werdet Ihr. Vier. Gesund und munter. Und auf die zweite Frage: Sie wird Euch verlassen. Bald. Sie kam von weit her. Viel weiter als wir es uns je erträumen könnten. Sie wird dorthin zurückgehen. Und sie wird eine Überraschung erleben, denn ich sehe eine verwandtschaftliche Verbindung zwischen Euch beiden, nur sehr hell, nebelhaft - eine schwache Bindung. Aber eindeutig vorhanden. Ganz klar zu sehen.«

Leondora wurde ganz aufgeregt.

»Verwandtschaft? Wie meinst du das?«

Sie war aufgesprungen, die Augen aufgerissen.

Auch Isabella starrte die Hellseherin mit großen Augen an.

Aber Lahia antwortete matt: »Sie wird es wissen. Wenn es Zeit ist. Mehr kann ich nicht für Euch tun. Es tut mir leid. Bitte geht.«

Leondora bezahlte, dann gingen sie wieder hinaus, zurück in den Trubel des Marktes.

Isabella flüsterte Leondora ins Ohr: »Du hast die Fragen ja nicht einmal aussprechen müssen. Sie wusste sie auch so. Unglaublich. Welche Fragen hattest du denn?«

Leondora antwortete noch ganz aufgekratzt: »Die erste Frage war, ob ich Kinder von Gero empfangen werde. Und die zweite, ob Ihr zurückgehen werdet. Zurück in euer Leben in der Zukunft.«

Isabella schüttelte ungläubig den Kopf: »Ich verstehe das nicht. Wir sind doch nicht verwandt. Das ist unmöglich. Sie muss sich geirrt haben. Es kann doch gar nicht sein.«

Leondora neigte nachdenklich den Kopf.

»Ja, das ist in der Tat merkwürdig. Aber Lahia hat sich noch nie vertan. Ich kenne viele Leute, deren Zukunft sie gesehen hat. Sie ist weithin bekannt. Und sie hat sich noch niemals geirrt.«

In Gedanken versunken schlenderten sie weiter.

Mejana blieb an einem Stand mit Kräutern und Früchten stehen. Sie roch an einem Topf Honig, als zwei fremde Reiter angesprengt kamen. Ein ganz in schwarz gekleideter junger Edelmann auf einem stolzen Rappen mit einem einfacher gekleideten Mann auf einem Fuchs. Der Fremde wirkte wie ein Ritter, aber seine Kleidung war ohne Wappen oder sonst ein Zeichen seiner Zugehörigkeit.

Die Leute stoben zur Seite und bildeten ein Spalier, durch das die beiden Männer ihre Pferde lenkten. Kurz vor dem Kräuterstand sprang der Dunkelhaarige leichtfüßig vom Pferd und gab es seinem Begleiter, der ebenfalls abgestiegen war.

Der edle Fremde sah auffallend gut aus, jung, sehr schlank, mit schulterlangen, glänzenden, schwarzen Haaren. Bartlos, was sein jugendliches Aussehen unterstrich.

Zielstrebig ging er auf den Kräuterstand zu und verlangte ein Töpfchen Honig. Nun war dieses Töpfchen das letzte und Mejana hatte schon kundgetan, es kaufen zu wollen. Während Mejana noch in ihrem Beutelchen nach den Münzen kramte, schaute die Händlerin sie mitleidig an und sagte zu dem Fremden: »Die Dame wollte das Töpfchen soeben erwerben, aber wenn Ihr schneller seid, gebe ich es Euch. Zwei Pfenning. Es ist mein allerletztes.«

Der Fremde musterte Mejana von oben bis unten mit einem abschätzigen Blick, dann sagte er herablassend: »Ich brauche es als Arznei, die Dame kann zum Backen für ihr Naschwerk sicher Ersatz finden.«

Dabei sah er Mejana süffisant an. Er bezahlte und nahm das Töpfchen an sich. Ein höhnisches Grinsen zuckte um seine Mundwinkel.

Mejana war sprachlos, schnappte kurz nach Luft. Nur ihre Augen funkelten böse. Als sie sich nach Bruchteilen einer Sekunde gesammelt hatte, fauchte sie: »Leute wir Ihr, die mit anderen umspringen wie mit Leibeigenen, werden sicher auch mehr Arznei brauchen. Man kann sich seine Feinde nicht aussuchen. Wie man in den Wald hinein ruft, so schallt es heraus.«

Seine Augen verengten sich kurz, die Lippen zu einem Strich zusammengepresst, dann wandte er sich zum Gehen.

Just in diesem Moment prallte er mit einem Mann zusammen, der mit einem Trinkhorn voller Met hinter ihm vorbei torkelte.

Dem stolzen Fremden fiel das Honigtöpfchen aus der Hand. Aber in einer Bewegung, die so schnell war, dass man sie kaum wahrnehmen konnte, hatte er es mit der anderen Hand wieder aufgefangen.

Der leicht lallende andere Mann, dem der Met überschwappte, schrie ihn an: »Du lumpiger Speckpfurz! Du hast meinen Met verschüttet!«

Der Fremde erwiderte gelassen: »Wie du siehst, ist Schnelligkeit in diesen Zeiten eine Tugend. Solltest du mal üben, sobald du wieder gerade gehen kannst.«

Damit wandte er sich ab, ließ den derb schimpfenden Mann einfach stehen, ging zu seinem Pferd und saß auf. Die Leute waren stehengeblieben, um dem Spektakel zu folgen. Einer der Gaukler, einen bunten Narrenhut mit Glöckchen an den beiden Enden auf dem Kopf, machte am Bühnenrand eine ausladende Handbewegung.

»Er ist ein helles Kerlchen mit einer dunklen Vorahnung...«

Der Gaukler beugte sich von der Bühne. Er deutete auf den fremden "Schwarzen Ritter", der sein Pferd antraben ließ, um dann in leichtem Galopp mit seinem Begleiter davon zu preschen. Die Leute lachten und klatschten dem Gaukler Beifall.

Langsam löste sich die Menschentraube wieder auf. Es wurde Zeit aufzubrechen. Inzwischen war es dunkel geworden.

Mejana brauchte ein wenig Abstand zu dem lauten Treiben in der Burg. Sie verabschiedete sich von den anderen und ging zu Fuß durch das Burgtor Richtung Brücke. Es war dunkel, aber der Mond strahlte hell vom Himmel.

Mejana schlenderte gedankenversunken über die Brücke und betrachtete ihren geliebten Mond, der als große goldene Scheibe am Himmelszelt thronte.

Sie hatte gerade den Weg hinter dem Burggraben betreten, als sich plötzlich zwei Gestalten aus dem Schatten der Bäume lösten.

»Da ist sie!«, rief der eine.

Sie hatte noch nicht einmal Zeit sich umzudrehen, um wegzulaufen, als die beiden Männer schon bei Ihr waren und sie festhielten. Ihr stockte der Atem. Es waren Roderick von Hohenleite und ein Fremder, den sie nicht kannte.

»Wir haben sie! Es ist die Dritte aus dem Bunde, Mejana, die kleine Hexe. Ich hab doch gesagt, wir schnappen eine von den Metzen!«, rief Roderick in den Wald und langsam trat ein Reiter aus der Dunkelheit heraus, auf sie zu. Oh nein! Nestor von Schwarzenfels.

»Bringt sie in meine Jagdhütte. Und lasst sie nicht entkommen!«

Er wendete sein Pferd und sprengte davon.

»Was habt Ihr mit mir vor?«

Die Worte kamen nur als Flüstern aus ihrer trockenen Kehle.

»Wir liefern dich nur ab. Was Nestor mit dir vorhat, kannst du dir heute Nacht in den buntesten Farben ausmalen«, erwiderte Roderick mit einem anzüglichen Grinsen.

Sie zogen sie mit sich weg vom Weg, zu ihren versteckt angebunden Pferden.

»Wage ja nicht zu schreien!«, fauchte Roderick die verängstigte Frau an, dann setzte er sie vor sich aufs Pferd.

Sie hätte vor Angst sicher sowieso keinen Laut herausgebracht.

Zu dritt ritten sie durch die Nacht. Niemand kam ihnen entgegen. Nicht ein Mensch, der gesehen hätte, dass hier ein Unrecht geschah. Kein Retter, der ihr geholfen hätte. Sie ritten völlig unbehelligt durch den nächtlichen Wald, bis zu einem Gehöft auf einer großen Lichtung.

Alles war dunkel. Auch in den Gebäuden für das Gesinde brannte kein Licht.

Roderick schleifte Mejana hinter sich her ins Haupthaus, eine ausgetretene Holztreppe hinauf. Er öffnete eine Tür und schob sie hindurch, dann fiel hinter ihr die massive Holztüre ins Schloss, ein Riegel rastete ein.

»Schlaf gut, solange du noch kannst«, hörte sie die seine raue Stimme. Und sein boshaftes Lachen. Danach war Stille.

Sie stand in dem Raum, unfähig sich zu bewegen. Der Mond schien durch ein kleines Fensterloch herein. Nur ein paar Strahlen, aber man konnte die Einrichtung erahnen. Eine kleine Kammer mit einem Holzbalken als Stützpfeiler in der Mitte. Rechts zwischen Pfeiler und Wand ein Bett; davor entlang der Längsseite eine Truhe. Links ein Tischchen mit einem Krug Wasser und einer Schüssel zum Waschen. Keine Chance zu entkommen. Auch Schreien würde nicht helfen; wer käme schon einer kleinen Heilerin im Zimmer eines Ritters zu Hilfe. Eine derartig schändliche Behandlung! Solche Niederträchtigkeit! Sie setzte sich auf das Bett und legte den Kopf resigniert in die Hände. Es war aussichtslos. Sie war Nestor ausgeliefert. Was er mit ihr anstellen würde, wollte sie sich lieber nicht ausmalen. Und danach laufen lassen, kam ganz sicher nicht in Frage. War das hier das Ende? Sollte sie geschändet und ermordet morgen im Wald liegen, oder entstellt den Lech hinunter treiben? Panik stieg in ihr auf. Sie wollte schreien, weinen, an die Türe schlagen. Aber sie saß nur da, das Gesicht in den Händen vergraben. Nicht eine einzige Träne. Sie hatte einfach keine Energie mehr zum Weinen. So blieb sie regungslos auf dem Bett sitzen, dem Schicksal ergeben, bis der Morgen graute.

Arco

»Dich werde ich Gehorsam lehren!«

Nestor stand ganz nah vor Mejana. Zu nah. Viel zu nah.

Plötzlich riss er ihr mit einer brutalen Handbewegung die Bluse auf, bis sie vorne nur noch in Fetzen herunter hing. Dann nahm er mit beiden Händen ihre Brüste. Dieser lechzende Blick. Widerlich! Mit Wucht schubste er sie rückwärts auf die Bettstatt. Dieses ungemütliche Bett, eingekeilt zwischen einem unbearbeiteten Holzpfeiler und der blanken Wand. Sie hatte keine Chance, sich zu rühren oder gar zu wehren. Vielleicht war sie auch einfach wie gelähmt vor Wut und Ekel. Er stank nach Wein und altem Schweiß, als er mit einer rüden Bewegung Ihren Rock hob und grob ihre Beine auseinander drückte. Es war so unwirklich. Wie in einem schlimmen Traum. Sie wollte schreien, aber es kam nur ein leises Krächzen aus ihrer Kehle. Er starrte ihren Körper an. Als wollte er sie schon mit Blicken schänden. Dann nestelte er an seiner Bruche und legte in Sekundenschnelle seine Männlichkeit frei. Gleich würde der Schmerz kommen. Sie hatte schon die Schauergeschichten von furchtbaren Verletzungen, schrecklichen Schmerzen und Blut gehört, wenn sich ein Ritter einfach eine Frau nahm. Dieser Bastard weidete sich an ihrer fürchterlichen Angst und Scham. Er würde sie mit Freuden peinigen, um sie zu demütigen. Wo war der Schmerz? Dieses furchtbare Gefühl, dass man auseinandergerissen würde?

Ein Ruck ging von ihm aus. Aber nicht auf sie zu, sondern plötzlich und unerwartet nach hinten. Und dann sah sie IHN...

Er stand mit riesig weiten Augen und eingefrorenen Gesichtszügen hinter Nestor: Der "Schönling" von gestern! Der Schwarze Ritter. Wo kam er nur so plötzlich her? Was machte er hier? Er hatte Nestor mit einem Ruck rückwärts zu Boden gezogen.

Nestor war unbewaffnet; er hatte sicher nicht mit nennenswerter Gegenwehr gerechnet. Aber seine Überraschung währte nur Sekundenbruchteile. Schon im Aufspringen schlug er heftig mit seiner Faust nach hinten in Richtung seines Angreifers. Er verfehlte den Schwarzen Ritter nur um Haaresbreite, der mit einem kleinen Satz zur Seite ausgewichen war.

Nun begann ein scheinbar ungleicher Kampf. Ein erfahrener, massiger, muskulöser, brutaler Ritter gegen einen schlanken, zierlichen, sicher unerfahrenen Jüngling. Aber der Fremde war viel zäher, als man ihm zutraute, flink, unglaublich gut im Kämpfen trainiert. Seine Bewegungen waren fließend, als ob er den Boden gar nicht berührte. Nun droschen die beiden heftig mit den Fäusten aufeinander ein, dann folgte ein kurzes Gerangel, der Fremde wich einem wuchtigen Manöver Nestors aus und konterte mit einem unglaublich schnellen, akkuraten Tritt in Nestors unbedeckten Unterleib und im Anschluss daran mit einem Schlag auf Nestors Nase.

Der sackte nach vorne zusammen, rappelte sich jedoch schnell auf, um dann schreiend auf sein Gegenüber loszugehen. Doch der Fremde hatte die kurze Kampfpause genutzt und sein Schwert gezogen, das urplötzlich an Nestors Kehle auftauchte. Die Schwertspitze drückte schon die Haut am Kehlkopf ein. Ein kleines Rinnsal Blut rann herab und tropfte auf das Hemd.

Für eine Sekunde hielten alle den Atem an. Niemand sagte ein Wort. Langsam ging Nestor um seinen Kontrahenten herum, die Schwertspitze immer am Hals. Dann stürzte er zu Türe hinaus und rief: »Das wirst du bereuen, dreckiger Hundesohn!«

Der Fremde drehte sich langsam zu Mejana um.

Wer war er nur? Was würde er von Ihr denken. Oh, könnte sich doch nur der Boden auftun und sie schnell verschlingen!

Doch da war keine Arroganz in seinen Augen, keine schnippischen Worte auf seinen Lippen. Er kam langsam auf sie zu. Gebeugt, in sich zusammengesunken, nicht so stramm und aufrecht, wie er gestern umherstolziert war. In seinen Augen sah sie so viel Schmerz, so viel Leid. Diese Augen, diese großen, dunklen Augen.

Sie hatte sich aufgesetzt in dem kläglichen Versuch, die restlichen Blusenfetzen über dem entblößten Oberkörper zusammenzuhalten. Plötzlich fühlte sie sich so schwach, so elend. Sie fing an zu zittern, dass der ganze Körper durchgeschüttelt wurde. Dann kam das Weinen, das nie mehr aufzuhören schien. Ströme an Tränen liefen ihr über das Gesicht.

Er nahm eine Decke von der Truhe neben dem Bett, kam ganz langsam auf sie zu und flüsterte nur leise: »Es ist vorbei. Ist schon gut, es ist vorbei.«

Dann legte er ihr die Decke um den Körper, nahm sie ganz sachte in die Arme und trug sie hinaus.

Hinter dem Haus wartete sein Diener mit drei Pferden. Er sah das weinende und heftig zitternde Bündel in den Armen seines Herrn und flüsterte: »Kann sie alleine reiten?«

Der Ritter schüttelte nur den Kopf. Er gab sie seinem Diener in die Arme und stieg auf seinen Rappen. Dann setzten sie sie hinter ihm auf sein Pferd.

Er flüsterte: »Wir müssen schnell verschwinden, bevor er seine Freunde zusammentrommelt. Der Weg ist zu gefährlich. Wir werden die Strecke querfeldein nehmen müssen.«

»Ihr hättet ihn töten sollen! Das hat er tausendmal verdient.«

»Ja, da hast du Recht, ich weiß. Ich hätte es tun sollen. Es wäre sicherer gewesen. Ich kann dir versichern, dass ich seinen Tod herbeisehne. Lieber heute als morgen. Aber es ging nicht. Nicht jetzt.«

Zu Mejana gewandt meinte er: »Haltet Euch gut fest.«

Er gab dem Pferd die Sporen, weg vom Weg, hinein ins Unterholz. Sie schwiegen den gesamten Ritt. Nur von Zeit zu Zeit besprach er mit dem Diener, welche Pfade sie weiter nehmen sollten.

Mejana saß still und legte die Arme um den Körper ihres Retters, um nicht vom Pferd zu fallen. Die Erlebnisse mit männlicher Nähe gerade waren furchtbar gewesen, doch langsam beruhigte sie sich. Sie spürte seine Wärme unter dem Wams, sah die Muskeln, die sich unter dem Hemd erahnen ließen. Die Nähe dieses Mannes gab Mejana ein Gefühl der Geborgenheit, des Schutzes. Langsam, ganz langsam, hörte das Zittern auf und die Tränen versiegten.

Wolken zogen gemächlich über den Himmel, ein leichter Wind ließ die Blätter rauschen.

Es war mühsam. Sie kamen nur langsam voran, da sie keinen der befestigten Wege nehmen konnten, um nicht in die Fänge von Nestors Schergen zu geraten. Auf einer Lichtung rasteten sie eine Weile und tranken verdünnten Wein aus einem Trinkschlauch. Der Diener nahm die Pferde mit an einen Bach in der Nähe, um sie zu tränken. Mejana saß im Gras, mit der Decke um die Schultern.

Der Fremde stand ein paar Schritte entfernt, mit dem Rücken zu ihr. Es sah aus, als ob er angestrengt in die Ferne blickte, aber es waren überall Bäume um sie herum.

Er setzte an: »Hat... hat er... Bin ich zu spät gekommen? Hat er Euch etwas angetan?«

Unangenehm berührt sah sie zu Boden, atmete einmal tief ein und aus. Dann sah sie auf und erwiderte: »Nein. ... Nein, Ihr seid gerade noch rechtzeitig gekommen. Ihr habt mich gerettet! Ich danke Euch vielmals. Ihr habt beträchtliche Gefahren auf Euch genommen, auch wenn Ihr außergewöhnlich gut kämpft! Und« -sie machte eine kurze Pause- »ich kenne noch nicht einmal Euren Namen.« Er drehte sich langsam um und kam einen Schritt auf sie zu. »Arco. Arco von Werdenfels.«

Sie sog hart die Luft ein und starrte ihn mit großen Augen an: »DER Arco von Werdenfels - Der Schwarze Ritter?!«

»Der geächtete Schwarze Ritter«, entgegnete er mit einem harten Unterton. »Ein Gejagter ohne Rechte und Besitz. Meine Ländereien und meine Familie hat mir Nestor von Schwarzenfels gestohlen. Dieser Hurensohn hat meine schwangere Frau geschändet. Sie starb kurz darauf an ihren Verletzungen. Er hat mir alles genommen. Ich wollte sie rächen, aber seine feinen Freunde zettelten eine Intrige an, die mich mein gesamtes Hab und Gut kostete und zum Gesetzlosen machte. Er wollte mich daraufhin ermorden lassen, aber er hat es bis heute nicht geschafft.«

Sein gequältes Lächeln kam nicht über die Mundwinkel hinaus.

Als der Diener mit den Pferden zurückkam, vergrößerte Arco den Abstand zu Mejana. Er zog sein Wams aus, trat wieder einen Schritt vor und hielt es Mejana hin: »Zieht das an. Ihr braucht etwas Unauffälligeres. Mit der Decke könnt ihr nicht reiten. Wir werden Euch auf dem Weg etwas besorgen; wir müssen Euch verstecken. Ich weiß auch schon, wo.«

Mejana zog das Wams über ihr zerrissenes Hemd an. Sie packten die Sachen zusammen und brachen wieder auf.

»Wo werdet Ihr mich hinbringen?«, fragte Mejana, als alle drei auf ihren Pferden saßen.

»Ich habe eine Schwester. Sie ist Äbtissin im Stift St. Primus in Schöngeising. Das liegt in der Nähe von Bruck zu Fürstenfeld. Sie wird sich Euer sicher annehmen. Wenn wir gut vorankommen, sind wir in zwei Tagen da.«

»Meine Freundin Leondora von Löwenhaag stammt aus Bruck. Sie ist die Tochter des Landgrafs Theodowic von Leiten. Vielleicht kann ich Ihr dort eine Nachricht zukommen lassen.«

Arcos Blick versteinerte augenblicklich. »Wir werden die Nähe der Burg meiden müssen. Im Übrigen kenne ich Euren Namen nicht. Verratet Ihr ihn mir? Sonst dürfte es schwierig werden, Euch jemandem vorzustellen.«

Sein Mundwinkel zuckte schon wieder, denn der Schalk in seinem Gesicht überlagerte die versteinerte Mine.

»Oh, verzeiht. Ich bin Mejana. Heilerin aus Bannacker.«

»Ihr seid keine Edeldame aus Bruck?« Es sollte nicht anklagend klingen, doch ihr Gewand auf dem Gauklermarkt war das einer Adeligen gewesen, kostbar, hochwertig. Ihre Harre aufwendig geflochten und aufgesteckt. Sie wirkte immer noch sehr vornehm, auch wenn sie jetzt fast nur noch Fetzen am Leibe trug.

»Nein.« Es klang fast beleidigt. »Ich bin NUR Heilerin. Leondora hat mir die Kleider geschenkt, als sie Hochzeit hielt. Ich darf aber alles behalten!«

»Fürs Erste wird es reichen müssen, wenn wir für Euch ein einfaches linnenes Kleid finden.«

Mejana nickte still. Sorgenvoll blickte sie an ihrem stark in Mitleidenschaft gezogenen Gewand hinab. Vielleicht hatte er auf eine saftige Belohnung gehofft, oder wollte gar Lösegeld für sie fordern? Hoffentlich half ihr der Fremde trotzdem, auch wenn sie nur eine einfache Frau war.

***

Ihre Reise führte sie weiter querfeldein, über sanfte Hügel und durch langgezogene Täler, immer weiter Richtung Ampermoos. In einem kleinen Weiler vor Kaltenberg kaufte Arco einer Näherin ein hübsches Kleid aus grobem Leinen ab, dessen erdige Brauntöne Mejana sehr gut standen. Als Bezahlung hackte er von einer Silbermünze ein Stückchen ab, das er der Frau übergab. Auch einen wollenen Umhang konnten sie auftreiben, der zwar etwas schäbig wirkte, aber seinen Zweck sicher gut erfüllen würde.

Nachdem sie sich bei einem Bauern Verpflegung besorgt hatten, steuerten sie auf den großen Wald zu. Der Wind frischte auf. Graue Wolken hingen schwer und dick am Himmel. Zwischen den sich langsam auftürmenden Wolkengebilden glitzerte hier und da zwar noch ein Sonnenstrahl durch, aber es war nur eine Frage der Zeit, bis es anfangen würde zu regnen. Man sah schon an der Farbe des Himmels, dass sich ein kräftiges Unwetter zusammenbraute.

Alle Drei trieben ihre Pferde zu größerer Eile an, um nicht auf freiem Feld von einem Gewitter überrascht zu werden. Sie erreichten gerade noch den Waldrand, als die ersten dicken Tropfen vom Himmel fielen. Die Bäume boten ihnen ein wenig Schutz vor dem herabprasselnden Regen. Das nun einsetzende Wetterleuchten erhellte immer wieder den vom starken Schauer verdunkelten Weg. Sie durchritten den Wald langsam und gemächlich, denn in dem Dämmerlicht war auf dem nassen Boden an schnelles Fortkommen nicht zu denken. Das Blätterdach schützte sie etwas vor dem starken Regenguss, dennoch waren alle Drei bis auf die Haut durchnässt, als sie schließlich auf der anderen Seite auf eine große Wiese kamen, auf der sich eine Herde Schafe unter dem einzigen, ausladenden Baum zusammendrängte.

Die kleine Scheune daneben wirkte alt und momentan unbenutzt, denn die Türe hing schief in den Angeln, und es war weder ein Lichtschein noch ein Geräusch auszumachen.

Arco und sein Diener stemmten gemeinsam die Türe auf und sahen sich in der Scheune um. Sie wurde offenbar als Vorratslager für Stroh genutzt, das an einer Seite hoch aufgetürmt war. Neben dem Strohberg fand sich noch genug Platz, um die drei Reiter sowie ihre Pferde aufzunehmen. So führten sie die Tiere hinein und schlossen die Türe so gut es ging. In einiger Entfernung war schon der erste Donner zu hören. Mittlerweile dämmerte es langsam, die dicken grauen Wolken und der Regen verdunkelten die Welt draußen zusätzlich, die immer wieder von Blitzen beleuchtet wurde. Der Sturm heulte um die Scheune, der Regen peitschte gegen die Wände. Drinnen wurde es so düster, dass man schon kaum mehr etwas erkennen konnte. Nur an einer Stelle, an der ein Brett herausgebrochen war, erhellten die Blitze immer wieder für kurze Zeit einen kleinen Ausschnitt.

Die Drei richteten ein Lager her. Arco holte mit Mejanas Hilfe Stroh von dem Haufen herunter und verteilte es an einer Stelle auf dem Boden.

Sein Diener band eine Decke hinten am Sattel los und breitete sie darauf aus. Dann holte er aus den Satteltaschen ein Stück Brot, einen trockenen Käse und einen Trinkschlauch. Sie setzten sich, brachen sich Stücke von Brot und Käse ab und aßen sie langsam, während draußen das Gewitter tobte.

Die Windböen pfiffen durch die Ritzen, die Kälte kroch durch die durchnässte Kleidung bis in jede Pore des Körpers. Ein Feuer konnten sie im Stroh nicht entfachen, also rückten sie mit der Zeit ein bisschen enger zusammen, um sich gegenseitig zu wärmen.

Als sie sich dann auf ihr Nachtlager legten, fragte sich Mejana, wie sie mit zwei fremden Männern im Stroh übernachten sollte. Was, wenn sie zudringlich würden? Sie wäre ihnen schutzlos ausgeliefert. Doch dieser Arco hatte sie gerettet und führte seinen Plan weiter, obwohl sie nicht von Adel war. Bisher hatte er keine unschicklichen Annäherungsversuche unternommen. Er schien vertrauenswürdig zu sein. Seine anfängliche Arroganz musste ein Selbstschutz sein. Anders konnte sie sich seinen Wandel nicht erklären. Kein Wunder bei dem Schicksal, das ihm widerfahren war.

Wie seine großen, dunklen Augen sie angeblickt hatten... Ein merkwürdiges, kribbelndes Gefühl machte sich in ihrem Bauch breit. Nein, vor ihm hatte sie keine Angst. Und sein Diener war eine gute Seele. Sie brauchte sich sicher keine Sorgen zu machen. So schlang sie ihren Umhang enger um den Körper, legte sich zum Schlafen auf das Stroh und zog die Decke über sich.

Mejana lag zwischen den beiden Männern. Um sich herum hatten sie etwas Stroh aufgehäuft, um die Kälte abzuhalten. Sie hielt gebührenden Abstand zu Beiden. Doch Arco strahlte so eine Wärme unter der Decke aus, dass sie bald ihre klammen Glieder näher zu ihm hin schob. Er lag mit dem Rücken zu ihr, so dass sie das Gefühl hatte, er merke es nicht, wenn sie dichter an ihn rückte. Hinter ihr schnarchte der Diener bereits leise. Das Gewitter war vorüber gezogen, so dass lediglich die Geräusche der Schlafenden und der Pferde in der Stille zu hören waren.

Mejana konnte nicht einschlafen. Sie war viel zu aufgewühlt nach den Ereignissen des vergangenen Tages. Sie lauschte auf Arcos ruhige, gleichmäßige Atemzüge. Sie war sich nicht sicher, ob er schon schlief, traute sich daher kaum zu bewegen, um nicht aufzufallen. Ruhig lag sie auf dem Rücken, aber als sie bei einem Windstoß leicht fröstelte, überlegte sie, wie es wohl wäre, in seinen Armen gewärmt zu werden. Eine innere Unruhe ergriff Besitz von ihr. Am liebsten wäre sie aufgestanden und vor dem Scheunentor auf und ab gegangen, oder hätte sich auf die Wiese gesetzt und den Mond betrachtet. Aber erstens war draußen alles nass und kalt, und zweitens war hinter der Wolkendecke sicher kein Mond zu sehen.

Sie seufzte leise und legte sich auf die Seite, so dass sie Arco den Rücken zuwandte.

In diesem Moment drehte er sich um und seine warmen, starken Arme umfingen sie. Als ob er im Schlaf jemand Vertrauten umarmte. Er sagte nichts, Mejana auch nicht. Sie war sich nicht sicher, ob er schlief. Aber sie fiel, eng an ihn gekuschelt, bald in einen tiefen, traumlosen Schlaf.

Mejana erwachte, sobald es dämmerte, befreite sich aus der Umarmung und rückte ein Stück von ihm ab. Sollte er sie im Schlaf umarmt haben, dann wollte sie nicht, dass er es bemerkte, wenn er erwachte. Und die befremdeten Blicke seines Dieners, wenn er beide eng umschlungen im Stroh liegen sah, wollte sie sich auch ersparen. Nicht, dass er die Situation falsch deutete. Es war nichts vorgefallen. Gar nichts.

Doch in dem Moment, als sie sich weg schob und aufsetzte, öffnete Arco die Augen. Sein Blick war unergründlich, als er den ihren streifte, doch irgendetwas sagte ihr, dass er genau wusste, wie sie die Nacht verbracht hatten. Ein fast unmerkliches Zucken umspielte seine Mundwinkel, bevor seine Gesichtszüge wieder den gleichgültigen Ausdruck angenommen hatten.

Eine undurchsichtige Maske, wenn er seine wahren Gefühle verbergen wollte. Niemand verlor ein Wort darüber, dass sie in Arcos Armen geschlafen hatte. Als ob es niemand bemerkt hätte, oder es das Natürlichste der Welt wäre.

Da das Unwetter über Nacht abgezogen war, konnten sie ihren Ritt fortsetzen, nachdem sie sich mit den Essensresten vom Vorabend gestärkt hatten. Der Tag verlief ereignislos. Kein Hinterhalt, keine Verfolger zu entdecken. Sie rasteten fernab von stärker frequentierten Wegen und kamen, aufgrund des durch die gestrigen starken Regenfälle aufgeweichten Bodens, nur langsam voran. Ihr Weg führte sie häufig über schmale Pfade, so dass sie hintereinander reiten mussten. Nur selten nutzten sie breiter angelegte Strecken.

Als sie eine Wiese überquerten, ritt Mejana neben Arco.

»Bitte informiert Leondora von Löwenhaag, wo ich bin! Sie wird sich Sorgen machen und mich sicher suchen«, bat sie.

Er sah nicht besonders erfreut aus.

»Was ist mit Euch? Verlange ich Unmögliches von Euch?«, wollte sie wissen.

»Ich weiß, dass Eure Freundin Gero von Löwenhaag geheiratet hat. Sein Vater war es, der damals mein Lehen eingezogen hat und mich zum Vogelfreien machte. Ich werde mich nicht in seine Nähe begeben, sonst kann ich für nichts garantieren. Aber ich werde ihr die Mitteilung zukommen lassen.«

Das Stift St. Primus lag unauffällig nahe einer Furt durch die Amper vor Schöngeising. Die Amper hatte sich in zwei Arme aufgespalten, die eine kleine Insel umflossen. Da die beiden Flussarme viel schmaler und jeweils an einer Stelle relativ flach waren, eigneten sie sich zum durchfurten auf die Insel. Trotz seiner hellen Steinmauern wirkte das Frauenkloster mit seiner kompletten Ummauerung wie eine Festung. Mejana empfand es nicht als schön und einladend, sondern es vermittelte ihr eine Ahnung von Gefangenschaft und kompromisslosem Gehorsam.

Arco klopfte an dem großen hölzernen Tor. Ein Guckloch öffnete sich und eine mürrische Stimme fragte: »Was wollt ihr?«

Arco setzte sich aufrecht in den Sattel und entgegnete: »Wir wünschen die Äbtissin zu sprechen. Ich bin Arco von Werdenfels.«

Die Nonne knallte das Guckloch zu, dann war eine Weile nichts zu hören.

Nach einer gefühlten Ewigkeit wurde das Tor geöffnet und die Drei ritten hinein. Die Nonne vom Tor wies sie an, abzusitzen und die Männer, die Waffen abzulegen. Dann führte sie sie über den Hof, den Kreuzgang entlang, bis in einen der hinteren Räume. Dort kniete eine Nonne vor einem großen, verzierten, hölzernen Kreuz.

Als sie die drei kommen hörte, stand sie auf, bekreuzigte sich und begrüßte die Besucher mit einem zurückhaltend freundlichen: »Seid willkommen.«

Noch ehe jemand antworten konnte, wandte sie sich an Arco: »Arco, es ist schön, dich nach so langer Zeit wieder zu sehen. Aber wisst ihr, in welche Gefahr ihr euch und uns alle begebt, wenn ihr hier so ohne jede Vorsichtsmaßnahme am helllichten Tag auftaucht?!«

Arco ging auf sie zu und umarmte sie stürmisch: »Ja, große Schwester. Ich freue mich auch, dich endlich wieder in die Arme schließen zu können.«

Dann fügte er ernster hinzu: »Aber, liebe Theodolinde, heute bin ich mit einer Bitte zu dir gekommen. Nestor von Schwarzenfels hat Mejana« -er deutete auf sie- »entführt; ich konnte sie in letzter Sekunde befreien. Sollte er sie in die Finger bekommen, dann wird er sie umbringen. Du weißt ja, zu was er fähig ist.«

Theodolinde warf einen abschätzenden Blick auf Mejana, dann antwortete sie: »Arco, ihr seid euch im Klaren darüber, dass wir keine Metzen oder Kebsen aufnehmen können? Das wäre viel zu gefährlich.«

Entrüstet meldete sich Mejana: »Ich bin eine ehrbare Frau, Jungfrau und ich bin Heilerin. Ich habe mir nichts zu Schulden kommen lassen, außer dass ich einer jungen Frau, die lebendig begraben werden sollte, geholfen habe.«

Mit einem Blick, der soviel hieß wie „auch das noch…“, starrte Theodolinde sie an.

Dann wandte sie sich wieder an Arco: »Ich kann sie als Konverse aufnehmen und eine Weile hier behalten.«

Zu Mejana gewandt fügte sie hinzu: »Du kannst auf der Krankenstation arbeiten. Dort werden immer tüchtige, helfende Hände gesucht. Melde dich bei der Siechenmeisterin.«

Arcos Blick erhellte sich. Er machte einen Schritt auf seine Schwester zu, aber diesmal küsste er ihr die Hand, anstatt sie wild zu umarmen: »Ich danke dir, liebe Schwester. Gott schütze dich! Ich werde sie wieder abholen, wenn der Weg sicherer ist.«

Theodolinde bot allen verdünnten Wein an, der in einem Krug auf dem Tisch stand.

Als Arco allein neben ihr stand, fragte sie ihn so leise, dass die anderen sie nicht hören konnten: »Soll ich sie hier behalten und ihr ein Leben als Konverse bieten?«

Energisch schüttelte Arco den Kopf.

»Nein, ich werde sie wieder mitnehmen, sobald es sicherer für sie ist. Ich will sie keinem Risiko aussetzen!«

»Hab ich mir schon gedacht. So wie du sie ansiehst, steht sie dir näher, als du mir weismachen willst. Ist sie deine Geliebte?«

»Nein, nichts dergleichen«, fauchte er, »aber sie ist mir wichtig und ich werde wiederkommen und sie holen.«

Es war nicht gestattet, dass Männer länger im Stift verweilten, daher mussten sich Arco und sein Diener bald wieder auf den Weg machen.

Theodolinde ging mit dem Diener voraus in den Hof und Arco nutzte den Augenblick, um sich alleine von Mejana zu verabschieden. Ihr standen die Tränen in den Augen, als er sagte: »In ein paar Wochen hole ich Euch. Dann werden wir ein Versteck für Euch suchen, in dem er Euch nicht finden wird. Habt keine Angst. Hier seid Ihr sicher. Niemand wird Euch bei den Nonnen vermuten.«

Er wollte sich gerade zum Gehen wenden, als er sich noch einmal umdrehte und Mejanas Hände nahm. Sie schluckte schwer und kämpfte tapfer mit den Tränen.

»Ich komme zurück«, flüsterte er heiser. Dann verließ er den Raum.

Mejana verharrte eine Weile regungslos, dann eilte sie zum Hof, um wenigstens noch einen letzten Blick auf die davon reitenden Männer zu erhaschen. Sie seufzte tief, als sich das massive Tor hinter den Reitern schloss. Nun saß sie also im nächsten Gefängnis fest. Wenn sie nur nicht vom Regen in die Traufe gekommen war.

Raff, der Narr

Auf Burg Wittenstein war Mejanas Verschwinden bald bemerkt worden, doch niemand konnte sich erklären, was passiert war. Gero sandte Ritter aus, um nach ihr zu suchen, aber es war bereits dunkel und keine Spur von ihr zu entdecken.

Als auch am nächsten Tag nichts auf ihren Verbleib hindeutete, entschieden sich ihre Freunde, sie zu suchen und durchkämmten dabei die ganze Gegend. Auch Leondora und Isabella unterstützten sie dabei. Tagelang durchstreiften sie die Gegend, suchten in Wäldern und verlassenen Hütten. Nichts. Wohin sie auch kamen und wen sie auch fragten, sie fanden nichts. Gar nichts.

So machten Sie sich auf den Weg nach Bruck in der Hoffnung, einen Hinweis zu finden. Es war die einzige Möglichkeit. Sie wählten die Route über Augsburg, da die Frauen damals diesen Weg genommen hatten. Der Himmel hatte nach Tagen in strahlendem Blau ein tristes Grau angenommen. Wolkenfelder bildeten sich, um sich doch gleich wieder aufzulösen und neu zu formieren. Die Wolken zogen rasch vorbei; der aufkommende Wind wirbelte den Straßenstaub auf.

Als sie in Augsburg das große Schwibbogentor durchritten, hatte dieselbe Torwache Dienst, die die Frauen damals nicht hinein lassen wollte. Doch diesmal trat der Wachmann sofort beiseite und ließ die Gruppe anstandslos passieren.

Sie wandten sich nach rechts und kamen bald durch eine Gasse, in der ein feuchter, eigentümlicher Geruch hing. Es waren die Badehäuser, die diesen Duft nach Seife und Kräutern verströmten.

»Stimmt es, dass Bilsenkrautsamen in Badehäusern auf heißen Pfannen geröstet werden, um sexuelle Gelüste zu wecken? Das habe ich gelesen«, wandte sich Isabella an Leondora.

Aber es war Orno, der ihr antwortete: »Ihr könnt lesen? Was lest Ihr denn?« fragte er erstaunt.

Doch ehe sich Isabella aus der Affäre ziehen hätte müssen, war er schon wieder einen Gedankensprung weiter: »Wir können gerne ein Badehaus besuchen, dann könnt Ihr Euch selbst davon überzeugen«, grinste er sie schelmisch an.

»Danke. Ein anderes Mal vielleicht.«

Im Georgsviertel suchten sie eine Unterkunft für die Nacht.

Früh am nächsten Morgen fingen sie an, sämtliche Tavernen und Gasthöfe in den verschiedenen Vierteln abzuklappern, um nach Mejana zu fragen. Aber niemand hatte einen Hinweis. Den ganzen Tag ging es so. Vor dem "Grünen Krug", der letzten Gaststätte für diesen Abend, stand eine junge Frau in schmutzigen Gewändern und verkaufte Kräuter. Als die Gruppe resigniert den Schankraum verließ, hielt sie ihnen ein Sträußchen hin: »Edle Damen, hier habt Ihr Dost, der den bösen Blick fern hält, versucht ihn getrost.

Dost, Harthau und Weiße Heid tun dem Teufel viel Leid.«

Sie fuchtelte damit vor Leondora herum. »Nur einen Heller.«

Gervin wollte sie gerade verscheuchen, als Leondora ihr zwei schwarze Heller hinhielt.

»Ich gebe Dir zwei für eine Auskunft.«

Sie hatte eine Idee. Es war eine plötzliche Eingebung.

»Was wollt Ihr wissen?«

Die Frau nahm das Geld und steckt es schnell ein.

»Sind hier in den letzten Tagen zwei oder drei Ritter vorbei gekommen, laute, arrogante Ritter, Nestor von Schwarzenfels und Roderick von Hohenleite heißen sie. Sie haben vielleicht noch andere dabei.«

»Ja, Herrin, die kamen gestern hier vorbei. Ich weiß das so genau, weil sie eine der Huren verprügelt haben und sich dieser Nestor noch damit gerühmt hat.«

»Hatten sie eine Frau dabei, eine Gefangene vielleicht?«

»Nein, keine Frau. Aber sie haben mit jedem Streit angefangen, der ihnen in die Quere kam. Sie schienen sehr schlecht gelaunt zu sein. Und sie hatten es offenbar eilig.«

»Weißt du, wo sie hin wollten?«

»Nein, Herrin. Aber ich stand am Schwibbogentor, um meine Kräuter zu verkaufen, als sie dort hinaus sind.«

»Hab' Dank.«

Sie gingen weiter.

Gero nickte anerkennend: »Was für ein exzellenter Einfall. Wie seid Ihr darauf gekommen?«

»Es war eine plötzliche Eingebung. Sie haben bestimmt etwas mit Mejanas Verschwinden zu tun. Wir müssen sie finden, um ihnen ein für alle Mal Einhalt zu gebieten.«

»Ihr sprecht wie ein Kämpfer und überrascht mich immer wieder von neuem. Wie die Verwandlung eines Lämmchens in eine Löwin. Leondora die Löwin.« Gero küsste sie.

Die anderen warteten ungeduldig ihr Geturtel ab. Dann beeilten sie sich, zurück in ihre Unterkunft zu gelangen, um das weitere Vorgehen zu besprechen.

In ihrem Nachtquartier zogen sich Isabella und Leondora in ihre kleine, spärlich eingerichtete Kammer zurück. Sie wollten sich gerade zur Ruhe legen, als es an ihrer Türe klopfte. Die beiden dachten, es wäre sicher einer ihrer Begleiter. Isabella öffnete arglos die Türe. Vor ihr stand ein fremder Mann. Vor Schreck entfuhr ihr ein Schrei. Da hob der Mann beschwichtigend die Hände.

»Erkennt Ihr mich nicht? Ich bin's, Raphael. Von Burg Schadeck. Erinnert Ihr Euch? Darf ich eintreten?«

Einen Moment wusste sie nicht, mit wem sie es zu tun hatte, dann dämmerte es ihr. Tatsächlich, es war Raff, der Narr. Nur war er ohne Narrenkappe kaum zu erkennen gewesen. Isabella öffnete die Türe ganz, um ihn eintreten zu lassen.

»Raff! Gott zum Gruße. Wie habt Ihr uns gefunden?«

Die Überraschung stand ihr und Leondora ins Gesicht geschrieben.

In dem Moment flog die Türe auf und Gero, Gervin, Orno und Falk stürmten mit gezogenen Schwertern herein. Sie hatten Leondoras Schrei gehört und wollten den Eindringling sofort unschädlich machen. Im letzten Moment konnte Leondora sie davon abhalten.

Sie ließen von dem Mann ab und als sich die Gemüter beruhigt hatten, setzen sich alle, und Raphael begann zu erzählen.

»Kurz nachdem Ihr Irmingard vor einem Anschlag gewarnt hattet, ließ sie alles überwachen. Und tatsächlich versuchte Darno de Vilain mit Hilfe des Medicus Richard von Minderstein, Aegilus durch Helmgiftkraut zu vergiften. Es traf dann leider die Magd Malvina. Ob das beabsichtigt war, weiß ich nicht, aber es war kein schöner Tod. Und Euch...«, er wies mit dem Kinn auf Isabella, » ... wollten sie wohl auch aus dem Weg räumen. Theoderich von Hankor hat daraufhin dem Medicus seinen Adelstitel aberkannt und wollte ihn hängen lassen. Aber Darno und er konnten nach Frankreich fliehen. Dass er Euch verleumdet hat, ist nicht bewiesen worden, aber ich wusste immer, dass Ihr unschuldig seid. Ihr... «, er nickte wieder Isabella zu, » ... und Mejana seid gute Heilerinnen. Ich war mir sicher, dass ich Euch wiedersehen würde, als ich von den drei Heilerinnen hörte, die in Augsburg den Bettlern geholfen haben. Das konntet nur Ihr gewesen sein. Ich habe Euch nie für Hexen gehalten, auch wenn ich nicht verstehe, welch außergewöhnliche Dinge in Euren Taschen versteckt ruhen. Ich glaube nicht an Teufelswerk. Selbst wenn sie magisch wären, wolltet Ihr sie sicher gerne wiederhaben. Ich habe Eure Taschen beschafft und aufbewahrt.« Er holte aus einem großen eingeschlagenen Tuch Isabellas Umhängetasche sowie Leondoras Tasche hervor.

Isabella konnte gar nicht fassen, dass sie ihre Dinge "aus der Zukunft" zurückerhalten hatte. Was für ein unerhörtes Glück!

»Wie habt Ihr die nur bekommen?«

»Man muss sich eben gut genug auf einer Burg auskennen. Mit allen Geheimgängen und derlei Wissen.«

»Und wie habt Ihr uns gefunden?«

»Ich habe mir schon gedacht, dass Ihr hier früher oder später wieder vorbeikommen würdet. Ich habe Freunde in Augsburg. Das sind viele Augen und Ohren. Ihr seht allerdings völlig verändert aus. Selbst die Haarfarbe. Ich hätte Euch kaum erkannt. Ein Hinweis von Fagana hat mich zu Eurer Unterkunft geführt. Ihr habt sie ja kennengelernt, wie ich hörte.«

Isabella drückte gerührt seine Hand: »Vielen herzlichen Dank! Für die Taschen und dafür, dass Ihr mein Leben gerettet habt. Ich konnte mich noch gar nicht bedanken. Vielen Dank, Raff! Wie soll ich mich bloß revanchieren? Ich verdanke Euch schließlich mein Leben! Und dabei kann ich mich nur erkenntlich zeigen, indem ich Euch alle meine Münzen anbiete, die ich bei mir trage.«

Sie griff nach ihrem Täschchen am Gürtel, doch Raff winkte ab.

»Danke, aber das kann ich nicht annehmen. Ich habe Euch gerne geholfen.«

»Ich bin Euch so unendlich dankbar!«

Leondora legte ihm die Hand auf den Arm und fügte hinzu: »Ihr seid ein wahrer Freund! Wir danken Euch vielmals. Und bitte richtet Irmingard unsere besten Grüße aus. Möge Gott Euch beschützen und für Euren Mut belohnen.«

Gero bot Raff ein Beutelchen Silbermünzen an, aber der lehnte erneut ab, stand auf und verabschiedete sich. Im Gehen fragte er noch: »Ich habe gehört, Ihr sucht jemanden. Darf ich fragen, wen? Vielleicht kann ich helfen?«

»Wir suchen Mejana.« Isabella kamen die Tränen. »Sie wurde vor Tagen entführt. Leider tappen wir noch immer im Dunklen.«

»Oh, das ist ja grauenvoll!« Sichtlich betroffen schluckte Raff.

Nach einer kurzen Pause sprach er weiter: »Ich hoffe, Ihr findet sie unversehrt. Sollte mir etwas zu Ohren kommen, werde ich es Euch wissen lassen.«

So verabschiedeten sie sich und Raff verließ das Zimmer.

Eine ganze Weile saßen sie noch zusammen, doch die Unterhaltung kreiste ständig um dasselbe Thema.

In der Nacht fing es an zu regnen. Erst hörte man das Tröpfeln, das sich nach und nach zu einem Prasseln steigerte. Die Frauen dachten sich nicht viel dabei, doch am nächsten Morgen standen die Straßen bereits unter Wasser und es schüttete weiter. Der Himmel hatte alle Schleusen geöffnet. Ein starkes Gewitter über der Gegend machte eine weitere Suche unmöglich. Sie waren zur Untätigkeit verdammt. Resigniert vertrieben sie sich die Zeit mit Würfelspielen, Geschichten erzählen und sinnieren, ob sie etwas übersehen hatten. All die Grübelei brachte sie jedoch keinen Schritt weiter. Niemand konnte sich einen Reim auf Mejanas Verschwinden machen.

Auch die folgenden zwei Tage regnete es ohne Unterlass weiter, so dass der Aufbruch weiter verzögert wurde.

Deprimiert saß Isabella an der Fensteröffnung und sah hinaus in den grauen Schleier, der sich auf die Welt draußen ergoss.

»Es ist wie verhext. Sie ist wie vom Erdboden verschwunden, aber wir können sie nicht einmal suchen. Regen wäre nicht so schlimm, doch dieses Unwetter bringt all unsere Bemühungen zum Stillstand. Erschwerend kommt hinzu, dass uns jeglicher Anhaltspunkt fehlt, wo wir suchen sollen. Und als ob das nicht schon schlimm genug wäre, finden wir nach diesem Wolkenbruch keinerlei Spuren mehr. Er hat die Letzten weg gewaschen. Es ist, als ob das Schicksal uns von ihr fern halten wollte.«

Sorgenvoll betrachtete sie am nächsten Morgen den Himmel. Es hatte zwar aufgehört zu regnen, aber es war keine Sonne in Sicht, die den Boden trocknen würde. Die Wege waren aufgeweicht und matschig, also keinesfalls gefahrlos; dennoch brachen die Freunde so schnell wie möglich auf. Sie verließen Augsburg durch das südliche Lechhausertor in schwindender Hoffnung, da sie nichts über Mejanas Verbleib herausgefunden hatten. Das Wetter passte zu ihrer gedrückten Stimmung. Die Wolken hingen grau und schwer am Himmel. Der Wind hatte aufgefrischt und zerrte ungemütlich an ihren Umhängen. Jeder der Freunde hing seinen eigenen Gedanken nach.

Leondora plagte das Gewissen. Warum nur hatten sie Mejana alleine aus der Burg Wittenstein gehen lassen! Wären sie zusammen geblieben, hätte das alles nicht passieren können. Immer wieder spielte sie in Gedanken durch, wie sie dieses Unglück vermeiden hätten können. War es ein Unfall gewesen? Aber sie hatten Mejana überall gesucht. Wäre ihr etwas zugestoßen, so hätten sie die Verletzte entdecken oder gar ihre Leiche finden müssen. Da sie Mejana aber nirgends aufspüren konnten, musste sie entführt worden sein. Doch warum und von wem? Leondora machte sich große Sorgen um Mejana.

Auch Isabella litt unter der quälenden Angst um Mejana. Hoffentlich kamen sie nicht zu spät! Sie wollte gar nicht daran denken, wie es Mejana ergangen sein könnte, sollte sie tatsächlich Nestor in die Fänge geraten sein. Dass dieser Mann unberechenbar und äußerst gefährlich war, hatte sie ja bereits am eignen Leib erfahren. Unwillkürlich kam ihr ihre eigene spätere Gefangenschaft ins Gedächtnis: Wie sie dem Tode so knapp entronnen war und Mejana sie gerettet hatte. Eine so hilfsbereite und mutige, hervorragende Heilerin.

»Ohne sie wäre ich bereits tot«, dachte Isabella betrübt. Die tristen Gedanken ließen sich einfach nicht bekämpfen.

Gero versuchte, sich einen "Schlachtplan" zurecht zu legen. Wieviele Männer Nestor wohl im Gefolge hatte? Welche Waffen? Pferdekampfwaffen wie Spieß oder Hellebarde sicher nicht. Auf einen Rachefeldzug hatten sie bestimmt auch keine Streitaxt, Streitkolben oder Morgenstern mitgenommen. Gegen diese Waffen kämen sie mit ihren Schwertern nicht an. So standen ihre Chancen ganz gut, auch wenn Gero nur drei bewaffnete Männer dabei hatte. Vier zu drei war ein akzeptables Verhältnis. Er versuchte zu verdrängen, dass seine Gefährten zwar gut ausgebildete Kämpfer waren, ihnen aber mit Nestor und seinen Waffenträgern äußerst kampferprobte, brutale, erbarmungslose Schurken gegenüber stehen würden. Auf einen auch nur annähernd fairen Kampf, wie in den Turnieren, durfte er nicht hoffen. Isabella müsste währenddessen Leondora beschützen. Kämpfen - und dazu auch noch ohne Waffen - konnte sie ja offenbar gut - für eine Frau.

***

In Augsburg beeilte sich derweilen ein Mann, die Stadt zu verlassen, allerdings durch das Jakobertor Richtung Osten. Er hatte seinen Umhang fest um den Körper geschlungen, sein Gesicht verbarg sich unter der ausladenden Kapuze. Der Mann passierte das Tor und verließ Augsburg strammen Schrittes. Er hatte die Stadt erst wenige hundert Schritte hinter sich gelassen, als er eine Stimme hinter sich vernahm: »Da, das ist der Possenreißer, dieses Schandmaul! Schnappt ihn euch!«

Noch ehe der Mann so recht wusste, wie ihm geschah, war er von drei Kerlen umringt, die ihn grob am Arm packten.

Er versuchte sich loszureißen: »Wwwas wwwwo wooo wollt Ihr vvvon mmmir?«, stammelte er.

»Wir wollen nichts von dir, du Spaßmacher. Außer dein erbärmliches Lebenslichtlein. Aber du bekommst gleich etwas von uns, Raff! So heißt du doch?« Der Fremde zog einen Dolch unter seinem Umhang hervor, der im Licht des anbrechenden Tages glänzte.

Ein zweiter Mann in schmutziger, abgetragener Kleidung wog ein langes Schlachtermesser in der Rechten und fuhr den Dolchträger an: »Der Franzose hat gesagt, wir sollen den Lügenbeutel abstechen. Also mach endlich! Oder muss ich alles selber machen?«

Panisch wich Raff zurück, bis ihm ein Gebüsch den Weg versperrte. Er tastete nach seinem Messer unter dem Umhang, aber er kam nicht mehr dazu, es zu zücken, denn der Angreifer vor ihm stach ohne Vorwarnung mit dem Dolch zu. Er hatte auf den Hals gezielt, aber die Dolchspitze blieb in der Fibel des Umhanges hängen. Während Raff in Todesangst versuchte, sich wegzudrehen, zog sein Gegner in einer schnellen Bewegung den Dolch zurück und stach tiefer zu. Sein Ziel war das Herz gewesen, doch die Klinge rutschte an den Rippen ab und hinterließ eine langgezogene, schmerzhafte Wunde, die Raffs Hemd schnell rot färbte. Er krümmte sich stöhnend. Der Schmerz nahm ihm jegliche Kraft, sich zu wehren. Es hätte auch wenig Sinn gehabt, bei drei bewaffneten Gegnern. Alles ging so schnell, dass er es nicht einmal schaffte, die Arme zum Schutz hochzureißen, als er das blutbesudelte Metall erneut auf sich zukommen sah. Er spürte den Schmerz, den der Schnitt des Dolches hinterließ, schmeckte das Blut, das aus der hässlichen, klaffenden Wunde quer über seinem Gesicht quoll, während ein gellender Schrei seine Kehle verließ. Er merkte kaum mehr, dass er fiel, doch im Fallen spürte er einen furchtbaren Stich in den Hals fahren. Raff hatte keine Zeit mehr, sein Leben Gott anzuempfehlen, denn noch bevor er einen Gedanken vollenden konnte, umfing ihn Dunkelheit.

Die drei Angreifer ließen den leblosen, entstellten Körper im Gebüsch liegen und wandten sich dem Weg zu.

»Wieso hast du ihn erst in den Hals gestochen, als er schon umgefallen ist, du einfältiger Tölpel? Hättest ihn fast noch verfehlt«, maulte der Eine.

»Reg‘ dich nicht auf, Wolfhard. Der Narr ist mausetot und wird bald kalt sein. Abgestochen wie eine Ratte. Kommt lieber, holen wir uns das versprochene nette Sümmchen ab.«

***

Währenddessen durchquerten Isabella und ihre Gefährten eine kleine Ebene westlich der Paar, als auf der gegenüberliegenden Anhöhe ein schwarz gekleideter Reiter auf einem Rappen auftauchte. Er verharrte kurz, ließ sein Pferd steigen, dann kam er mit wehendem Umhang heran.

Gero sah ihn zuerst: »Der Schwarze Ritter! Orno, Gervin, Falk, nehmt die Frauen in die Mitte, wir werden angegriffen!«

»Oh nein, der Schwarze Ritter!«, entfuhr es Isabella. »Warum greift er uns an? Wir haben doch nichts verbrochen.«

Als der Reiter allerdings weiter allein auf sie zustürmte, schüttelte Gero ungläubig den Kopf: »Der wird doch nicht alleine versuchen, uns anzugreifen. So borniert kann nicht mal der sein!«

Dennoch zogen alle ihre Schwerter, als der Schwarze Ritter näher kam.

Sobald der Fremde in Rufweite war, zügelte er sein Pferd. Er hatte sein Schwert in der Scheide stecken gelassen.

»Ich komme in friedlicher Absicht. Seid Ihr Gero von Löwenhaag?«

Gero nickte abwartend.

»Ich habe eine Nachricht für Euch.«

»Ihr seid der berüchtigte Schwarze Ritter. Warum sollten wir Euch Glauben schenken?«

»Richtig, ich bin Arco von Werdenfels. Und Euch, Sohn eines ungerechten Herzogs, traue ich ebenso wenig. Aber ich habe Mejana, die Freundin Eurer Gemahlin, aus den Fängen Nestor von Schwarzenfels‘ befreit und in Sicherheit gebracht. Sie bat mich, Euch zu informieren.«

»Mejana!« Leondora war ganz aufgeregt. »Geht es ihr gut? Sagt schon, wo ist sie?«

Daraufhin stecken die Männer ihre Schwerter zurück.

Arco kam näher. Um seine Friedfertigkeit zu demonstrieren, ließ er beide Hände auf dem vorderen Sattelbogen ruhen, während die anderen Männer die Schwerthand vorsichtshalber an ihrer Waffe liegen hatten, um das Schwert schneller ziehen zu können, sollte es nötig werden.

Er erzählte, wie er am Abend der Gauklernacht Nestor und Roderick vor Burg Scherneck gesehen hatte. Seine beiden größten Widersacher. Und wie er sie am nächsten Morgen wieder aufgespürt hatte, nachdem er mitbekommen hatte, dass eine Frau verschwunden war.

»Ich dachte mir schon, dass sie etwas damit zu tun haben könnten. Als ich die Frau bei ihnen fand, habe ich sie mitgenommen und im Stift St. Primus in Schöngeising bei Bruck zu Fürstenfeld versteckt. Meine Schwester ist dort Äbtissin.«

»Sie ist in Sicherheit? Geht es ihr gut?« Isabella konnte es kaum glauben.

»Ja, es geht ihr gut. Ich habe mich auf den Weg gemacht, Nestor zu finden. Er überzieht unser Land mit Betrug, Folter und Mord. Seinem Treiben muss ein Ende gesetzt werden.«

»Da sind wir einer Meinung«, bestätigte Falk die Haltung der Freunde. »Nur haben Nestor und seine Männer gestern Augsburg in südlicher Richtung verlassen und hatten es offenbar sehr eilig. Wo könnten sie hingewollt haben?«

Plötzlich beschlich Arco ein ungutes Gefühl. Er überlegte laut: »Nestor will mir die Niederlage heimzahlen. Was, wenn er herausgefunden hat, wo meine Schwester ist und sich an ihr rächen will? Dann haben wir zwei Frauen in Gefahr!«

»Das könnte seine Eile erklären. Los, wir müssen sofort zum Stift!«

»Aber wir können sie unmöglich einholen«, gab Orno zu bedenken.

»Dann können wir nur beten, dass die Klostermauern sie so lange wie möglich abhalten«, antwortete Gervin.

Sie preschen alle zusammen los und schonten weder sich, noch die Pferde, um möglichst schnell voran zu kommen.

Als sie am Stift St. Primus ankamen, war alles friedlich und ruhig. Niemand zu sehen. Kein Angriff. Keine Kampfspuren.

Arno klopfte an das Tor. Wieder öffnete die mürrische Schwester. Doch diesmal ließ sie die Besucher sofort ein. Als hätte man sie schon erwartet.

Theodolinde kam schon im Hof auf sie zu.

»Arco, gut dass ihr kommt...«

»Theodolinde, Ihr seid in Gefahr. Nestor scheint herausgefunden zu haben, dass Ihr hier im Kloster seid. Er will sich an mir rächen und könnte es daher auf Euch abgesehen haben. Oder auf Mejana, wenn er sie hier findet.«

»Das ist ja das Problem, Arco. Hier ist alles ruhig, aber Mejana ist fort. Sie ist verschwunden. Sie muss sich aus dem Stift geschlichen haben. Wir vermissen sie seit heute Morgen.«

Da schwante ihm Böses. Er wies seine Schwester an, besondere Vorsicht walten zu lassen und verließ mit den anderen eilig das Stift.

»Das darf doch nicht wahr sein!« Leondora war fassungslos. Resigniert legte sie ihr Gesicht in die Hände. »Ihr muss etwas zugestoßen sein. Alleine würde sie sich doch nicht auf den Weg machen. Wo sollen wir sie denn jetzt nur suchen? Wir waren so nah dran. Und jetzt haben wir wieder nichts in der Hand.«

Isabella mutmaßte: »Entweder ist sie zu Fuß unterwegs und noch nicht weit gekommen, oder Nestor war vor uns da und hat sie wieder verschleppt. Hoffentlich ist sie ihm nicht in die Arme gelaufen! Aber darauf deutet nichts hin.«

»Am besten, wir teilen uns auf. Ich nehme den kleinen Pfad durch die Amperauen. Ihr übernehmt den Weg Richtung Hattenhofen. Vielleicht wollte sie zurück zur Löwenburg. Weit kann sie noch nicht gekommen sein«, überlegte Arco.

Gero nickte.

»In Ordnung. Teilen wir uns auf. Wir treffen uns bei Einbruch der Dunkelheit an der Edigna-Linde in Puch. Kennt Ihr sie?«

»Ich werde sie finden.«

Damit wendete Arco sein Pferd und preschte davon. Der Rest schwärmte aus. Gero, Orno und Leondora blieben zusammen, Isabella ritt mit Gervin. Wieder durchkämmten sie die nähere Umgebung, aber es war wie die Suche nach der Nadel im Heuhaufen. Sie fragten jeden Passanten nach einer Konversschwester aus dem Kloster St. Primus, aber niemand konnte ihnen Auskunft geben. Bis ihnen das Glück zu Hilfe kam.

Die Fünf trafen sich zu einer Pause am Straßenrand, als ein Mönch auf einem Wagen den Weg entlang ruckelte. Er hatte Fässer geladen und kam mit der Gruppe ins Gespräch, setzte sich dazu und machte ebenfalls eine Mittagspause. Er stellte sich als Pater Anselm vor und erzählte, dass er ein Zisterziensermönch auf dem Weg zurück ins Kloster Fürstenfeld sei. Als er zu seiner Mahlzeit Beeren aß, fragte Isabella ihn, was das sei.

»Das, edle Dame, sind Agnus-Castus-Beeren; wir essen sie, um nicht gegen das Keuschheitsgelübde zu verstoßen. Die Pflanze wird daher auch Mönchspfeffer genannt. Ihre Blätter und Blüten legen wir in die Bettstatt, um so gegen fleischliche Begierden gefeit zu sein.«

»Ah. Und hilft es?« Isabella bereute ihr vorlautes Mundwerk gleich wieder. Durfte man einem fremden Mönch solch eine intime Frage stellen?

Aber der gutmütige Mönch antwortete gelassen: »Bei uns schon. Manch anderem möchte man die Beeren gönnen. Ich habe heute ein paar Ritter gesehen, die an einem Seil eine Konverse hinter sich her zogen und einer der Männer schimpfte laut. Ich habe es nicht ganz verstanden, aber sie wollten die Frau wohl in der Amper ertränken. Mir tat sie sehr leid, aber was hätte ich alleine gegen drei schwer bewaffnete, schlecht gelaunte Ritter unternehmen können?«

Erstaunt schaute er die Gruppe an, die aufgesprungen war.

»Wo genau habt Ihr sie gesehen? Und in welche Richtung sind sie geritten?«

»Es war etwa eine halbe Stunde von hier. Auf dem Weg von den Amperleiten zur Buchenau.«

»Danke, vielleicht können wir sie noch retten!«

Sofort machten sich Gero, Gervin, Falk, Leondora und Isabella auf den Weg. Sie trieben ihre Pferde zu höchster Eile an. Die Fünf preschten durch die schmalen, bewachsenen Pfade so schnell es ging. Doch immer wieder blieben ein Rock oder ein Umhang an einem der Büsche hängen.

Die Kampfgeräusche hörten sie als erstes. Eine dicht bewachsene Böschung, die zur Amper hinunter steil abfiel, versperrte ihnen den Weg.

Als sie an die Ufer der Amper sahen, raubte ihnen der Anblick schier den Atem: Da lag eine Frau in Konversentracht in einer Blutlache. Arco versuchte sich, stark blutend, gegen zwei schwer bewaffnete Angreifer zur Wehr zu setzen. Der Dritte, Nestor, stand ein paar Meter weiter und verhöhnte ihn.

»Deine Frau hat damals um meine Gunst gebettelt. Und ich habe sie beglückt. Schade nur, dass sie nichts aushielt.«

»Du lügst, dreckiger Hurensohn!«

Arco versuchte, sich nicht zu sehr ablenken zu lassen, sonst wäre er verloren gewesen. Auch so würde er sich nicht mehr lange gegen die Drei behaupten können. Und wenn Mejana tot war? Dann würde er auch gehen. Aber Nestor würde er mit in die Hölle nehmen!

Der stichelte derweil weiter: »Und meine feine Intrige gegen Euch habe ich doch klug eingefädelt. Niemand hat Euch geglaubt. Selbst Gerowin von Löwenhaag konnte ich täuschen. Ich bin einfach klüger als ihr. Und Ihr werdet für immer ein Geächteter sein. Und bald ein toter Geächteter! Ha, ha, ha!«

Das war zuviel für Arco. Schreiend stürzte er sich auf Nestor und lieferte ihm einen erbitterten Kampf.

Die Gruppe um Gero hatte eine weniger steile Stelle gefunden und war zur Amper hinab geritten. Leondora und Isabella sprangen von ihren Pferden und liefen zu Mejana. Sie lag wie tot in ihrem Blut.

»Bitte, lieber Gott, lass sie nicht tot sein!« Isabella suchte nach Anzeichen für Atmung.

Es war so schwer, im Kampfgetümmel etwas zu erkennen. War das eine Bewegung? Vielleicht eine flache Atmung? Tatsächlich. Sie atmete noch!

Sofort machte sich Isabella auf die Suche nach der Verletzung, die die starke Blutung verursachte. Sie fand eine Wunde am Kopf, aber es war wohl eher eine Platzwunde. Das konnte sie nicht sein. Sie wies kurzerhand Leondora an, ein Stück aus ihrem Kleid herauszureißen und die Kopfwunde zu verbinden. Alles war blutverschmiert, so dass sie die Blutungsquelle nicht gleich ausmachen konnte.

Isabella drehte Mejana auf den Rücken, um sie besser untersuchen zu können. Und da sah sie ihn: Ein tiefer Schnitt klaffte in Isabellas Unterarm. Er hatte die Arterie verletzt. Isabella hatte darauf gelegen, so dass das Blut langsam herausgequollen war. Nun spritzte es. Es verteilte sich über die Steine und besudelte Isabellas Kleid und Gesicht. Geistesgegenwärtig hob Isabella den Arm an, drückte die Wunde ab und schickte Leondora los, einen flachen Stein und ein Stück Stoff zu besorgen. Damit legte sie einen Druckverband an. Leondora musste die verletzte Hand weiter hoch halten, damit Mejana nicht noch mehr Blut verlor. Zu Hause hätte sie nie ohne Handschuhe gearbeitet, um sich vor eventuell übertragbaren Krankheiten fremden Blutes zu schützen. Selbstschutz geht vor. Doch hier war es schlicht und einfach unmöglich. Ohne einen weiteren Gedanken daran zu verschwenden, wischte sie sich die Hände am Rock ab und mit dem Ärmel über's Gesicht. Isabella zog einen Stamm vom Treibgut am Ufer unter Mejanas Füße. Mit einem Messer schnitt sie Mejanas Kleid auf, um den Körper auf weitere Verletzungen abzusuchen. Aber außer zahlreichen blauen Flecken und Abschürfungen fand sie keine mehr. Sie fühlte den Puls; er gefiel er ihr gar nicht, denn er war sehr schwach, kaum tastbar, aber sehr schnell. Denn Mejanas Herz versuchte verzweifelt, den Verlust von Blut-Volumen in den Adern durch häufigeres Schlagen auszugleichen, um mit einer Art Notprogramm die Organe zu versorgen. Isabella war verzweifelt. Was sollte sie nur tun? Sie hatten nichts, um Mejana zu retten. Wenn sie schon zu viel Blut verloren hatte, konnten sie ihr nur beim Sterben zusehen. Was hätte sie daheim getan, außer den Rettungsdienst zu rufen? Sie versuchte sich zu beruhigen, um einen klaren Gedanken fassen zu können. Immer der Reihe nach. Sie legte Mejana in die stabile Seitenlage, überstreckte den Kopf und kontrollierte die Atmung. Erst dann wurde ihr wieder der Kampf bewusst, der zur gleichen Zeit um sie herum tobte.

Roderick hatte die Ankommenden als erster bemerkt. Er war gerade im Begriff gewesen, Arco von hinten anzugreifen, schwang kraftvoll seinen breiten Anderthalbhänder, um zu demonstrieren, dass es niemand mit ihm aufnehmen konnte. Gervin stellte sich ihm in den Weg und griff an.

Roderick parierte mit einem Oberhau, der so schnell herabsauste, dass Gervin nur zur Seite springen konnte.

Der dritte Mann stand ein paar Meter hinter den kämpfenden Rivalen und spannte seine Armbrust mit einem Seilzug. Diese Prozedur dauerte einen Sekundenbruchteil zu lange; schon stand Falk mit gezogenem Schwert vor ihm. Die beiden lieferten einander einen kurzen, erbitterten Zweikampf, aber Falk war eindeutig der bessere Kämpfer. Und so streckte er den Gegner bald nieder. Er kam eilends Gervin zu Hilfe, der Roderick etwas abgedrängt hatte, aber allein nicht mit ihm fertig zu werden schien.

Während die beiden sich mit Roderick ein heftiges Gefecht lieferten, eilte Gero zu Arco. Der hatte sich wacker geschlagen. Doch beeinträchtigt durch seine Verletzungen, konnte er sich gegen die unerbittlichen Angriffe nicht mehr recht viel länger zur Wehr setzen.

Nestor hatte seinen Bihänder geschnappt und schwang ihn beidhändig bedrohlich über dem Kopf. Mit lautem Krachen schlugen die Schwerter aufeinander. Immer wieder, bis Nestor durch eine schnelle, gekonnte Drehung seines Schlachtschwertes mit Hilfe der Parierstange Arco das Schwert aushebelte, das klirrend auf den Flusskieseln liegen blieb.

Gero sprang zwischen die beiden Kämpfer und übernahm die Abwehr, so dass der blutende Arco wieder zu Atem kommen konnte. Er kämpfe ebenfalls sehr geschickt und wich dem gefährlichen, langen Schwert gekonnt aus. Dennoch konnte er keinen Treffer setzen.

Nestor verhöhnte auch ihn: »Euch alle habe ich an der Nase herumgeführt! Euer Vater ist doch ein einfältiger Tropf, dass er mir mit meiner Intrige gegen Arco so schnell auf den Leim gegangen ist. Und Ihr seid um keinen Deut besser. Nur ein stolzer Pfau auf den Turnieren. Und dann seid Ihr mir auf dem Weg nach Bruck so schnell ins Netz gegangen. Schade dass Ihr nicht in der Amper ersoffen seid, wie ein räudiger Hund. Obwohl... Ich hätte Euch gerne einen langsamen und schmerzreichen Tod gebracht, jetzt wird er - leider - schneller und etwas weniger unehrenhaft sein.« Nestors Augen blitzen, sein Mund verzog sich zu einem bösen Grinsen.

Gero stichelte zurück: »Ihr wolltet mich von Leondora fern halten, aber dafür ist es nun zu spät. Also wer ist nun der Verlierer?«

Nestor schwang verärgert das Schwert und kreuzte es mit Geros. Er konnte mit seinem fast mannshohen Bihänder Geros Schwert mühelos festhalten.

Gero trat nach Nestor und traf ihn in schmerzhaft an der Leiste. Leider konnte Nestor einiges einstecken. Er zog ruckartig an seinem Bihänder; dabei fiel Geros Schwert zu Boden. Triumphierend leuchteten Nestors Augen, als er sich vor Gero aufbaute. Mit einem hämischen Grinsen holte er zum finalen Schlag aus. Er Schwang die Waffe schwungvoll über den Kopf, sein Bihänder blitzte im Sonnenlicht kurz auf, da zuckte sein Körper und versteifte sich. Ein Pfeil steckte in seinem Oberkörper. Leondora stand schräg hinter Gero und ließ eine Armbrust sinken. Sie hatte die gespannte Armbrust von dem dritten Mann aufgehoben und gegen Nestor abgefeuert. Ungläubig starrte der auf den Pfeil in seiner Brust, dann auf Leondora. Schließlich fiel er um, wie ein gefällter Baum. Sein an die sechs Kilo schweres Schwert krachte laut klirrend zu Boden.

Genau in diesem Moment lenkte das Geräusch Roderick ab, der große Mühe hatte, sich gegen Gervin und Falk zur Wehr zu setzen. Als er das Scheppern des Bihänders hörte, blickte er kurz zu Nestor. Er sah ihn fallen, und just in diesem Moment traf ihn ein Schlag Gervins, gefolgt von einem flink geführten Stich in den Bauch. Roderick klappte zusammen und blieb gekrümmt und blutend liegen.

Arco konnte sich kaum mehr auf den Beinen halten. Er schleppte sich zu Mejana und ließ sich neben ihr auf die Steine fallen.

»Nein! Oh Gott! Nein! Nicht sie auch noch. Lass sie nicht sterben. Sonst nimm mich auch gleich mit!«

Er vergrub sein Gesicht an ihrer Schulter und sein Körper schüttelte sich. Es sah fast aus, als weinte er. Die anderen hatten sich um sie versammelt und schauten betreten zu Boden. Niemand dachte an seine eigenen Verletzungen.

Arco nahm Mejanas Hand unter ihrem Kopf hervor, küsste sie zart und hob sie leicht an seine Wange. Sein eigenes Blut lief ihm in kleinen Rinnsalen hinunter.

Isabella zog ihn sachte an der Schulter.

»Arco, Ihr müsst Euch verbinden lassen. Sonst seid Ihr derjenige, der zu schwach sein wird. So könnt Ihr Mejana nicht helfen.«

»Lasst mich! Ich will bei ihr bleiben. Wenn Sie geht, will ich auch gehen.«

»Ich werde mir Eure Wunden ansehen, dann könnt Ihr zurück.«

Behutsam führte Isabella ihn ein Stückchen von Mejana weg. Sie zog ihm den dicken Gambeson aus. Er hatte die Wucht der Hiebe ein wenig abgefedert. Dennoch klaffte in Arcos Oberarm eine stark blutende Wunde, er hatte einen Schmiss im Gesicht davongetragen, und quer über den Bauch war unter seiner zerfetzten Kleidung eine Schnittwunde zu erkennen. Sie schien nicht so tief zu sein, dass Organe verletzt sein konnten, aber sie war lang und blutverkrustet. Auch am Oberschenkel fand Isabella eine langgezogene Fleischwunde. Sie sah nicht bedrohlich aus, sie war allerdings verschmutzt und sollte gereinigt und verbunden werden. Isabella hatte keinerlei Verbandsmaterial dabei, so riss sie Streifen ihres Unterkleides ab. Damit verband sie die blutenden Wunden erst mal notdürftig, damit Arco nicht weiter unnötig Blut verlor.

Da ihre Freunde nach eigenen Angaben nicht schwerwiegend verletzt waren, holten sie Decken und Umhänge, um Mejana zu wärmen. Sie war noch immer nicht bei Bewusstsein. Bleich, mit weißen Lippen, lag sie da.

Arco wollte sie nicht „so auf der Seite" liegen lassen, obwohl Isabella ihm erklärte, das wäre die beste Lage für sie. Sie betteten Mejana auf die Decken und wärmten sie mit den Umhängen. Die Füße lagerten sie etwas höher und Arco sollte darauf achten, ob sie atmete und dass sie nicht erbrach. Isabella füllte einen Trinkbecher mit Wasser und bat ihn, Mejana, sobald sie erwachte, in kleinen Schlucken zu Trinken zu geben.

Isabella überlegte, was effektiver wäre: Kräuter sammeln, um die Blutungen zu stoppen und die Wunden zu desinfizieren, oder zum Stift zurück zu reiten, um Medizin zu erbitten. Denn ob sie nun gerade Blutwurz, Schafgarbe und Ähnliches finden würde, war mehr als fraglich. Mejana war nicht transportfähig. Sie hatten keinen Wagen, um sie darauf zum Kloster zu bringen. Und selbst mit, war sich Isabella nicht sicher, ob Mejana das momentan überleben würde.

Sie beriet mit den anderen das weitere Vorgehen und schlug vor, im Stift um Medizin und ein Pferd zu bitten.

Zügig machte sie sich mit Falk auf den Weg. Diesmal klopfte Falk ans Tor. Es dauerte eine Weile, bis sich etwas rührte. Die mürrische Stimme war ihnen ja bereits bekannt. Aber sie wurden sogleich eingelassen und zu Theodolinde in die Kapelle geführt. »Ich habe für Mejana gebetet. Habt Ihr sie gefunden?«

»Ja, aber sie ist schwer verletzt und fast verblutet. Ich habe eine Kopfplatzwunde und eine verletzte Schlagader am Arm gefunden. Es hat einen Kampf gegeben. Nestor und seine Schergen sind tot, Arco hat einen tiefen Schnitt am Oberarm davongetragen, eine Wunde im Gesicht, eine am Oberschenkel und einen langen Kratzer am Bauch. Die anderen Ritter haben auch diverse Blessuren, aber keine ernsten Verletzungen. Wir wollen Euch um Medizin, etwas zu Essen, einen Feuertopf und einen Wagen mit Pferd bitten, wenn dies möglich wäre. Sobald wir Mejana transportieren können, möchten wir sie von den Amperauen fortschaffen. Wir bringen Euch das Pferd dann natürlich zurück.«

Theodolinde dachte einen Moment nach, dann sagte sie: »Wir haben ein altes Fuhrwerk in der Scheune, das wir fast nie benutzen. Das könnt Ihr eine Weile ausleihen. Aber Ihr werdet eines Eurer Pferde nehmen müssen. Ich gebe in der Küche Bescheid, dass sie Euch etwas richten sollen. Geht in die Krankenstation. Ihr wisst am besten, was ihr benötigt.«

So stand Isabella zwischen Salben, Tinkturen und Aufgüssen und besprach mit der Siechenmeisterin, was sie mitnehmen sollten.

Der Wagen wurde mit zahlreichen Medikamenten bestückt, darunter in Essig gekochtem Ysop, um die Schmerzen zu lindern, Starkbier mit Auszügen aus Arnikablüten gegen Prellungen und Verstauchungen, Auszüge aus Weide und Pappel gegen Fieber und Schüttelfrost, eine Tinktur aus Johanniskraut für die Wundheilung sowie Blutwurz zur Blutstillung. Auch frisches Verbandsmaterial war dabei.

Versorgt mit Essen und etwas Bier fuhren sie zurück zu den anderen, nachdem sie sich herzlich bedankt hatten. Falks Reitpferd hatten sie mit einer Leine hinten angehängt.

Es dauerte eine Weile, ehe sie wieder bei den anderen in den Amperauen ankamen. Es war ruhig geworden. Zu ruhig fast. Nahezu nichts deutete mehr auf den furchtbaren Kampf hin, der hier stattgefunden hatte, abgesehen von den vereinzelten mittlerweile eingetrockneten Blutflecken auf den Steinen. Die drei toten Ritter waren verschwunden. Vermutlich in der Amper gelandet.

Mejana lag, nach wie vor bleich, in Arcos Armen.

Die Männer entzündeten mit Feuerstein und Schlageisen ein Feuer, auf dem Isabella Wasser mit darin liegenden Tüchern eine Weile kochen ließ. Dieses Wasser mit den ausgekochten Tüchern verwendete sie dann zur Wundreinigung, sobald es genug ausgekühlt war.

Isabella wusch sich ausgiebig die Hände, säuberte alle Wunden, versorgte sie mit Medizin und verband sie sauber. Dann packten sie das Essen aus und verteilten es.

Gerade als sie mit dem Essen begannen, bewegte sich Mejana ein wenig in Arcos Armen. Sie blinzelte, schloss die Augen wieder und blinzelte erneut. Dann schlug sie Augen auf und sah ihn an.

»Arco!«

Sie lächelte und wollte den Kopf drehen, um sich umzusehen. Doch der aufkommende Schmerz ließ sie zusammenzucken. Sie stöhnte.

Arco war ganz aufgeregt.

»Mejana, Ihr seid aufgewacht. Dank sei Gott dem Herrn. Ihr lebt!«

Er küsste ihre gesunde Hand. Mejana sah ihn nur an, ihre Augen strahlten. Sie wollte etwas sagen, aber sie war einfach zu schwach.

Arco nahm ihre Hand, hielt sie zärtlich in seiner.

Leondora trat hinzu und flößte ihr schluckweise die Medizin gegen die Schmerzen ein. Dann bereiteten sie auf dem Wagen ein einigermaßen bequemes Lager für Mejana und legten sie hinein. Während sie aßen, bekam Mejana immer wieder Wasser und etwas Starkbier zu trinken, damit ihr Körper mit Hilfe der Flüssigkeit den Blutverlust langsam wieder ausgleichen konnte.

Nach dem Essen ging Arco mit den anderen Männern an die Amper, um sich zu waschen. Leondora und Isabella blieben bei Mejana.

Leondora sah hinüber zu den Männern und machte mit dem Kopf eine Bewegung Richtung Arco: »Er ist Euch nicht mehr von der Seite gewichen. Er hat wie ein Löwe um Euch gekämpft und es war rührend, wie er mit dem Schicksal gehadert hat, als wir befürchten mussten, Euch zu verlieren. Es sieht so aus, als ob ihr euer Gegenstück gefunden hättet.« Mejana richtete sich ein wenig auf, um ihn sehen zu können. Man sah ihr an, wie sehr es sie anstrengte und welche Schmerzen es ihr bereiten musste. Dann legte sie sich mit einem entspannten Gesichtsausdruck wieder auf ihr Lager zurück.

Als die Ritter zurückkamen, richteten sie alles für die Nacht her. Die Männer würden neben dem Wagen schlafen, die Frauen darauf.

Arco ging noch einmal zu Mejana, um sich zu vergewissern, dass es ihr gut ging, und um ihr eine gute Nacht zu wünschen.

Da hielt sie seine Hand fest: »Bleibt bei mir. Geht nicht weg. Bitte!«

Sein verwunderter Gesichtsausdruck verriet seine Überraschung, aber es wirkte nicht, als ob es im ungelegen käme. Im Gegenteil: Allein ein Zucken des rechten Mundwinkels und der Glanz in seinen Augen verrieten, dass ihm diese Wendung gewiss gefiel. Wortlos kletterte er auf den Wagen legte sich auf eine Seite. Mejana kuschelte sich nahe bei ihm in ihre Decke. Niemanden schien es zu stören, dass sie in den Armen eines Fremden schlief. Keiner verlor ein Wort darüber.

Auf der anderen Seite des Wagens richteten sich Isabella und Leondora ein. Nachdem Gero seiner Gemahlin einen guten Schlaf gewünscht hatte, kehrte Ruhe ein.

In der morgendlichen Dämmerung umfing sie der Morgennebel, der alles feucht und klamm werden ließ. Das Feuer war ausgegangen, die kühle Feuchtigkeit kroch unter die Kleidung.

Von der Kälte ihrer Hände und Füße geweckt, rieb sich Gero die klammen Glieder. Dann entzündete er noch mal ein Feuer.

Mejana war durch Arcos Nähe angenehm gewärmt worden. Es war bereits wieder etwas Farbe in ihr Gesicht zurückgekehrt, auch wenn die Lippen noch blass aussahen. Sie wollte sich aufsetzen, doch sie fühlte sich so unendlich schwach. So hob sie lediglich den Kopf und schaute sich um. Sofort war Arco wach: »Wie fühlt Ihr Euch?«

Sie lächelte ihn an: »Guten Morgen. Ich habe Hunger. Gib es noch etwas?«

Leondora holte die Reste aus dem Wagen, während Isabella frisches, kühles Wasser aus der Amper schöpfte und Falk ein wenig Reisig ins Feuer warf.

Dann setzten sich alle um die Feuerstelle, wärmten sich auf und machten sich gemeinsam über die Essensvorräte her.

Beim Essen erzählte Mejana von ihrer Entführung nach der Gauklernacht und ihrer Rettung durch Arco, von Ihrer Reise nach Bruck und dem Alltag im Kloster.

»Wir standen mit dem Glockenschlag morgens um halb Fünf auf und begannen den Tag mit einem stillen Gebet. Insgesamt acht Gottesdienste waren den Tag über zu besuchen, dazwischen lesen, Hausarbeit, Krankenstation, Essen oder ruhen. Ab und zu half ich auch den anderen Konversen bei schweren Tätigkeiten, bei Garten- oder Feldarbeit.«

Mit einem kurzen Seitenblick auf Arco fuhr sie fort: »Theodolinde ist großherzig und gütig. Sie sorgt mit starker Hand und großem Herz dafür, dass alle Nonnen nach den Ordensregeln und -gebräuchen leben. Aber als Äbtissin war sie oft außerhalb des Klosters beschäftigt, dann vertrat die Priorin sie als Klostervorsteherin. Aber das Schlimmste war die tägliche Abstrafung! Jede Ordensschwester durfte jede anklagen. Und wer gesündigt hatte, musste sich selbst geißeln oder wurde ausgepeitscht. Und da ich mich nicht so gut auskannte, wurde ich öfter für Verfehlungen angeklagt. Die Priorin mochte mich nicht. Ich glaube, sie freute sich immer, wenn ich abgestraft werden sollte, denn sie übernahm öfter mal die Bestrafung. Sobald sie das Sagen hatte, hat sie mich spüren lassen, dass ich dort unerwünscht war.

Und wir durften uns nie satt essen, weil die Priorin es als Völlerei ansah, die sie wieder bestraft hätte.«

Mejana hielt einen Moment inne. Es fiel ihr schwer in Worte zu fassen, was sie in der kurzen Zeit im Kloster alles erlebt hatte. Sie dachte an den Tag, an dem das schwere Tor vor ihren Augen die Welt draußen ausgesperrt hatte. Selten vorher hatte sie sich so verlassen, so gefangen gefühlt. Sie war im Hof gestanden und hatte sich einmal langsam um die eigene Achse gedreht, um die Größe des Klosters erfassen zu können. Sie hatte sich so klein gefühlt, ein Nichts in einem Kloster, das wie eine Stadt angelegt war, die sich selbst versorgen konnte.

All die Bilder drängten ihr nun wieder so intensiv ins Gedächtnis, als erlebe sie alles noch einmal: Vor dem Hintergrund tiefblauschwarzer Gewitterwolken leuchtete das Kloster förmlich. Der hoch aufragende Kirchturm war in diesem Moment von der durch die Wolken brechenden Sonne beleuchtet, so als mahne er jeden Wanderer, der hier des Weges kam, in Andacht vor den Reliquien niederzuknien und den Segen zu erflehen.

Ihre Gewänder hatten sie augenblicklich bei der Kleiderverwalterin abgeben müssen, die für die gesamte Kleidung, das Bettzeug und das Schuhwerk verantwortlich war.

Obwohl Konversschwestern eigentlich erst ein bis zwei Jahre Probezeit in ihrer weltlichen Gewandung ablegen mussten, sollte sie stattdessen gleich die einfache braune Tracht der Konversschwestern anlegen. Damit die schmutzigen Kleidungsstücke gewaschen werden konnten, gab es alles in zweifacher Ausfertigung.

Durch ihre Kleidung waren die Frauen auf einen Blick als Ordensschwestern, Novizinnen oder Konversinnen zu erkennen.

Die Tracht der Nonnen war aus ungefärbter Schafwolle gefertigt. Sie bestand aus einem weißen Ärmelrock, der bis eine Handbreit über den Boden reichte, einem etwas kürzeren schwarzen Skapulier, das schürzenartig über Brust und Rücken lag und eine Kapuze hatte, und einer weißen Kukulle, die glockenförmig bis zu den Knöcheln reichte und die mit überlangen und überweiten Ärmeln und ebenfalls mit einer Kapuze versehen war. Dazu gehörte das weiße Kopftuch mit dem schwarzen Schleier.

Die Novizinnen waren an ihrer ärmellosen Kukulle zu erkennen.

Kurz nachdem die Männer das Kloster verlassen hatten, hatte die Äbtissin sie zur Seite genommen, um ihr das klösterliche Leben zu erklären.

»Tiefstes Bedürfnis einer jeden Nonne ist die Hingabe an den Bräutigam Christus; dieses äußert sich darin, dass man über den Tag verteilt immer wieder bestimmte Zeiten dem Gottesdienst widmet. Dazu heißt es im sechzehnten Kapitel der Regula Benedicti: Es gelte, was der Prophet sagt: "Siebenmal am Tag singe ich dein Lob." Diese geheiligte Siebenzahl wird von uns dann erfüllt, wenn wir unseren schuldigen Dienst leisten zur Zeit von Laudes, Prim, Terz, Sext, Non, Vesper und Komplet. Von den nächtlichen Vigilien sagt derselbe Prophet: "Um Mitternacht stehe ich auf, um dich zu preisen." Diese Gebetszeiten strukturieren unseren Tag hier im Kloster.«

Theodolinde hatte sie durch das große Klosterareal geführt und ihr alles gezeigt.

Mejana hatte nicht alle Erklärungen verstanden. So beispielsweise, als Theodolinde erklärt hatte: »In den Stundengebeten, den Horen, werden vor allem die Psalmen gebetet. Die Regula Benedicti legt in ihrem achtzehnten Kapitel fest, welche Psalmen im Verlauf der Woche in den einzelnen Horen gebetet werden sollen. Generell gilt, dass jede Woche der ganze Psalter mit den hundertfünfzig Psalmen gesungen und zu den Vigilien am Sonntag stets von vorne begonnen wird.«

Mejana musste sie etwas verschreckt angesehen haben, denn mit einem gütigen Lächeln hatte sie hinzugefügt: »Du wirst als Konversin nicht an den Gebetszeiten teilnehmen, sondern nur an bestimmten Gottesdiensten. Aber lass' Dir gesagt sein, dass du hier sehr fleißig sein musst. Und gehorsam. Ich bin für das Wohlergehen aller Frauen in diesem Kloster verantwortlich.

Seien es Nonnen, Novizinnen oder Konversinnen. Doch ihr alle seid mir wiederum zu unbedingtem und uneingeschränktem Gehorsam verpflichtet.«

Da die Nonnen wegen der strengen Klausurvorschriften in der Regel nicht außerhalb der Klostermauern arbeiteten, verrichteten die Konversinnen häufig die harte Arbeit.

Zeitweise arbeitete Mejana auf dem Acker, daneben war sie neben der Krankenpflege besonders im Garten tätig, wo sie mit der Pflege von Arzneikräutern und feineren Gemüsearten, der Blumen, der Obstbäume und der edlen Weinsorten, die an den sonnigen Klostermauern angepflanzt waren, betraut war. In den Klostergärten gediehen viele nützliche Pflanzen und Heilpflanzen wie Baldrian, Lavendel, Salbei, Pimpernell, Kamille, Gamander, Raute und Odermennig; Rose und Lilie, Veilchen und Aglei. Hier bei den Pflanzen hatte sie sich gerne aufgehalten; abseits der anderen Laienschwestern und der Ordensschwestern. Sie war gerne alleine und träumte bei der Gartenarbeit oder der Arzneiherstellung mit offenen Augen vor sich hin.

Als Konversin hatte sie die anderen zu bedienen. Keine der Nonnen hatte das ungebührlich ausgenützt, bis auf Agnes, die Schreibmeisterin. Sie hatte von Anfang an herausgestellt, dass sie als Adelige, die des Lesens und Schreibens mächtig war, höher gestellt war. Immer wieder musste Mejana nachts zu Agnes kommen, um ihr kleine Gefälligkeiten zu erweisen, Wasser zu bringen oder den Nachttopf zu leeren. Und wenn sie nicht schnell genug gekommen war, dann kam es vor, dass Schwester Agnes absichtlich einen Krug Wasser umwarf, was sie Mejana als deren Tollpatschigkeit anlastete und aufputzen ließ.

Mejana hatte versucht, ihr aus dem Weg zu gehen, doch immer wieder waren Agnes kleine Gemeinheiten eingefallen.

Mejana sah auf; plötzlich wurde ihr bewusst, dass sie nicht mehr im Kloster weilte, sondern ihren Freunden davon berichtete. Es war schwierig, den anderen verständlich zu machen, wie sie das Klosterleben empfunden hatte. Sie versuchte zu beschreiben, was sie vor ihrem geistigen Auge sah. Eine Träne stahl sich in ihren Augenwinkel.

»Und dann kam der Tag, an dem die Mesnerin Mechthild starb. Sie war eine der Wenigen, zu denen ich Zutrauen gefasst hatte. Ich hätte sie gerne noch so viel gefragt. Sie war eine offenherzige und wissenschaftlich gebildete Frau. Schließlich musste sie anhand des Mondlaufs berechnen können, wann die Gottesdienste je nach Sommer- und Winterzeit anzusetzen waren.

Sie hatte einen bösen Husten bekommen, der ihre Kräfte innerhalb von wenigen Tagen aufzehrte. Wir taten, was wir konnten, doch unsere Arzneien halfen einfach nicht mehr. Die Priorin sagte lapidar, es sei eben Gottes Wille, dass er Schwester Mechthild zu sich rufe.

Für die Letzte Ölung mussten wir geweihte Mönche aus dem Nachbarkloster holen. Zwei kamen und spendeten unserer sterbenden Mechthild hinter einem Bettschirm das Sakrament. Ich kümmerte mich um Mechthild. Ich erinnere mich noch genau: Einer der Beiden, ein untersetzter, wohlgenährter, rotgesichtiger, älterer Mann beschwerte sich, dass ich ihm nicht die gebotene Ehrerbietung entgegengebracht hätte. Er sei schließlich Frater Donatus, der "pater immediatus." Ich wusste doch gar nicht, was das ist. Da drohte er mir, dass er als Weisungsabt über der Äbtissin stehe und die Zahl der Konversinnen im Kloster bestimme. Er könne jederzeit dafür sorgen, dass ich vor die Türe gesetzt würde.

Ich habe erst gar nicht verstanden, was los war. Die Priorin hatte ihm Zustimmung heischend und unterwürfig Recht gegeben, die Äbtissin allein hatte sich vor mich gestellt und mich verteidigt, ich sei neu in diese Gemeinschaft eingetreten und noch nicht ausreichend in die Gepflogenheiten des Klosters eingeführt.

Trotzdem verlangte der Abt eine Bestrafung für mich. Daraufhin hatte die Äbtissin dieses "Vergehen" als wichtige Angelegenheit vor dem Konvent zu beraten. Sie durfte nicht einmal, wie bei kleineren Problemfällen, selbst entscheiden.

Und dann haben sie von mir verlangt, dass ich Gott näher kommen soll, indem ich als freiwillige Selbstbestrafung eine schwere Eisenkette, eine Bußkette, mehrfach um den Körper schlinge, so dass ich nur noch gekrümmt gehen konnte. Es war eine Tortur!

Ich konnte sie nur einen halben Tag lang durchhalten, dann habe ich mich entschieden zu gehen. Mir war klar, dass ich dort nicht länger bleiben konnte. Ich weiß nicht, welches Los schlimmer ist: das einer bettelarmen Bäuerin, die jeden Tag ums Überleben kämpfen muss, oder das einer Schwester in solch einem Kloster.

Stellt Euch vor, sie haben sogar eine der Nonnen lebendig eingemauert. In einen ungeheizten Kellerraum! Vorher hat sie sich eine Stunde lang ihre eigene Totenmesse angehört und ein Gelübde abgelegt, dass sie sich freiwillig einmauern ließe. Schließlich wurde sie in einer Prozession in den Keller gebracht. Sie sitzt jetzt alleine in einem kleinen, kalten Kellerraum, der nur durch ein kleines Fenster mit dem Klosterkeller verbunden ist, durch das sie ihr Essen bekommt und beichten kann. An so einem Ort konnte ich nicht länger bleiben.« Tränen flossen Mejana die Wangen hinunter.

»Also habe ich mir einen Fluchtplan überlegt. Und als sich die Gelegenheit bot, bin ich gegangen. Zu Fuß. In der Tracht der Konversen. Ich dachte, mich würde so niemand erkennen. Ich konnte ja nicht ahnen, wie sehr ich mich täuschte. Ich bin Nestor direkt in die Arme gelaufen. Er wusste nicht, dass ich in dem Kloster war, sondern er hatte erfahren, dass Arcos Schwester dort lebt. Er wollte eigentlich sie. Aber als er da eine Konverse allein herumlaufen sah, hat er wohl genauer hingesehen. Ich hatte keine Chance.«

Mejana holte tief Luft. Ihrem blassen Gesicht mit den verweinten Augen sah man deutlich an, wie sehr die Erinnerungen sie belasteten.

Mejanas Zuhörer machten betroffene Gesichter nach dieser ergreifenden Schilderung der Ereignisse.

Arco wischte ihr ganz sachte die Tränen aus dem Gesicht. Dann nahm er sie behutsam in den Arm und küsste sie aufs Haar. Es war eine innige Geste der Zuneigung. Ein Zeichen der Verbundenheit. Sie ließ es geschehen. Langsam beruhigte sie sich und rang sich ein Lächeln ab. Die anderen beobachteten die beiden, teils erstaunt, teils amüsiert oder gerührt.

Während sie alle beieinander saßen beratschlagten sie, was sie nun am besten tun sollen.

Leondora meldete sich zu Wort: »Ich schlage vor, wir fahren direkt zur Burg Nikolausberg. Sie liegt hier am nähesten. Und bei meinen Eltern sind wir immer willkommen.«

Alle waren einverstanden.

Schließlich löschten sie das Feuer, dann spannten sie eines der Pferde vor den Wagen und Gervin stieg auf den Kutschbock. Als alles verladen war, fuhren sie langsam Richtung Puch, einem kleinen Weiler ein Stückchen vor Bruck. Nur ein paar Bauernhöfe waren hier angesiedelt, die einen mächtigen Baum in ihrer Mitte umgaben. Als sie den Pferden, und vor allem Mejana, eine ausgiebige Pause gönnten, wählten sie die Edigna-Linde als den passenden Ort dafür aus. Die Linde hatte einen ausladenden Stamm, der aus mehreren ineinander verschlungenen und verdrehten Strängen zu bestehen schien. In der Mitte war ein Hohlraum erkennbar. Der Stamm war so mächtig, dass sich mehrere Erwachsene an den Händen fassen konnten, um ihn zu umspannen. Die Linde war hoch, mit einer ausladenden Krone, die angenehmen, lichten Schatten spendete. Allerdings verlor die Sonne täglich etwas mehr von ihrer wärmenden Kraft, auch wenn der Himmel heute ein strahlendes Blau zeigte. Der Standort war phantastisch, denn Puch lag in exponierter Lage auf einem Hügel; von hier oben konnte Isabella bereits Bruck sehen. Das Kloster Fürstenfeld lag ruhig am Fuße des Engelsberges. Der Backsteinbau strahlte im warmen Licht der Sonne, während der Dachreiter und die Türmchen zu beiden Seiten des getreppten Giebels direkt leuchteten. Ein kleines Areal im Vergleich zu dem barockenen Prunkbau, den Isabella gewohnt war.

Alles war so klein von hier aus. So grün. Wiesen, Felder und Wälder, soweit das Auge reichte. Dazwischen immer mal wieder ein Hof. Es sah alles so anders aus. Fasziniert ließ Isabella den Blick über die Landschaft schweifen. Die Ansammlung der Brucker Häuser war klar erkennbar. Eine kleine Ansiedlung an der Lebensader Amper, malerisch in den schönen Amperauen gelegen.

Isabella folgte mit den Augen der Hügelkette, die sich von weit hinter Grafrath über Schöngeising, Engelsberg, Ludwigshöhe, Nikolausberg bis hin zum Roggenstein erstreckte. Sie kniff die Augen zusammen, um Burg Nikolausberg ganz hinten auf dem Nikolausberg ausmachen zu können. War das ein Turm? Sie war sich nicht sicher.

Während sie noch die Hand über die Augen hielt und begeistert die Brucker Umgebung studierte, packten die anderen das restliche Essen aus und setzten sich unter den riesigen Baum. Leondora verteilte Brot und Käse, Gervin reichte die wassergefüllten Trinkschläuche herum.

Während sie aßen, erzählte Leondora die Sage von Edigna, der Tochter Heinrichs I., die viele Jahre in der Linde als Einsiedlerin gelebt haben soll, nachdem sie vor ihrer Verheiratung geflohen war.

Isabella nahm ihr kleines Messer aus ihrem Beutel am Gürtel und schnitzte gedankenverloren ein filigranes, geschwungenes Muster in den Stamm in der Nähe des Bodens, während sie lauschte.

Leondora kam, als sie geendet hatte, Interessiert herüber und betrachtete die Schnitzerei: »Was ist das für ein Muster? Hat es eine Bedeutung?«

»Nein, eigentlich nicht. Es fiel mir gerade ein. Es ist ein schöner Ort hier oben.«

»Ja, das finde ich auch. Und dieser Baum ist außergewöhnlich. Der wird sicher einige hundert Jahre überdauern.«

»Gut möglich. Sollten wir je wieder hier vorbei kommen, möchte ich diesen Ort besuchen. Der Baum hat etwas Besonderes an sich.«

»In diesem Baum könnte man gut etwas verstecken. Eine Botschaft oder einen Schatz. Ich könnte hier etwas aufbewahren für Euch«, flüsterte Leondora Isabella ins Ohr. »Vielleicht gibt es diesen Baum in der Zukunft noch, aus der Ihr gekommen seid.« Sie lachte.

Isabella sah zu Mejana hinüber. Sie hatte mittlerweile wieder eine gesündere Gesichtsfarbe angenommen. Es ging ihr schon deutlich besser, auch wenn sie immer noch recht schwach wirkte. Auf Burg Nikolausberg würde sie wieder zu Kräften kommen.

Isabella stand auf und begann, die Essensreste einzupacken und zusammenzuräumen.

»Mejana, wenn du dich auf Nikolausberg erholt hast, dann wirst du so bald wie möglich zurück nach Löwenhaag gehen und dir dort eine Bleibe suchen, oder? Gero und Leondora werden dich sicher unterstützen, damit du es nicht so schwer hast. Es tut mir so leid, dass du wieder ganz von vorne anfangen musst. Du hattest einen wirklich guten Namen in Bannacker und der ganzen Gegend um Burg Schadeck.«

»Ja, es wird nicht ganz einfach sein, aber ich schaffe das schon. Ich werde sehen, was das Schicksal für mich bereithält.« Sie blinzelte kurz, fast unmerklich. Vielleicht, um eine Träne zu unterdrücken. »Meine Zukunft liegt in der Hand Gottes. Ich bin zuversichtlich, dass er mich recht führen wird.«

In dem Moment stand Arco auf. Direkt vor Mejana drehte er sich zu ihr, nahm ihre Hand und ging vor ihr auf ein Knie.

Wie aus weiter Ferne hörte sie ihn sagen: »Mejana, ich habe keinen Besitz mehr und reise herum wie ein Geächteter. Ich kann Euch nichts bieten, außer meinem Schutz. Und meiner Liebe. Wenn Ihr mit mir kommen wollt -als meine Frau- gelobe ich, Euch stets zu ehren und beschützen, so dass allein der Tod uns scheiden kann.«

Mejanas Augen wurden riesengroß; sie schien einen Augenblick lang die Luft anzuhalten. Doch nur einen Wimpernschlag später strahlte sie ihn an: »Ja, ich will. Ja! Ich werde mit Euch gehen. Wohin auch immer es sein wird.«

Und sie neigte ihren Kopf und küsste ihn innig. Arco erwiderte den Kuss, dann umarmte er Mejana zärtlich, streichelte ihr über‘s Haar und küsste sie auf die Stirn.

Die anderen waren aufgesprungen, jubelten und freuten sich mit ihnen. Jeder umarmte die beiden, gratulierte ihnen und gab ihnen gute Wünsche mit auf den Weg.

Da trat Gero vor: »Arco, ich freue mich sehr über euer beider Glück. Es tut mir unendlich leid, was ehemals mit Eurer Gemahlin geschehen ist. Nestor hat Euch furchtbares Leid angetan. Ich wusste nichts von dem Unrecht, das Euch geschehen ist. Auch mein Vater wurde von Nestor getäuscht. Ich habe gestern genug gehört, um mir mein eigenes Bild machen zu können. Ich werde meinem Vater umgehend berichten, was sich zugetragen hat. Ihr seid ein wahrer Edelmann. Seid versichert, dass Ihr Euren Besitz unverzüglich zurück erhalten werdet. Wir übertragen Euch zusätzlich das Lehen von Nestor von Schwarzenfels!«

Gero reichte ihm die Hand, wie um das Gesagte zu besiegeln. Arco nahm sie an, ohne zu zögern.

Er antwortete knapp: »Ich danke Euch.« Dabei verbeugte er sich leicht. Sein Gesicht strahlte und man konnte ein leichtes Glänzen in seinen Augen entdecken. Er blinzelte kurz und hatte seine Gesichtszüge sofort wieder im Griff, während die anderen gerührt die Szene verfolgten.

Alle freuten sich, nur Mejana schaute erschreckt und senkte den Kopf.

»Was ist denn?« Leondora verstand ihre plötzliche Sinneswandlung nicht.

»Wenn Arco wieder ein Mann von Rang und Namen ist, dann kann er doch keine kleine Heilerin wie mich heiraten.«

Er hatte es gehört, nahm ihre Hand und erwiderte: »Ich war es noch nicht, als ich Euch fragte. Ich werde entweder mit Euch an meiner Seite meine Güter zurück erhalten, oder gar nicht.«

»Selbstverständlich werdet Ihr beiden heiraten!«, rief Leondora. »Du warst niemals eine kleine Heilerin. Du bist eine hervorragende, mutige und kluge Heilerin. Und eine gute Freundin. Und du wirst eine "von Werdenfels" sein. Ich freue mich jetzt schon auf die Hochzeit!«

Zurück in der Zukunft

Isabella hatte ein paar unbeschwerte Tage mit ihren Freunden auf Burg Nikolausberg verbracht, in denen Mejana wieder genesen war. Sie grübelte lange, bis sie sich schließlich entschloss, Mejana und Gero in ihr Geheimnis einzuweihen. Es war gewagt, da jeder Mitwisser die Gefahr barg, sie zu verraten – sei es absichtlich, oder weil jemand sich verplapperte. Auf einem Ausflug in die Hügel um Burg Nikolausberg wollte sie - mit Leondoras Unterstützung - den beiden die Wahrheit schonend beibringen.

Sie wanderten gemächlich über die sanften Hügel am Fuße des Nikolausberges und ließen die Sonnenstrahlen auf der Haut kitzeln. Die Lichtreflexe glitzerten in den Mäandern der Amper weiter unten im Tal.

Beide Frauen wussten nicht so recht, wie sie es sagen sollten. Leondora setzte an, dann druckste Isabella herum, aber sie fanden nicht die rechten Worte. Bis Gero und Mejana, neugierig geworden, was das Zögern zu bedeuten habe, stehen blieben und Isabella erwartungsvoll ansahen.

»Isabella, redet nicht um den heißen Brei. Was genau möchtet Ihr uns erzählen?«, fragte Gero sie schließlich.

Also fasste sich Isabella ein Herz, atmete tief durch und erzählte die gesamte Geschichte: wo sie lebte, wie sie hierhergekommen war und wie sie Leondora kennen gelernt hatte. Sie sprach schnell, als ob die beiden die unglaubliche Wahrheit besser aufnehmen könnten, wenn alles wie ein Wasserfall aus ihr heraussprudelte. Als ob es die Wahrheit schmälerte, wenn sie jemand in ihren Ausführungen unterbräche.

Isabella sah meistens Leondora an, während sie erzählte. Dennoch entgingen ihr die weit aufgerissenen Augen Mejanas nicht, die vor Überraschung die Hand vor den Mund geschlagen hatte. Jetzt gab es kein Zurück mehr. Nun war es also raus.

Gero hatte einen großen Schritt rückwärts getan und starrte sie ungläubig an. Ein fast unmerkliches Zucken. War das eine abwehrende Bewegung? Hatte er gar die Hand ans Schwert gelegt? Angst stieg in Isabella auf. Was, wenn er sie angriff, weil er plötzlich eine Bedrohung in ihr sah? Das hatte sie nicht bedacht. Was würde passieren, wenn ihr die Freunde plötzlich nicht mehr vertrauten, weil sie diese Ungeheuerlichkeit einfach nicht akzeptieren konnten? Einen quälend langen Augenblick herrschte angespannte Stille.

Isabella hatte solche Furcht vor diesem Gespräch gehabt. Immer und immer wieder hatte sie sich ausgemalt, was und wie sie es sagen sollte und wie die anderen reagieren könnten.

Sie sah im Geiste schon Geros Hand am Schwertknauf, bereit zum Angriff gegen eine vermeintliche “Hexe“.

Alle beide konnten es einfach nicht fassen. Mejana stand hinter Gero und schüttelte immerzu den Kopf.

Gero atmete sichtlich aus. Nach einer kurzen Pause meinte er gedankenverloren: »Nun verstehe ich endlich, warum ich mich des Eindruckes nicht hatte erwehren können, dass Ihr anders seid. Nicht von hier. Es war nicht allein Eure außergewöhnliche Kampfkunst, sondern eher euer vereinzelt fremd anmutendes Auftreten und die Unsicherheiten bei alltäglichen Dingen. Ich ahnte von Beginn an, dass mit Euch etwas nicht stimmt. Nun habe ich endlich Gewissheit, was es ist. Ihr hättet es uns schon längst erzählen sollen!«

»Ja, ich muss zugeben, dass Ihr Recht habt, Gero. Aber ich hatte Angst vor den Reaktionen, die diese Wahrheit auslösen könnte. Angst, dass Ihr mich für besessen oder verrückt halten könntet. Es ist mir sehr schwer gefallen, nichts sagen zu können.« Sie hatte entschuldigend die Hände gehoben und sah dann von Gero zu Mejana hinüber, um zu sehen, wie sie reagiert hatte.

Mejana machte einen Schritt auf Isabella zu und nahm ihre Hand.

»Ihr könntet mehr Vertrauen zu uns haben. Ich merkte schon sehr früh, dass Ihr andere Fähigkeiten habt, dass Ihr anders seid als wir. Ich ahnte, dass hinter der Geheimniskrämerei mit Leondora eine größere Geschichte steckte. Daher habe ich auch nie nachgefragt. Ich sagte mir, wenn Ihr es mir erzählen wolltet, würdet Ihr es eines Tages tun.«

Sie drückte Isabella freundschaftlich die Hand. Endlich fühlte sie sich in ihrer Einschätzung bestätigt, dass Isabella immer irgendwie anders, besonders gewesen war. Sie dachte dabei nicht nur an Isabellas medizinisches Wissen. Es war ihr Auftreten, ihr ganzes Wesen. Allerdings hatte sie sich sehr gut angepasst, so dass man mittlerweile selten etwas merkte.

Isabella atmete hörbar aus. Erst jetzt fiel ihr auf, dass sie vor Anspannung die Luft angehalten hatte. Erstaunlicherweise nahmen die Beiden die Neuigkeit, dass Isabella aus der Zukunft gekommen war, und dorthin zurückkehren würde, den Umständen entsprechend relativ gelassen auf.

Sie saßen alle noch lange zusammen und führten intensive Gespräche. Gero und Mejana waren sehr interessiert an Details. Isabella erzählte von ihrem Leben "in der Zukunft". Sie hätte ihnen gerne ihre Musik auf dem MP3-Player vorgespielt, aber der Akku war längst leer. Isabella tat sich schwer zu erklären, welche Errungenschaften die Zukunft bereithalte. Was ist Elektrizität und wie funktioniert ein Akku? Wie erklärt man jemandem die eigene alltägliche Welt, der sie sich nicht im Entferntesten vorstellen kann?

Zu guter Letzt zeigte Isabella Gero einige der Bewegungsabläufe im Taekwondo und kämpfte einen Schaukampf gegen ihn, wie sie es versprochen hatte. So konnte er sich ein Bild von dieser Kampftechnik machen, die so anders war als seine.

Beide achteten sorgfältig darauf, den anderen nicht zu verletzen. Isabella fragte sich, wie sie es damals geschafft hatte, sich gegen drei Kämpfer zu behaupten. Wäre der gerade stattfindende Kampf gegen Gero echt gewesen, dann hätte er sie mindestens drei Mal hart getroffen. Gegen ihn hätte sie sich vermutlich nicht behaupten können, aber es machte beiden sichtlich Spaß, angefeuert von ihrem einzigen Publikum - Leondora und Mejana - so ungleiche Bewegungs- und Kampfformen gegeneinander auszuprobieren.

Zurück auf Burg Nikolausberg schenkte Isabella Mejana das Buch über den Körper und besprach einige fachliche Fragen mit ihr. Auch den Stift überließ sie Mejana, damit sie Zeichnungen von Pflanzen anfertigen konnte. Aber Mejana würde beides sehr gut verstecken müssen, um sich keiner Gefahr auszusetzen. Isabella warnte sie eindringlich: »Wenn sie die Sachen bei Dir fänden, würden Sie -ich weiß nicht- dich hängen, vierteilen, ausweiden, aufs Rad flechten oder…«

»…oder einfach nur als Hexe verbrennen«, vollendete Mejana sarkastisch.

»Oder das.«

Mit einer entschuldigenden Geste drückte sie Leondora ihren aufklappbaren Taschenspiegel in die Hand.

»Ich habe leider kein schöneres Abschiedsgeschenk für Euch. Ich würde Euch so gerne etwas Persönlicheres schenken. Ich schenke Euch meine ewige Freundschaft. Mehr habe ich nicht zu bieten.«

»Ich nehme Eure Freundschaft gerne an und schenke Euch im Gegenzug meine. Vergesst uns nicht.«

»Nein, niemals.«

Die beiden umarmten einander innig.

Gero hätte sie gerne die Taschenlampe geschenkt, auch wenn sie nicht mehr lange funktionieren würde, aber das war viel zu gefährlich. Wenn man die bei ihm fände wäre der Teufel los. So umarmte sie ihn nur herzlich und verabschiedete sich auch von ihm mit aufrichtiger Wehmut.

Der Zeitpunkt rückte unweigerlich näher, an dem Isabella zurück in ihr altes Leben durfte. Oder musste. Sie war sich gar nicht mehr so sicher, ob sie das so uneingeschränkt wollte.

Sie hatte die Freunde ins Herz geschlossen und konnte sich kaum mehr vorstellen, sie demnächst für immer verlassen zu müssen. Es war schwer für alle. Es würde ein trauriger Abschied werden.

Würde es überhaupt funktionieren? Was, wenn der Handschuh nur in eine "Richtung" arbeitete? Dann käme sie nie mehr zurück...

Und was wohl daheim in der Zeit alles passiert war? Wie hatte ihre Familie, wie hatten ihre Freunde auf ihr Verschwinden reagiert? Ihre Geschwister und insbesondere ihre Eltern taten ihr schrecklich leid. Es musste furchtbar sein, nicht zu wissen, was einer Vermissten passiert ist. Isabella hatte ein äußerst schlechtes Gewissen, weil sie so lange weg geblieben war. Sie wollte sich umgehend zu Hause melden.

Aufgeregt fieberte Isabella dem Tag der Rückreise entgegen.

Als er schließlich anbrach, gingen alle gemeinsam zum Frühmahl. Vor Aufregung bekam Isabella allerdings keinen Bissen hinunter. Auch die anderen waren ruhiger und ernster als sonst.

In ihrer Kemenate nahm sie ihre alte Kleidung aus der Truhe. Schließlich legte sie ihr edles Kleid ab und zog ihre Sachen wieder an. Es war ein merkwürdiges Gefühl, in Jeans und Turnschuhe zu schlüpfen. Die Hose saß sehr locker, der Gürtel ließ sich zwei Löcher enger schnallen. Sie hatte wohl ein ganzes Stück abgenommen.

Mejana, Gero und Leondora würden sie zum Handschuh begleiten. Isabella warf sich einen Reiseumhang über, um nicht aufzufallen. Gemeinsam schlichen sie hinaus zu den gesattelten Pferden, dann ritten sie in den Wald zu der Lichtung mit der alten Hütte.

Der Wald wirkte genau wie am Tag ihrer Ankunft: düster, feucht und kühl. Sie fanden die Hütte auf Anhieb.

Gero zog die schiefe Türe auf. Isabella holte aus dem Unrat in der Ecke den eisernen Handschuh hervor. Schließlich legte sie den Umhang ab. Da allein Leondora ihre futuristische Kleidung kannte, sahen Gero und Mejana Isabella verwundert an, als sie sie so außergewöhnlich gewandet erblickten. Sie musterten sie erstaunt und befühlten die unbekannten Stoffe. Besonders die Klettverschlüsse der Turnschuhe hatten es ihnen angetan.

Isabella kontrollierte, ob sie alles dabei hatte. Würde es überhaupt klappen? Könnte sie jemals wieder nach Hause? Was, wenn sie in einer anderen Zeit landete? Fragen über Fragen.

Mit einem merkwürdigen Bauchgefühl verabschiedete sie sich von Gero und von Mejana.

Gero gab ihr erst die Hand, dann drückte er sie herzlich an sich: »Solltet Ihr jemals wiederkommen, seid Ihr auf Burg Löwenhaag jederzeit herzlich willkommen!« Und mit einem verschmitzten Grinsen und einem Fingerzeig auf ihre Jeans fügte er hinzu: »Aber nur in angemessener Gewandung…«

Sie nahm Mejana in die Arme und drückte ihr einen dicken Kuss auf die Wange. Sie hatte Mejana schon lange in ihr Herz geschlossen. Tränen glitzerten in ihren Augen. Tapfer versuchte sie, die aufkommende tiefe Traurigkeit zu unterdrücken.

»Ich werde Euch nie vergessen. Ihr habt mir das Leben gerettet und ich habe so viel von Euch gelernt. Vielen herzlichen Dank dafür!«

Mejana zog sie fest an sich und sagte mit tränenerstickter Stimme: »Kommt wohlbehalten zurück. Ich kann es noch gar nicht fassen. Ich bin so traurig, dass Ihr geht…«

Sie holte ein kleines Säckchen unter ihrem Umhang hervor und gab es Isabella. »Nehmt das als Abschiedsgeschenk. Ich habe Euch eine Schutzpflanze hineingegeben. Sie wird Euch vor bösem Zauber und dem bösen Blick bewahren.« Der Duft von Beifuß stieg Isabella in die Nase, als sie sich bedankte und das Säckchen in ihre Tasche steckte.

Dann war Leondora an der Reihe. Auch sie umarmte Isabella herzlich.

»Ich werde Euch so sehr vermissen. Ihr seid wie eine Schwester für mich.«

Sie zog ein Tüchlein aus ihrem Beutelchen am Gürtel und drückte es Isabella in die Hand. Darin eingeschlagen fand Isabella eine mit Perlen verzierte Haarspange aus einem goldenen Zierbeschlag mit Stift.

»Damit Ihr ein Andenken an uns habt.«

Isabella nahm gerührt das Geschenk und löste sich lange nicht aus der innigen Umarmung.

»Es fällt mir so unendlich schwer zu gehen. Ich würde so gerne bei euch bleiben, aber meine Familie zu Hause wird sich furchtbare Sorgen machen. Ich muss zurück. Es zerreißt mir das Herz!«

Sie ließ ihren Tränen freien Lauf.

»Ich habe euch alle wirklich sehr lieb gewonnen. Ihr seid wie eine Familie für mich. Aber ich habe da, wo ich herkomme, auch eine Familie. Ich muss zurück. Auch wenn es mir sehr schwer fällt. Ich habe so viel von euch gelernt. Vielen herzlichen Dank für alles! Ich werde euch nie vergessen.«

Isabella hängte sich ihre Handtasche quer über den Oberkörper und setzte sich mitten auf den Waldboden. Sie hatte genau die Stelle ausgewählt, an der sie ihrer Erinnerung nach angekommen war. Mit zitternden Fingern nahm sie den Handschuh auf. Die Gruppe stand in einigen Schritten Entfernung um Isabella herum, als sie vorsichtig in den Handschuh schlüpfte. Erst betrachtete sie ihn, als ob etwas nicht stimmte und eine Weile tat sich nichts. Sie sah an sich hinunter und betrachtete den Handschuh von allen Seiten. Aber dann schien sie etwas zu spüren, sah auf und lächelte Leondora an. Und mit einem Mal war sie verschwunden. Nichts zeugte mehr von der Freundin, mit der Leondora so viel erlebt hatte.

Erschrocken starrten alle auf den Platz, an dem Isabella gesessen hatte. Nichts.

Gero sog die Luft ein.

Mejana seufzte bekümmert.

Leondora sah wehmütig auf die Stelle, an der Isabella soeben verschwunden war. Mit Tränen in den Augen atmete sie tief durch, lächelte Gero tapfer an und sagte: »Seien wir froh, dass wir Isabella kennen gelernt haben.«

***

Isabella empfand den Augenblick der Zeitreise sehr intensiv, wie in Zeitlupe: sie hatte sich auf den Boden gesetzt und war in den Handschuh geschlüpft. Es passierte nichts. Gar nichts. Enttäuscht sah sie an sich hinunter. Es funktionierte offenbar nicht. Musste sie jetzt den Rest ihres Lebens hier bleiben? Die ersten Schweißperlen bildeten sich auf ihrer Stirn.

Sie betrachtete den Handschuh an ihrer Hand von allen Seiten. Er war intakt und sah aus wie immer. Da ging ein leichtes Vibrieren durch ihren Körper. Es schwoll an und wieder ab und nochmals an. Also doch …

Ihr letzter Blick galt Leondora, die sie so ungern verließ. Tapfer lächelte sie sie noch einmal an. Wieder das gleiche unangenehme Flirren und Drehen. Ein Sog wie durch einen langen, engen Tunnel, der sich immer an der Stelle etwas ausdehnte, an der sie gerade vorbei kam. Das Gefühl war unbeschreiblich. Isabella hatte Angst, bewusstlos zu werden. Wo war oben, wo unten? Schwebte sie? Flog sie? Ihr wurde übel. Nahm das denn gar kein Ende?

Schier endlos bewegte sie sich irgendwie, irgendwo. Dann plötzlich spürte sie etwas. Sie lag. Isabella fand sich auf der Erde wieder. Es roch diesmal muffig und alt. Der Fußboden des Institutes?!

Langsam rappelte sie sich auf, schlüpfte aus dem eisernen Handschuh und legte ihn neben sich auf dem Boden ab. Ein paar Minuten verbrachte sie regungslos, um sich zu orientieren. Sie bewegte Arme und Beine und sah an sich hinunter, um herauszufinden, ob alles mit ihr in Ordnung war. Ja, schien so. Soweit, so gut.

Sie stand etwas steif und ungelenk auf, nahm die Handtasche ab und rückte ihre Kleidung zurecht. Wie sollte sie nur ihr Verschwinden erklären? Und ihr plötzliches Auftauchen. Hoffentlich hatte niemand ihre Ankunft bemerkt! Falls man sie hier finden sollte, würden ihr sicher unangenehme Fragen gestellt. Das Paket lag noch genau da, wo Isabella es abgelegt hatte. Als ob nichts passiert wäre... Nach so langer Zeit! Isabella hatte ohne Kalender das Zeitgefühl verloren. Es mussten inzwischen Monate vergangen sein.

Sie nahm den eisernen Handschuh und wankte noch etwas unsicher zu dem merkwürdigen Gerät, das sie vor so vielen Wochen ins Mittelalter geschickt hatte. Sie zögerte. Sollte sie ihn einfach zurücklegen? So, als wäre nichts geschehen? Und wenn das gar nicht mehr ging? Könnte es sein, dass sie, wenn sie den "Schrank" wieder öffnete, um den Handschuh zurück zu hängen, auf eine neue Zeitreise geschickt würde? Und war ihr „Ausleihen" des Handschuhes in der langen Zeit nicht schon längst aufgefallen? Aber wenn sie ihn nicht an seinen Platz zurückbrachte, dann würde das ganz sicher einen Riesenärger nach sich ziehen und sie eine Menge zu erklären haben. Diese Geschichte würde ihr sowieso niemand glauben...

Sie zögerte kurz, nahm ihren Mut zusammen und öffnete die Türe des gläsernen Kastens. Nichts passierte. Mit spitzen Fingern befestigte sie den eisernen Handschuh vorsichtig an seiner Aufhängung, wobei sie peinlich genau darauf achtete, den Handschuh nicht innen zu berühren, denn damals hatte alles mit dem "in den Handschuh schlüpfen" begonnen. Als er wieder unauffällig hing, schloss sie erleichtert die Glastüre und trat einen Schritt zurück.

Die Rüstung sah aus, als ob sie nie bewegt worden wäre.

Da fiel ihr Blick auf die Digitaluhr an der Wand. Sie zeigte noch das gleiche Datum an, an dem Isabella "diese" Welt verlassen hatte. Unmöglich! Sie war Monate im Mittelalter gewesen. Und laut der Uhr waren nur Minuten vergangen, seit sie in den Handschuh geschlüpft und in der Zeit gereist war.

Ausgeschlossen!

Ungläubig schüttelte Isabella den Kopf und ihre Gedanken überschlugen sich. Das war doch nicht möglich! Sollte keine Zeit vergangen sein? Das konnte nicht sein. Wie gewöhnlich holte sie ihr Handy aus der Tasche. Aber der Akku war längst leer. Ungläubig sah sie wieder zur Wanduhr.

Sie hatte sich so viele Gedanken gemacht, wie ihre Umwelt auf ihr Verschwinden reagiert haben würde. Und nun war sie sozusagen gar nicht weg gewesen... Und doch hatte sie die Grenze von Zeit und Raum überschritten. Unglaublich!

Ein Geräusch riss Isabella abrupt aus ihren Gedanken. Die Labortüre wurde aufgesperrt. Jemand kam herein! Isabella blieb fast das Herz stehen. Vor Anspannung hielt sie den Atem an. Da steckte eine Putzfrau den Kopf zur Türe herein. Sie schien überrascht, jemanden anzutreffen und fragte, ob sie ein anderes Mal wiederkommen sollte.

Aber Isabella ergriff die Chance und meinte scheinheilig: »Nein, nein, es passt gut, dass Sie gerade kommen. Ich habe nur dieses Paket abgelegt, da ist mir die Türe ins Schloss gefallen.«

Und als die Putzfrau mit ihrem großen Schiebewagen herein kam, schlüpfte Isabella unbehelligt zur Türe hinaus. Sie konnte sich an den Weg hinaus nicht mehr erinnern, aber irgendwie fand sie ihn und kam, ohne von jemandem aufgehalten zu werden, zur Rezeption am Hauptausgang. Gerade als sie aus dem Treppenhaus trat, wurde der Sicherheitsmitarbeiter an der Rezeption für einen Check in einen Nebenraum gerufen, so dass Isabella unbemerkt verschwinden konnte. Als sie draußen um die Ecke gebogen war, konnte sie es immer noch nicht glauben. War alles nur ein Traum gewesen? Nein, unmöglich. Sie griff in ihre Tasche, holte die Spange heraus und betrachtete sie. Also war es tatsächlich so gewesen – keine Einbildung. Sie atmete tief durch und verstaute das Geschenk vorsichtig wieder in der Tasche. Diese phantastische Erfahrung würde sie niemandem erklären können.

***

Seit Isabellas Rückkehr waren nun schon wieder mehrere Wochen ins Land gegangen. Niemand aus dem Institut hatte sie seither behelligt. Jedes Mal wenn es klingelte, erwartete Isabella, irgendwelche fremden Männer vor der Türe zu sehen, die sie zum Verhör mitnehmen würden. Aber bisher war nichts dergleichen geschehen. Sie konnte kaum glauben, dass ihre Zeitreise niemandem aufgefallen sein sollte, doch es schien sich kein Mensch dafür zu interessieren. Und sprechen konnte sie mit niemandem darüber, leider. Es war alles so unwirklich. Als ob es ein Traum gewesen war. Und doch hatte sie sich verändert…

Nach ihrem Besuch im Mittelalter fiel es Isabella schwer, sich in ihrem alten Leben zurecht zu finden. Sie schaffte es einfach nicht, sich im Alltag reibungslos wieder einzugliedern. Sie musste zwar keine Abwesenheit erklären, dafür aber wurde sie neuerdings dauernd angesprochen was mit ihr los sei, warum sie plötzlich so komisch sei, wie verwandelt. Jedem in ihrem Umfeld schien die Veränderung aufzufallen, auch wenn sie es nicht wahrhaben wollte.

Sie ertappte sich dabei, wie sie barfuß durch den Wald wanderte, stundenlang in dem von der ehemaligen Burg Nikolausberg übrig gebliebenen, überwucherten Burgstall auf dem Nikolausberg in Erinnerungen schwelgte und Fremde und Freunde mit "Ihr" und "Euch" ansprach.

In diesem alten-neuen Leben hatte sie eines: Sicherheit. Ein Telefon, eine Polizeistation und ein Krankenhaus um die Ecke. Aber eben auch Stress, Schnelllebigkeit und Medienkonsum mit Dauerberieselung. Etwas fehlte ihr: die Gottergebenheit, die Zuversicht, die Lebensfreude, die sie im Mittelalter kennen gelernt hatte. Ihr Leben dort war hart und entbehrungsreich gewesen. Und gefährlich. Lebensgefährlich.

Doch durch die Erlebnisse hatte sie zu sich gefunden. Sie hatten ihr innere Gelassenheit gebracht. Ja, sie ruhte mehr in sich. Es war ein gutes Gefühl, viele Dinge gelassener anzugehen, auch ein Stück weit mehr auf die göttliche Führung zu vertrauen. »Es liegt jetzt in Gottes Hand«, hatte sie im

Mittelalter so oft gehört und doch eine ganze Weile gebraucht, sich darauf einzulassen.

Es war ihr nie aufgefallen. Aber nachdem sie das andere Leben kennengelernt hatte, wünschte sie sich ein bisschen von dieser Naturverbundenheit, der unbändigen Lebensfreude und der Begeisterungsfähigkeit zurück. Die Menschen hatten sich an den „kleinen“ Dingen des Lebens freuen können, hatten irgendwie intensiver gelebt. Oder vielleicht einfach nur das Leben genossen - wenn sich gerade die Gelegenheit bot.

Isabella hatte sich dort allmählich in den Lebensrhythmus der Menschen gefügt, die - zwangsläufig - der Natur viel angepasster gewesen waren. Weil sie nach dem Rhythmus von Licht und Dunkelheit und dem der Jahreszeiten lebten; leben mussten.

Ohne Uhr war sie mit dem Krähen des Hahnes oder dem Sonnenaufgang aufgestanden, hatte sich nach dem Stand der Sonne oder dem Schlag einer der Turmuhren richten müssen und war mit der Dämmerung zu Bett gegangen. Sie hatten sich, wann immer möglich, draußen aufgehalten und sich weitaus mehr nach dem Wetter richten müssen, als den modernen Menschen je einfiele. Sie hatten nur gegessen, was Feld, Wald und Bäume zu dieser Jahreszeit hergaben.

An Kleinigkeiten fiel Isabella irgendwann auf, wie sehr sie sich verändert hatte. Früher war sie äußerst vorsichtig gewesen. In der modernen Welt wurde alles gründlichst gespült, am besten desinfiziert. Völlig überdimensionierter Sauberkeitsfimmel. Das rechte Maß zu finden, hatten manche der modernen Menschen leider verlernt. Sie selbst nicht ausgenommen. Aber nun, da sie durch eine harte Schule gegangen war, reagierte sie in dieser Beziehung viel entspannter.

Ebenso erging es ihr beim angemessenen Umgang mit den Produkten in ihrem Kühlschrank oder der Vorratskammer: Sobald früher etwas das Mindesthaltbarkeitsdatum erreicht, geschweige denn überschritten hatte, hatte sie es entsorgt. Vorsichtshalber. Weil sie einfach verlernt hatte, mit der Natur zu leben. Völlig überzogen, wie ihr nun klar wurde. Jetzt sah sie viele Dinge wesentlich gelassener. Isabella hatte wieder gelernt - hatte lernen müssen - ihren Sinnen zu vertrauen. Sah sich Nahrungsmittel genau an, befühlte sie und roch an ihnen. Das war doch weitaus aussagekräftiger, als ein Mindesthaltbarkeitsdatum oder eine Verzehrempfehlung.

Ihre Angst, einmal etwas zu essen, was eigentlich ungenießbar war, hatte sich schon sehr früh auf ihrer Reise relativiert, denn sie hatte oft nicht genau wissen können, was sie aß. Davor war man allerdings auch in der Moderne nicht gefeit, wie diverse Skandale aufgezeigt hatten.

Der große Vorteil, den sie nun in der Moderne hatte, war allerdings, dass es Nahrungsmittel im Überfluss gab; sie konnte nicht nur selbst bestimmen, wann, was und wieviel sie aß, sondern auch welche Qualität sie kaufte. Das hatte sie zwar vorher schon gekonnt, nun wusste sie es allerdings auch zu schätzen.

Immer wieder wurde Isabella von Albträumen gequält. Einige der schrecklichen Erlebnisse hatte sie nicht verarbeitet, so dass sie sie in flash backs, kurzen Wachträumen, immer und immer wieder von neuem durchleben musste.

Und sie konnte jetzt die Dunkelheit besser ertragen, als vor ihrer Reise. Wenn es dämmerte, knipste sie nicht sofort sämtliche Lampen an, mied nicht mehr den dunklen Keller und ging nachts auch in ihr Zimmer hinein, ohne vorher das Licht einzuschalten.

Isabella sehnte sich sehr nach jemanden, mit dem sie ihre Erinnerungen hätte teilen können, auch wenn sie wusste, dass es unmöglich war. Sie hätte es so gerne ihrer Psychotherapeutin erzählt, aber wie hätte die wohl auf die überraschende Nachricht reagiert, dass Isabella gerade geraume Zeit im Mittelalter gelebt und dort einiges durchlitten habe?

Der oder die Erbauer der Zeitmaschine hätten ihr sicher geglaubt - und sie sogar vielleicht verstanden. Sie wären sicherlich an ihren Erlebnissen interessiert gewesen. Aber andererseits befürchtete sie immensen Ärger oder gar Regressforderungen, so hoffte Isabella nach wie vor, dass niemand ihre Reise entdeckt haben möge.

Sie reflektierte viel über diese Zeit im Mittelalter. Nach und nach hörten die flash backs und auch die Albträume auf. Nach einer Weile war sie wieder völlig in dem Hamsterrad des Alltags gefangen. Die Erinnerung an die Reise verschwamm langsam und schien so unwirklich, als hätte sie nie stattgefunden. Allein die Geschenke aus der „anderen" Zeit waren der handfeste Beweis dafür, dass ihre Erlebnisse real gewesen waren. Sie brachten die Erinnerungen an das Erlebte des Öfteren intensiv zurück.

***

Mittlerweile hatte Isabella die Heilpraktiker-Prüfung bestanden und ging zur Entspannung mit ihrer Freundin Rochelle in der Buchenau shoppen. Die beiden spazierten über den Geschwister-Scholl-Platz und unterhielten sich angeregt, als Isabella ein protziges Auto auffiel, das mitten in der Fußgängerzone langsam auf sie zu fuhr. D i r e k t auf sie zu!

Isabella ärgerte sich über den Ignoranten, der nicht einmal in einer Fußgängerzone sein Auto stehen lassen konnte. Sicher irgend so ein eingebildeter, arroganter Schnösel. Sie ging nicht zur Seite. Angst kam auf, als er keinerlei Anstalten machte, anzuhalten oder auszuweichen. Im Gegenteil, der würde sie umfahren! Der Wagen ließ den Motor aufheulen und kam noch ein Stückchen näher, als ob er sie überfahren wollte.

»Spinnt der?!«

Das Auto blieb stehen und Isabella ging langsam an seiner linken Seite vorbei. Sie schaute durch die Seitenscheibe auf den Fahrer. Na klar, ein junger, arroganter Schönling. So ein aufgeblasener Wichtigtuer. Sie schimpfte laut in seine Richtung, was er sich einbilde und dass sie ihn anzeigen würde. Auch Rochelle schimpfte lautstark, dass der ja wohl nicht alle Tassen im Schrank hätte. Der Wagen fuhr noch zwei Meter, dann sprang der junge

Mann heraus, ließ die Türe offen stehen und schrie Isabella an, beschimpfte sie und kam äußerst aggressiv auf sie zu. Zu nah für Isabellas Geschmack. Den Bruchteil einer Sekunde schoss ihr durch den Kopf, was er wohl vorhabe und wie sie sich am besten wehren sollte. Nie wieder würde sie sich schlagen oder bedrohen lassen. Nie wieder! Sie taxierte ihn kurz. Er stand vor ihr und warf ihr -schreienderweise- irgendwelche Fachwörter an den Kopf, die sie nicht verstand. War der Typ verrückt? Sie schimpfte zurück, er solle sie gefälligst in Ruhe lassen, sonst würde sie die Polizei holen. Als ihr bewusst wurde, dass sie hier mitten in der Fußgängerzone vor einem verdammt gut aussehenden Typen mit teurem Anzug stand, der sie aus einem unerfindlichen Grund hasste, sah sie sich beklommen um. Passanten waren stehengeblieben und schauten dem Spektakel zu, so dass sich eine gaffende Menschentraube um die beiden Streitenden bildete. Auch Rochelle stand mit offenem Mund daneben. Isabella schluckte, denn sie mochte diese Art von Aufmerksamkeit gar nicht.

Die Unsicherheit merkte man ihr allerdings nicht an, als sie ihn anfauchte: »Du arroganter Wichtigtuer; wenn du die Hand gegen mich erhebst, dann raste ich aus, das kann ich Dir sagen, dann kann ich für nichts mehr garantieren! Du spinnst wohl, mich anzugreifen. Ich werde dich anzeigen!« Sie richtete sich möglichst groß auf, um ihrer Warnung Nachdruck zu verleihen.

Der Schnösel funkelte Isabella böse an. Dann brach es aus ihm heraus: »Was, du zeigst mich an? Dass ich nicht lache. Du hast mein ganzes Projekt zerstört und verschwindest aus dem Institut, als wäre nichts gewesen. Ich werde DICH anzeigen! Hast du eigentlich eine Ahnung, was du da angerichtet hast? Ich arbeite seit Jahren an diesem Projekt. Und du spazierst da rein und bringst alles durcheinander.«

Die meisten Leute gingen wieder weiter, weil es nicht mehr viel zu sehen gab. Isabella verstand nicht. Von welchem Institut sprach er? Welches Projekt? Der musste sie verwechseln. Sie kannte ihn ja gar nicht.

Sie konterte: »Du wolltest mich umfahren. Mit voller Absicht. Du bist wohl irre! Was für ein Verrückter bist du eigentlich? Und von welchem Projekt sprichst du dauernd? Ich kenne dich überhaupt nicht!«

Er holte kurz Luft: »Aber ich kenne dich. Du hast ein Paket ins Institut für Altertumsforschung gebracht. Ich habe dich gesehen.«

Isabella wurde es schlagartig heiß und Schweißperlen traten auf ihre Stirn. Ihr Mund wurde so trocken, dass sie kein Wort mehr herausbrachte. Sie stand einfach nur da und starrte ihn entsetzt an.

Woraufhin er etwas versöhnlicher meinte: »Wir müssen reden. Am besten jetzt gleich. Du hast mir einiges zu erklären.«

Isabella nickte nur.

»Ich fahre nur schnell das Auto zu Seite. Bleib einfach hier stehen, ok? Nicht dass Du wieder plötzlich verschwindest.«

Er fuhr den Wagen nur ein paar Meter an die Seite. Isabella und Rochelle warteten, bis er zurückkam.

»So, das muss reichen. Wie wäre es dort drüben?« Er deutete auf ein kleines Café ganz in der Nähe.

Rochelle wandte sich an Isabella: »Ich muss los. Kann ich dich wirklich jetzt hier alleine lassen? Oder soll ich doch lieber die Polizei rufen?«

Isabella schüttelte den Kopf: »Nein Rochelle, keine Polizei, danke. Ich komme schon zurecht. Es ist alles o.k.. Ich rufe dich später an.«

Die beiden Frauen umarmten einander zum Abschied.

Im Café war ein kleiner Tisch am Fenster frei. Der Fremde steuerte darauf zu und Isabella tappte beklommen hinter ihm her.

»Setzen wir uns doch!« Mit einer einladenden Geste wies er auf die freien Plätze.

Als sie Platz genommen hatten, meinte er: »Ich habe mich noch gar nicht vorgestellt. Mein Name ist Leo von Braunfels. Ich leite das Projekt "Mittelalter" am Institut für Altertumsforschung. Ich war gerade auf dem Weg zu einer Projektbesprechung. Und wenn du nicht so hysterisch rumgeschrien hättest, hätte ich erklärten können, dass ich dort oben in dieses Büro« - er zeigte auf das Fenster eines Gebäudekomplexes gegenüber- »schwere Instrumente liefern muss und dafür eine Sondergenehmigung besitze.«

Er nahm sein Handy aus der Tasche: »Ich sollte mich kurz im Büro melden.«

Er blieb sitzen, während er telefonierte. »Hier ist Leo. Tut mir leid, mir ist etwas Wichtiges dazwischengekommen – ja – verschieben – genau. Um zwei Stunden. Aber sicher. Bis dann.«

Daraufhin wandte er sich Isabella zu: »Sorry, dass ich eben so ausgeflippt bin. Ist sonst nicht meine Art. Aber da spaziert jemand in unser geheimes Projekt, ohne von den Sicherheitschecks gestoppt zu werden, verschwindet dann im Nirgendwo und spaziert plötzlich mir nichts, Dir nichts wieder raus, als wäre nichts gewesen. Wenn die Überwachungskamera dich nicht gefilmt hätte, hätte keiner was gemerkt. Ich konnte kaum glauben, was ich auf dem Video gesehen habe: eine Fremde schlüpft in den Handschuh, ist plötzlich verschwunden und taucht sofort wieder auf, allerdings etwas abgemagert, am Boden liegend und mit der Tasche, die sie beim Verschwinden locker über der Schulter hängen hatte, nun um den Körper geschlungen. Alle Instrumente spielten verrückt. Und alles, was wir von Dir hatten, war der unleserliche Name auf der Besucherkarte.« Er machte eine kurze Pause, eher er weitersprach: »Ich habe daraufhin klare Anweisung gegeben, dich vorzuladen, aber das dauert. Interne Gründe. Und die Verbesserung der Sicherheitsstandards war auch dringend nötig. Und heute sehe ich zufällig die Frau, die meine gesamten Daten durcheinandergebracht und teilweise vernichtet hat. Ich würde sagen, du hast mir einiges zu erklären.«

Er lehnte sich in seinem Stuhl zurück und sah sie erwartungsvoll an.

Die Bedienung kam heran und nahm die Bestellung auf.

Sobald sie gegangen war, holte Isabella tief Luft und begann: »Du wirst mich wahrscheinlich für verrückt erklären. Diese Geschichte glaubt mir kein Mensch. Wenn ich nicht etwas von dort mitgebracht hätte, würde ich es selber nicht glauben. Als ob es nur ein Traum gewesen wäre.«

Und dann erzählte sie, wie sie das Paket vom Professor vorbei gebracht hatte und was dann passiert war. Leo hörte ihr sehr interessiert zu und rutschte nervös auf seinem Stuhl hin und her, als sie zu dem Teil ihrer Ausführungen kam, an dem sie nichtsahnend die Zeitreise unternommen hatte. Er war erstaunt und erleichtert, dass die Erfindung so gut funktioniert hatte.

Sobald sie geendet hatte, platzte er heraus: »Hast du eigentlich eine Ahnung, was passieren hätte können? Ich hätte meinen Job verlieren können«, er schluckte, atmete tief ein, »und du dein Leben.« »Ich konnte doch nicht wissen, was passieren würde. Ich wollte mir nur die Rüstung ansehen. Was war das für ein Zauberkasten? Eine Zeitmaschine?«

»Ja, richtig. Eine Zeitmaschine.«

»Ich dachte, so etwas gäbe es nur in Science Fiction-Romanen.«

»Könnte man meinen. Die Maschine befindet sich in einer Testphase, sie ist noch lange nicht ausgereift. Du hattest unerhörtes Glück, unbeschadet durch die Zeit zu reisen. Es war wohl die Verkettung glücklicher Umstände, die dich heil hin- und zurückkommen ließ. Aber jetzt erzähl' mal.«

Er wollte alles ganz genau wissen. Was sie wann getan hatte, wie das Gefühl der Zeitreise gewesen war und wie sie sich im Mittelalter durchgeschlagen hatte. Und natürlich, wie ihr die Rückreise geglückt war und woher sie gewusst habe, was zu tun sei. Isabella gab bereitwillig Auskunft. Für die Fülle an Eindrücken und Erlebnissen reichte die Zeit ihrer Unterhaltung bei weitem nicht aus. Auch wollte sie nicht alles im Detail erzählen, was sie dort erlebt hatte. Es war zuviel gewesen. Positives wie Negatives.

Lange saßen sie so zusammen, in ihre Unterhaltung vertieft, bis Leo auf die Uhr schaute und meinte: »Oh, die Zeit ist vergangen wie im Flug. Ich muss los, leider. Wir sollten uns unbedingt wieder treffen. Ich habe den Eindruck, du hast noch einiges zu erzählen.«

»Ja, es hat gut getan, mit jemandem über die Erlebnisse sprechen zu können. Jemandem, der mich nicht für durchgeknallt hält, sondern mir glaubt.«

»Ich halte dich für durchgeknallt.«

»Danke, sehr nett von Dir.« Sie grinste. »Sehen wir uns wieder?«

»Von mir aus gerne schon bald. Hier ist meine Karte. Gibst du mir deine Nummer?«

»Die hast du doch schon, oder? Du hast doch sicher gleich recherchiert, wer da dein Projekt durcheinandergewirbelt hat.«

»Ja stimmt, ich habe dich checken lassen. Hättest ja auch eine Spionin oder Saboteurin sein können. Aber ich wollte die Nummer offiziell von Dir, als Zustimmung, dass ich dich anrufen darf.«

»Ok, du hast meine Zustimmung. Du bist netter, als ich erwartet hätte.«

Sie verabschiedeten sich und Isabella fuhr aufgekratzt nach Hause. Sein hübsches, ebenmäßiges Gesicht und die strahlend blauen Augen gingen ihr nicht mehr aus dem Sinn.

Die 1000 jährige Linde zu Puch

Isabella und Leo trafen sich nun häufiger. Sie erzählte vom Mittelalter. Er von seiner Arbeit. Das Institut für Altertumsforschung war ein Deckmantel für die Forschung an der Zeitmaschine. Das Projekt war zwar der Geheimhaltung unterworfen, doch sie kannte es ja nun sowieso schon. Leo versuchte, Isabella zu erklären, wie die Zeitmaschine funktionierte und warum die Zeit, während sie im Mittelalter unterwegs gewesen war, hier nicht „weitergelaufen" war. Aber sie konnte seinen hoch wissenschaftlichen Ausführungen nicht folgen. Dass sie genau ins Jahr 1345 geschickt worden war, lag vermutlich daran, dass die Ritterrüstung ein Original war, das zu dieser Zeit erschaffen worden war. Interessanterweise war Leo nicht nur ein spezialisierter Techniker, sondern er kannte sich erstaunlich gut mit den Gepflogenheiten im Mittelalter aus. Isabella war beeindruckt von seinem umfassenden Wissen und genoss es sehr, dass sie mit ihm so intensiv über die Erlebnisse und die Freunde sprechen konnte, die sie zurücklassen hatte müssen.

***

Häufig gingen die beiden bei Buchenau entlang der Amper spazieren. Normalerweise war dieser schöne Spazierweg gut frequentiert, aber heute ließ der ununterbrochene Nieselregen trotz der warmen Witterung nur wenige Spaziergänger die Nase vor die Türe stecken. Beide waren sie mit ihren Allwetterjacken gut ausgerüstet und Leo schützte sich durch eine Baseballmütze, während Isabella die Kapuze tief in die Stirn gezogen hatte.

»Du solltest Deine Erlebnisse aufschreiben, das gäbe ein spannendes Buch«, meinte Leo, während sie gemächlich nebeneinander dahinschlenderten.

»Ja, stimmt, aber jeder würde sagen: was hat diese Frau für eine abstruse Phantasie. So ein Quatsch, was der alles auf einmal passiert! Und der Zufall, dass ich im Mittelalter den Vorfahren meines fiesen Amtsarztes kennengelernt habe, sähe wie an den Haaren herbeigezogen aus. Aber eigentlich würde ich ihm gerne noch sagen, dass er genauso eingebildet und missraten ist, wie seine Vorfahren. Auch wenn die ungleich schlimmer waren. Der würde Augen machen... Ewig schade, dass das nicht geht! Dabei würde ich selbstverständlich sogar diesem ungerechten Prüfer helfen, wenn er einen Notfall hätte. Auch ohne den vermaledeiten Schockindex, der nichts, aber auch gar nichts an der Therapie ändert!«

Einige Zeit gingen sie schweigend nebeneinander her und hingen ihren Gedanken nach.

»Könnte man beliebig zwischen dem Mittelalter und heute hin und her reisen?«

»Nein, das Gerät ist bei weitem noch nicht ausgereift. Ich bin schon froh, dass du heil hin-, und vor allem zurückgekommen bist. Sonst würdest du dein Leben dort fristen. Vielleicht als Heilerin in Bruck...« Er warf ihr einen verschmitzten Blick von der Seite zu, ehe er wieder ernst fortfuhr: »Es ist ein Wunder, dass alles geklappt hat und du unverletzt geblieben bist. Wir hätten noch Jahre keinen Menschen da ran gelassen. Außerdem haben wir bisher keinen ausreichenden Einfluss darauf, zu welcher Zeit genau man ankommt. Die Forschungen sind noch nicht allzu weit gediehen.«

»Na, da bin ich ja froh, dass ich das alles überlebt habe. Erst das Bisschen mittelalterliches Leben von Bruck bis Augsburg, dann die gefährliche Zeitreise...«, lachte Isabella. »Aber im Ernst, ich bin ja ein großer Mittelalterfan. Ich habe mir auf den unzähligen Ritterturnieren oft vorgestellt, wie es wohl damals war. Ohne die moderne romantische Vorstellung, meine ich. Habe mir gewünscht, es einmal original erleben zu können. Aber dann, als ich dort war: Kein Fernseher, den man abschalten kann, wenn es einem zu spannend wird; kein Buch, das man weglegen kann, wenn einem die Handlung nicht gefällt, um dann ins eigene behütete Leben zurückzukehren. Aber dafür Gestank, Dreck, ständig der Willkür ausgeliefert sein, die permanente Gefahr von Überfällen und Vergewaltigung, die Angst vor Seuchen und vor für uns harmlosen Krankheiten, an denen man dort sterben kann. Und allezeit charmant, liebreizend und hübsch sind Ritter, Edelfräulein und Mägde auch nur im Film. Es war nichts verklärt, sondern alles einfach nur real. Buchstäblich hautnah. Keine Annehmlichkeiten, kein Strom, Licht, Waschmaschine, Radio. Nichts. Wenn du warmes Wasser wolltest, musstest du es erst einmal herbeischleppen, um es über dem Feuer zu erwärmen. Da überlegst du gut, ob du baden möchtest; wenn du überhaupt einen Zuber besitzt. Und für ein Feuer benötigst du Schlageisen und Flint oder einen anderen harten Feuerstein statt einem Feuerzeug in der Hoffnung, mit dem geschlagenen Funken ein kleines Feuerchen zu entfachen. Viele Dinge waren wie eine Schocktherapie für mich. Ich hatte mein Leben lang eine diffuse Angst vor Dunkelheit. Du glaubst gar nicht, wie unendlich schwarz die Landschaft ist, wenn Straßenlaternen oder eben die Lichtquellen fehlen, die für uns alltäglich sind. Tiefschwarz, beängstigend finster. Ich musste erst einmal lernen, damit umzugehen. Trotzdem. Es war eine tolle, spannende, wundervolle und auch schreckliche Zeit. Ich habe viel gelernt, aber ich bin froh, wieder hier zu sein.«

Sie gingen ein paar Schritte weiter, dann setzte sie nach: »Obwohl…« sie machte eine kurze Pause »…ich weiß, es klingt verrückt, aber sie fehlen mir alle so sehr. Ich würde sie wahnsinnig gerne wiedersehen. Am liebsten würde ich noch mal hinreisen. Für eine Weile.«

Isabella war ganz in Gedanken versunken vor einem kleinen Gestrüpp am Wegesrand stehen geblieben und hatte eine der gelben Blüten abgepflückt, die der Busch wie leuchtende Farbtupfer in den grauen Nieselregen hinaus streckte. Sie drehte die Johanniskraut-Blüte zwischen den Fingern und zeigte Leo die rötliche Flüssigkeit, die austrat. Gedankenverloren verrieb sie sie zwischen zwei Fingern: »Sieh nur, Jesusblut.« Als sie aufschaute und Leos fragenden Blick sah, fügte sie hinzu: »Das haben sie so genannt. Ich kann Dir nicht sagen, warum.«

Leo war ebenfalls stehen geblieben. Er sah Isabella eine Weile einfach nur an.

Das Wasser rann ihr über die Stirn und die geröteten Wangen.

Er ging einen Schritt auf sie zu und wischte mit einer zärtlichen Geste das Wasser von ihrer Wange. Dann nahm er behutsam ihr Gesicht in beide Hände und küsste sie. Sie ließ es geschehen, schließlich erwiderte sie seinen Kuss, erst zaghaft, dann mehr und mehr leidenschaftlich. Er legte ihr die Arme um die Taille und zog sie noch näher an sich. Lange standen sie eng umschlungen, während das Wasser mittlerweile in Bächen an ihnen hinunter lief.

***

Eine geraume Zeit später saß Isabella, wie so oft, mit Leo auf der Couch und trank Tee. Seit die beiden ein Paar waren, stecken sie so oft wie möglich zusammen. Sie hatten ihre beiden Wohnungen gegen eine gemeinsame getauscht. Leo goss soeben ein und reichte Isabella die dampfende Tasse. Er stellte die Kanne ab und tippte auf einen Artikel über berühmte, alte Bäume in Bayern, den er auf dem Wohnzimmertisch ausgebreitet hatte. Ihm war die bekannte 1000 jährige Linde in Puch bei Fürstenfeldbruck aufgefallen, die Edigna-Linde.

»Isabella, schau mal: das Bild hier. Dieser Baum heißt nicht nur genauso, er sieht auch so aus, wie die Linde, die du mir beschrieben hast, an der du mit Leondora warst. Sie steht in

Puch auf dem Friedhof. Sie ist ziemlich bekannt und offenbar an die tausend Jahre alt. Die könnten wir mal besuchen! Was meinst du?«

»Lass mal sehen!« Sie beugte sich über den Tisch und betrachtete das Bild genauer. »Tatsächlich. Das ist ja unglaublich! Die sieht wirklich so aus. Sie ist auch so riesig, mit einem dicken Stamm, der innen hohl ist.« Erfreut und dankbar küsste sie Leo: »Ja, Schatz, das ist eine super Idee. Die würde ich gerne sehen.«

So führte sie ihr nächster Ausflug nach Puch, auf den Friedhof zur Edigna Linde. Es war kaum zu glauben: Der Baum war noch größer, aber er sah wirklich aus wie die Linde von damals. Isabella wurde ganz nervös, als sie den Baum umrundete. Sie sah sich um. Der Friedhof um sie herum war menschenleer. Niemand zu sehen. Isabella bückte sich, um die Baumrinde unten am Stamm zu untersuchen. Und tatsächlich: Sie fand das Muster, das sie damals in die Rinde geritzt hatte! Es war unglaublich. Nach so langer Zeit konnte man es noch erkennen! Aufgeregt zeigte sie es Leo. Aber was war das? Neben dem Muster war noch etwas eingeritzt. Sie musste sich hinhocken, um es besser sehen zu können. Es waren zwei große "L" mit einem Pfeil nach unten. Was sollte das bedeuten? Leo konnte sich auch keinen Reim darauf machen. Aber es gab nur eine Möglichkeit, das heraus zu finden.

Sie fuhren zum Baumarkt, kauften kleine Schaufeln sowie eine Spitzhacke. Tags darauf kamen sie am frühen Morgen zurück. Nachdem sie sich vergewissert hatten, dass niemand in der Nähe war, gruben sie die Erde auf, auf die der Pfeil zeigte.

»Wir müssen verrückt sein«, flüsterte Isabella. »Graben hier einfach so die Wurzeln aus. Wenn uns jemand sieht... Hier sind überall Häuser um uns herum. Da braucht nur jemand aus dem Fester zu sehen. Die werden sicher gleich die Polizei holen, wenn sie jemanden hier am Friedhof graben sehen. Das gäbe riesigen Ärger.«

»Doch wenn wir es nicht tun, wirst du nie wissen, ob sich etwas dahinter verbirgt; und wenn ja, was.«

»Ja, ich weiß. Lass uns schnell machen!«

Als sie kurze Zeit später auf etwas Festes stießen, fand sie es gar nicht mehr so verrückt. Aufgeregt gruben sie weiter, bis ein kleines, silbernes Kästchen zum Vorschein kam. Schnell nahm sie es an sich und Leo schaufelte das Loch zu. Sie verließen eilig den Friedhof und gingen ein Stückchen weiter in eine der kleinen Querstraßen hinein. Sobald sie außer Sichtweite waren, öffnete Isabella das Kästchen. Darin war -das war doch nicht möglich- die Plastiktüte, in der Isabella das Buch mit ins Mittelalter genommen hatte.

Vorsichtig holte sie sie heraus, faltete sie auseinander und schaute gespannt hinein. Sie enthielt ein seidenes Tüchlein, das Isabella langsam auf ihre Hand gleiten ließ. Sie betrachtete es von allen Seiten und öffnete eine Ecke nach der anderen. In das Tüchlein eingeschlagen fand sie das Amulett mit dem Familienwappen der Löwenhaags, einen wundervollen goldenen Ring und einen Brief.

Isabella gab Leo die Schmuckstücke auf dem Tüchlein. Sie faltete den Brief behutsam auseinander. Er war zwar etwas verblichen und verknittert, aber für sein Alter gut erhalten und noch problemlos lesbar. Darin stand:

Liebste Isabella,

als Ihr gegangen seid und mir nichts blieb als die Erinnerung und Euer Geschenk aus der Zukunft, habe ich mich entschlossen, Euch einige der Dinge zukommen zu lassen, die Euch als Familienmitglied ausweisen. Eine zweite Anfertigung unseres Familien-Erbstückes und meines Siegelringes.

Ich weiß nicht, durch welche Fügung wir verwandt sind, doch Ihr müsst entweder ein direkter Nachkomme unseres Geschlechtes sein, oder Ihr heiratet einen Nachfahren unserer Linie. Denn wie Ihr wisst hat Lahia, die Seherin, immer Recht behalten.

Ich vermisse Euch sehr und hoffe, Ihr findet diese Zeilen und vergesst uns nicht.

Ich wage es kaum zu hoffen, doch solltet Ihr jemals wieder den Weg zurück zu uns finden, dann tragt das Amulett und den Ring bei Euch. Sie werden Euch als meine Vertraute ausweisen.

Gehabt Euch wohl, und möge Gott Euch schützen!

Auf ewig Eure Freundin

Leondora

Gerührt musste Isabella schlucken, als sie die Zeilen las. Tränen standen ihr in den Augen.

Verständnislos schüttelte sie den Kopf: »Leo, ich verstehe nicht, warum Leondora und ich verwandt sein sollen. Warum sollte sie gerade mir ihren Familienschmuck geben wollen? Sie spricht in Rätseln. Oder verstehst du das? Habe ich etwas übersehen?«

Erwartungsvoll blickte sie ihn an, in der Hoffnung, er könnte ihr helfen, das Rätsel zu lösen.

Leo hatte über ihre Schulter den Brief mit gelesen. Sein Gesichtsausdruck war undefinierbar, doch sie konnte sich des Eindruckes nicht erwehren, dass er ihr etwas verheimlichte. Konnte er das Geheimnis lüften? Aber was bitte hatte Leo damit zu tun? Er sah sie einen Moment lang einfach nur an. Sein Blick war unergründlich. Diese unausgesprochene Spannung zwischen ihnen verwirrte Isabella.

Er nahm ihre Hände in seine, als ob er ihr etwas Wichtiges mitzuteilen hätte. Würde es positiv oder negativ sein? Gute oder schlechte Neuigkeiten? Gespannt folgte sie seinen Worten.

»Nein, Liebling, übersehen hast du nichts. Aber eine Kleinigkeit weißt du noch nicht. Wir kennen uns nun schon eine Weile und Dir ist bekannt, dass ich Braunfels mit Nachnamen heiße. Wie du weißt, kannte ich meinen Stammbaum nicht besonders gut. Die ganze Geschichte mit Deiner Zeitreise hat viele Fragen aufgeworfen. Auch nach meiner Vergangenheit. Fragen, die ich nicht beantworten konnte. Du hast mich auf die Idee gebracht und angespornt, nachzuforschen. Also habe ich in den vergangenen Monaten meine Familiengeschickte durchleuchtet. Es waren mühsame Recherchen, aber sie haben sich gelohnt. Ich habe Unglaubliches herausgefunden. Stell Dir vor, es waren MEINE Vorfahren, die auf der Löwenburg gelebt haben! Ihre Geschichte ist auch die meine. Geros Schwester Sonja von Löwenhaag heiratete später seinen Freund Gervin von Braunfels. Sie sind meine Ur-Ur-Ur-Großeltern. Es sind noch ein paar Ur's mehr. Leo ist nur die Abkürzung von Leopold, aber einige meiner Ahnen haben auch Leo geheißen, eine Art Spitzname wegen der Löwenburg und des Namens Löwenhaag. Ich habe es kürzlich herausgefunden, aber ich wollte dich in einem besonderen Moment damit überraschen. Tut mir leid, dass ich es Dir nicht schon längst erzählt habe. Es hat sich einfach noch nicht ergeben.«

Isabella hatte das Gefühl, den Boden unter den Füßen zu verlieren. Mit vor Erstaunen aufgerissenen Augen löste sie sich von ihm und wich einen kleinen Schritt zurück. Ungläubig starrte sie ihn einen Moment lang an. Hier stand ein echter Nachfahre der Löwenhaags vor ihr! Und sie hatte es nicht gewusst. Er hatte es mit keinem Wort erwähnt, als ob es nicht wichtig wäre. Enttäuscht stand sie reglos vor ihm und starrte ihn an. Warum hatte er ihr nichts gesagt? Hatte er so wenig Vertrauen zu ihr? Bedeutete sie ihm so wenig? Fragen über Fragen geisterten in ihrem Kopf herum. Sie hätte ihm gerne ihre Vorhaltungen an den Kopf geworfen, doch es kam kein Wort über ihre Lippen. Alles drehte sich in ihrem Kopf, so dass sie keinen klaren Gedanken mehr fassen konnte. Sie hatte sich schon öfter gefragt, ob er vielleicht entfernt mit dem Freund Geros verwandt war. Der hatte ja von Braunfels geheißen. Leos Antwort war gewesen, es könne sein, er wisse es aber nicht. Den Namen gäbe es öfter in dieser Gegend. Er kenne sich nicht so gut in der Familiengeschichte aus. Und nun das! Welch überwältigende Neuigkeiten!

Ihr aufkommender Ärger machte dem Verlangen Platz, endlich Licht ins Dunkel zu bringen. Denn eines begriff sie immer noch nicht: »Ich verstehe, dass du ein Nachfahre der Löwenhaags bist. Aber was hat das mit mir zu tun? Wieso bin ich mit Leondora verwandt?«

Leo sah Isabella tief in die Augen: »Jetzt noch nicht, aber als meine Frau schon.«

Dann kniete er vor ihr nieder, nahm den Ring aus dem silbernen Kästchen und steckte ihn Isabella an den Ringfinger.

»Isabella Schönberg, ich liebe dich, seit du mir in der Fußgängerzone vors Auto gelaufen bist. Ich möchte die guten und die schlechten Zeiten mit Dir gemeinsam verbringen. Willst du mich heiraten?«

Glossar

Bei den Heilpflanzen ist die Verwendung im Mittelalter angegeben

Äbtissin	Vorsteherin eines Nonnenklosters
Agnus Castus	Keuschlamm = Mönchspfeffer. Blätter und Blüten wurden in die Bettstatt gelegt, um so gegen fleischliche Begierden gefeit zu sein. Mönche aßen die Beeren, um nicht gegen das Keuschheitsgelübde zu verstoßen
Allerweltsheil	Ehrenpreis. Verwendete man unter anderem gegen Ekzeme
Allheil	Schafgarbe. Blutstillend, entzündungshemmend, schmerzlindernd
Antoniusfeuer	Mutterkornvergiftung durch Mutterkornpilze in verseuchten Getreideprodukten. Man versuchte, sie durch gepressten Minzesaft, der mit Schwefel und Essig gerieben und mit einer Feder aufgestrichen wurde, zu heilen
Auf den Hund gekommen	Der Ursprung dieser Redewendung ist nicht endgültig geklärt. Isabella meint in diesem Zusammenhang, dass Geldtruhen oft innen mit figürlichen Symbolen bemalt oder geschnitzt waren, z.B. einem Hund als Wächter. War die Geldtruhe so leer, dass man die Malerei oder Schnitzerei am Truhenboden sehen konnte, war man auf den Hund gekommen
Beikraut	Unkraut
Beilager	Der körperliche Vollzug der Ehe
beinern	Aus Knochen gefertigt
Beinlinge	Lange Strümpfe, Vorgänger der Hosen

Bettseicher	Pfaffendistel = Löwenzahn. Damals als harntreibend bekannt
Beutelschneider (Pflanze)	Hirtentäschel. Blutstillend, auch bei Gebärmutterblutungen nach Geburten und zu starker Periode, auch entzündungshemmend
Bihänder	Fast mannshohes Schwert von 5 bis 6 kg. Es wurde beidhändig über dem Kopf geschwungen, so dass sein Seitenteil (Parierstange) Lanzen festhalten oder gar abbrechen konnte. Auch Zweihänder oder Schlachtschwert genannt
Bocksbart	Küchenschelle. Bettler strichen den Saft auf Arme und Beine, um mit den hervorgerufenen Entzündungen öffentliches Mitleid zu erregen
Bockwurz	Bibernelle = Pfefferwurz. Die Wurzel hat einen starken Bocksgeruch und einen pfefferartigen Beigeschmack. Sie wurde als Gewürz in Suppen und Gemüse, sowie als Aphrodisiakum verwendet. Die Wurzel wurde auch als Amulett zum Umhängen angeboten. Sie sollte als Wundheilmittel, gegen Fieber und Gifte aller Art wirken
Borzen	Reisigbündel zum Anzünden
Bruche	Unterhose
Burgstall	bezeichnet in der Burgenkunde eine Burg, von der noch weniger erhalten ist als eine Ruine
Drachenkraut	Estragon. Bei Wassersucht, Appetitlosigkeit, Magenschwäche und Blähungen
Drudenkraut	Bärlapp. Wurde zur Hexenabwehr zu einem Kranz gebunden und an die Zimmerdecke gehängt. Bewegte sich ständig durch den Luftzug. Doch wenn eine Hexe eintrete, stehe er still, hieß es

Elle	Längenmaß, etwa 50 cm
Flachs	Lein. Als Umschlag bei Brandwunden
„fuga daemonum“	Johanniskraut als Mittel, das den Teufel austreiben sollte
Galen	Claudius Galenus; griechisch-römischer Arzt, geboren um 129 in Pergamon (Kleinasien), gestorben um 216 n.Chr. in Rom
Gambeson	dicker Baumwollmantel als Schutz vor Kälte und Angriffen
Goldwundkraut	Goldraute = Goldrute. Zum Durchspülen der Harnwege
Hälbling	Halber Pfennig, auch Scherf oder Heller genannt
Heller	Silbermünze. Ihr Wert betrug etwa ½ Pfennig. Gegen Ende des 14. Jh. verlor der Heller an Bedeutung, weil der Silbergehalt immer mehr verringert wurde. Es gab weiße, rote und schwarze Heller
Helmgiftkraut	Eisenhut = Aconitum. Für Giftmorde verwendet, wobei der Tod qualvoll gewesen sein soll
Hexenkraut	Tollkirsche. Zutat in Hexensalben, Aphrodisiakum. Giftpflanze!
Jungfernkraut	Beifuß. Galt als Zauberkraut, das nur unter Einhaltung komplizierter Zeremonien ausgegraben werden durfte. Die Wurzeln wurden um den Hals getragen, um vor von Dämonen erzeugten Krankheiten zu schützen, z.B. Epilepsie
Kebse	Geliebte oder Nebenfrau. Im Mittelalter war es bei den Adeligen nicht unüblich, dass die Männer eine Nebenfrau hatten
Kemenate	Mittels Kamin oder Kachelofen beheizter Raum bzw. Schlafgemach

Kobelwagen	Kutsche, ähnlich einem Leiterwagen, um Handelsgüter und vereinzelt auch Personen zu transportieren. Mit einem Verdeck aus Stoff oder Leder ausgestattet, das auf einem tonnenförmigen Gerüst saß.
Königskraut	Basilikum. Beliebt als Mittel für Liebeszauber
Konversen	Laienbrüder und Laienschwestern. Sie kamen meist aus Bauernfamilien und mussten nach einem Probejahr dem Abt/der Äbtissin ein Gelübde ablegen. Laienschwestern verrichteten wie Mägde die schwere Arbeit im Kloster. Sie durften kein Klosteramt bekleiden und lebten immer von den Nonnen getrennt. Laienbrüder hatten in Frauenklöstern oft verantwortungsvollere Positionen, als in Männerklöstern, da sie für die Nonnen Verwaltungsaufgaben übernahmen, die diese nicht ausführen konnten oder durften. Ihnen war nicht erlaubt zu heiraten
Kranawit	Wacholder. Wurde unter anderem als Räuchermittel verwendet
Kümmeltuch	In Tuch eingewickelte Kümmelfrüchte. Wurde in der Hitze eines Feuers erwärmt und gegen Zahn- und Kopfschmerzen sowie rheumatische Beschwerden verwendet
Leibstöckle	Liebstöckel. Bei Husten saugte man warme Milch durch den Stängel ein, oder zündete ein Ende an und inhalierte den aufsteigenden Duft des glimmenden Stängels
Lüster	Kronleuchter

Mädesüß	Wiesenschabe. Vor Festbanketten und anderen besonderen Gelegenheiten wurde der Fußboden mit wohlriechenden Kräutern bestreut, z.B. mit Mädesüß. Die getrockneten Blüten wurden auch in Säckchen zwischen die Wäsche gelegt
Mandragora	Alraune. Als Zutat in Hexensalbe. Geschnitzte Figürchen aus Alraunenwurzeln wurden teuer gehandelt, denn sie sollten ihren Besitzer vor allem Zauber schützen
Metze	Hure, Ehebrecherin
Nesteln	Bänder, mit denen Kleidungsstücke aneinander befestigt wurden, z.B. die Beinlinge an der Bruche
Oberhau	Angriff mit dem Schwert von oben
Obertunika	Obergewand
Page	Junger Adeliger im fürstlichen Dienst
Palas	Vornehmer Wohnbau in einer Burganlage
Prinzessin	Die Kinder eines Herzogs und eines Landgrafen wurden mit Prinz/Prinzessin betitelt und mit Hoheit angesprochen
Priorin	Vertreterin der Äbtissin. Zweithöchste Nonne im Kloster
Reisige	Berittene Begleitpersonen
Ringula	Ringelblume. Wirksames Mittel gegen Gifte. War als „Safran des armen Mannes bekannt. Wurde als Gewürz verwendet
Roßbühel	Pferdeweiden auf einem Hügel
Scholle	Das von den unfreien Bauern zu bestellende Land. Jene Bauern waren Leibeigene des Grundherren, der das Land allerdings selber meist als Lehen erhalten hatte
Siechenmeisterin	Nonne, die für die Krankenpflege im Kloster verantwortlich war

Stapelgeld	Im Mittelalter war das Stapelrecht oder auch Niederlagsrecht das Recht, von durchziehenden Kaufleuten zu verlangen, dass sie ihre Waren für einen bestimmten Zeitraum abluden, „stapelten“ und anboten. Teilweise konnten sich Händler durch Zahlung eines Stapelgeldes von der Stapelpflicht befreien
Stuhlzwang	Durchfall
Taubenkropf	Erdrauch. Diese Pflanze wurde damals zu Blutreinigungskuren verwendet
Teufelskirsche	Tollkirsche (Atropa Belladonna)
Tormentill	Blutwurz. Wurde vorwiegend zur Hautpflege und zur allgemeinen Stärkung eingesetzt. Blutstillend.
Unehrlich	Bestimmte mittelalterliche Berufe galten als „unehrlich“ oder „unrein“. Menschen, die diese Berufe ausübten, wurden von den Bürgern gemieden und lebten als Geächtete abseits am Stadtrand oder außerhalb der Stadt. Der Umgang mit ihnen konnte selbst unehrlich machen. Zu den unehrlichen Berufen gehörten vor allem Henker, Abdecker und Schäfer, aber auch Müller, Leinweber und Bader
Untertunika	Unterhemd
Vaganten	Mittelalterliche Bezeichnung für fahrendes Volk
Vigilant	Städtischer Nachtwächter
Wallwurz	Beinwell. Ein Brei aus den zerkleinerten, abgekochten Wurzeln wurde unter anderem bei Sehnenscheidenentzündung angewendet
Weiler	Kleine Ortschaft

Zinnkraut	Schachtelhalm. Blutstillend. Wurde auch zum Reinigen von Silber verwendet
Zwangkraut	Gänsefingerkraut. Gutes Mittel bei Durchfall

Epilog

Es ist ein langer Weg bis aus einer Idee ein Buch entsteht, besonders, wenn die Geschichte in der Gegenwart und einer längst vergangen Zeit spielt. Die Heilerin von Bruck ist durch die Verknüpfung der Moderne mit der Vergangenheit kein reiner historischer Roman, doch ich habe mich bemüht, das Gefühl zu vermitteln, wie das mittelalterliche Leben gewesen sein könnte. Allerdings unter der Prämisse: Was wäre, wenn eine moderne Frau sich plötzlich an der gleichen Stelle, aber in einer anderen Zeit, im Jahr 1345 n. Chr., befände. Die Tatsache, dass sie vermutlich weder die Schrift noch die Sprache richtig verstünde, habe ich außer Acht gelassen, sonst wäre es zu kompliziert geworden. Auch bei den Ortsnamen behielt ich die moderne Schreibweise bei. Sie, liebe Leser/innen, sollen ja nachvollziehen können, wo sich meine Protagonisten gerade befinden. Auch wenn der Alltag meiner Figuren und die Heilmethoden im Grunde auf meinen Recherchen beruhen, ist mein Mittelalterroman nicht als Dokumentation des Mittelalters zu verstehen.

Eine mögliche Ähnlichkeit einzelner Figuren mit realen Personen ist selbstverständlich nicht gewünscht und kann höchstens Zufall sein. Und hätte mir für den einen oder anderen Charakterzug eine lebende Person vor Augen gestanden, dann täte ich es hier nicht kund...

Die in der Geschichte verwendeten Personen, die Namen der Figuren und auch ihre Herkunft und Wohnsitze sind - bis auf Ludwig IV. den Bayern, Margarete I. von Holland, Friedrich den Schönen, dessen Bruder Leopold sowie Winhard von Rohrbach - allesamt Fiktion. Die in Zusammenhang mit Ludwig dem Bayern erwähnten Schlachten und Begebenheiten basieren auf historischer Grundlage. Es ist auch bekannt, dass Ludwig die Gegend um Bruck zur Jagd besuchte. Übrigens schenkte Ludwigs zweite Frau, Margarete von Holland, ihm tatsächlich 1345 ein Kind; es war ihr neuntes, Tochter Agnes. Auch die Querelen mit der Kurie, ab 1342 mit dem Papst von Avignon, Clemens IV., sind überliefert.

Die darüber hinausgehende Handlung meiner Geschichte soll unterhalten und einen Einblick in das mittelalterliche Leben vermitteln. Es kann kein Wahrheitsgehalt aus ihr abgeleitet werden. Das Adelsgeschlecht der Brucker Landgrafen von Leiten ist frei erfunden.

Viele Orte, die meine Figuren besuchen, gibt es wirklich; so natürlich Fürstenfeldbruck, das im Roman Bruck zu Fürstenfeld genannt wird. Die wahre Geschichte von Fürstenfeldbruck ist die des Marktes Brugg, der vermutlich aufgrund einer Brücke über die Amper über Ansiedlungen verfügte. Bereits im Jahr 828 wird Brugg als ein im Schöngeisinger Forst gelegener Ort urkundlich erwähnt. Die Brücke war in Holzbauweise erstellt, und die Watten von Gegenpoint erhoben, als Ministeriale, Brückenzoll. Als das Geschlecht der Gegenpoints ausstarb, ging der Brückenzoll ans Kloster Fürstenfeld. Die Straße durch Brugg war eine Nebenstrecke der Verbindung München-Augsburg.

Am ehemaligen Standort der Burganlage der Watten von Gegenpoint am Nikolausberg habe ich im Roman die Burg Nikolausberg angesiedelt. Nach meiner Recherche sind laut einer Urkunde von 1306 in der Hauptburg ein Turm und ein Wohnhaus aufgeführt. Ein tiefer Graben trennte Hauptburg und Vorburg, der durch ein Tor mit Zugbrücke überwunden werden konnte. In der Vorburg befanden sich ein Wohnhaus, ein Stadel, der Brunnen, die Burgkapelle (die sogenannte Nikolaus-Kapelle), Obst- und Gemüsegärten und das Osttor mit Zugbrücke. Ein Fahrweg führte den Nikolausberg hinauf in die Vorburg. Sein Verlauf ist heute noch zu sehen. Maßgebend war die günstige strategische Lage der Burg, die eine hervorragende Aussicht auf den Salzhandelsweg, die Amperbrücke und die Marktsiedlung gewährte und somit zur Sicherung der Salzstraße zwischen Augsburg und München diente. Heute sind von der Burg Gegenpoint lediglich noch Spuren im Boden (Burgstall) erhalten, auf die ein Gedenkstein mit einer Tafel hinweist. Die Angaben habe ich für die in meiner Phantasie entstandene Burg Nikolausberg verwendet, auch wenn sie in meiner Vorstellung geräumiger und weitläufiger ist, als die reale ehemalige Burg vermutlich war.

Bei der Beschreibung Brucks habe ich mich so nahe wie möglich an die historischen Vorlagen gehalten, die ich recherchiert hatte und verwob sie mit meiner Phantasie, um dort die Handlung aufbauen zu können. Allerdings gibt es keine Karten und wenig Informationen zum historischen Bruck aus der Zeit, in der mein Roman spielt. Die vorhandenen Beschreibungen sind deutlich jünger.

Dem Kloster Fürstenfeld meines Romans stand das reale Kloster Fürstenfeld Pate. Das Klosterareal beinhaltet imposante Bauten in einer sehr schönen Gegend. 1263 stiftete der bayerische Herzog Ludwig II. der Strenge „auf des Fürsten Feld“ ein Zisterzienserkloster. Aus dem erst schmucklosen Bau aus Holz, Lehm und Stroh entstand zwischen 1270 und 1290 eine gotische Klosteranlage aus selbstgebrannten Ziegelsteinen. Das Kloster Fürstenfeld erwarb viele Jahrzehnte später alle Zugehörungen und Rechte am Markt Bruck von den ansässigen Herren, den Gegenpoints, beziehungsweise von ihren Erben.

Nach den Wirren des Dreißigjährigen Krieges war dann 1691 die Grundsteinlegung für die barocke Klosteranlage, die man teilweise heute noch sehen kann. Im ehemaligen Kloster unterrichtete man Knaben, auch mittellose. Talentierte Schüler durften anschließend die Universität besuchen. Das Kloster selbst fiel 1803 der Säkularisation zum Opfer und wurde aufgelöst. In den ehemaligen Konventgebäuden ist heute die Fachhochschule der Polizei untergebracht, der frühere Wirtschaftstrakt gehört der Stadt Fürstenfeldbruck, wurde saniert und in ein Kulturzentrum umgewandelt. Seit dem Jahr 2003 sind auch die Außenanlagen fertiggestellt. Wer sich die Gebäude innen ansehen möchte, kann das vermutlich schon bald tun. Ich habe gelesen, dass das ehemalige Kloster seine Pforten für Besucher öffnen wird. In der Klosterkirche werden bereits Führungen zur Besichtigung angeboten. Natürlich kann man das öffentlich zugängliche Areal jederzeit besuchen und auf Hinweistafeln Interessantes erfahren. Das Stadtmuseum auf dem Klosterareal zeigt eine Dauerausstellung über das Kloster. Auch viele Veranstaltungen finden auf dem Gelände und im Veranstaltungsforum Fürstenfeld statt. Mit seinen gemütlichen Gaststätten und Biergärten ist Fürstenfeld Ausgangspunkt und Ziel für abwechslungsreiche Fahrrad- oder Wandertouren durch die weitläufigen Amperauen.

Die Vorkommnisse im Stift St. Primus sind an historische Gegebenheiten in realen Frauenklöstern angelehnt, wobei ich zu meinen Nachforschungen das Ein oder Andere hinzugefügt habe, um die Handlung flüssiger zu gestalten. Auf der Turminsel in Schöngeising stand ehemals eine Burg oder ein Turm. Es gibt auch Vermutungen, dass sich entweder dort, oder in der Nähe des Amperüberganges, etwa hundert Meter unterhalb der Turminsel, ein Frauenkloster befunden haben könnte. Man fand bisher bereits Pfähle und Steinquader, deren Herkunft bis heute ungeklärt ist. Für die These des Frauenklosters auf der Turminsel fehlen allerdings Nachweise. Das Stift St. Primus selbst ist ein Produkt meiner Phantasie.

Die echte tausendjährige Linde, auch Edignalinde genannt, steht auf dem Friedhof in Puch bei Fürstenfeldbruck. Sie wird auf 500 bis 1200 Jahre geschätzt und ist als Naturdenkmal ausgewiesen. Ihr Name stammt von Edigna, die laut Legende im 11. Jahrhundert 35 Jahre lang im Inneren des hohlen Baumes gelebt haben soll, nachdem sie dort auf der Flucht vor Verheiratung durch Ihren Vater, Heinrich I. von Frankreich, Unterschlupf gesucht hat. Es ist ein imposanter Baum mit seiner ganz eigenen Magie. Ich brauche sicher nicht zu betonen, dass man natürlich nicht dort graben oder den Baum in irgendeiner Art und Weise beschädigen darf!

Meine Figuren reisen durch real existierende Orte wie Hattenhofen, Althegnenberg oder Mering, die tatsächlich auf der Route nach Augsburg liegen. Allerdings habe ich nicht recherchiert, ob es sie zu jener Zeit schon gab. Auch weitere Orte sind real, wie das kurz erwähnte Kaltenberg mit seinem Schloss. Seine jährlich stattfindenden Ritterspiele sind ja legendär.

Als Vorbild für die Burg Löwenhaag stand die Burg Hochosterwitz in Österreich vor meinem geistigen Auge, deren Verteidigungsanlage mich sehr beeindruckt hat. Sie ist wahrlich einen Ausflug wert. Dort wird eine interessante Burgführung angeboten, bei der man unter anderem die Waffenkammer besichtigen kann. Der Grundstein für mein Wissen über Bihänder und Armbrüste mit Seilzug wurde dort gelegt.

Die Burgen Schadeck und Wittenstein dagegen sind frei erfunden.

Die Schauplätze sind größtenteils meiner Fantasie entsprungen und haben keinerlei historische Grundlage, auch wenn die Gegebenheiten in Bruck und Augsburg weitgehend der damaligen Realität entsprechen.

Bei Augsburg habe ich mich an die mir bekannten Fakten gehalten. Augsburg wurde 1316 durch Kaiser Ludwig IV., den Bayern, zur freien Reichsstadt erklärt und war zur Zeit meines Romans mit Sicherheit eine große und wohlhabende Stadt. Die Augsburger Tore, die Wehranlage und die Stadtviertel waren zu jener Zeit tatsächlich vorhanden, wie im Roman beschrieben.

Ich habe mich bemüht, die Gepflogenheiten des Mittelalters möglichst wahrheitsgetreu darzustellen, sofern mir die Details bekannt waren. Auch die Verwendung der Heilpflanzen könnte im Mittelalter so ausgesehen haben.

Vorsorglich möchte ich darauf hinweisen, dass dieses Buch nicht dabei helfen kann, Krankheiten oder Gebrechen zu erkennen, zu lindern oder zu heilen. Es ist ausschließlich ein Roman, aus dem sich keinerlei Behandlungsratschlag ableiten lässt. Darüber hinaus sind die Therapien der mittelalterlichen Heilkunde teilweise heute nicht mehr zu empfehlen und können bei nicht fachgerechter Handhabung schwere Schäden verursachen. Dennoch habe ich die Therapieansätze meiner Heilerinnen in den Roman eingebunden, da sie den damaligen Gebräuchen entsprechen und durchaus interessant sind. Ich habe mich bemüht, durch die Heilkunde, die meine Protagonistinnen im Roman ausüben, einen Eindruck zu vermitteln, wie die Arbeit der Heilerinnen zu dieser Zeit ausgesehen haben könnte. Leider sind in diesem Bereich die Überlieferungen spärlich, da die Heilerinnen ihre Kenntnisse, wenn überhaupt, nur mündlich weiter gegeben haben und viel Wissen verloren gegangen ist. Die Überlieferungen stammen vornehmlich von Mönchen, später auch von Ärzten.

Danksagung

Ich hoffe Ihnen, liebe Leser/innen, haben die Abenteuer von Isabella, Leondora und Mejana genau soviel Spaß gemacht, wie mir das Schreiben. Es gehört eine gehörige Portion an familiärem Rückhalt und Unterstützung dazu, neben dem normalen Alltag einen Roman zu schreiben, bei dem man auch noch viel recherchieren muss. Eine Vielzahl an lieben Menschen hat mich dabei unterstützt. Ich möchte mich an dieser Stelle herzlich für ihre Hilfe bedanken.

Mein erster Dank gilt meinem Mann Sven, dass er es mit mir ausgehalten hat, wenn ich wieder mal halbe Nächte lang am Computer saß, da mich die Geschichte nicht mehr los ließ. Er war, nach mir, mein schärfster Kritiker, dessen Anmerkungen den Roman bereichert haben.

Bedanken möchte ich mich auch bei meinen Kindern, da sie sich für meine Geschichte interessierten und mir dabei obendrein Unklarheiten aufzeigten. Und dafür, dass ich mir ihre Namen für meine Figuren „leihen“ durfte.

Auch meiner Mutter möchte ich meinen Dank aussprechen, dafür, dass sie immer an mich geglaubt hat. Und fürs Kinderhüten.

Besonderer Dank gebührt Astrid Gassner für ihre scharfsinnigen Anmerkungen beim Lektorat, durch die sie meinem Roman einen äußerst wertvollen „Feinschliff“ angedeihen ließ. Sie hat einen arbeitsintensiven und wichtigen Beitrag zum

Gelingen des Romans geleistet. Ohne sie wäre er wahrscheinlich immer noch eine Datei in meinem Laptop.

Mein Dank gilt ebenso Walter für die fachliche Beratung in den Rettungsszenen. Als Rettungsassistent hat er einfach einen untrüglichen Blick für die Feinheiten im Rettungswesen.

Tanja, Claudia und auch Heidi ein Dankeschön, da sie mich immer wieder angespornt haben, wenn ich am Zweifeln war. Und Tanja, danke für das einfühlsame Lektorat. Durch dich ist der Roman um ein gutes Stück gereift....

Angelika Münzberg, Kräuterpädagogin aus Bad Tölz, hat auch einen Dank verdient, denn auf unseren Wanderungen zeigte sie mir zahlreiche Wildkräuter in Natura. Dabei erzählte sie mir immer wieder Interessantes über Heilpflanzen, was mich des Öfteren zu kleinen Einflechtungen im Roman inspirierte.

Auch an Karin Eichinger vom Stadtarchiv Augsburg ein Dankeschön für Ihre hilfreichen Tipps sowie die zahlreichen Literaturhinweise.

Dankbar erwähnen möchte ich auch Ariane wegen der endlosen Telefonate, die mich zwischendurch auf andere Gedanken brachten und immer begannen mit: »Ich wollte nur ganz kurz … .«

Mein Lieblings-Radiosender Klassikradio soll ebenfalls nicht unerwähnt bleiben, da er mir mit der wundervollen Musik öfter mal über schwierige Stellen hinweggeholfen hat. Musik transportiert Gefühle. Da stellte sich diese Stimmung oft ganz von selbst ein, die ich zum Schreiben brauche. Mit phantastischen Klängen, wie beispielsweise „Stabat Mater“ von Karl Jenkins am Ohr, schreibt es sich einfach leichter. Auch meine stetig wachsende Sammlung an Filmmusik hat mich häufig vom Alltag in das Gefühl des „Kinos im Kopf“ gebracht.

Jeder historische Roman ist auf die Recherchen und die wissenschaftliche Arbeit Anderer angewiesen. Viele hilfreiche Hintergrundinformationen über Fürstenfeldbruck fand ich auf der Internetseite des Historischen Vereines Fürstenfeldbruck, sowie bei persönlichen Gesprächen. Auch hierfür möchte ich „Danke“ sagen.

Und dann fiel mir noch das Buch „Bayerische Geschichte“ von Benno Hubensteiner in die Hände, dessen Kapitel über Ludwig den Bayern mich so fesselte, dass ich ihn und seine Verbindung zu Fürstenfeldbruck mit einbaute.

Aber auch andere Quellen inspirierten mich oder halfen beim Studium mittelalterlichen Lebens. Daher möchte ich all jenen danken, die ich nicht namentlich genannt habe, die mir aber durch ihre Veröffentlichungen -auch im Internet- die Möglichkeit boten, Unklarheiten zu beseitigen und Informationen, wie beispielsweise mittelalterliche Bräuche oder Währungen, zusammenzutragen, was ich häufig nutzte.

Nach einer Banklehre, dem Studium der Wirtschaftsgeographie und einem mehrjährigen Arbeitsleben in einer amerikanischen IT-Firma hat Amelia Lichtensprung, geboren 1968 in München, letztendlich ihre Berufung gefunden und damit ihr Hobby zum Beruf gemacht: Nach einer langjährigen Heilpraktikerausbildung und zahlreichen Fortbildungen betreibt sie heute eine Naturheilpraxis in Fürstenfeldbruck.
Amelia Lichtensprung hat viele Talente, was nicht zuletzt ihr schwarzer Gürtel in Taekwondo beweist. Mit dem Schreiben dieses Romans hat sie einen neuen Weg beschritten und ihr Wissen über die Heilkräuter des Mittelalters mit ihrer Leidenschaft für Kampfkünste und ihrer Liebe zum Mittelalter gepaart. Ihr Debut gibt sie bei Shaker Media mit einer unvergleichlichen Mischung aus Spannung, Witz, Temperament und Frauenpower im Mittelalter.

Die Heilerin von Bruck garantiert ein Lesevergnügen der besonderen Art